COMME SI NOUS ÉTIONS DES FANTÔMES

Philip Gray

COMME SI NOUS ÉTIONS DES FANTÔMES

Traduit de l'anglais
par Élodie Leplat

SONATINE ÉDITIONS

Directeur de collection : Arnaud Hofmarcher
Coordination éditoriale : Marie Misandeau et Hubert Robin

Titre original : *Two Storm Wood*
Éditeur original : Harvill Secker

Sonatine Éditions
92, avenue de France
75013 Paris
lisezsonatine.com

Ouvrage réalisé par Cursives à Paris

ISBN 978-2-38399-100-7
N° d'édition : 1100 – Dépôt légal : septembre 2023

À ma famille

Pourquoi vient-elle si tôt, quand elle doit bien savoir
Qu'elle ne fait que hâter l'inévitable adieu ;
La pente est raide, dans la neige s'enfoncent mes pas –
Pourquoi vient-elle, quand elle sait quel sera mon aveu ?

D. H. Lawrence, *Conte d'hiver*

1

Angleterre, février 1919

Dans ce coin de la salle, les rideaux étaient à moitié tirés et les lits séparés par des paravents, si bien que la lumière du jour tombait en bandes aqueuses sur les plafonds et les murs. Là où avaient jadis été accrochés des portraits de famille se trouvaient désormais des rectangles fantomatiques, troués d'appliques électriques vissées dans le plâtre. Dehors, les cris des corbeaux qui nichaient se répercutaient dans tout le domaine.

Le général Richardson s'arrêta devant le premier lit, où gisait un homme, les yeux clos.

« Il dort ? »

Le capitaine Price ouvrit le dossier.

« On lui a administré de la morphine il y a une heure, un quart de gramme. Il va rester inconscient encore un bon moment. »

Richardson se pencha plus près du visage de l'homme, les yeux plissés derrière ses lunettes pour scruter les séquelles de quatre opérations. Les bandages avaient déjà été retirés depuis quinze jours, et pourtant la défiguration était toujours aussi atroce : les joues creusées, le front tiré et luisant, la bouche contractée en un rictus permanent. Richardson avait beau avoir vu pire – des hommes sans visage aucun –, il regrettait de ne pas avoir pu faire mieux. Il aimait être sûr que les vies qu'il sauvait valaient d'être vécues.

« Des visites ?

– Sa fiancée, une certaine Eleanor. Elle est venue presque tous les jours quand l'issue était hasardeuse. »

Price se souvenait très bien d'elle : jolie, vêtue avec soin, un luxueux calot rabattu sur les yeux comme si elle craignait d'être reconnue. Lors de sa première visite, il l'avait escortée dans la salle, frappé par son malaise évident. Il lui avait assuré que son promis ne courait pas de danger immédiat, en pensant que ceci expliquait le comportement de la jeune femme, mais elle avait semblé à peine l'entendre, concentrée sur une mystérieuse lutte intérieure.

« Et maintenant ? s'enquit Richardson.

– Elle ne vient plus du tout, répondit Price avant d'ajouter plus bas : Elle lui a envoyé une lettre. Avec le recul, je me dis que nous aurions dû l'intercepter. »

Richardson fronça les sourcils.

« Elle a rompu les fiançailles ?

– Apparemment, il ne *jouait pas le jeu*.

– Quel jeu ?

– L'abstinence prémaritale, pour le dire vite. Elle avait entendu parler des bordels du front. Manifestement, il n'a pas réussi à la rassurer. »

Richardson secoua la tête.

« Bien sûr que non.

– Un prétexte, selon vous ?

– Évidemment. Regardez-le. »

Price contempla la caricature brutale de ce qui avait peut-être été jadis un visage séduisant. Il avait toujours espéré que les hommes comme celui-ci, qui avaient tellement sacrifié en accomplissant leur devoir – les défigurés et les estropiés –, puissent bénéficier d'une sorte d'exemption de toute douleur supplémentaire, d'une considération spéciale de la part de ceux qui étaient restés à l'arrière, mais la nature humaine l'avait souvent déçu.

« Comment l'a-t-il pris ?

– D'après les infirmières, il n'a pas dit un mot.

– Si mal que ça... D'autres visites ? »

Price secoua la tête.

« Il n'a pas de famille proche. Ses parents sont morts quand il était petit. Je me suis permis d'aller vérifier auprès du ministère de la Guerre.

– C'est regrettable.

– Ils ont été tués. Une histoire tragique. Le genre de chose qui laisse des traces. »

Price aurait aimé en discuter plus longuement. Il s'était pris d'intérêt pour les troubles nerveux et autres maladies qui relevaient d'ordinaire du domaine de la psychiatrie. Malheureusement, Richardson, le directeur de l'hôpital, avait rarement le temps de théoriser.

« Vous croyez qu'il va tenter de mettre fin à ses jours ? » demanda ce dernier.

Price enfonça les mains dans ses poches.

« Toute son existence a été une longue descente aux enfers. Il a vécu une sacrée guerre : croix militaire, mentionné dans des dépêches. »

Richardson émit un grognement neutre.

« Le suicide nécessite un plan, et de la résolution.

– Il est costaud.

– Physiquement. Autrement, il ne s'en serait pas sorti. Mentalement, seul l'avenir nous le dira. Avec toute cette morphine, il pourrait lui passer n'importe quoi par la tête. Je me demande même s'il sait que la guerre est finie. »

Au mot de morphine, les paupières du patient s'ouvrirent lentement. La pâleur de ses pupilles contrastait fortement avec sa peau burinée.

Richardson se redressa.

« Colonel, quel plaisir de vous voir rattraper le sommeil perdu. Nous n'allons pas vous déranger davantage. »

L'homme cligna paresseusement des yeux, puis tourna la tête vers le patient du lit voisin. C'était un général de la police militaire : allongé contre des oreillers, la bouche entrouverte, il dormait sans bruit, une perfusion de solution saline reliée à son bras, un voile de sueur sur le front. Il n'avait pas de jambes en dessous des genoux. Sur le siège de son fauteuil roulant à côté de son lit, son uniforme était soigneusement plié, prêt à servir. Penchée au-dessus de lui, une infirmière lui prenait le pouls.

De l'autre côté des paravents, une porte s'ouvrit. Une odeur de nourriture bouillie se répandit dans la pièce.

« Vous faites des progrès remarquables, colonel », commenta Richardson, mais son patient avait déjà refermé les yeux.

Le général se mit à tousser, un sifflement montait de sa poitrine. L'amputation avait été réalisée en France, après que son camion avait été frappé par un éclat d'obus. Le chirurgien militaire, voulant en couper le moins possible, avait laissé deux minuscules fragments dans la jambe gauche. Après plusieurs mois, au cours desquels le patient avait paru bien se rétablir, l'infection s'était installée. Richardson craignait que l'opération pour réparer cette erreur fût intervenue trop tard.

L'infirmière leva les yeux vers lui et secoua lentement la tête. Price s'avança.

« Cette toux. On devrait le déplacer, au cas où.

– Il ne lui reste plus guère de temps, répliqua Richardson. Quelques jours tout au plus.

– Quand bien même... »

Price avait parlé d'un ton d'excuse, mais la menace de la grippe était bien réelle. La plupart des autres patients n'y résisteraient pas dans leur état d'affaiblissement. Une salle d'isolement avait déjà été aménagée.

« Fort bien, faites le nécessaire. À la première heure demain matin, décréta Richardson avant de se retourner. Mais c'est sacrément malheureux. On m'a dit que ces deux-là s'entendaient comme cul et chemise. Souvent, seule l'amitié rend ces situations supportables. »

Cette nuit-là, le général reprit ses esprits. Sa fièvre avait un peu baissé. Il éprouvait une sensation de fraîcheur et d'étourdissement. Était-il vraiment réveillé ou rêvait-il simplement à nouveau ? Dans ses songes, il avait ses jambes et ne ressentait aucune douleur. Il retournait auprès de sa femme à Hammersmith, à son bureau de Scotland Yard. Les gens l'accueillaient avec des sourires et des tournées générales. Ils voulaient entendre ses récits de guerre. La seule difficulté était de savoir par où commencer.

Il regarda le pied du lit : les couvertures étaient plates sous la lumière électrique falote ; à l'endroit de ses jambes, rien. Une énième vague de désespoir le submergea. Il jeta un œil au fauteuil roulant : il était toujours là, sa lourde armature en fer était un reproche à ses espoirs, à son incapacité à accepter et à s'adapter. Seul manquait son uniforme : sa casquette, sa tunique et sa capote, distinguées par les éclats rouges de l'écusson de la police militaire. Cet uniforme lui rappelait qu'il faisait toujours partie de l'armée, un gradé avec des droits et des devoirs. Mais on le lui avait retiré. Pourquoi avaient-ils fait ça ? Qu'est-ce que ça signifiait ?

Il parvint à s'asseoir. À côté du lit voisin, quelqu'un s'habillait. Il lui fallut un moment pour se rendre compte qu'il s'agissait du colonel, le pauvre diable à qui une grenade allemande avait arraché la moitié du visage. S'il n'avait réussi à parler que quelques jours plus tôt, il s'était montré en revanche une oreille attentive, ne se lassant jamais des vieilles histoires d'enquêtes d'avant-guerre du général.

Le colonel enfilait un uniforme – mais ce n'était pas le sien. C'était celui du général.

« Sapristi, colonel ! Qu'est-ce que vous fabriquez ? C'est mon... »

Le colonel se retourna, un doigt sur les lèvres. Il mijotait quelque chose, une farce, sans doute. Mais il n'avait pas le droit de prendre ce qui ne lui appartenait pas.

Le général toussa. Il avait les poumons irrités, à vif. La douleur lui labourait la poitrine.

« Reposez ces habits. Bon sang, c'est mon... »

Le colonel se tenait au-dessus de lui, l'ampoule électrique découpait son visage ravagé. Dans ses mains, un oreiller.

« Ça va vous aider à dormir », dit-il en s'approchant.

Il plaqua l'oreiller sur la figure du général et appuya de tout son poids, jusqu'à ce que les bras de l'homme à l'agonie se détendent et qu'il cesse de se débattre. Quelques minutes avaient suffi. Quand ce fut terminé, le colonel lui plaça soigneusement les bras le long du corps, lui ferma doucement les yeux, rajusta les couvertures, puis sortit de la salle sans un bruit.

PREMIÈRE PARTIE

PERSONNE

2

Angleterre, mars 1916

Elle ne l'avait pas vu tout de suite. Il était caché par les flots de lumière que déversaient les vitraux. Elle avait discrètement monté l'escalier en colimaçon qui menait à l'orgue, s'attendant à ce qu'il n'y eût personne. Lorsqu'il était sorti de l'ombre, elle avait sursauté.

« Excusez-moi. Je ne voulais pas vous faire peur. »

Le jeune inconnu était grand et large d'épaules, pourtant il flottait dans ses vêtements, comme s'il en avait hérité de quelqu'un, et son col était poussiéreux. Dans l'éclat du soleil, ses cheveux avaient une teinte d'or pâle.

Amy Vanneck était encore légèrement essoufflée par son ascension.

« Je voulais juste... j'ai entendu la musique. »

Elle avait été attirée dans la chapelle par le chant d'un chœur. Elle et sa mère, lady Constance, effectuaient une tournée informelle des *colleges* de Cambridge, guidées par tante Clem, dont le mari donnait des conférences en biologie, mais les deux sœurs étaient parties en quête d'un endroit où elles pourraient « dépenser trois sous », selon l'expression désuète de sa tante. En sortant, les choristes, pour moitié des écoliers, étaient passés devant elle en file indienne, la laissant, du moins le croyait-elle, seule.

L'inconnu portait en vrac partitions et crayons. Elle supposait qu'il s'agissait du chef de chœur, ou de l'organiste, même s'il ne devait pas avoir plus de vingt ans, à peine plus âgé qu'elle.

« C'était magnifique, d'ailleurs, avait-elle ajouté avant de tourner les talons.

– Attendez. »

L'inconnu s'était approché. L'un de ses crayons était tombé au sol avec un cliquetis.

« Est-ce que... ? » D'un geste leste, il avait empêché les partitions de prendre le même chemin. « L'orgue, vous en jouez ?

– Pas vraiment. J'ai toujours voulu... Enfin, peu importe. »

L'inconnu dévisageait Amy. Elle n'attirait que rarement le regard des jeunes gens, ou seulement en passant. Petite, les cheveux noir corbeau, elle était loin d'être aussi jolie que ses sœurs aînées – un état de fait qui n'allait pas sans compensations : déjà, elle n'avait jamais eu à dire au revoir à un amoureux en partance pour la guerre, ni à attendre de ses nouvelles en redoutant l'arrivée d'un avis de décès envoyé par le ministère de la Guerre. *J'ai le profond regret de vous annoncer que nous avons reçu un rapport...* Elle pouvait entendre parler de batailles, d'offensives, de « poussées » sans que la main froide de l'angoisse ne se referme sur son cœur. Si cet inconnu la fixait des yeux, c'était sûrement parce qu'on ne voyait pas beaucoup de femmes en ce lieu, ce domaine masculin sanctifié. Après tout, la seule concession au féminin dans toute la bâtisse était une image solitaire de la Vierge en verre coloré.

L'inconnu s'était ressaisi.

« Non, je vous en prie. Faites. »

Reculant d'un pas, il l'invitait à s'asseoir devant les claviers.

« Il est parfois un peu caractériel, mais il rend un bon son, la plupart du temps. »

Amy avait jeté un œil en bas, dans la nef de la chapelle. La perspective de s'expliquer ne lui souriait guère – seule avec un inconnu, hors de la vue de tous –, mais sa mère et sa tante ne seraient pas de retour avant un petit moment.

« Personne n'entendra rien, avait assuré le jeune homme. Ou alors on pensera simplement que c'est moi. Au fait, je m'appelle

Edward – Edward Haslam. J'enseigne la musique à l'école de garçons. Saint-Thomas ? Cette année, nous joignons nos forces à celles de la chorale du *college*. Les offices de Pâques et tout ça.

– Amy Vanneck. »

Ils s'étaient fugitivement touché les mains. Il était rasé de près, avait des yeux noisette. Quand il souriait, elle entrevoyait le garçon en lui, la timidité sous le vernis de l'adulte.

Elle s'était assise délicatement sur le banc puis avait retiré ses gants. L'orgue avait trois claviers manuels et une rangée incroyable de boutons de registre. À l'école elle avait voulu apprendre à en jouer, mais son ambition avait vite été sapée. Apparemment, le « roi des instruments » ne convenait pas à une femme car il était bruyant, dominateur, et à jamais associé aux sacrements. Elle avait dû se contenter de leçons de piano. La réponse avait été similaire quand elle avait exprimé son intérêt pour l'étude de la médecine, sauf que cette fois-là, c'était sa mère qui avait constitué l'obstacle. « Une jeune femme de ton rang ne passe pas son temps à découper des corps, morts ou vivants », tel avait été son verdict définitif. « Ton père n'acceptera jamais, de toute façon. »

Le professeur de musique attendait, plein d'espoir. Après avoir pris une profonde inspiration, Amy avait joué un accord mineur. Rien ne s'était passé. Pas même une bouffée d'air n'était sortie des tuyaux.

« Euh, puis-je vous suggérer... »

Le professeur avait tiré deux boutons de registre.

« Essayez ça. »

Amy avait rougi. Elle avait tenté un autre accord, cette fois en mode majeur. Une fanfare de notes enjouées s'était répercutée à travers l'espace caverneux. Elle avait laissé ses doigts aller et venir sur les touches, lentement d'abord, puis plus vite. Lorsqu'elle appuyait sur les pédales, elle sentait le son profond résonner dans tout son corps.

« Je n'ai pas de partition, avait-elle dit. Avez-vous un livre de chants ?

– Un livre de chants ? avait répété le professeur avec une pointe de déception. J'imagine qu'il doit y en avoir un quelque part. Cela dit… » Il avait sorti une partition de la pile qu'il tenait pour la placer devant elle. « Pourquoi ne pas essayer ça ? » Le morceau s'intitulait « The Top Liner Rag ». « Ça vient d'Amérique. Le dernier cri. »

Ce devait être une plaisanterie. Comment pouvait-on jouer un ragtime dans un lieu de culte ? Edward Haslam se moquait d'elle, s'attendait à ce qu'elle rougisse, qu'elle s'offusque, comme la fille couvée et guindée qu'elle devait paraître.

« Ou si vous préférez quelque chose de plus… »

Sans un mot, elle s'était lancée dans l'exécution du morceau. La chapelle solennelle s'était aussitôt changée en fête foraine. Ignorant les fausses notes, le jeune homme s'était mis à essayer différentes combinaisons de boutons en disant tout fort leur nom tandis que le bruit devenait plus sauvage et plus étrange. Très vite, ils s'étaient mis à rire.

« Amy ? »

La voix de sa mère avait transpercé la musique.

« Mais où est cette fille ? »

Amy s'était figée.

« Je dois y aller. »

Au sommet de l'escalier en colimaçon, elle s'était retournée. Edward Haslam la regardait toujours. En silence, il avait articulé « au revoir ».

La mère d'Amy montrait des signes de fatigue. Elle était déterminée à voir tous les hauts lieux architecturaux en un seul séjour, comme s'il s'agissait d'une pénitence. Amy la soupçonnait d'avoir l'intention de ne s'y livrer qu'une seule fois, à l'instar d'une dent cariée qu'on arrache. Ce devoir accompli, elle n'aurait plus jamais besoin de le subir.

« À qui parlais-tu, Amy ? » avait-elle demandé alors qu'elles traversaient la cour.

C'était une gageure de marcher à son rythme.

« Personne. Je voulais juste essayer l'orgue.

– C'était toi ? Ce bruit atroce ?

– Un simple morceau que j'ai trouvé.

– Incroyable, s'était exclamée sa mère en secouant la tête. Et où sont donc passés tes gants ? »

Amy les avait oubliés.

« Je suis désolée. Allez-y. Je vous rattrape. »

Elle était retournée précipitamment dans la chapelle. Edward Haslam sortait déjà, les gants à la main. Il souriait, comme si cet oubli était une récompense.

« Merci, avait dit Amy en s'emparant des gants.

– Miss Vanneck ? » Elle s'était immobilisée. « Il y a une soirée musicale ce soir. Chez un ami. Avec des musiciens merveilleux. Vous…

– J'adorerais, mais… »

La mère et la tante d'Amy étaient presque à la loge. Sa mère s'était retournée.

« Je ne peux pas. »

S'il faisait mine d'être déçu, c'était un bon acteur.

« Au cas où vous changeriez d'avis, je serai devant Round Church à 18 heures. Je vous attendrai, on ne sait jamais. »

Il était inutile qu'Amy refuse une seconde fois, car cette proposition était complètement ridicule.

Les deux femmes attendaient dans l'abri de la loge des portiers.

« Donc tu parlais bel et bien à quelqu'un, avait commenté sa mère. Qui était cet homme ? »

Amy avait enfilé ses gants avec un froncement de sourcils.

« Je vous l'ai dit, mère. Il n'est personne. »

Sa mère avait regardé le professeur rentrer dans la chapelle.

« On dirait bien, en effet. »

En fin d'après-midi, la mère d'Amy, suffisamment reposée, s'occupait de sa correspondance. Au départ, l'idée avait été de passer tout au plus quinze jours à Cambridge, chez tante Clem, mais lady Constance ne semblait pas pressée de retourner auprès de son mari dans le domaine familial du Suffolk. Avec tous ces hommes partis à la guerre et la vie sociale restreinte, c'était peut-être un peu trop tranquille, même pour elle.

Assise à la fenêtre du salon à l'étage, Amy feuilletait un des manuels de son oncle, une étude du système nerveux humain. Elle avait du mal à se concentrer. Dehors, il faisait encore jour, mais la brume qui commençait à descendre dissimulait le bout de la rue. Elle avait jeté un œil à la pendule sur le manteau de la cheminée : 17 h 45.

« Où se trouve Round Church, précisément ? »

Tante Clem avait levé les yeux de sa couture.

« Au coin de la rue de St-John's. Nous sommes passées devant tout à l'heure.

– Et St-John's se trouve… ?

– À côté de Trinity. Pourquoi cette question ? »

Amy était retournée à son livre.

« Il me semble avoir lu quelque chose là-dessus. »

Encore un mensonge, le troisième de la journée, destiné, comme les autres, à cacher sa rencontre avec Edward Haslam – une rencontre qui ne signifiait rien et ne mènerait nulle part. Elle avait tourné une page. Un nouveau chapitre intitulé « Neurones, taille et morphologie générale ».

17 h 50. Amy s'imaginait Edward Haslam en train de se préparer à leur rendez-vous, conscient qu'il ne se produirait jamais, mais incapable d'éteindre l'espoir romantique que, contre toute attente, il pourrait malgré tout avoir lieu. Il enfilait une tenue plus élégante, s'il en possédait une. Il se brossait les cheveux et cirait ses chaussures, puis – elle avait souri à cette idée – devait retirer le cirage noir de sous ses ongles. Ensuite il se dirigeait à bicyclette vers Round Church, où il arrivait avec au moins cinq minutes d'avance, au cas où.

L'horloge indiquait 17 h 55.

Impossible de le rejoindre, même si elle avait voulu. Quel prétexte pourrait-elle donc invoquer pour sortir seule ? Même les magasins étaient fermés à cette heure. Et puis s'absenter la soirée entière ? Cela nécessiterait une montagne de mensonges, plus que ce qu'elle pouvait espérer inventer. Quant à dire la vérité, cela ne lui serait d'aucun bénéfice non plus. On lui interdirait d'y aller. Qui était Edward Haslam ? Que savait-elle de lui ? Qui les avait présentés ? *Nous ne sommes pas de cette engeance, Amy. Je te pensais plus avisée.* Amy refusait d'imaginer la scène.

Combien de temps attendrait-il avant d'abandonner ? Dix minutes ? Quinze ? À 18 h 20 il pédalerait seul vers sa soirée musicale, déçu peut-être, mais pas étonné. Et là-bas il rencontrerait une autre fille – une fille libre et sans peur – et il oublierait tout de celle qui s'était retrouvée dans la chapelle.

Comme l'horloge de la cheminée sonnait 18 heures, le mari de tante Clem était entré dans la pièce. C'était un homme d'une cinquantaine d'années, avec une barbe blanche et un regard bienveillant.

« Au fait, j'ai oublié de te dire : ceci est arrivé pendant ton absence. » Il tenait une petite enveloppe bleue. « Pour toi, Amy, avait-il ajouté en fronçant les sourcils. Il y a un problème ?

– Non, rien. Merci, mon oncle. »

La lettre venait de Kitty Page, une ancienne amie d'école qui habitait Cambridge. Elles avaient prévu de se retrouver le lendemain matin, mais Kitty écrivait pour prévenir qu'elle avait de la fièvre et que ses parents, inquiets, avaient insisté pour qu'elle garde le lit.

Amy s'était levée.

« Kitty est malade. Elle a la grippe.

– Oh, je suis désolée, avait commenté sa mère sans lever les yeux de sa page. Transmets-lui nos vœux de rétablissement.

– Je ferais mieux d'aller la voir, avait répliqué Amy. Elle a passé la journée au lit, elle s'ennuie mortellement.

– Si tu insistes. » Le stylo de sa mère continuait à crisser sur la page. « Garde bien tes distances. Il ne faudrait pas que tu attrapes une cochonnerie. »

Elle avait emprunté la bicyclette de tante Clem et pédalé de toutes ses forces, la lourde mécanique cahotant sur les pavés. L'air froid lui piquait les joues. À travers la ville, les cloches sonnaient un coup : 18 h 15.

Les rues froides et humides étaient presque désertes. Dans King's Parade, les auvents des boutiques étaient relevés. Devant Trinity, un groupe d'élèves officiers se dirigeait au pas vers Great Gate, les commandements du sergent-chef résonnaient dans toute la ruelle. Amy avait fait une embardée pour monter sur le trottoir. Personne ne l'avait doublée jusqu'au bout de la rue.

Round Church était facile à repérer : trapue, circulaire, d'une petitesse malcommode. Même au milieu des maisons à colombages, on aurait dit un vestige d'une époque révolue. Hors d'haleine, Amy avait pédalé vers l'entrée. Une unique lanterne brûlait au-dessus de la porte.

Edward Haslam n'était pas là.

Dans le crépuscule de plus en plus sombre, la vérité lui apparaissait à mesure qu'elle reprenait son souffle. Elle s'était trompée : vingt minutes d'attente, c'était trop long. Il était déjà parti. À moins qu'il ne soit jamais venu.

Amy, espèce d'idiote. Non mais quelle imbécile tu fais !

Une fois remontée sur sa bicyclette, elle s'était rendu compte qu'elle n'était pas seule.

« Scusez-moi. Miss Amy, c'est ça ? »

C'était un garçon d'une quinzaine d'années. Il portait une casquette et une chemise sans col. Il était assis sur le muret au coin du cimetière.

« Oui ?

– Un monsieur m'a dit de vous donner ça. » Il avait sorti un bout de papier de sa poche de chemise. « M'a dit d'attendre une demi-heure. M'a donné six pence. »

Amy avait déplié le papier. En haut était imprimé *6 PLACE PORTUGAL*. Le message en dessous avait été écrit au crayon. Elle était allée se mettre sous la lanterne.

Chère miss Vanneck,

Si vous recevez ce mot, c'est que vous êtes venue me rejoindre. J'aurais donné n'importe quoi pour être là, comme promis. Hélas, un de mes collègues vient d'apprendre que son fils a été tué à Arras. Sa femme n'est pas là et il est complètement bouleversé. J'ai peur de le laisser – de ce qu'il pourrait faire. William était leur seul enfant.

Je ne m'attends pas à ce que vous me pardonniez, mais sachez au moins que je n'ai pas rompu ma promesse à la légère. La guerre empoisonne tout ce qu'elle ne détruit pas. C'est la raison pour laquelle moi vivant, je n'y participerai jamais.

Avec mon plus profond regret,

Edward Haslam

Le garçon traînait toujours au coin du cimetière, espérant sans doute une autre commission. Amy avait glissé la lettre dans son manteau avant d'aller récupérer sa bicyclette. Elle avait dans sa poche une pièce de six pence.

3

Nord de la France, février 1919

C'était un pistolet lance-fusée, à un kilomètre à peu près. Personne n'avait oublié ce bruit : le coup percussif, le grésillement pareil à de la friture. Le capitaine Mackenzie se leva et souleva le rabat de la tente. Une fusée éclairante blanche s'élevait dans le ciel, entourée d'un halo de pluie. Sur le sol bosselé béaient des ombres noires.

Le sergent Cotterell était à côté de lui.

« Qu'est-ce qui se passe ? Y a un problème avec les coolies ? »

De l'autre côté de la crête, une équipe de travailleurs chinois rassemblait une collecte d'objets : rails, tuyauterie, cuivre, laiton – tout ce qui pouvait être récupéré. Ils emportaient les réserves de munitions, mais le matériel qui n'avait pas explosé était laissé sur place. Les bunkers et les fils barbelés, par exemple, considérés comme *faits de guerre**[1], relevaient de la responsabilité des Français.

Mackenzie leva ses jumelles. L'équipe de recherche s'égrenait en file indienne sous la crête, six mètres séparaient chaque homme. À cette distance, on aurait cru des tortues géantes qui se dirigeaient d'un pas lourd vers l'horizon, tête basse, dos courbé sous un ciré assombri de pluie. Dans leur sillage, cinq drapeaux jaunes, à hauteur de genoux, claquaient au vent, chacun marquant le site d'une découverte.

1. Les termes en italique suivis d'un astérisque sont en français dans le texte original. *(Toutes les notes sont de la traductrice.)*

La fusée sombra sous l'horizon. Une traînée de fumée flottait dans le vent.

« On ferait mieux d'y aller. Demandez aux brancardiers de se tenir prêts. »

La pluie, qui s'était renforcée, dissimulait l'horizon derrière des voiles gris à la dérive. Un charretier, le sergent Farrer, se débattait avec son cheval : il glissait et dérapait en s'échinant à empêcher l'animal de s'emballer.

Le caporal Reid, secrétaire de la compagnie, gardait ses distances.

« Y a un truc qui lui a foutu les jetons, mon capitaine. Doit y avoir de l'orage dans l'air. »

Mackenzie jeta un œil au ciel. Il s'assombrissait. Le cheval était paniqué, mais Farrer – un jeune gars d'un régiment du Lancashire, dégingandé, les yeux exorbités – lui parlait sans arrêt en lui caressant l'encolure quand il venait à portée de main. Il savait s'y prendre avec les animaux, et c'était d'autant mieux qu'il ne disait presque pas un mot aux autres hommes.

Mackenzie grimpa le talus qui longeait la route conduisant à la ferme de La Signy, les chaussures aspirées par la boue. Après les gelées hivernales, le sol s'amollissait, l'eau s'accumulait dans la terre crayeuse, formait des flaques dans les trous d'obus et les tranchées. La pluie allait faire repartir le processus de décomposition. L'identification, plus difficile, mettrait les estomacs à rude épreuve.

Il resserra son manteau. Maintenir la force pleine et entière des escouades était déjà suffisamment difficile en l'état, même avec une double paie. Le travail laissait de profondes séquelles. Les volontaires devenaient maussades, taciturnes, incapables de dormir, de violentes querelles éclataient à la moindre broutille. Ils avaient beau tous avoir connu leur part de bataille, c'était comme s'ils venaient juste de prendre conscience de la réalité. Mackenzie leur fichait la paix. Il fermait les yeux sur les infractions mineures, même les absences occasionnelles. Il leur rappelait souvent que ce travail était important, que ça n'avait pas de prix pour les familles à l'arrière. C'était tout ce qu'il trouvait à dire. C'était ce qu'il se disait à lui-même.

Au loin, l'équipe d'Alridge se dirigeait toujours laborieusement vers le sommet de la crête hérissée de fragments de végétation pulvérisée, là où jadis il y avait eu des bois. Désormais, ses hommes savaient ce qu'il fallait chercher au-delà des marqueurs évidents. Des articles d'équipement par terre ou qui dépassaient du sol constituaient de bons indicateurs. L'herbe prenait une teinte bleu vif. L'eau stagnante devenait verdâtre ou grise. Les trous à rats étaient toujours examinés attentivement : des fragments d'os autour de l'entrée signifiaient souvent qu'une tombe superficielle était proche, même si dans des cas pareils il n'y avait en général plus rien à identifier. Le DGRE[1] fournissait une liste de sites d'inhumation dont les occupants devaient être exhumés puis relocalisés, si tant est qu'on soit arrivé à les retrouver. Mais il y avait aussi les disparus : des corps qui gisaient toujours dans des trous d'obus et des tranchées, ou cachés au milieu des ronces, des morts qui n'avaient pas été enterrés – cinq mille à chaque kilomètre de front, d'après les calculs de Mackenzie. Et c'était sans compter les Allemands ; mais à ce moment-là, personne ne les comptait.

Un tir de pistolet résonna au loin. L'escouade se redressa comme un seul homme. Le bruit était venu de la même direction que la fusée. Mackenzie entendait des cris.

Quelques instants plus tard, le sergent Cotterell déboucha avec force éclaboussures au bout du boyau de communication.

« Les Chinetoques ont trouvé quelque chose. Leur adjudant est venu. Il attend à Mark Copse.

– Ils ont trouvé quoi ?

1. Directorate of Graves Registration & Enquiries : département de l'armée britannique créé au début de la guerre pour conserver les registres d'inhumation militaires, fournir le matériel d'identification et de marquage des tombes, et répondre aux requêtes des familles.

– Ils ont pas voulu le dire, capitaine. M'ont demandé d'aller vous chercher *fissa*. »

Ils retournèrent dans le boyau de communication, parcourant les chicanes d'une jonction entre les lignes de feu et de soutien connue sous le nom d'Elephant & Castle. Ils croisèrent l'escouade d'Alridge qui descendait de la crête pour se diriger vers les ruines du village. Ils trouvèrent l'adjudant tout tremblant à côté d'un affût de canon cassé. Il était petit et de poitrine étroite, les officiers du Chinese Labour Corps[1] étant recrutés pour leur connaissance de la langue et des mœurs, pas pour leur physique.

« Rawlins, mon capitaine », se présenta-t-il en rengainant son Webley.

Mackenzie se rendit compte qu'il avait laissé son propre revolver dans la tente.

« C'est le commandant qui m'envoie, il demande si vous pouvez l'aider.

– À quoi ?

– Vaut mieux voir par vous-même, mon capitaine.

– Ça ne peut pas attendre demain matin ? »

Rawlins secoua la tête et se mit en route, les conduisant à travers ce qui avait été le no man's land. Les autres suivirent en file indienne, les yeux rivés au sol, comme il se devait. Les obus qui n'avaient pas explosé avaient tendance à se déplacer, en terrain humide. Ils pouvaient remonter à la surface en pivotant à mesure que la terre mollissait sous eux. La plus grande menace, c'étaient les fusées à retardement. Le frottement d'une pelle ou d'un seul pas risquait de rétablir le contact avec l'amorce, déclenchant l'explosion. Un changement de température pouvait produire le même effet. Deux semaines plus tôt, près de Langemark, des volontaires avaient allumé un feu de camp dans l'idée de faire du thé, sans savoir qu'un obus à fragmentation était enfoui sous leurs pieds. Dix hommes avaient été pulvérisés.

1. Travailleurs chinois recrutés par les Britanniques.

Au bout de deux cents mètres, ils se frayèrent un passage à travers une zone de barbelés effondrés au métal sombre rongé par la rouille, derrière lesquels se trouvaient les anciennes lignes allemandes. Le pilonnage avait réduit la ligne de feu à un fossé rempli de terre meuble, de haillons et d'éclats de bois.

Ils tournèrent au bout d'un petit boyau de communication, escaladèrent du bois d'œuvre cassé, continuèrent le long de la ligne de soutien. Par endroits, les parapets étaient intacts, mais la boue était plus épaisse et plus sombre, pareille au fond d'une mare. Ils parvinrent enfin à un croisement avec une autre tranchée, plus vaste et plus profonde. Derrière on voyait une douzaine de troncs d'arbres que les intempéries avaient rendus gris. Cette portion de ligne allemande avait jadis été une place forte. Sur les cartes militaires, elle était appelée Two Storm Wood.

« Quelque chose a bougé, là-bas, cria Rawlins en désignant la paroi nord de la tranchée. Quand on est passés de l'autre côté. La terre s'est ouverte.

– Un tunnel ?

– Possible. »

Ce secteur avait été lourdement miné et les tunnels bourrés d'explosifs, qui tous n'avaient pas sauté. Mackenzie avait demandé les plans au QG des Corps, mais ce genre d'information ayant toujours été jalousement gardée, sa requête était restée lettre morte.

« Des hommes sont revenus chercher du petit bois, expliqua Rawlins. La première fois, ils avaient raté l'entrée. Elle devait avoir été cachée avant toute cette pluie. »

Ils contournèrent la traverse suivante. Le faisceau d'une torche balaya l'obscurité avant de se fixer sur eux. Rawlins prononça quelque chose en mandarin et le faisceau se baissa. Deux Chinois se tenaient devant eux, des travailleurs râblés à la peau foncée, avec des chevrons sur leur capote et des cannes à la main. Parmi les Chinois, la discipline était rarement une question officielle, sauf quand il s'agissait de crimes graves. En lieu et place, la violence était infligée spontanément par des *paitou* : des chefs d'équipe de la même origine. Parmi les hommes de troupe, certains n'étaient de toute façon guère plus que des garçons armés de faux papiers, c'était dire leur empressement pour effectuer plusieurs années de travail bien payé – même si Mackenzie se demandait souvent s'ils avaient su au départ dans quoi ils mettaient les pieds.

Les chefs d'équipe étaient fébriles. D'autres mots, incompréhensibles pour Mackenzie, furent échangés entre eux et Rawlins. L'un d'eux tendit la torche à l'adjudant.

Sur leur droite, en partie cachée par une pile de tôles ondulées et de bois d'œuvre, s'ouvrait l'entrée d'une tranchée-abri. La structure avait été endommagée par des obus. Rawlins braqua sa torche dans le trou.

« Par ici, mon capitaine. »

Il n'esquissa pas un geste pour les conduire. Les contremaîtres restaient immobiles, le visage ruisselant de pluie.

« Où est votre commandant ?

– Appelé ailleurs, mon capitaine. Des gars à nous ont pris la tangente. La nouvelle s'est répandue.

– La nouvelle ? »

L'adjudant se contenta de regarder fixement l'intérieur de l'abri.

« Par ici, mon capitaine », répéta-t-il.

Mackenzie détestait ces souterrains. Avant l'Armistice, ils lui avaient permis de rester en un seul morceau, mais la peur d'être enterré vivant ne le quittait jamais. Les obus des plus gros calibres pouvaient faire s'effondrer une tranchée-abri à près de dix mètres sous terre. Il n'arrivait pas à dormir dans un souterrain à moins d'être complètement épuisé, et même là il cauchemardait de cette mort sans lumière, les poumons qui se remplissaient de terre, les cris étouffés des hommes.

Le sergent Cotterell, muni de sa propre lampe torche, les épaules voûtées, avait déjà planté un pied de l'autre côté du seuil.

Agrippé au linteau, il se laissa descendre dans le trou. Mackenzie arracha l'autre lampe des mains de Rawlins et suivit. Une volée de marches boueuses descendait dans l'obscurité.

Ils progressaient lentement, inspectant le moindre recoin pour s'assurer qu'il n'y avait pas de fil de détonateur ni d'explosifs cachés. Les Chinois auraient très bien pu les rater. À travers l'air vicié de la terre humide, Mackenzie percevait une note écœurante de décomposition.

Ils parvinrent au premier tournant.

« Jusqu'ici, tout va bien, fredonna la voix de Cotterell dans l'espace exigu.

– Continuez. »

Au-dessus d'eux, le bruit de la pluie s'estompait progressivement. Le silence se refermait, brisé par leur seule respiration et le craquement des poutres. L'odeur s'intensifiait, âcre, grasse. Mackenzie chercha un mouchoir. Comme ses hommes, il avait appris à toujours en avoir un trempé d'eau de chaux et d'huile de lin. Il inspira l'âpre vapeur médicinale, la main pressée fort contre sa bouche.

Pendant la guerre, il aurait redouté une balle ou une grenade, la résistance d'un ennemi acculé. Cette fois-ci c'était différent : des peurs plus anciennes affectaient son esprit. Petit, alors qu'il passait des vacances sur la côte sud du Kent, lui et un de ses frères avaient découvert sur une portion déserte du rivage une tour en brique, dont la structure délabrée et bancale ressemblait à la carcasse échouée d'un bateau. Ils avaient forcé la porte, dérangeant quelque chose qui gisait dans l'obscurité. Ils ne voyaient pas ce que c'était – un animal, avait-il d'abord pensé –, mais ensuite il avait aperçu des articulations osseuses agrippées à une couverture, entendu une respiration gémissante : pitoyable, mais humaine. Il s'était enfui, son frère sur les talons ; enfui sans regarder derrière lui jusqu'à ce que la tour fût hors de vue, la peur laissant enfin place à la honte. Il n'avait pas voulu voir, telle était la vérité, il n'avait pas voulu comprendre la créature misérable recroquevillée seule dans cet endroit sombre et froid ; pas voulu exposer sa conscience à l'horreur. Les deux garçons avaient fini par se décider à revenir avec des habits et de la nourriture, mais après avoir entendu parler d'un aliéné échappé d'un asile hautement sécurisé, ils s'étaient ravisés. Cet incident n'avait plus jamais été évoqué. Son frère était mort, maintenant, de toute façon.

Le sergent Cotterell avait déjà atteint la salle principale. Le bruit de ses pas se répercutait entre les murs. Contrairement aux Britanniques, les Allemands renforçaient leurs abris avec du béton et de l'acier. Ils avaient des conduits de ventilation et des citernes d'eau. L'état-major, lui, n'avait pas voulu que les soldats britanniques se sentent trop à leur aise sous terre.

La lampe torche de Mackenzie vacilla, l'éclat diminua. Son pouls battait fort à ses oreilles.

« Sergent ? »

Le nez et la bouche toujours couverts, Mackenzie descendit lentement les dernières marches. Du sable crissa sous ses godillots. De quelque part au-dessus lui parvenait une voix : marmonnements, jurons. Ce devait être Cotterell.

« Sergent, où êtes-vous ? »

Le faisceau de sa torche éclaira une chaise renversée, une corde qui pendait par-dessus le coin d'une table, le regard exorbité d'un masque à gaz abandonné. La table était recouverte d'une couche de crasse collante. Derrière, sur le mur, des traînées sombres ressemblaient aux barbouillages d'un enfant fou.

Cotterell s'était tu, à présent. C'était comme s'il avait disparu. Quelle taille faisait donc cet endroit ? Y avait-il des couloirs, des tunnels ? Si oui, où conduisaient-ils ? Combien d'hommes s'étaient abrités là-dessous ?

« Sergent ? »

Mackenzie se retourna. Un trou dans le mur marquait l'entrée de la salle suivante. Une lumière pâle dansait au sol. Il s'en approcha lentement, retenant son souffle, essayant de ne pas faire de bruit – exactement comme lors d'une attaque de tranchée, sauf qu'il n'était pas armé.

Cotterell se tenait devant lui, sa lampe formait une flaque de lumière à ses pieds.

« Qu'est-ce qu'il y a, mon vieux ? Qu'est-ce que vous avez vu, là-dedans ? »

Cotterell ne répondit pas. Il retourna vers les marches et disparut sans un mot, laissant Mackenzie seul. Derrière lui, dans la deuxième salle, le capitaine sentait un mouvement, une perturbation de l'air presque imperceptible, comme un battement d'ailes.

4

La plupart des officiers avaient quitté la salle à manger lorsque le général Parry sortit un tract qu'il poussa de l'autre côté de la table.

« Le troisième en un mois, mon général. Je me suis dit que vous devriez le voir. »

Le général de brigade Henley observait la rue. Le QG de la brigade avait été établi dans un hôtel de la rue Despret qui avait servi d'hôpital aux Allemands pour les victimes du gaz, mais en quatre ans, semblait-il, personne n'avait pensé à nettoyer les vitres. Il reposa le casse-noix à contrecœur et scruta les lignes aux caractères irréguliers.

« Un coup des Rouges, c'est ça ?

– Les objectifs politiques ne sont pas clairs. Si j'ai bien compris, mon général, il appelle à une sorte de purge.

– De purge ?

– Des classes dirigeantes – du pouvoir, donc. Le vocabulaire est assez biblique. »

Un capitaine d'état-major assis au bout de la table fumait une cigarette en couvant son quatrième verre de bordeaux.

« L'œuvre d'un fou. Du shrapnel dans le cerveau. »

Depuis quelques semaines, le penchant pour l'alcool du capitaine était devenu visible. Avant l'Armistice, cela lui aurait valu une réprimande, mais l'ennemi parti et la brigade démobilisée, on avait laissé couler.

« Peut-être bien, répliqua le général Parry, mais ça pourrait faire écho chez certains de nos gars.

– Nos gars ?

– Troisième paragraphe, mon général. »

Le général de brigade Henley sortit ses lunettes puis se pencha sur le tract. Il lut à haute voix :

« *Certains ont le pouvoir par droit de naissance, lequel n'est pas un droit, seules la déférence et la lâcheté le rendent tel. D'autres l'achètent.* » Henley grogna, tapota les extrémités de sa moustache. « *Rares sont ceux dont le courage a été forgé par le combat : des chefs de clan, qui rassemblent les hommes sous leur bannière aussi naturellement que l'essaim va à la ruche. En temps de guerre, ceux qui nous gouvernent les craignent davantage que l'ennemi.* » Le général de brigade secoua la tête. « Je ne vois toujours pas ce...

– Continuez à lire, mon général. »

Henley fronça les sourcils.

« *Qu'est devenu ce héros de La Bassée et de Longeast Wood, qui a chevauché la crête de Bazentin sur son cheval noir et...* »

Le capitaine d'état-major leva les yeux, frappé par le brusque silence du général de brigade.

« C'était le colonel Rhodes, n'est-ce pas ?

– Je le crains, répondit Parry.

– *La traîtrise a été sa récompense. Nos maîtres savaient ce que nous savons : leur ruine est écrite dans le sang des déchus.* » Henley reposa le tract. « Quel fatras d'inepties. C'est une grenade boche qui a eu raison de Rhodes.

– Il était vivant quand il a été ramené par bateau en Angleterre, dit Parry.

– Graves blessures à la tête. Pire que mort », répliqua Henley en secouant la tête.

Le capitaine d'état-major leva son verre.

« Rhodes était un excellent commandant de bataillon – le meilleur. Le 7e régiment n'était rien avant lui, et pas grand-chose après.

– Je note votre opinion, commenta Parry.

– Au diable l'opinion ; c'était une légende, un Hector. Il aurait dû faire partie de l'état-major. »

Le capitaine vida son verre.

« C'était un sang-mêlé, bien sûr – l'armée indienne et tout le toutim. J'imagine que c'est ce qui a mis le holà. »

Henley était perdu dans ses pensées. De fait, on avait proposé au lieutenant-colonel Rhodes un poste au sein de l'état-major de la 3e armée, mais il avait décliné. Ç'avait été le premier indice que ses ambitions étaient possiblement plus grandes que de devenir un banal commandant d'infanterie ; que ce qui lui importait plus que tout était sa réputation auprès des simples soldats, pas des huiles de l'armée.

Henley repoussa le tract.

« D'où ça vient ?

– C'est confus. Des copies circulaient à Charleroi. Un sous-officier a vu quelque chose du même acabit à Boulogne avant la mutinerie. »

Henley secoua la tête. Depuis l'Armistice, les journaux regorgeaient d'articles sur des manifestations et des grèves pour la revalorisation des pensions et des salaires – dans les mines, sur les quais et aux chemins de fer, même au sein de la police. Cinq mille troupes, impatientes d'être démobilisées, s'étaient mutinées à Calais. Au pays de Galles, des émeutes menées par des soldats canadiens avaient fait cinq victimes. La Guards Division avait été retirée d'Allemagne, elle rentrait à Londres : c'était la seule formation sur laquelle le gouvernement pensait pouvoir encore compter.

« Dites aux commandants de bataillon de guetter tout éventuel distributeur de tracts. Mais pas de fouilles générales. Il ne faudrait pas déclencher une révolte. »

On frappa à la porte. Dawson, le sergent du mess, entra et salua.

« Pardonnez-moi de vous déranger, mon général. Je n'étais pas sûr que vous...

– Qu'y a-t-il ? »

Tous les hommes présents servaient dans la East Lancashire Division, mais le sergent était le seul chez qui ça s'entendait.

« Vous avez de la visite, mon général. Une femme.

– Une femme ?

– Une dame, mon général. » Dawson s'avança en tendant un bout de papier. « Je lui ai demandé d'écrire son nom. »

Henley s'empara de la feuille.

« Pas de femme dans le mess, Dawson, répliqua le capitaine d'état-major. À quoi jouez-vous ? »

Amy Vanneck se tenait seule au bout du corridor, frémissant dans son pardessus noir, les doigts serrés autour des poignées en rotin d'un sac de voyage. De part et d'autre, derrière des portes closes, retentissaient de fortes voix masculines ponctuées par le claquement de boules de billard. Outre l'odeur prégnante du tabac, il flottait dans l'air des relents de cuir, caractéristiques d'un monde masculin d'astiquage, de tradition et de discipline. Elle essayait d'imaginer Edward en ce lieu, de se le représenter à l'aise, à sa place, de façon à pouvoir se sentir elle-même moins incongrue.

Quatre jours s'étaient écoulés depuis qu'elle avait effectué la traversée à destination de Boulogne, quatre jours sur les rails et les chemins de terre, quatre nuits à somnoler dans des voitures et des salles d'attente. Elle était arrivée le matin même à la ville fortifiée de Maubeuge, une dizaine de kilomètres plus loin. Une pension de famille minable avait accepté son argent pour une chambre. Mais, s'était-elle rendu compte, tout repos était impossible. Après une brève tentative, elle s'était lavée, changée, puis avait pris le premier train pour Jeumont, où la brigade d'Edward était désormais basée.

La France n'était pas comme elle se l'était imaginée : elle était plus vaste, plus vide, plus délabrée. Les villes et les villages qu'elle avait aperçus à travers les vitres des wagons, claquemurés, paraissaient hostiles. Il y avait peu d'arbres ou de haies pour adoucir les casernes en briques nues qui semblaient peser sur la terre comme une présence étrangère. Même Amiens, enveloppée d'une brume hivernale sablonneuse, au lieu de la capitale provinciale bouillonnante de son imagination, était grise et à moitié désertée, chaque rue dévastée par des obus. Après avoir passé quelques minutes dans le centre-ville, elle était retournée avec soulagement à la gare du Nord. Au milieu des autres voyageurs fatigués, elle se sentait un peu moins seule.

Dehors, au bout de la rue, un commandement aigu retentit. Des godillots frappaient les pavés en ordre dispersé. Un sous-officier faisait réviser les pas à des recrues, la voix lourde de dédain. Edward, pourtant maître d'école, n'avait jamais été très porté sur l'ordre et la discipline. Lui, c'était la musique qu'il aimait – n'importe quel genre de musique. Une fois, chez lui, Amy avait été réveillée par un étrange son persistant. Elle avait dévalé l'escalier : la table de la cuisine était couverte de vieilles bouteilles et de verres remplis d'eau à différents niveaux et disposés selon leur tonalité. Edward, à moitié nu, tapait la « Danse des petits cygnes » du *Lac des cygnes* avec deux cuillères au manche en os.

« Qu'en penses-tu ? avait-il lancé sans s'interrompre. Tu crois que je pourrais gagner trois sous sur la place du marché ?

– Je ne suis pas sûre que Tchaïkovski approuverait.

– Piotr Ilitch ? Il adorerait. Ce serait une libération. Une échappée de ce satané Bolchoï, et pas trop tôt, encore ! »

Sur ce, il s'était mis à jouer le « Galop infernal », extrait de *Orphée aux Enfers*. C'était ça la musique pour lui : une libération, un exutoire – elle l'avait alors clairement compris pour la première fois. La musique parlait au cœur et du cœur, libre des entraves, des règles, des conventions et de l'étiquette. Edward essayait d'instiller la même idée chez ses élèves, lui avait-il expliqué.

« La musique dit ce qu'elle a envie de dire, même quand nous ne le pouvons pas. »

Amy l'avait cru sur parole quand il lui avait déclaré que l'armée était l'idée qu'il se faisait de l'enfer. Et pourtant, en enfer, il y était allé.

Une porte claqua. Le sergent du mess réapparut.

« Suivez-moi, je vous prie, miss. »

À l'étage au-dessus se trouvait une vaste salle à manger. Des bûches fumaient dans le foyer d'une cheminée en marbre, au-dessus de laquelle était accroché le tableau d'un paysage noirci par la suie. Maladroitement, deux hommes se levèrent pour accueillir Amy. Le plus jeune n'était guère plus âgé qu'Edward, élégamment vêtu, chaussé de lunettes. L'autre devait être le général de brigade Henley. Ils se présentèrent et l'invitèrent à s'asseoir.

« Merci de me recevoir, général. »

Henley jeta un œil à l'épingle de cravate ornée d'une perle sur le revers du manteau d'Amy. Il avait des yeux foncés, perçants, qui n'étaient pas dénués de chaleur.

« Sergent, apportez à miss Vanneck un… Voulez-vous boire un thé ou… ? »

Amy se racla la gorge.

« Non, merci. »

Les hommes se rassirent.

« Miss Vanneck, dois-je comprendre que vous êtes venue ici non accompagnée ? demanda Henley.

– Je dois retrouver une amie dans quelques jours.

– Puis-je vous demander où ?

– À Amiens. »

Amy tenta de faire entendre davantage la certitude que l'espoir dans sa voix. Le fait est qu'elle n'avait écrit à Kitty qu'après être arrivée en France. Et qu'elle n'était pas sûre de la réception qui serait faite à sa lettre. Avant que les événements chez elle lui aient forcé la main, avant son départ précipité pour le continent, elles avaient prévu de faire le trajet ensemble. Ce n'était pas qu'une question de solidarité. Kitty avait ses propres raisons d'effectuer ce voyage : son frère John, lieutenant dans un des régiments du Hampshire, avait été tué dans la Somme au mois de septembre précédent. On lui avait attribué un champ d'inhumation proche de la ligne de front, mais l'armée ne parvenait plus à localiser sa tombe. Aucune explication n'avait été donnée à la famille, ni la moindre assurance qu'une recherche plus poussée serait menée. Ils devaient accepter la situation, un point c'est tout. Kitty avait été bouleversée, outrée. Son cher frère méritait mieux : une sépulture digne, une pierre tombale avec un nom, un endroit où l'on pouvait se recueillir. Elle y veillerait personnellement, s'il le fallait.

Mais tout cela s'était passé plusieurs mois auparavant. La douleur du chagrin s'était peut-être atténuée pendant cet intervalle. Peut-être Kitty avait-elle fini par accepter l'idée que son frère gisait dans une tombe anonyme, ou sous une pierre où il était écrit *Known but to God*, connu de Dieu seul. Ce n'était qu'un homme parmi des milliers, après tout. Le fait qu'Amy se trouvait déjà en France permettait à Kitty de faire plus facilement machine arrière. Elle n'aurait qu'à ignorer la lettre de son amie, ou prétendre qu'elle n'était jamais arrivée. Peut-être était-ce trop d'attendre davantage.

« Amiens, vous avez dit ? » Le général de brigade semblait perplexe. « Et en attendant, vous êtes complètement seule ? »

Amy acquiesça.

« Votre père sait-il que vous êtes là ?

– Évidemment.

– Et il approuve ? »

Amy hocha la tête.

« Il comprend : s'il y a la moindre chance de retrouver mon fiancé – de l'identifier –, il faut la saisir. »

Henley et le général Parry échangèrent un regard.

« Edward a disparu au combat le 17 août de l'an dernier. »

Durant quelques secondes, le silence régna dans la pièce. Comme si Amy avait dit quelque chose de dérangeant ou de bizarre. Le champ de bataille, même alors, était lui aussi un domaine réservé : aux soldats, aux hommes. Dans le ferry au départ de Folkestone, elle avait vu peu d'Anglaises, et après Amiens, plus aucune. Ceci expliquait peut-être cela. Peut-être percevaient-elles ce qu'Amy n'arrivait pas à ressentir : que la place des hommes qu'elles aimaient était ici, en compagnie martiale, qu'ils soient morts ou vivants.

Le général de brigade baissa le menton sur la poitrine.

« Je vois. Donc vous êtes venue retrouver ses… *le* retrouver ? »

Le général Parry esquissa l'ombre d'un sourire.

Amy hocha la tête.

« Le capitaine Edward Haslam, du 7e régiment de Manchester. »

Le sourire de Parry s'évanouit. Il jeta un œil à Henley, mais le général de brigade demeurait impassible.

« Et dans l'hypothèse où vous réussiriez à le trouver, alors quoi ?

– Alors je veillerais à ce qu'il ait une tombe à son nom, répondit Amy avant de déglutir. Ne le lui doit-on pas ? »

Henley hocha la tête.

« Si, bien sûr. Mais comment comptez-vous mener à bien cette tâche ?

– Je veux trouver l'endroit où Edward a été vu pour la dernière fois. C'est la première étape.

– Et la deuxième ?

– Des traces, n'importe lesquelles. Peut-être quelque chose a-t-il été raté ou mal consigné. Peut-être a-t-il été trouvé par quelqu'un. Il peut y avoir des erreurs, non ? »

Henley hocha la tête.

« Parfois, sans doute. Et s'il n'y en a pas eu, d'erreur ?

– Alors j'irai à l'endroit où il se trouvait et je chercherai. »

Henley fronça les sourcils.

« Vous n'avez quand même pas l'intention de vous rendre sur les champs de bataille ? J'ai bien peur que cela vous soit impossible, à l'heure qu'il est. »

Amy avait la bouche sèche. Une carafe d'eau était posée devant elle, mais elle avait peur de demander à boire, peur d'avoir l'air encore plus faible qu'il n'y paraissait déjà.

« L'armée n'y fait-elle pas travailler des hommes, à l'heure actuelle ?

– Des soldats, miss Vanneck, et des coolies. Ils sont habitués à ces conditions. Ils ont une constitution adaptée. Sauf votre respect, ce n'est pas votre cas, rétorqua-t-il avant d'ajouter, en guise de concession : Je ne parle pas de vous à titre personnel, évidemment. Je parle du sexe faible en général. »

Amy ne protesta pas. Les champs de bataille étaient peut-être toujours soumis à la loi martiale.

« J'espérais que ça pourrait…

– Quoi qu'il en soit, n'est-ce pas sa famille qui devrait s'en charger ? la coupa Henley. Sa mère ? Son père ?

– Les deux parents d'Edward sont morts. »

Henley soupira.

« Je vois.

– J'ai reçu quelques informations de la part du colonel de son régiment.

– Le général de division Barnard ? »

Amy plongea la main dans son sac et tendit la lettre au général Henley, le regardant survoler les expressions préliminaires de regret, avant de se concentrer sur les lignes importantes.

Le 7 juin, la 42e division a été postée sur la ligne de front à trois kilomètres au nord de la rivière Ancre. Durant les six semaines qui suivirent, les attaques menées par certains éléments de la division sont parvenues à repousser l'ennemi d'une centaine de mètres. Ayant perdu des points clés sous la crête de Serre le 16 août, l'ennemi a contre-attaqué cette même nuit. La division s'est massivement investie, et ce n'est que le lendemain matin, une fois l'ennemi repoussé, que l'absence du capitaine Haslam a été remarquée.

À cette époque, la ligne de front était mouvante, et les pertes importantes. La 42ᵉ division avait passé soixante-quinze jours consécutifs sur cette ligne, période qui a dû exacerber la tension des opérations, et des hommes eux-mêmes. Il n'est pas dans l'habitude de l'armée de garder les divisions au front aussi longtemps.

Je regrette que le destin de votre fiancé demeure inconnu. Cependant, l'armée a entrepris de fouiller le front d'une manière qui était impossible pendant les hostilités. Si d'autres informations viennent au jour, nous vous les transmettrons.

En attendant, il vous sera sans doute réconfortant de savoir que le capitaine Haslam s'est battu vaillamment et sans faillir au service de son pays, et pour ceux qu'il aimait.

Henley replia la lettre, puis la rendit.

« Très détaillé. Je ne sais pas trop ce que je peux ajouter. »

Amy avait plusieurs fois soumis des demandes au sujet du régiment, aucune n'avait reçu de réponse. Ce n'est que lorsque son oncle Evelyn avait intercédé en sa faveur que Barnard avait jugé bon d'écrire.

« J'espérais que les camarades d'Edward pourraient en savoir davantage, expliqua-t-elle. Ils ont peut-être vu quelque chose. »

Henley sortit une cigarette d'un étui en argent. Il l'allumait lorsque le général Parry lui murmura quelque chose à l'oreille. Le général de brigade fronça les sourcils, puis rouvrit l'étui.

« Miss Vanneck, je présume que vous ne... ? »

Amy secoua la tête. Sa mère lui avait toujours dit que fumer était l'apanage des femmes déchues.

Henley remisa l'étui puis se renfonça dans son fauteuil.

« Miss Vanneck, je dois louer votre ingéniosité, pour être arrivée aussi loin, et vous avez toute ma compassion, mais j'ai bien peur qu'il s'agisse d'une affaire qu'il vous faille simplement laisser à l'armée.

– Mais l'armée ne rentre-t-elle pas chez elle ?

– Il n'empêche, un effort considérable est produit pour nettoyer… pour *retrouver* les morts et les disparus, et les identifier quand cela est possible. La présence de civils dans les zones d'opérations ne peut qu'entraver cet effort, rétorqua Henley avant de se radoucir. Et je suis sûr que ce n'est pas ce que vous recherchez.

– Mais combien d'hommes manquent à l'appel ? Et combien sont-ils à les chercher ?

– Je n'ai pas les chiffres en tête, mais identifier les morts est la priorité numéro un, je peux vous l'assurer.

– J'ai entendu dire que dans les Flandres, il y avait des cimetières remplis de tombes anonymes. »

Henley jeta un œil au général Parry, comme s'il avait voulu qu'il explique, mais Parry resta muet.

« C'est la guerre qui veut ça, j'en ai peur. Surtout à une échelle pareille, avec des combats qui ont presque tous eu lieu au même endroit, expliqua-t-il avec un raclement de gorge. Il se peut que nous devions nous résigner à ce que nombre des disparus le restent, quand bien même nous souhaiterions le contraire. »

Amy serrait les mains l'une contre l'autre sur ses genoux.

« Y a-t-il une chance qu'Edward ait été fait prisonnier ? »

Le général de brigade retira un brin de tabac posé sur sa langue.

« Je ne connais malheureusement pas les circonstances, mais si tel était le cas, il aurait été relâché à l'heure qu'il est. En plus, en août dernier… »

De nouveau, Henley lança un regard au général Parry.

« En août dernier, la majeure partie de la brigade avançait, intervint Parry. Parmi nos hommes, très peu ont été capturés, et certainement pas des officiers. »

Amy perçut du dédain dans sa voix, comme si la capture impliquait la reddition, et la reddition la lâcheté.

« Mon oncle m'a dit qu'il était important de s'entretenir avec des membres du bataillon. »

Henley la dévisagea à travers le panache de fumée tourbillonnant. Elle veilla à ne pas détourner les yeux.

« Et votre oncle est... ?

– Sir Evelyn Vanneck. »

Elle avait employé ce nom délibérément, en espérant le voir produire le même effet sur le général de brigade Henley que sur le général de division Barnard. Son oncle, avocat de formation, travaillait au ministère des Affaires étrangères. Amy ne connaissait personne qui voyageait autant, en tant que membre de diverses délégations, pour se rendre à des conférences et à des conventions diplomatiques, de la substance desquelles il lui était interdit de parler. Quand Amy était petite, il revenait avec des cadeaux exotiques qui la fascinaient : une poupée de soldat barbu venant de la cour russe, la figurine en verre vénitien d'un cheval caracolant, un plateau d'échecs à motifs venu de Samarcande – bleu comme les mosquées de la route de la soie, disait-il. Mais avec l'irruption de la guerre, ses visites s'étaient presque complètement arrêtées. Amy était parvenue à le présenter à Edward quand sir Evelyn était à Cambridge et qu'elle y séjournait avec sa tante. Elle avait espéré que le jeune homme recevrait l'approbation enthousiaste de son oncle, hélas, lors de cette rencontre Edward s'était montré réservé et son oncle préoccupé. Rien n'avait été rassurant.

De l'index, le général Henley tapotait le rebord de la table.

« Ma foi, puisque vous êtes là, miss Vanneck, il ne peut pas y avoir de mal à ce que vous parliez avec le commandant. Il pourrait connaître des détails susceptibles de satisfaire votre curiosité, même si je ne compterais pas trop dessus.

– Puis-je vous demander pourquoi ?

– Je vous laisserai le découvrir par vous-même, répondit-il en se levant. Pardonnez-moi, mais j'ai malheureusement des obligations à assumer. Général Parry, ayez la gentillesse d'escorter miss Vanneck jusqu'au QG du 7e bataillon. Demandez au commandant de lui fournir toutes les informations possibles.

– Bien, mon général.

– Et ensuite, veillez à ce qu'elle remonte dans son train. »

Le camp du 7e régiment de Manchester était dressé dans un champ en limite nord de la ville, en vue d'une église en pierre, où les tentes jaunes se pelotonnaient en rangs serrés autour d'un mât. Les quartiers généraux avaient été établis dans une ancienne usine, devant laquelle étaient attroupés des civils tenus en respect par deux sentinelles qui saluèrent le général Parry lorsqu'il se fraya un passage.

« Votre commandant est bien là ?

– Oui, mon général.

– Très bien. Par ici, miss Vanneck. *Reculez, s'il vous plaît* !* »

La foule s'exécuta de mauvaise grâce. À l'intérieur, plus sombre et moins bruyant, l'air glacial était alourdi d'une odeur de terre humide, et une machine à écrire cliquetait, invisible. Des marches en bois conduisaient à un étage supérieur. Ils se trouvaient à mi-chemin lorsqu'un civil à la carrure imposante avec une écharpe autour du cou apparut au-dessus d'eux, suivi par une femme au visage sévère coiffée d'un chapeau noir.

Un sergent se tenait derrière eux.

« Circulez, maintenant, *fissa* ! »

En voyant le général Parry, il salua.

« Je vous demande pardon, mon général. Je ne vous avais pas vu. »

Les civils les bousculèrent.

Au sommet des marches, il y avait un bureau. Amy vit un secrétaire à cylindre, un meuble classeur, et au mur une pendule d'usine aux aiguilles noires rouillées.

Parry frappa au chambranle de la porte.

« Des problèmes avec les locaux, colonel ? »

Un officier, vautré dans un fauteuil devant le bureau, essayait d'allumer une pipe.

« La routine : vente d'alcool après l'heure. Ils aiment pas trop que les Rosbifs leur demandent de fermer. »

Il leva les yeux et vit Amy sur le seuil. Il avait la peau grêlée et des oreilles d'elfe, mais pour elle ce n'était qu'un énième uniforme kaki : il lui était difficile de voir l'individu caché derrière.

« Miss Vanneck, je vous présente le lieutenant-colonel Webster », déclara Parry.

Amy tendit la main. Edward n'avait jamais mentionné d'officier dénommé Webster. Il devait être nouveau dans le bataillon. Le sergent entra derrière elle.

« Miss Vanneck était fiancée au capitaine Haslam, colonel, dit Parry. C'était bien Haslam ?

– Oui, Edward Haslam. »

Amy scruta le visage de Webster en quête d'une trace de compassion ou de regret : elle n'en trouva aucune.

« Le capitaine a été déclaré disparu l'an dernier, expliqua Parry. En août.

– Le 17 août, précisa Amy.

– Miss Vanneck voudrait des informations quant aux circonstances, colonel. Le général de brigade vous demande si vous pourriez l'aider. »

Webster jeta un œil à Amy, comme s'il doutait de la vérité de cette affirmation. Elle devinait ce qu'il devait penser : voilà une de ces nouvelles races de femmes – sûres d'elles, peu féminines – qui, après leur participation à l'effort de guerre, se sentent autorisées à aller où bon leur semble et à faire ce qui leur chante.

« D'accord, voyons voir. »

Webster cala sa pipe entre ses lèvres et sortit une clé.

« Asseyez-vous donc. »

Il désigna une chaise droite.

« Le journal de bord du bataillon pourrait nous éclairer un peu sur cette affaire. »

Amy s'assit.

« Vous le connaissiez, colonel ?

– Hélas, non. J'ai été transféré d'une autre division en octobre dernier. Je n'ai jamais eu le privilège de commander le capitaine Haslam – cela dit j'ai cru comprendre qu'il s'agissait d'un officier hors pair. »

Un officier hors pair. Cette phrase constituait un ingrédient habituel des condoléances militaires. Les officiers morts étaient tous hors pair. La médiocrité était le lot des survivants.

« L'officier ici présent est le seul survivant, déclara Webster. Depuis combien de temps êtes-vous avec nous, sergent ?

– Depuis le 17 octobre, mon commandant. J'étais dans la compagnie D, à l'époque. Le capitaine Haslam, je l'ai pas côtoyé beaucoup. Je le connaissais de vue, quoi.

– Vous rappelez-vous quand il a été porté disparu, ce qu'il s'est passé ? demanda Amy.

– Pas vraiment, non. C'était un sale moment. On est restés au front un sacré bout de temps.

– Soixante-quinze jours. »

Pour la première fois, le sergent la regarda dans les yeux.

« Ça doit être à peu près ça, miss. Une vraie pourriture, ces champs de bataille. Ça vous fout les jetons, surtout avec les tombes dézinguées, et j'en passe.

– Oui, merci, sergent », intervint Parry.

Webster avait déverrouillé le secrétaire. Il sortit un épais volume relié à la va-vite, qu'il se mit à feuilleter. Avec ses larges marges et ses lignes tracées à la règle, l'ouvrage ressemblait à un livre de comptes, où les cases étaient remplies d'une belle écriture à la main.

« Il est écrit qu'ils étaient au front à l'est d'Auchonvillers, à trois kilomètres de l'Ancre. »

Webster tourna une autre page et lut une entrée :

« *9 août : ont quitté Rob Roy pour les tranchées de réserve Legend et Dunmow, à trois mille mètres à l'ouest de Serre. Relevés par les 7e fusiliers du Northumberland.* »

Edward lui avait une fois expliqué les dangers de la rotation des bataillons en première ligne. Si l'ennemi en avait vent, il lançait des fusées et pilonnait la zone, en espérant piéger les hommes dans les étroits boyaux de communication. En général, les unités se déplaçaient en plein cœur de la nuit, en silence.

« Je crains qu'il vous faille une carte des tranchées pour arriver à comprendre ces endroits, dit Webster.

– Pourriez-vous m'en prêter une ?

– J'ai bien peur que ce ne soit impossible, répondit le général Parry. Les cartes des tranchées constituent des renseignements militaires vitaux. L'ennemi serait prêt à tout pour mettre la main dessus.

– L'ennemi ? Mais n'est-il pas... ?

– Les règles sont les règles, coupa Parry. Je suis sûr que vous comprenez. »

Amy répéta les noms dans sa tête : *Rob Roy, Legend, Dunmow.* À quelle distance de ce secteur gisait Edward : cent mètres ? Mille cinq cents ?

« Et après ça ? »

Webster retourna au journal de bord. Même de là où elle se trouvait, Amy voyait que les entrées devenaient plus courtes.

« La brigade a de nouveau avancé la nuit du 12 au 13. *Lourdes contre-attaques ennemies pour regagner les avant-postes perdus, toutes repoussées.* » Webster fit courir un doigt sur l'écriture serrée et angulaire, puis tourna une page. « *15 août : ligne de réserve.* Il est écrit qu'il y a eu des tirs d'obus. Quatre blessés par des éclats. Et le 16... » Il tourna encore une page, sourcils froncés. « Rien. Juste une liste de victimes. Ça doit être quand le commandant a été blessé.

– Le commandant ?

– Le lieutenant-colonel Rhodes, précisa Webster en plissant les yeux sur l'écriture. C'est écrit, oui... *Le 17 à l'aube, tentative ennemie de regagner les vieilles tranchées à l'ouest de Serre, en commençant par du gazage et du pilonnage. Lt. col. Rhodes trouvé gravement blessé par une grenade. Avec deux bataillons de Néo-Zélandais, contre-offensive et reprise des positions perdues vers 10 heures.* »

Webster fit pivoter le registre de façon qu'Amy puisse voir.

« Votre fiancé est répertorié ici. »

Elle lut son nom : *Cap. E. J. Haslam.* À côté se trouvait le seul et unique mot *Disparu.* Un instant, elle vit son visage : ses yeux marron, son sourire, l'odeur de sa peau. Évaporés, à présent, pour toujours.

Il y avait quatre noms au-dessus de celui d'Edward. En face des deux premiers était écrit *Blessé,* en face des deux suivants, *Tué.* Tous des officiers. Les victimes parmi les autres rangs – les simples soldats et les sous-officiers – n'étaient pas répertoriées sous leur nom. Leurs destins étaient résumés en une seule ligne : *autres rangs 23 tués ; 19 blessés.*

Amy se sentait vaciller.

« C'est tout ce que vous avez ?

– S'il y avait eu d'autres informations, répondit Parry, elles auraient été communiquées à sa famille.

– Le colonel Rhodes n'est pas...

– Ses blessures étaient graves.

– Pourrais-je parler à son remplaçant ?

– J'ai bien peur que non. Le général Blomfield est mort. Tué sur la crête de Beaucamps environ six semaines après sa prise de commandement.

– Alors des camarades d'Edward, dans la compagnie C... Edward en avait mentionné certains. J'ai écrit tous leurs noms. »

Amy sortit de sa poche un bout de papier qu'elle tendit au colonel Webster. Il s'en empara en jetant un œil à Parry.

« Le problème, miss Vanneck, c'est que le bataillon a subi de grosses pertes à la fin du mois de septembre, dans l'attaque de la ligne Hindenburg.

– Grosses comment ?

– L'ennemi se trouvait dans des positions bien préparées. Nids de mitrailleuses, béton – et barbelés, évidemment. Notre brigade est arrivée à passer, mais les autres se sont fait bloquer en attaquant des positions élevées. Nos gars ont fini par se faire mitrailler des deux côtés. Le 7e régiment est celui qui a subi les plus lourdes pertes, malheureusement.

– Le premier jour nous avons perdu trois cents hommes sur quatre cent cinquante, précisa Parry. Et douze officiers sur seize. »

Le colonel Webster considéra la liste d'Amy.

« Je suis désolé, mais je doute qu'aucun de ces hommes soit encore parmi nous. Le bataillon est reparti dans le dur en octobre, et là aussi nous avons eu des victimes. »

Amy sentit le sang quitter son visage. Le bataillon d'Edward n'existait plus. Ses camarades avaient été laminés, remplacés. C'était cela que le général de brigade avait été réticent à lui dire : elle arrivait trop tard.

Debout, les mains derrière le dos, Parry la regardait attentivement. Il la jaugeait, essayait de la déchiffrer.

« J'ai bien peur que le général Henley ait eu raison, miss Vanneck. Votre présence ici ne sera absolument d'aucune utilité. Je m'étonne que votre père ait pu penser le contraire. »

Il avait percé son mensonge et voulait qu'Amy le sache.

« Je suis navré que vous n'ayez pas été mieux conseillée. »

Amy retourna seule à la gare, la tête dans du coton, le pas lourd. Elle avait mis beaucoup d'espoir dans le 7e régiment de Manchester, mais il avait été mal placé. Pour les officiers survivants, le capitaine Haslam n'était qu'un nom dans un registre, un nom qui ne signifiait presque rien. Si elle voulait le trouver, elle devrait le faire sans leur aide.

Une simple ampoule électrique brûlait au guichet de la billetterie. Dehors, sur le quai étroit, tout était sombre. Un estaminet voisin faisait bamboche, un air de piano et des voix gaillardes s'élevaient dans la nuit.

Une bourrasque de vent plaqua un tract chiffonné contre la bottine d'Amy. Elle se baissa pour le retirer : d'épaisses lignes tapées à la machine s'étalaient en gros caractères irréguliers. Là où les lettres étaient lisibles, elle déchiffra :

Nos maîtres savaient ce que nous savons : leur ruine est écrite dans le sang des déchus.
Nos chefs naturels ont été trahis, mais ils reviendront.
Les graines ont été semées, et bientôt viendra le jugement dans le sang.
Camarades ! L'heure est venue. Le glaive forgé dans la fournaise de la bataille éradiquera le chancre de notre terre. Soyez prêts !
NOUS SOMMES CE GLAIVE !

Elle s'affaissa sur le banc en dessous de l'horloge. Loin devant, là où la rue de la Gare traversait les rails, elle repéra une femme seule qui passait devant le mess des officiers. Celle-ci alla jusqu'au coin de la rue, puis revint sur ses pas. Elle avait presque disparu lorsqu'une autre silhouette, plus grande, s'arrêta devant elle. Il y eut un bref échange.

Soudain, Amy se rendit compte qu'elle n'était pas seule.

« Vous êtes là, miss ? »

Plus loin sur le quai, une lumière balayait l'obscurité.

« Oui, par ici. »

La voix se rapprocha.

« Sergent Dawson. Le général de brigade m'a demandé de vous accompagner au train. Tout va bien, miss ? »

Amy reconnut le sergent du mess du quartier général de la brigade.

« Oui, très bien.

– Vous ne préférez pas attendre dedans, miss ? Fait pas chaud dehors.

– Ça va, je vous remercie.

– Comme vous voulez, miss. » Dawson jeta un œil par-dessus son épaule. « Alors comme ça j'ai entendu que c'était une carte des tranchées que vous cherchiez. Voilà la dernière qui a été faite autour de Serre. »

Il lui déposa une carte pliée dans la main. Le papier, épais, était d'un blanc pâle et fibreux. Sur le recto était imprimé le diamant rouge et blanc de la 42e division.

« Ces cartes ne sont-elles pas secrètes ? »

Dawson s'esclaffa.

« Y en a quelques-unes qui traînent dans le mess. Elles ne sont plus bonnes qu'à faire des souvenirs. »

Amy plongea la main dans son sac.

« Je vais vous payer.

– Pas besoin, miss », répliqua Dawson, mais lorsque Amy lui tendit un billet de vingt francs, il le fourra bien vite dans la poche de son pantalon. « Qu'est-ce que ça a donné, avec le bataillon ? On vous a appris quelque chose ? »

Amy secoua la tête.

« Il ne reste plus personne. Personne ne se souvient même de lui. »

Un sifflet annonça l'arrivée du train. Dawson conduisit Amy au bout du quai. La majeure partie des voitures étaient vides. Seuls trois passagers descendirent, dont deux soldats.

Dawson tint la porte ouverte. Même dans l'obscurité, Amy voyait bien qu'il retenait une information. Il referma la porte, mais avant qu'elle puisse se diriger vers un compartiment, il tapa contre la vitre.

« Il y a un caporal de la compagnie C, Staveley qu'il s'appelle, murmura-t-il. Accident de moto. On l'a emmené dans un hôpital d'évacuation à Maubeuge. Il pourrait savoir une ou deux choses, s'il est toujours... »

Le sifflet retentit de nouveau. Le train s'ébranlait déjà.

« Staveley. Merci.

– Mais ne lui dites pas que je... » Les mots de Dawson furent noyés dans le bruit du frottement de l'acier contre l'acier. « Vaut mieux pas mentionner mon nom du tout. »

Amy n'était pas sûre d'avoir bien entendu. Elle resta à la fenêtre de la voiturc jusqu'à ce que la gare et la ville ne soient plus que quelques points lumineux falots dans l'obscurité.

5

L'hôpital d'évacuation n° 55 occupait un ancien asile psychiatrique aux abords de Maubeuge, à l'est, un bâtiment symétrique, sans âme, de brique et de pierre, aux fenêtres barrées de fer. Deux rangées de tentes séparées par des caillebotis se dressaient dans la cour, où des bourrasques de vent soulevaient les toiles crasseuses, laissant apercevoir l'intérieur : lits de camp vides, chaises renversées, aucun patient ni personnel médical. Derrière le haut mur du jardin, visible à travers une grille en fer forgé, se déployait un cimetière, où la terre retournée était nue sous des croix noires en bois.

Dans le bâtiment principal résonnaient des quintes de toux et des claquements de talons. Une des fenêtres du hall d'entrée était ouverte et se balançait d'avant en arrière, en cognant contre le montant.

« Miss Henderson ? »

Amy sursauta.

« Si vous pouviez vous changer immédiatement. Nous vous attendions à 8 heures. »

Amy se retourna et se retrouva face à une sœur vêtue de l'uniforme blanc des infirmières.

« Je suis désolée. Je ne m'appelle pas Henderson.

– Qui êtes-vous, alors ? »

Amy se présenta et tendit la main, remarquant trop tard qu'elle avait de la boue sur ses gants. La femme se contenta de froncer les sourcils. Âgée d'une quarantaine d'années, émaciée.

« Vous ne faites pas partie du service d'infirmières ?

– Non.

– Qu'est-ce que vous faites ici ? »

Manifestement, les visiteurs n'étaient pas les bienvenus.

« J'aimerais voir le caporal Staveley.

– Staveley ?

– Du 7e régiment de Manchester.

– Pourquoi ? »

L'infirmière considérait la robe d'Amy. L'ourlet était noir. La charrette qui l'avait conduite ici depuis le centre-ville était chargée de charbon.

« Vous n'êtes pas de sa famille ? »

Amy secoua la tête.

« Mon fiancé servait avec le caporal dans la compagnie C. Son commandant, le lieutenant-colonel Webster, m'a suggéré de lui rendre visite. »

Elle espérait que cela suffirait : un nom lâché, la suggestion esquissée que la compassion était le moteur de sa visite.

« Staveley ? Vous êtes sûre ?

– Il pourrait se rappeler mon fiancé. Il ne reste presque plus personne d'autre. »

La sœur soupira.

« Je vois. Je m'appelle Adams. Je suis l'infirmière en chef. »

Quelque part au-dessus d'elles retentit un cri de terreur perçant, suivi par des pas précipités.

« Votre fiancé, est-il... ?

– Disparu. »

Sœur Adams hocha la tête.

« Ma foi, j'imagine qu'un brin de conversation ne pourra pas faire de mal. Mais ne vous attendez pas à tirer grand-chose de lui. L'esprit du caporal... Enfin, vous verrez par vous-même. »

Elle conduisit Amy à l'arrière du bâtiment puis en haut d'un escalier étroit. Deux portes fermaient l'accès au palier, toutes deux équipées de serrures et de verrous. De l'autre côté il y avait un couloir aux murs carrelés jusqu'à hauteur d'épaule, comme dans une boucherie. Une petite fenêtre donnait sur le cimetière.

« Est-il gravement blessé ?

– Il y a quelque chose qui cloche, chez lui – hormis les brûlures, je veux dire. Stress post-traumatique, peut-être, répondit sœur Adams en cherchant une clé dans sa poche. Il est allé faire une course à Amiens. Il prétend avoir eu une vision. Une heure plus tard, il fonçait droit dans un mur en brique avec sa moto, en plein jour. S'il y avait eu plus d'essence dans le réservoir, il aurait été brûlé vif. »

Elles s'étaient arrêtées devant une porte. Peinte d'un rouge sombre.

« On ne peut pas lui apporter l'aide dont il a besoin. Parfois je me dis qu'il serait mieux avec un prêtre. »

Sœur Adams déverrouilla la porte.

« Attendez ici que je vous appelle. Et soyez sur vos gardes. Il est parfois… imprévisible. »

De l'autre côté de la porte, la chambre était lugubre. Des rais de lumière pâle zébraient le plancher. Un liquide indéterminé avait été projeté contre le mur d'en face, laissant une tache brune granuleuse. Amy sentit un courant d'air, une odeur prégnante d'urine. Elle entendit l'infirmière poser une question d'une voix pleine de douceur. Elle se demandait quelle était la gravité des brûlures du caporal.

Sœur Adams réapparut, ouvrit grand la porte.

« La voilà, Jack, de la visite pour vous. »

Le patient, allongé, le buste soutenu par des oreillers, tournait sa tête en partie bandée vers la fenêtre. Là où la peau était visible – la joue gauche, quelques centimètres de front, la bouche et le nez –, elle était gonflée et couverte de taches brunes d'iode. Son sourcil gauche avait complètement disparu, remplacé par un bout de tissu cicatriciel violacé. Ses bras reposaient à l'extérieur de la couverture. Le gauche était bandé, il manquait trois doigts. Dans la main droite il tenait un petit objet métallique, qu'il grattait avec l'ongle du pouce fendillé.

Amy accepta un siège à côté du lit. Staveley avait les yeux rivés sur la route, celle qui menait à Amiens.

« Le fiancé de miss Vanneck était dans votre bataillon, expliqua gaiement sœur Adams. Je suis sûre que vous avez des tas de choses intéressantes à lui raconter : beaucoup de souvenirs du régiment de Manchester. »

Staveley ne bougea pas.

« Je lui ai dit que vous aviez reçu la médaille militaire. Pourquoi ne pas lui raconter comment vous l'avez obtenue ? »

Un souffle franchit les narines de Staveley.

« Racontez-lui la médaille, insista-t-elle. Cette jeune femme a fait toute la route depuis l'Angleterre. »

Staveley tourna légèrement la tête. La moitié de sa lèvre supérieure, repliée sur elle-même, laissait découverte en permanence une rangée d'incisives difformes. Amy avait du mal à le regarder.

« Il a sauvé un officier blessé dans le no man's land, expliqua sœur Adams, juste sous le feu de l'ennemi. Un courage remarquable, à ce qu'on dit. »

La poitrine du caporal se souleva, il respira avec un sifflement. Puis reporta son regard sur la route.

« Mon fiancé s'appelait Edward Haslam, expliqua Amy. Capitaine Haslam. On m'a dit que vous étiez dans sa compagnie. »

Les yeux de Staveley croisèrent enfin les siens.

« C'est vrai, n'est-ce pas, Jack ? demanda sœur Adams.

– Je voulais juste savoir si vous étiez près de lui quand… Si vous aviez la moindre idée de ce qu'il est devenu ? »

De la bouche de Staveley sortit un cliquetis sec :

« Rose. »

Davantage un grognement qu'un mot.

« Il a soif », dit Amy.

Sœur Adams s'empara de la cruche en terre posée à côté du lit.

« Vous avez soif, Jack ? Je vais aller vous chercher de l'eau. »

Elle emporta la cruche.

« Qui est Rose ? demanda doucement Amy. Est-elle votre…

– *Rose.* »

Du bras, Staveley traça un cercle maladroit au-dessus des couvertures. Il voulait qu'Amy se rapproche. Pensait-il qu'elle était Rose ? Son amoureuse, sa femme ? Elle se pencha vers lui. Peut-être ses yeux avaient-ils également été touchés. Peut-être ne voyait-il pas bien.

De la main il traça un nouveau cercle impatient dans l'air. Amy se rapprocha encore, suffisamment près pour déceler un soupçon de décomposition derrière l'antiseptique. Staveley agitait la langue derrière ses dents jaunes, en quête d'humidité.

« *Curl. Rose.* »

Il tendit la main. Sur sa paume était lovée une petite figurine nue en métal doré : un bébé dodu avec une tête en bois. Ses yeux verts écarquillés étaient deux perles de verre. C'était un porte-bonheur, un *fumsup*. Amy en avait vu en vente en Angleterre.

Soudain, elle comprit : le premier mot que Staveley essayait de prononcer était « colonel ».

« N'essayez pas de parler avant d'avoir bu. Sœur Adams est... »

Le porte-bonheur tomba de la main de Staveley. Amy se baissait pour le ramasser quand il se jeta sur elle.

« *Il vous trouvera !* »

Amy chancela en arrière, se cogna contre la table de chevet. Quand l'infirmière rentra précipitamment dans la chambre, Staveley était de nouveau affaissé contre les oreillers, la poitrine haletante.

« Que se passe-t-il ? Qu'est-ce que vous avez fabriqué, Jack ? »

Amy redressa la table.

« C'est ma faute. Je vais y aller. »

Sœur Adams remplit un verre d'eau qu'elle porta aux lèvres de son patient en lui soutenant la tête pendant qu'il buvait à grandes goulées.

« Il ne devrait pas être ici », dit-elle.

Staveley était incapable de coller ses lèvres autour du rebord. Il faisait des bruits de succion et de gargouillis.

« Il devrait être transporté en Angleterre, mais les papiers ne sont jamais arrivés. »

Le caporal soupira, son corps se détendait dans les bras de la sœur.

« Je suis désolée de vous avoir importunée, dit Amy. Inutile de me raccompagner. »

Elle atteignit la porte.

« Me souviens de lui. »

La voix était rauque et défaillante, mais Staveley était alerte, bien ancré avec elle dans l'instant présent.

« Le ch-chef de chœur.

– C'est bien ça, dit Amy en retournant vers le lit. Il vous en a parlé ? »

Staveley secoua la tête.

« C'était… » Il prit deux ou trois courtes inspirations. « … comme ça… qu-qu'on l'appelait pour… rire.

– Mais il était vraiment chef de chœur, dans une école de garçons. C'était son travail avant qu'il s'enrôle. »

Staveley esquissa un simulacre de sourire.

« Voyez-moi ça.

– La musique était ce qu'il aimait le plus, ajouta Amy, jusqu'à… jusqu'à ce qu'il vienne ici. »

Staveley pencha la tête. Amy entendit craquer les os de son cou.

« Il chantait une autre chanson à l'époque, hein ?

– Comment ça ?

– Encore une ou deux minutes, pas plus, intervint sœur Adams.

– Monsieur Staveley ? »

Staveley étrécit les yeux, un éclair de méchanceté derrière les fentes chassieuses.

« Z'êtes sûre que vous voulez toujours… ?

– Vouloir ? Vouloir quoi ?

– Lui. » Il respirait difficilement. « À n'importe quel prix ?

– Évidemment, répondit Amy qui ne savait pas trop ce qu'il voulait dire. Évidemment. »

Sœur Adams se dirigea vers un chariot où étaient alignés des bandages et des seringues.

« J'aimerais qu'il dorme, si possible. »

Staveley soupira. Il se tourna vers la route.

Amy essaya encore une fois d'attirer son attention.

« Savez-vous ce qu'il s'est passé le 16 août ? Caporal Staveley ? Vous vous rappelez ce jour-là ? Près de la rivière Ancre. Une contre-offensive allemande sur la crête de Serre. Le capitaine Haslam a été déclaré disparu ce matin-là. »

Staveley hochait mécaniquement la tête.

« Toujours là-bas, je dirais.

– Où exactement ?

– Y a des endroits.

– Des endroits ? »

Staveley lança un regard en coin à sœur Adams. Il poursuivit dans un murmure :

« *Sous terre.* » Il toussa. « Des tranchées-abris. Construites par les Boches. Et des tunnels. Des kilomètres et des kilomètres de tunnels sous le no man's land. Des hommes sont descendus là – des déserteurs. Ils sortaient la nuit. Faisaient les poubelles, comme des bêtes. Tuaient tout ce qui leur passait sous la main. »

L'infirmière posa une main sur l'épaule d'Amy.

« Ne faites pas attention. Ce sont des rumeurs qui circulent. Pas une once de vérité là-dedans.

– Mais pourrait-il exister des tunnels ?

– Très probablement, répondit sœur Adams, devançant Staveley. Il y avait des tunnels un peu partout. Ça ne veut absolument rien dire. »

Des pas dans le couloir. Une autre infirmière entra précipitamment dans la pièce.

« Le général Harrington a besoin de vous en salle d'opération, ma sœur. »

Cette dernière hocha la tête.

« Peut-être serait-il bon, maintenant, miss Vanneck, de...

– Bien sûr.

– Je vous l'avais dit : son esprit n'est pas... je suis désolée. »

Amy se leva. Staveley continuait à la dévisager, les yeux plissés, comme s'il la jaugeait. Elle lui prit la main.

« Quand avez-vous vu le capitaine Haslam pour la dernière fois ? Je vous en prie, essayez de vous rappeler. »

Staveley prit une grande inspiration.

« Rentrez chez vous, dit-il d'une voix douce. Bientôt trop tard.

– Trop tard ?

– Il vous trouvera. »

Il parlait d'un ton pragmatique, comme si cela ne le concernait pas le moins du monde.

« Qui ? Qui me trouvera ?

– Comme un ver sur l'hameçon. »

Sœur Adams soupira.

« Allons, Jack, ne commencez pas.

– Vous allez mourir ici.

– Jack, ça suffit. »

La sœur se mit à arranger les couvertures, qu'elle tira bien serrées sur la poitrine de Staveley.

« Miss Vanneck n'est pas venue écouter vos inepties. »

Après avoir pris une profonde inspiration chevrotante, Staveley se laissa retomber contre ses oreillers.

« Pourquoi êtes-vous venue ? »

Amy se rendit compte qu'elle tremblait.

« Je veux le trouver. »

Le caporal eut un hochement de tête.

« L'emmener, vous voulez dire. Le ramener. »

Amy déglutit. Sœur Adams la regardait.

« Non, je… je ne pourrais pas…

– Menteuse ! »

De la gorge de Staveley sortit un bruit éraillé qui aurait pu être un rire. Puis il se remit à tousser, déchiré par la douleur.

« Le caporal a besoin de repos, maintenant », lança fermement l'infirmière.

Staveley tourna la tête vers la route d'Amiens. Amy le salua, mais il ne sembla pas l'entendre. Elle avait atteint la porte quand il parla de nouveau.

« Cherchez-le sous Two Storm Wood, déclara-t-il d'une voix calme, teintée de cruauté. Allez chercher votre fichu chéri là-bas. »

Sœur Adams escorta Amy vers la sortie. Cet interrogatoire avait dérangé son patient – ou l'avait dérangée, elle –, et la sécheresse de son attitude trahissait son mécontentement.

« Je vous avais prévenue de ne pas attendre de propos sensés de sa part, fit-elle alors qu'elles arrivaient au sommet de l'escalier. Vous devriez oublier ce qu'il vous a dit.

– Existe-t-il vraiment un endroit appelé Two Storm Wood ?

– Dans sa tête, peut-être.

– Il semblait tellement sûr de lui. »

Sœur Adams se retourna.

« Savez-vous ce qui s'est passé à Amiens avant qu'il essaie de se tuer ? Savez-vous *qui* il a vu ? »

Amy fit non de la tête.

« Le diable. C'est ce qu'il a dit : le diable à la gare du Nord. Est-ce que ça vous semble être un homme qu'on puisse croire ? »

DEUXIÈME PARTIE

LE CAVALIER

6

Angleterre, juin 1916

Au tout début, quand ils se retrouvaient, ça ne durait jamais longtemps. Elle avait pris un travail au central téléphonique, où elle remplaçait les hommes partis à la guerre. Lui d'ordinaire travaillait tard à l'école. Sans compter qu'il était difficile pour Amy d'échapper à l'extrême vigilance de sa mère, qui n'était toujours pas rentrée dans le Suffolk. Une heure, trente minutes – espacées parfois d'une semaine entière –, voilà tout ce dont ils jouissaient. Amy avait d'Edward une expérience fragmentaire, du temps volé au nez de la bienséance. Et maintenant qu'il était parti, ses souvenirs de lui étaient fragmentaires eux aussi, des moments qui l'avaient frappée – parfois sans raison – mais qui semblaient s'éroder un peu plus chaque jour, comme des îles cédant place à la mer.

Un samedi, la mère d'Amy était partie en hâte à Londres pour régler une histoire de famille, accompagnée par tante Clem. Elles seraient de retour tard le soir. Amy avait envoyé un message à Edward le plus vite possible : *Retrouve-moi au pont Crusoe à midi.*

Elle avait enfilé ses vêtements les plus élégants et un nouveau chapeau de paille, s'habillant chic pour l'occasion car elle pensait qu'ils iraient en ville : dans un café, au cinéma ou à un thé dansant dans l'un des grands hôtels, ces choses normales que font les couples. Edward voudrait rattraper le temps perdu. Seulement, quand elle était arrivée au pont – une étroite structure en fer avec des arbres et des prairies de part et d'autre –, il n'y avait pas signe de lui. Jamais elle n'oublierait la panique qui s'était emparée d'elle à l'idée qu'il avait tout bonnement décidé de ne pas venir. Jusqu'alors elle n'avait jamais pris conscience des espoirs qu'elle avait placés en lui. Avait-elle été bernée ? Son imagination avait-elle battu la campagne comme elle ? Elle n'avait aucune expérience des hommes, de l'amour romantique. Ses amies, comme Kitty Page, n'en savaient pas plus qu'elle ; et ses sœurs aînées, toutes deux mariées, avaient toujours préféré partager leurs secrets entre elles. Seule sur ce pont, confrontée à la possibilité qu'Edward fût déjà passé à autre chose, elle avait soudain compris : c'était l'amour qui l'effrayait.

« Amy, c'est toi ? »

Toute cette peur : disparue en un instant. Elle s'était précipitée vers le parapet. Edward, debout dans une barque, en équilibre précaire, la regardait. Il était en manches de chemise, sans col ni cravate.

« Edward ? » Difficile de ne pas rire. « Qu'est-ce que tu fabriques là-dessous ? »

La lumière vive du soleil se reflétait sur l'eau. Amy devait mettre une main en visière.

« Je voulais te montrer quelque chose, sur la rivière. »

Il avait jaugé l'apparence d'Amy, puis la sienne.

« Mais tu n'es pas vraiment habillée pour. »

Il était déçu, gêné, conscient peut-être de sa candeur bien éloignée des mondanités et de la sophistication attendues pour ce genre d'occasion.

« Peu importe. Reste là. »

Pour Amy, l'idée du thé dansant – la fumée, la bousculade, les rituels et les pas – avait perdu son attrait.

« Je descends. »

Les berges étant glissantes, elle s'était couverte de boue en montant dans l'embarcation. Ils avaient ramé à contre-courant pendant plus d'une demi-heure sur la rivière étroite, sinueuse et généreusement ombragée. Trois années plus tard, elle ne se rappelait plus ce qu'ils s'étaient dit, seulement l'image de lui tirant sur les rames avec efficacité, sa manière exercée de se pencher à chaque coup, au lieu de pagayer comme les touristes en veston qu'elle avait souvent vus en ville. En le regardant manœuvrer de si près, en sentant sa force se transmettre au mouvement fluide de la barque, elle avait découvert une facette de lui, une réalité physique nouvelle. Bien vite ils avaient laissé les toits et les flèches des églises loin derrière eux. Ils n'avaient croisé personne en chemin.

Au bout d'un moment, ils avaient quitté la barque et traversé une prairie où paissaient des vaches. Le vent chaud soufflait en bourrasques, si bien qu'Amy devait agripper son chapeau. Edward lui avait pris la main pour l'aider à grimper l'échalier qui enjambait la clôture.

De l'autre côté, il avait porté un doigt à ses lèvres.

« Là, en bas. »

Ils étaient de nouveau au bord de la rivière. Il y avait devant eux un méandre abrité, séparé du cours d'eau principal par un arbre abattu qui avait piégé suffisamment de vase pour former une étroite berge boueuse. Au milieu, bien cachée de presque tous les côtés, se trouvait une plateforme faite d'herbe et de branches sur laquelle se dressait un cygne adulte.

Edward s'était accroupi derrière un saule, en faisant signe à Amy de l'imiter.

« Ils ont éclos juste hier, il y en a sept.

– Sept ? »

Au début, elle n'avait pas remarqué les petits. Leur duvet était gris comme la boue. Ils étaient pelotonnés en cercle contre leur mère.

Un autre cygne adulte nageait non loin, en poussant de brefs cris perçants.

« C'est le mâle. Le père inquiet. »

La femelle, dressée, battait des ailes. Elle était magnifique : d'un blanc immaculé, grande, puissante. Elle s'était lancée sur l'eau. Un par un les cygneaux avaient suivi, trois d'entre eux avaient grimpé sur son dos. Ils nageaient dans la rivière, le mâle fermait la marche.

« C'est vrai que les cygnes s'accouplent pour la vie ?

– En général.

– C'est romantique.

– On aime le croire, pas vrai ? Mais je ne suis pas sûr qu'il y ait beaucoup de place pour les sentiments dans la nature. Les mâles sont capables de noyer un petit s'il est faible ou malade. Ça doit être leur version de la quarantaine.

– C'est atroce », s'était exclamée Amy.

Edward avait haussé les épaules.

« On peut les admirer quand même, non ? Enfin quoi, *regarde-les.* »

Une fois les cygnes hors de vue, Amy et Edward avaient quitté la rivière pour prendre un sentier vers l'ouest, à côté de champs d'orge en pleine maturation. Longtemps après Amy se rappelait les haies, épaisses et hautes, grouillantes de pinsons ; le goût amer de la bière en bouteille ; la dérive des nuages entre les doux baisers tranquilles d'Edward – par-dessus tout, le sentiment que son ancienne vie touchait à sa fin et qu'une vie nouvelle, étrangère, s'apprêtait à débuter. Deux ans plus tôt, le déclenchement de la guerre avait paru historique, même dans la campagne du Suffolk, bien que rien n'eût beaucoup changé dans sa routine quotidienne. Mais là, c'était différent. C'était un changement qui venait de l'intérieur – de ceux qui sont irréversibles.

Elle n'avait rien dit à sa famille de l'existence d'Edward Haslam. Ils auraient voulu savoir comment cette histoire était née. C'était trop d'espérer que sa mère approuverait, surtout quand il y avait clairement eu duperie. Elle aurait probablement aussitôt rapatrié Amy dans le Suffolk. Quant à son père, il s'en serait remis à sa femme comme en toute chose, son champ d'action étant la gestion du domaine, qu'il refusait de confier à qui que ce soit de peur d'être escroqué, bien que lui-même n'eût ni les connaissances ni les compétences requises. Et même si Amy avait pu les persuader de céder, elle aurait dès lors été surveillée, chaque rencontre avec Edward se serait déroulée en public. Or il aurait certainement détesté ça, tout autant qu'elle. Cependant, elle ne pouvait pas continuer à dissimuler cette liaison pour toujours. Tôt ou tard, elle devrait dire la vérité.

« Si nous restions là, avait-elle demandé, allongée, la tête sur la poitrine d'Edward, si nous restions là à la campagne et que nous ne revenions pas, il leur faudrait combien de temps pour nous retrouver, à ton avis ?

– Tout dépend du nombre de personnes qui partiraient à notre recherche. »

La main sur la nuque d'Amy, il jouait à lui entortiller les cheveux.

« Dans ton cas, il y en aurait sans doute un certain nombre, hélas.

– Et dans le tien ? »

Il avait mis du temps à répondre. Laissé reposer sa main sur sa peau.

« Certainement beaucoup moins. D'ailleurs, à la réflexion, il n'y aurait peut-être personne. »

Lorsqu'ils étaient retournés en ville à la rame, le soleil était voilé de nuages, l'air frais du soir donnait la chair de poule à Amy. Ils avaient quitté la barque pour emprunter le sentier qui traversait Coe Fen, des alouettes pépiaient encore haut au-dessus d'eux, comme réticentes à céder le jour. Ils marchaient en silence, Amy accablée par la perspective de dire au revoir, du retour à leurs vies séparées. La puissance de ses sentiments semblait courir au-devant d'elle, par-delà toute raison ou sécurité, des sentiments qu'elle ne pouvait pas s'attendre à voir partagés par Edward.

Comme ils approchaient de la route, il lui avait pris la main.

« Ça va, Amy ? Tu as l'air triste. »

Elle avait essayé de minimiser.

« Juste un peu de mélancolie. Le soir n'y est-il pas propice ?

– Si, mais pas celui-là. Je n'ai jamais été aussi heureux.

– Très flatteur, quand je m'apprête à te quitter.

– Ce n'est pas ce que je voulais dire.

– Que voulais-tu dire ? »

Il s'était arrêté. Le visage dans l'ombre des châtaigniers qui bordaient le sentier. Puis il s'était penché pour l'embrasser. Ce n'était pas leur premier baiser, ni le plus long, mais des années plus tard, elle s'en souvenait encore. Elle se rappelait avoir été heureuse.

Dans Trumpington Road, ils s'étaient de nouveau arrêtés. Amy s'était attendue à voir leur maison plongée dans l'obscurité, pourtant des lumières brûlaient dans le petit salon et le séjour à l'étage. Sa mère et sa tante étaient revenues tôt. Amy n'avait pas osé s'approcher davantage avec Edward à ses côtés. Même si seule tante Clem la voyait, il y aurait des questions, des avertissements. Ses supercheries passées seraient découvertes.

Edward avait levé les yeux vers les lumières et lâché la main d'Amy.

« As-tu déjà parlé à ta mère et à ton père ? De nous ?

– Pas encore. »

Edward avait donné un coup de pied par terre.

« C'est bien ce que je pensais.

– Je leur en dis le moins possible. Toujours. Ça leur donne moins de sujets de désapprobation.

– Mais pourquoi devraient-ils désapprouver ? Qu'est-ce qui ne va pas, chez moi ? »

Amy l'avait regardé.

« Eh bien, pour commencer, il y a ta scandaleuse absence de titre. »

Edward avait éclaté de rire.

« Évidemment. Où avais-je la tête ? J'aurais dû me donner la peine d'en obtenir un. Et *toi*, ça t'embête ?

– Bien sûr que non. Les jeunes hommes avec des titres sont tous d'un ennui mortel. J'en ai rencontré assez pour le savoir.

– Je voulais dire pour tes parents : qu'ils ne m'approuvent pas. Ça t'embête, ça ? »

Il était sérieux. Cette prise de conscience la frappa comme un petit coup au cœur.

« J'ai dit, *pas encore*. Une fois qu'ils auront appris à te connaître, bien sûr qu'ils t'apprécieront. Je le sais. »

Edward avait hoché la tête, les yeux toujours baissés. Tout au bout de la rue, les allumeurs de réverbères commençaient leur travail.

« Et si ce n'est pas le cas ? »

7

France, mars 1919

Amiens se recroquevillait sous la bruine. Des réfugiés de retour campaient le long des boulevards fracassés, du bétail squelettique était attaché derrière des charrettes où s'empilaient des meubles à une hauteur vertigineuse. La fumée de leurs braseros s'élevait au-dessus des toits, des bourrasques soufflaient de la cendre et des braises sur le visage des passants. Les décombres des bâtiments bombardés – il y en avait dans chaque rue – avaient été entassés en piles qui débordaient sur les trottoirs. Il flottait dans l'air une odeur rance.

Amy se rendit tôt à la gare du Nord. Elle avait passé une grande partie de la nuit à étudier la carte des tranchées que le sergent Dawson lui avait donnée, déchiffrant son langage inhabituel fait de marquages, de lignes et de symboles. Elle datait du mois d'avril de l'année précédente, quatre mois avant la disparition d'Edward. Les réseaux de tranchées étaient tracés en couleurs – bleus pour les Britanniques, rouges pour les Allemands –, même si aux dires de tous la zone avait changé de mains plusieurs fois pendant la dernière année de la guerre. Lignes de feu, lignes de soutien, boyaux de communication, tous avaient été étendus, détruits et recreusés, si bien que le motif qui en résultait ressemblait à un pullover détricoté. Les tranchées portaient des noms – Flag Avenue, Cheapside, Lonely Lane – sous lesquels se trouvait la topographie originelle : hameaux, fermes, bois et ruisseaux marqués désormais d'un simple contour pâle, comme des souvenirs, leur existence qualifiée par un mot unique, entre parenthèses, *détruit*. Elle ne voyait nulle part écrit Two Storm Wood.

Elle trouva Kitty dans la billetterie : blottie sous une horloge, les mains serrées sur une grosse valise, elle repoussait une troupe de garçons déguenillés qui tenaient à l'aider. Ses joues pâles mouchetées de taches de rousseur s'étaient empourprées.

« Tu es là, Kitty – tu es vraiment là ! »

Amy enlaça fort son amie.

« Tu n'as pas reçu mon télégramme ?

– Si, mais je n'étais pas sûre que tu...

– J'ai pris un train plus tôt que prévu – stupide de ma part –, et ensuite il a eu du retard. Je ne te raconte pas le trajet que j'ai passé. Je te jure que c'est un miracle si je n'ai pas perdu mon sac. »

Kitty bavardait comme si elles étaient deux amies en vacances au bord de la mer. Peut-être cela l'aidait-elle à se sentir en sécurité dans une ville étrangère. À l'école, réservée et solitaire, elle ne faisait pas partie des élèves populaires. Longtemps, Amy l'avait à peine remarquée, cette fille qui s'asseyait dans les coins en évitant tous les regards, un livre ouvert devant elle comme un bouclier. Et pourtant la voilà qui venait de voyager depuis l'Angleterre pour la toute première fois, seule. Elle avait beaucoup muri depuis la mort de son frère.

« Je me suis fait un sang d'encre pour toi, comme je ne savais rien. Mais tu as bonne mine, Amy, *très* bonne mine. »

D'expérience, Amy savait que quand on vous félicitait d'avoir *très* bonne mine, ça signifiait que vous aviez l'air malade.

« Toi aussi, Kitty. Tu fais plaisir à voir.

– Je suis une épave, oui. J'ai failli rater le train. On a un endroit où loger, ici ?

– J'en ai trouvé un. Rien de luxueux, mais...

– Dans mon vieux guide Baedeker, on recommande l'hôtel du Rhin.

– Tu as apporté ton Baedeker ?

– Et une carte de la Picardie achetée chez Stanfords, répondit Kitty en s'emparant de sa valise. Je me suis dit qu'on pourrait en avoir besoin. »

La gérante de la maison de rapport, Mme Pinégal, servit le souper à la lueur de la chandelle dans la salle à manger minuscule, mais elle ne dîna pas avec ses hôtes. « *Vous avez plein de choses à vous dire, mesdames** », déclara-t-elle en posant sur la table une bouteille de barsac poussiéreuse. Elle ferma puis verrouilla les volets avant de leur souhaiter bonne nuit. Malgré le petit feu qui brûlait dans l'âtre, la pièce restait froide.

« Je ne m'attendais pas à ce qu'Amiens soit aussi endommagée, commenta Kitty quand elles eurent fini de manger. Il y a eu des combats, ici ?

– La ville a été bombardée l'an dernier, pendant l'offensive allemande. C'est madame qui me l'a dit. La cathédrale a été frappée neuf fois, mais elle est toujours debout. On ne peut plus entrer à cause de tous les sacs de sable. »

Amy était tombée sur une rangée d'étals de marché dans la rue derrière. Elle y avait acheté des provisions et une lampe torche militaire américaine.

« Ta famille sait qu'on est ici ? demanda Kitty.

– J'imagine qu'ils auront deviné.

– Ne vont-ils pas te chercher ?

– J'en doute. Ils savent que ça ne servirait à rien. »

Amy s'empara du barsac et servit deux verres. Le vin était sucré et mielleux, un millésime d'avant-guerre. Mais après la douceur venait un arrière-goût : amer, comme une amande pourrie.

La dernière fois qu'elle avait vu sa mère, celle-ci, la lettre du général Barnard entre les mains, avait feint la compassion et l'intérêt, comme l'exigeaient les circonstances. Au début, Amy s'était laissé berner. Sa mère avait toujours pensé qu'Edward Haslam était un opportuniste qui s'accrochait au nom de

Vanneck telle une bernique *arriviste*, ruinant ainsi toute perspective d'alliance convenable pour Amy. L'idée de présenter une personne pareille – sans respect pour les distinctions sociales et sans fortune pour compenser – l'avait clairement fait paniquer. Mais tout cela, c'était avant qu'Edward reçoive son commandement, avant qu'il donne sa vie au roi et au pays.

« Tu es partie si brusquement, reprit Kitty, les yeux dans son verre. J'ai cru que tu m'avais oubliée, que tu avais oublié notre plan.

– Je n'avais pas le choix, je suis désolée. Je ne pouvais pas rester un jour de plus en Angleterre.

– Pourquoi ça ? »

Amy s'était attendue à cette question. Elle avait préparé ses réponses.

« J'avais peur qu'ils me retiennent, Kitty. Il y a eu une dispute, vois-tu.

– Avec ta mère ? »

Ça au moins, c'était vrai. La lettre de Barnard révélait non seulement où Edward avait été porté disparu, mais aussi où les quartiers généraux de sa brigade étaient désormais établis. Après des mois d'attente, de silence, la richesse de cette information donnait l'impression d'un signe venu du ciel. Amy s'était empressée de faire sa valise. Elle redescendait l'escalier quand elle avait entendu des voix pressantes dans le salon : sa mère hors d'elle, son père qui voulait à tout prix éviter qu'on les entende. Amy s'était arrêtée pour écouter. Quelques minutes plus tard, elle avait quitté la maison sans dire au revoir.

Kitty l'observait tout en buvant.

« Elle ne devait pas être ravie de te voir partir.

– Elle trouvait ça absurde. Parce que Edward n'en valait pas la peine. Elle n'a jamais changé d'avis sur lui, pas même après son départ. »

Kitty garda le silence. Amy souleva la bouteille et remplit à nouveau leurs verres.

« Et maintenant à toi, raconte-moi comment tu as fait pour partir. »

Kitty haussa les épaules.

« Ç'a été relativement simple : j'ai menti. Ma famille pense que je suis à Paris, avec Gaëlle Blanchet. Tu te rappelles Gaëlle, de l'école ? »

Amy se souvenait d'une petite rousse, française, qui bravait les interdits en se parfumant.

« Je vais passer un mauvais quart d'heure s'ils me démasquent.

– Sauf si tu réussis. Dans ce cas, comment pourraient-ils t'en vouloir ? Au moins, grâce à toi, ils auraient une tombe sur laquelle se recueillir. Ils sauraient où se trouve John. »

Kitty hocha la tête.

« Je ne supportais pas de l'imaginer gisant je ne sais où, sans nom ni pierre tombale ni rien du tout. C'est comme s'il était seul et oublié – déjà oublié. Ce n'est pas juste. »

Kitty avait toujours été proche de son frère. Pendant un temps, elle avait caressé l'espoir secret que lui et Amy pourraient se marier, du moins c'était ce qu'elle disait. Amy savait qu'elle n'était pas le genre de John, mais la nouvelle de sa mort l'avait malgré tout choquée. Il avait toujours semblé trop affable et aimable pour être tué.

« As-tu parlé aux camarades d'Edward ? demanda Kitty.

– J'ai essayé. Il n'en reste pas beaucoup. Les hommes qui sont aujourd'hui aux commandes – aucun ne s'en souvient.

– Ils n'ont pas pu t'aider du tout ?

– Ils ont été très polis, mais je savais ce qu'ils pensaient : que j'étais une imbécile qui ne comprenais rien à la guerre. Que j'étais là par curiosité. »

Kitty reposa son verre.

« Curiosité ?

– John et Edward appartiennent à l'armée, voilà ce qu'ils pensent. Nous n'avons rien à faire ici. Nous devrions rester chez nous à pleurer tranquillement nos morts sans poser de questions.

Et ensuite, avec un peu de chance, on pourra s'attendre à voir les noms des hommes que nous aimions sur un monument militaire : patronyme, rang et régiment. Soldats pour l'éternité. *Ici* pour l'éternité. » Amy sentit les larmes lui monter aux yeux. « Edward n'était pas un soldat. C'était un musicien. Il enseignait la *musique*. »

Son verre se renversa, sans qu'elle sache trop comment. Le vin se répandit sur la table puis par terre. On entendait les gouttes tomber lourdement sur le plancher.

« Je suis désolée, Kitty. »

Amy se prit la tête entre les mains.

« Ce n'est rien, répondit Kitty en tendant la main à travers la table. Je ressens la même chose. Sinon pourquoi serais-je venue ? »

Elle releva lentement le verre, qu'elle remplit, puis se servit à son tour. Lorsqu'elles eurent presque tout bu, elle dit :

« Quand je pense à comment tu étais, avant Edward, c'est comme si tu te cachais. Trois années seulement se sont écoulées, pourtant tu es différente aujourd'hui.

– Ah oui ?

– Je n'ai jamais cru que tu viendrais vraiment ici. Voilà la vérité. Je sais que tu aimais Edward, mais je pensais que tu abandonnerais l'idée.

– Je pensais la même chose de toi. »

Kitty sourit.

« Et pourtant nous sommes là.

– Edward disait souvent que la peur est l'ennemie de la liberté. Qu'il fallait s'en débarrasser, ne pas redouter le jugement.

– Et c'est ce que tu as fait. »

Amy contempla la bougie allumée entre elles. Les mots étaient venus facilement : les promesses, les propos rassurants. Quelle valeur avaient-ils eue ?

« Tu ne lui as jamais fait confiance, Kitty, n'est-ce pas ? Pas vraiment.

– Comment ça ? J'ai toujours...

– Je ne t'en veux pas. Tu as toujours été de notre côté. Mais tu avais des doutes. »

Kitty malaxait le pied de son verre.

« Je t'ai vue prendre des risques pour lui, de plus en plus de risques. J'avais peur qu'il te laisse tomber. Les gens comme lui, avec une enfance comme la sienne, c'est difficile pour eux de... Je ne sais pas comment le dire : de *donner d'eux-mêmes*. Je suis contente de m'être trompée. »

Pendant longtemps Edward n'avait presque rien raconté de son éducation. Sa mère était morte quand il était encore tout petit. Son père quatorze ans plus tard. Il l'avait confié à Amy, avant de hausser les épaules et de changer de sujet, comme si ces événements aussi distants qu'une ancienne adresse l'ennuyaient. Mais ensuite, par un après-midi d'été, deux jours après son anniversaire, Amy l'avait aperçu à vélo dans Madingley, où il louait une maisonnette, un bouquet de fleurs sur le guidon. C'était un jour d'orage, les tilleuls et les marronniers sifflaient dans le vent. Plutôt que de l'interpeller, elle l'avait suivi, curieuse – inquiète, en réalité – de savoir à qui ces fleurs étaient destinées. Edward avait laissé sa bicyclette devant l'église St-Mary, qu'il avait contournée pour rejoindre une clôture métallique qui séparait la terre sacrée du cimetière d'un champ de blé. Lorsque Amy l'avait rattrapé, il avait déjà déposé son bouquet sur une tombe à côté de laquelle il se tenait, perdu dans ses pensées. Le nom sur la pierre tombale était Emily Haslam. La mère d'Edward était morte à vingt-six ans.

Amy avait eu honte de son intrusion, mais quand il l'avait vue, Edward avait souri et lui avait pris la main, comme si c'était la chose la plus naturelle au monde. Hormis les simples éléments factuels, il s'était révélé qu'il en savait très peu sur sa mère : ce qu'elle aimait ou pas, le genre de choses qui la faisaient rire, si elle était réservée ou bavarde, sentimentale ou pragmatique, détendue ou angoissée. « J'avais à peine trois ans quand elle est morte, lui avait-il expliqué alors qu'ils pédalaient dans le village. C'est étrange d'être biologiquement si proche d'une personne sans pour autant véritablement savoir qui elle est. Elle m'a mis au monde. Mais je n'ai aucun moyen de la remercier. Alors j'apporte des fleurs à son anniversaire. C'est le moins que je puisse faire, tu ne crois pas ? »

Pour une fois, Edward semblait heureux de parler de son passé : comment son père – d'abord timonier dans le régiment de Manchester, puis collaborateur dans une petite imprimerie – avait été incapable de l'élever seul ; comment Edward avait été placé chez ses grands-parents, puis pendant un an et demi dans un petit orphelinat à Huntingdon, avant de finir par être confié à une tante, veuve, sur l'île d'Ely. Ce destin avait paru rude et solitaire à Amy, mais Edward lui avait assuré qu'elle se trompait.

« Chaque fois que je tombais, il y avait quelqu'un pour me relever – de braves gens, jamais cruels. Tous les enfants n'ont pas cette chance.

– Mais ton père, tu ne l'as jamais revu ?

– Il se montrait de temps à autre. Il était souvent malade – vieux avant l'heure, disaient les gens. Longtemps j'ai détesté ses visites. Je ne savais pas quoi ressentir, je suppose. En définitive, j'avais de la peine pour lui.

– Tu n'étais pas en colère ? Moi je l'aurais été, je crois. »

Edward avait secoué la tête.

« Il l'aimait énormément – ma mère, je veux dire. C'est ce qu'on m'a raconté. Elle était tout pour lui. À sa mort, il a été anéanti, complètement brisé.

– Mais tu étais son fils – *leur* fils. N'était-ce pas une bonne raison pour te garder près de lui ? »

Edward avait haussé les épaules.

« Je n'arrive pas à l'expliquer. C'était comme ça, voilà tout. Peut-être que je la lui rappelais, que je lui rappelais sa mort, et qu'il ne pouvait pas le supporter. »

À ce moment-là, ils étaient arrivés devant la porte de la maison d'Edward.

« Alors tu vois, la mort, je la connais. Je sais ce qu'elle fait à ceux qu'elle laisse derrière elle. C'est pour ça que je ne l'infligerai jamais à personne, peu importe la situation. »

« Amy ? »

Amy leva la tête. Kitty la regardait, soucieuse.

« Je le pense vraiment : je m'étais trompée sur son compte. »

Amy abandonna son souvenir.

« Assez parlé de ça. Et toi, Kitty : qu'as-tu découvert ? As-tu eu des nouvelles du régiment de John ? »

Kitty reposa son verre.

« On a reçu une lettre pour nous dire où il était. Rien de neuf. Elle expliquait qu'il y avait eu beaucoup de combats dans la zone. Sa tombe a peut-être été endommagée par le pilonnage. »

Elle sortit sa carte pour l'ouvrir sur la table, écartant assiettes et couverts. Plusieurs milliers de kilomètres carrés de Picardie, d'apparence clairsemés et immaculés, se déployaient devant elles. Rosières, à une trentaine de kilomètres à l'est, avait déjà été entourée à l'encre rouge. Serre-lès-Puisieux se trouvait au nord-est.

« L'armée a des volontaires qui fouillent toute la zone, expliqua Amy, mais mieux vaut ne pas les attendre. On devrait aller là-bas.

– Vérifier qu'ils font bien leur travail, tu veux dire ? Faire sentir notre présence ?

– Ou chercher nous-mêmes. »

Kitty insista pour qu'elles se rendent d'abord à Serre. Amy était d'accord.

« Il y a un village qui s'appelle Bertrancourt, juste derrière l'ancienne ligne de front. C'était une base pour les ambulances de campagne. Mme Pinégal connaît un endroit où nous pourrons loger. J'ai trouvé un quincaillier qui veut bien nous prendre dans sa charrette, à condition qu'il ne pleuve pas trop fort. Il dit que les routes sont dans un état épouvantable.

– Et après ?

– Tout le monde a besoin d'argent. Tant qu'on pourra payer, on s'en sortira. »

Kitty vida son verre. Un cheval passa dehors, ses sabots frappaient bruyamment les pavés boueux.

« Tu crois que ce sera très compliqué de trouver la tombe de John ?

– Toutes les tombes portent une inscription. Peut-être qu'il nous suffit de bien chercher. Peut-être que le lieu n'a pas été correctement répertorié, ou qu'il y a eu une confusion. Beaucoup de tombes sont déplacées.

– Mais s'il n'y a pas d'inscription ?

– Ça rendra les choses plus difficiles, mais pas impossibles. »

Le cœur d'Amy se mit à battre un peu plus vite. Certaines possibilités n'avaient jamais été évoquées, comme si les mentionner risquait de porter malheur.

« Tous les soldats portent des plaques d'identité autour du cou – deux plaques. On les enterre avec une. L'autre est retirée et envoyée au DGRE, au quartier général de l'armée, avec la référence de l'inhumation. C'est censé fonctionner comme ça.

– Oui, mais comment… ?

– Si on trouve une tombe anonyme sur place, on peut la vérifier.

– La vérifier ? »

Kitty était choquée, même si elle faisait de son mieux pour le dissimuler.

« Autrement dit…

– Exhumer le corps, d'une manière ou d'une autre. Si on veut savoir qui se trouve là, ça pourrait bien être le seul moyen. »

Il était difficile de dire des hommes qu'elles avaient aimés qu'ils pourrissaient dans le sol, difficile d'y penser. Mais si elles n'arrivaient pas à affronter la réalité, songeait Amy, leur voyage ne serait rien d'autre qu'un séjour touristique. Or elles n'étaient pas venues admirer le paysage.

Kitty ne prononça presque plus un mot du reste de la soirée. Comme si elle venait juste de prendre conscience de ce qui l'attendait. Amy, elle, voulait seulement être là où se trouvait Edward, voir de ses propres yeux la terre qui l'avait emporté, sentir le sol sous ses pieds. Le lendemain matin, ce fut en silence, chacune seule avec ses pensées, que les deux femmes quittèrent la sécurité d'Amiens pour se rendre dans le Nord-Est, vers les champs de bataille de la vallée de l'Ancre.

8

La route caillouteuse qui menait à Bertrancourt, semée de nids-de-poule, formait presque une ligne droite pendant dix kilomètres. Amy et Kitty étaient pelotonnées à l'arrière de la charrette, tandis que le quincaillier tenait les rênes à l'avant. Rien ne bougeait sur les champs vierges de labour, où des herbes folles poussaient en touffes malmenées par les éléments d'un bout à l'autre de l'horizon. Ils croisèrent une colonne d'ambulances militaires qui se dirigeait vers l'ouest, et une charrette où s'empilaient des meubles arrêtée au bord d'un fossé. Puis ils furent seuls sur la route – à croire qu'elle ne menait pas aux nombreux villages et villes indiqués sur la carte, mais à un désert.

Au bout de trois heures, la chaussée, encore plus cabossée, s'étrécit, serpentant autour d'une succession de collines de craie, avant de partir vers le nord en traversant la bourgade d'Acheux. Il se mit à bruiner. Les deux jeunes femmes s'abritèrent sous le parapluie de Kitty en contemplant la campagne clairsemée, observant en silence les stigmates sporadiques de la guerre : trous d'obus, boîtes de munitions au fond d'un fossé, bouquets de croix sur la ligne d'horizon.

Après un kilomètre, les chevaux devinrent nerveux, leur allure irrégulière. Le quincaillier devait tirer violemment sur les rênes, en luttant avec force jurons pour garder le contrôle.

« Qu'est-ce qui leur prend ? demanda Kitty en serrant le bras d'Amy. Ils ont eu peur de quelque chose ? »

Au sortir d'un virage, les animaux s'emballèrent. Les roues arrière roulèrent dans une ornière, la charrette fit une embardée brutale. Ce n'est que lorsque le quincaillier eut retrouvé le contrôle qu'Amy vit qu'ils n'étaient pas seuls : à une centaine de mètres, un cavalier allait au petit galop dans les champs à l'abandon. Sa monture était massive, au moins un mètre soixante-dix au garrot. Amy ne voyait pas le visage du cavalier, ni la teinte de ses vêtements. Dans la brume il semblait sans couleur, comme sculpté dans l'argile. Depuis combien de temps était-il là, à les accompagner ? Sa façon de rester parfaitement parallèle à la charrette évoquait à Amy un chasseur qui traque sa proie. Kitty tourna vivement la tête, comme si elle percevait la même menace. Le cavalier s'arrêta et continua à les observer, immobile.

Ils atteignirent Bertrancourt en début d'après-midi. C'était un gros village composé de granges au toit de chaume et de maisons en brique, dont la plupart étaient bien espacées les unes des autres, l'air jalouses de leur intimité. À un croisement, ils tombèrent sur une petite procession qui se dirigeait vers l'église où teintait une cloche. Un homme en tenue de facteur portait une croix, suivi par un vieux prêtre au surplis crasseux. Derrière eux venaient un cercueil à l'arrière d'une charrette et une douzaine de villageois, la plupart des femmes et des enfants.

Le quincaillier ôta sa casquette.

« *Ça, c'est le fermier Chauvin. Il a percuté un obus en labourant son champ**. »

Kitty se pencha.

« Qu'est-ce qu'il a dit ?

– Il dit que le pauvre homme labourait. Sa charrue a percuté… un obus.

– *Il avait trois enfants**. »

Amy ne traduisit pas ce détail. La procession passa à côté d'eux au ralenti, les petits, les yeux creux, s'agrippaient à leur mère, qui marchait comme une somnambule. Personne ne regarda les étrangères dans la charrette.

La ferme Desmoulin se trouvait en limite de village. Les terres tout autour étaient complètement retournées, on voyait de profondes traces de roues dans la boue. Les lettres « YMCA » avaient été barbouillées à la peinture blanche sur le côté d'une grange. Tout au fond d'un enclos se trouvait un cimetière couvert de croix en bois. Elles étaient à huit kilomètres plein ouest de la crête de Serre. Edward avait dû traverser de nombreuses fois ce village l'été précédent. Amy essaya de se le représenter tel qu'il avait dû le voir – baigné de soleil, poussiéreux, grouillant d'hommes en kaki –, mais il était difficile d'imaginer ce lieu aussi animé.

Mme Desmoulin, une femme pâle aux cheveux noirs d'une petite quarantaine d'années, demanda à être payée d'avance avant de leur montrer une chambre dans le bâtiment de l'écurie. La cambuse était équipée d'un meuble de toilette, de deux pots de chambre en émail, d'une pile de couvertures militaires et de deux lits superposés où de nombreux noms et initiales avaient été gravés. Un papier peint sombre aux motifs floraux, cloqué et déchiré, recouvrait l'un des murs.

Elle leur demanda si elles souhaitaient dîner et, devant le hochement de tête d'Amy, exigea à nouveau être payée d'avance.

« Mais qu'est-ce qu'elle a, cette femme ? s'agaça Kitty quand elles furent seules. Elle ne nous fait pas confiance ?

– Peut-être pas. »

Une fenêtre à la vitre sale donnait sur la cour. Amy jaugea l'état de la ferme : le bois d'œuvre blanchi et les toits affaissés, le plâtre qui tombait par plaques du bâtiment principal, pareil aux plaies d'un lépreux.

« À moins qu'ils aient besoin de cet argent pour manger. »

La porte d'un cabanon était ouverte. M. Desmoulin se déplaçait à l'intérieur, un couteau à la main. Il s'éloigna, révélant une rangée de lapins suspendus à des crochets. Certains, déjà écorchés, ouvraient grand leurs yeux sans paupières.

« On devrait vérifier qu'il n'y a pas de punaises de lit, soupira Kitty. Il faudrait que cette dame nous donne une lampe très puissante, si elle en possède une.

– Je vais lui demander. »

Amy se dirigea prudemment vers le corps de ferme. La pluie était fine à présent, mais le vent cinglant. M. Desmoulin sortit du cabanon : un homme grand, légèrement voûté, le visage ridé. Dans sa main, le couteau était maculé de sang. Il observa Amy un moment, comme s'il envisageait de lui dire bonjour, puis tourna les talons et ferma la porte.

Mme Desmoulin donna à Amy une des lanternes du salon. L'inspection des matelas ne révéla rien. Le souper, servi dans la cuisine à la tombée du jour, consistait en du pain d'orge tartiné de graisse et d'un ragoût aqueux de haricots blancs et de viande insipide. M. Desmoulin ne se présenta pas au dîner. Sa femme, assise à l'écart de ses hôtes, mangeait goulûment en évitant leur regard. Il n'y avait nulle part signe d'enfants.

Ensuite elles utilisèrent les latrines nauséabondes au fond de la cour, avant de se laver chacune à son tour. Sans ses vêtements, Kitty semblait plus frêle : de petits seins fermes, des hanches à peine plus larges que celles d'un garçon. Amy la regardait depuis le lit du bas. Les rondeurs de l'adolescence s'étaient envolées. Désormais côtes et vertèbres poussaient contre sa peau pâle tandis qu'elle se penchait au-dessus de la vasque.

« Qu'est-ce que tu regardes, Amy ? demanda Kitty en se couvrant la poitrine.

– Toi.

– Pourquoi ?

– Sans raison.

– Tu pensais à quoi ?

– Je suis désolée.

– Dis-moi.

– Tu serais choquée.

– Et pourquoi donc ? demanda Kitty en commençant à se sécher. Je ne suis plus une enfant. »

Amy avait retiré l'épingle à cravate de son manteau et la faisait tourner dans sa main.

« Je pensais à toi avec un homme. Je pensais à lui en train de te toucher. »

Kitty se détourna.

« Pourquoi ?

– C'est plus facile que de se rappeler. Moi et Edward, je veux dire. »

Kitty passa sa chemise de nuit au-dessus de sa tête et l'enfila.

« Je t'avais prévenue.

– Je ne suis pas choquée. »

Le menton collé à la poitrinc, Kitty fermait lentement ses boutons. Arrivée au dernier elle s'arrêta, en caressa nonchalamment le contour du doigt.

« Moi aussi j'y pense. »

La pluie tambourinait sur le toit, des gouttes tombaient sur le sol en terre battue. De temps à autre, Amy confondait ce bruit avec celui qu'auraient produit des pas. Depuis le début du souper, elle n'avait plus revu M. Desmoulin. Elle le supposait dehors quelque part, à poser des pièges.

« Je n'ai jamais eu d'amoureux, avoua Kitty. Tu le sais, bien sûr. »

Amy ne savait que dire.

Kitty laissa retomber ses cheveux.

« En voyant tous ces jeunes hommes partir à la guerre, je me suis dit : non, j'attendrai leur retour. Jamais je n'aurais cru qu'ils seraient si peu à revenir. »

Plus jeunes, Amy et Kitty avaient renoncé au sexe opposé. Il n'y avait pas eu de déclaration ouverte, mais ç'avait été compris. Amy était trop studieuse pour le marché des noces, et Kitty trop grande et trop maladroite. Mieux valait embrasser le célibat pour l'éternité que d'attendre les attentions d'hommes qui ne les mériteraient pas – du moment qu'elles ne l'embrassaient pas seules. Quand Amy avait rompu leur pacte tacite en tombant amoureuse d'Edward, Kitty ne lui en avait pas voulu. Au contraire, elle s'était jetée dans le rôle d'assistante, sortant avec Amy pendant de longs après-midi ou soirées qui étaient en réalité passés avec Edward. Elle avait savouré la confiance que les amants plaçaient en elle, le secret qu'ils étaient les trois seuls à partager. C'était, supposait Amy, ce qui pouvait arriver de mieux derrière être amoureux soi-même. Était-ce possible que la présence de Kitty en France obéisse à cette même impulsion, ce même besoin par procuration ?

Kitty se passa une couverture autour des épaules.

« Edward et toi, quand vous étiez seuls ensemble, vous... ? Est-ce que vraiment vous... ?

– Est-ce qu'on couchait ensemble ? C'est ça que... ?

– Ça ne me regarde pas.

– Oui, nous couchions ensemble. Tu pensais qu'on attendrait ? »

Kitty s'assit au pied du lit. Les cheveux dénoués, elle paraissait plus jeune, presque comme l'enfant qu'Amy avait connue au début.

« Tu n'avais pas peur que les gens le découvrent ?

– J'étais terrifiée. Au début, en tout cas. Mais ensuite la peur a fait partie du jeu. »

Kitty fronça les sourcils.

« Tu veux dire l'excitation ? C'est ça ?

– Non, pas du tout. »

Amy tenait délicatement l'épingle entre deux doigts. La perle la dévisageait, œil blanc aveugle.

« Être avec Edward – c'est dur à expliquer, Kitty –, c'était à *moi*, quelque chose que je voulais *moi*. C'était dans les moments que je passais avec lui que je me sentais le plus libre. Chacune de nos rencontres était une bouffée d'air. »

Kitty passa les doigts dans ses cheveux bruns. À la lueur de la bougie, ils avaient des reflets cuivrés.

« Mais quand Edward t'a demandé de l'épouser, la première fois, tu as dit non, n'est-ce pas ? Je n'ai jamais compris pourquoi. »

Les gouttes de pluie qui tombaient du toit faisaient un *tap-tap-tap* régulier, comme le pendule d'une horloge.

« Ça n'a plus d'importance, à présent.

– Tu voulais que rien ne change, c'est ça ? »

Amy ne répondit pas. Elle était dans la petite cuisine à Madingley, trouvant la bague en saphir dans la pochc du gilet d'Edward. Elle avait appartenu à sa grand-mère, disait-il. Elle aurait fait n'importe quoi pour revivre ce moment, pour qu'il se termine autrement.

« Craignais-tu que le mariage vienne gâcher les choses ? » insista Kitty.

Amy se retourna, cachant son visage dans l'obscurité.

Kitty ramena les genoux sous son menton.

« Je suis désolée. Je veux juste savoir ce que ça fait, c'est tout : d'être amoureux, comme vous l'étiez. J'aimerais savoir ce qu'on ressent. »

Dans l'écurie, un cheval hennit. Plus loin, un autre lui répondit. Les gouttes de pluie continuaient à marteler le sol, comme pour mesurer le passage du temps.

« Essaie de dormir, maintenant », dit Amy en espérant que Kitty ne l'entendait pas pleurer.

9

Personne ne voulait les emmener. Elles allaient de maison en maison, de cour en cour : partout la réponse était la même – ou il n'y avait en guise de réponse que des pas traînants et le bruit sourd d'une porte qu'on ferme. Personne ne leur demandait pourquoi elles voulaient traverser les champs de bataille, ce qui les avait amenées dans la vallée de l'Ancre. Comme s'ils savaient déjà. Le village se trouvait en bordure d'une étendue sauvage, un sombre océan que nul n'osait traverser. Peut-être la mort du fermier – celui dont elles avaient croisé le cercueil en arrivant au village – les rendait-elle méfiants, à moins que les inconnus ne soient tout simplement pas les bienvenus.

Enfin, près de l'église, elles trouvèrent un maréchal-ferrant en train de ferrer une jument. Il interrompit son travail lorsque Amy lui présenta un billet de cent francs. À ce prix-là, dit-il, elles pouvaient emprunter une mule. Il ne pouvait pas mieux faire.

L'animal, un *déserteur** de l'armée canadienne, était habitué à être monté. Après avoir emballé quelques provisions, les jeunes femmes se dirigèrent vers la sortie de Bertrancourt en empruntant ce que la carte de Kitty appelait la *Grande Rue**, Kitty montant la première sur la selle. Dans un champ derrière la dernière maison, une poignée de femmes, pliées en deux, plantaient et binaient, enfoncées dans la boue jusqu'aux chevilles. Elles cessèrent leur travail pour regarder passer les étrangères. Leur silence était contagieux, tout comme la tétanie de l'air, que seul le bruit des sabots troublait.

Au bout d'une demi-heure, les nuages se dissipèrent et l'horizon s'élargit si bien qu'elles pouvaient voir jusqu'à plusieurs kilomètres au nord et au sud. Amy s'était attendue à ce que la campagne soit plus ouverte qu'en Angleterre, mais c'était encore différent. Il aurait dû y avoir des parcelles de forêts, un bosquet ici ou là. Napoléon n'avait-il pas bordé ses routes de peupliers de façon que ses armées puissent marcher à l'ombre ? Ici, les arbres étaient dépouillés de leurs branches, alignés en rangs clairsemés, troncs sans vie d'un blanc d'os. Les scories des tranchées quadrillaient la grande étendue d'herbe jaunissante, comme des lésions.

Un kilomètre plus loin, au hameau de Beaussart, derrière les ruines d'une grange, la fumée âcre d'un feu qui brûlait sans surveillance enveloppait la route.

« Ça va ? »

Kitty descendit de la mule. Elle était très pâle.

« Je crois que je... »

Amy lui prit le bras.

« Ça ne m'a pas trop réussi de chevaucher cet animal. »

Amy posa une main sur le front de son amie. Il était moite.

« Tu as de la fièvre.

– C'est juste le mal de mer, je pense, répliqua Kitty en se frottant les mains. J'aimerais bien me réchauffer un moment. »

Elle se dirigea vers le feu, trébuchant sur des briques et des décombres. Amy la suivit en laissant la mule à côté de la route. Derrière le feu se dressait une ferme plus imposante que le reste, dont il manquait la moitié du toit. Elle regarda les fenêtres brisées. De l'autre côté, les chambres étaient peut-être encore habitables. Elle s'imagina un lit à baldaquin, des miroirs, des rideaux, de la poussière qui tournoie dans l'air.

Dans les ombres au premier étage, quelque chose bougea. Elle sursauta.

« Peut-être que nous ne devrions... Je crois qu'on est dans une propriété privée, Kitty. »

Celle-ci continuait à avancer à grandes enjambées.

« Personne ne pourrait vivre là. C'est une ruine. »

Amy s'arrêta. Au milieu des flammes, le squelette calciné d'un chien gisait sur le dos, ses membres raides pointés vers le ciel. Elle se plaqua une main sur la bouche. Un souvenir lui revint, une histoire qu'elle avait lue bien des années plus tôt, au sujet de meutes de chiens sauvages qui arpentaient un champ de bataille en se repaissant des morts et des blessés. Mais elle était sûre que ce n'était qu'une légende.

Kitty, retournée au bord de la route, scrutait quelque chose au loin. Le vent qui s'était levé faisait voler les mèches de cheveux échappées de son chapeau.

« Qui est-ce, Amy ? Un soldat ? »

Amy recula. Il était difficile de distinguer quoi que ce soit à travers la fumée et l'air tremblotant.

« Je crois que c'est l'un des nôtres. Merci, mon Dieu ! s'exclama Kitty en levant une main. Hé, vous ! »

Amy avait les yeux qui piquaient. Elle dut les frotter. À travers ses larmes elle vit la silhouette d'un homme qui se découpait au milieu des champs, à plusieurs centaines de mètres du village : il tenait un grand cheval noir par les rênes. Il portait une casquette kaki et un pardessus.

« S'il est anglais, il est dans l'obligation de nous aider, ajouta Kitty en agitant de nouveau la main. Par ici ! »

L'homme n'esquissa pas un geste. Amy se rappela le cavalier juste avant Acheux. La peur l'étreignit.

« Je ne crois pas qu'il nous ait vues, Kitty.

– Mais si. Pourquoi reste-t-il... ? »

Une bourrasque éparpilla cendres et braises. Quand la vue fut de nouveau dégagée, homme et monture avaient disparu.

Kitty retourna tant bien que mal sur la route, mais la terre au nord était aussi déserte qu'auparavant.

« Pourquoi n'est-il pas venu nous aider ?

– Pourquoi devrait-il nous aider ? rétorqua Amy. Il ne sait pas qui on est. »

Après Beaussart, la route se terminait au milieu de plusieurs cratères inondés. Un chemin de contournement avait été renforcé par des traverses de chemin de fer, irrégulières et glissantes. Leurs bottines et l'ourlet de leurs robes furent vite croutés de boue. Puis les traverses elles aussi se terminèrent.

Une fourche qui permettait de quitter la *Grande Rue** était censée les emmener à l'est, vers les anciennes lignes de front, mais rien de ce genre n'était visible. Le seul repère spatial était une rangée de souches égrenées sur une portion de terre plane vers le sud.

« La rivière devrait se trouver par là, déclara Amy. Si on la garde toujours à notre droite, elle devrait nous conduire près de Serre. »

Kitty avait le visage rouge et moite de sueur.

« Je ne la vois pas. Je ne vois pas de rivière.

– Tu as besoin de te reposer, Kitty ? »

Celle-ci secoua la tête.

« Je n'ai pas envie de me perdre ici. »

Elle regardait vers l'est, le souffle court. Elles étaient seules, il n'y avait pas âme qui vive, même dans le ciel.

« C'est ici, l'endroit, n'est-ce pas ?

– L'endroit ?

– Le champ de bataille, précisa Kitty. Je le sens. Je le sens sur ma peau. »

Amy déploya la carte.

« Non, on est encore à deux ou trois kilomètres des premières tranchées allemandes. On est toujours derrière les lignes britanniques, de peu.

– Alors c'est par là », affirma Kitty en désignant l'horizon d'un coup de tête.

Le terrain était vallonné mais désert. Rien ne bougeait hormis les brins d'herbe proches.

« C'est là que ça s'est passé, toute cette mort et... » Elle fronça les sourcils. « C'est bizarre : il devrait y avoir... *plus*. Il devrait y avoir quelque chose. »

Amy se tenait à ses côtés. Elle avait imaginé cet endroit une centaine de fois, mais dans sa tête il avait toujours été plongé dans la tourmente : bourdonnant sous l'impact des obus, des mitraillettes et des cris des hommes. Même là elle continuait à les entendre. Et pourtant la terre devant elle restait muette, comme si elle lui tournait le dos. Ce vide était soudain insupportable.

En se retournant, Amy buta sur quelque chose de dur. Au milieu d'une touffe d'orties, une sphère grise et lisse la regardait. D'un pied, elle écarta la végétation.

« Qu'est-ce que c'est ? » demanda Kitty.

Amy s'accroupit.

« La culasse d'un fusil. »

L'arme était couchée sur le côté, la crosse levée, le canon en grande partie caché sous la terre. La détente et le viseur étaient tachés de rouille. Une inscription était gravée sur une bande métallique autour de l'extrémité étroite de la crosse, mais Amy ne parvenait pas à la déchiffrer.

« C'est de l'allemand ? » demanda Kitty.

Amy nettoya l'inscription avec le doigt. Elle vit une couronne au-dessus des lettres GR.

« *George Rex*. C'est l'un des nôtres. »

Elle empoigna la crosse et tira. Le fusil sortit facilement, comme s'il venait se lover dans ses mains. Il était dense, lourd, mais équilibré. En le tenant, Amy se sentit forte, presque puissante. Elle plaça sa tête contre le canon et aligna les viseurs sur l'horizon.

« Amy, qu'est-ce que tu fais ?

– Ça doit être un Lee Enfield.

Une baïonnette était fixée sous l'extrémité du canon. Longue d'une quarantaine de centimètres, étroite et effilée. Amy imaginait les blessures, la chair arrachée, l'os transpercé.

Kitty la regardait.

« Ils se servaient des fusils pour marquer les tombes, parfois, non ? »

Elle avait raison. La touffe d'orties aurait pu dissimuler une sépulture – un soldat enterré par des camarades près de l'endroit de sa chute.

« On devrait chercher s'il y a quelque chose avec un nom. »

Un fusil utilisé pour signaler une tombe ne devait pas être chargé. Amy tira délicatement sur la culasse. Cela ouvrirait le compartiment – elle savait au moins ça. Mais la culasse refusait de bouger. Elle leva le fusil vers le ciel et appuya sur la détente, escomptant le même résultat.

L'arme bondit dans ses mains. Elle ne s'attendait pas à cette déflagration, une fureur compressée qui déchira le silence, un choc qu'elle ressentit comme un coup au cœur. Kitty laissa échapper un cri et trébucha en arrière.

« Je suis désolée, s'excusa Amy, je croyais... »

L'écho grondait dans le ciel. Puis, inexplicablement, il se fit plus grave et plus fort. Amy leva les yeux. Une grosse goutte de pluie s'écrasa sur son visage.

« Le tonnerre. »

Elle reposa le fusil.

« Allons nous mettre à l'abri. »

Elle avait déjà repéré un tas de sacs de sable sur le rebord d'un talus. Il marquait l'entrée d'une tranchée peu profonde, flanquée de parapets en terre. Elle entra la première. Au bout de quelques mètres, la tranchée se creusa davantage, au sol un caillebottis.

« Amy ?

– Par ici. »

Kitty tirait sur les rênes de la mule. L'animal n'avait pas envie de suivre.

« Ce n'est qu'un fossé.

– Un boyau de communication. Ils conduisent aux premières lignes. C'est pour ça qu'il n'y a pas de barbelés. »

La pluie tombait plus dru. Tirant la mule, elles parcoururent le boyau qui traversait en zigzags les restes d'un bosquet. Par endroits, les parois s'étaient effondrées, ce qui les obligeait à escalader des tas de terre meuble; ailleurs le caillebottis détrempé avait disparu dans l'eau. Au bout de quelques minutes, elles atteignirent une tranchée plus large et plus profonde aux flancs consolidés par du bois.

« C'est une ligne de soutien, expliqua Amy. Il y a peut-être une tranchée-abri quelque part par là.

– Comment tu le sais ?

– Edward me l'a expliqué. »

Après cinquante mètres, elle trouva une volée de marches découpées dans la terre. Au bout se trouvait l'entrée d'une tranchée-abri surmontée par une plaque de tôle ondulée inclinée.

Kitty la rattrapa. Elle contempla le trou.

« C'est un abri », dit Amy.

Un rideau de protection antigaz suspendu au linteau tournoyait dans le vent.

« Mais, et s'il y a...

– Allez, Kitty, on va attraper la mort. »

Amy descendit quelques marches, ses yeux s'habituaient progressivement à l'obscurité. Elle trouva un endroit plat trois mètres plus bas, jonché de poutres brisées. Encore en dessous, une autre volée de marches s'enfonçait plus profondément dans la terre. Une odeur de décomposition imprégnait l'air.

Kitty tremblait. Amy sentait qu'il était crucial de lui faire garder son calme, de lui assurer qu'il n'y avait aucun danger.

« On devrait manger un bout, dit-elle. Tu as faim ? »

Elles s'accroupirent sur les marches. Amy avait une miche de pain à la farine d'orge et du saucisson. Elle se mit à le trancher avec un canif. Elle distinguait l'intérieur du tunnel : poutres tachées, sacs de sable, détritus divers, chiffons. Une pelle courte et pointue – un outil pour creuser les tranchées – était couchée deux mètres plus bas.

Elle écoutait la pluie : le son se compressait à mesure qu'il s'enfonçait dans l'entonnoir du souterrain. Les poutres craquaient, comme si elles revenaient lentement à la vie. Elle mordit dans un morceau de pain en pensant à la sensation du fusil dans ses mains, se disant qu'elle aurait pu le garder. Le souvenir du caporal Staveley se forma dans son esprit, la bouche perpétuellement ouverte, la peau cloquée, pelée. Il avait dit que des hommes vivaient toujours sous terre dans le no man's land. Mais Staveley avait perdu la tête. Il avait des visions du diable et parlait tout seul.

Du coin de l'œil, elle aperçut un mouvement, mais ce n'était que son ombre sur les murs.

« Tu as vu ça ? demanda Kitty en désignant le bas des marches.

– C'est juste... »

De la terre et des gravillons lui tombèrent sur la nuque. Elle braqua le faisceau de sa lampe au-dessus de sa tête. Les poutres paraissaient sûres. C'est alors qu'elle remarqua des points de lumière jaune derrière.

« Là ! » hurla Kitty.

Elle se leva d'un bond, éjectant la lampe de la main d'Amy. La torche dégringola dans l'obscurité. Amy se lança à sa poursuite. Son pied heurta un obstacle. Elle bascula et tomba de tout son poids à plat ventre.

La lampe gisait dans la poussière à quelques centimètres de son visage. Dans le faisceau, elle les vit, qui grouillaient sur les marches : des rats, longs et noirs, remontaient en masse des profondeurs de la tranchée. Elle sentait leur corps leste la heurter au passage, leurs griffes rêches, leur queue sur le dos de sa main tendue. Un frisson la parcourut. Elle roula sur le côté. Elle avait envie de crier, mais à quoi bon ?

De la main droite, elle trouva la pelle de tranchée. Ses doigts se refermèrent sur le manche. Les dents serrées, elle agita la pelle pour dégager un espace autour d'elle. Elle se mit à genoux. D'autres rats, gros comme des cochons d'Inde, sortaient des murs.

Kitty, paralysée de peur, n'arrivait pas à courir. Elle perdit l'équilibre et tomba. Des rats se précipitèrent sur son dos et son cou. Elle poussait des cris aigus en se tortillant, agitait les mains dans tous les sens.

Amy faisait des moulinets avec la pelle, plus fort, plus vite, dégageant une marche après l'autre pour rejoindre son amie, elle sentait l'outil frapper chair et os, écraser et taillader, elle entendait les cris éraillés des rats au corps lacéré par le métal.

Elle hissa Kitty sur ses pieds et la tira en haut des quelques marches qui remontaient au jour. Un énorme rat se dressa sur ses pattes arrière. Elle le décapita d'un seul geste. Enfin elles débouchèrent à l'air libre, s'élancèrent dans la tranchée, contournèrent des traverses, grimpèrent une échelle.

Amy arriva la première en haut. Elle trébucha, le souffle court, le corps tremblant. Devant elle se trouvait un rouleau de fil barbelé rouillé. De l'autre côté, un Chinois trapu vêtu d'un pardessus kaki la dévisageait, bouche bée.

Amy se regarda. Son manteau était noir de crasse, sa ceinture dénouée. Son chapeau avait disparu et ses cheveux s'étaient détachés. Lorsqu'elle passa les mains derrière la tête pour se recoiffer, elle remarqua soudain le sang sur ses gants. Elle laissa tomber la pelle de tranchée pour les essuyer à la hâte sur son manteau.

L'homme continuait à la toiser. Amy se toucha le visage d'un geste hésitant : lui aussi était couvert de sang.

10

« La plupart ont toujours leur plaque d'identité, capitaine, dit le caporal Reid en consultant son carnet. Vingt-sept jusqu'à maintenant. Onze sans. Uniforme encore bien reconnaissable. Pas d'officiers. »

Derrière lui, les fosses contenaient les corps de Néo-Zélandais tués l'été précédent. Les Boches les avaient enterrés à moins d'un mètre de profondeur, comme souvent quand ils étaient pressés, même s'il arrivait que les officiers ennemis soient séparés des autres rangs par respect pour la hiérarchie militaire. Il allait falloir tous les fouiller en quête d'effets personnels, les étiqueter, les mettre en sac, puis les emmener à un cimetière de regroupement sur la route de Serre. Il y avait déjà quarante sacs par terre. L'odeur du désinfectant pesait lourd dans l'air.

« Veillez à ne rien oublier », recommanda le capitaine Mackenzie en frissonnant.

La pluie faiblissait, mais quoi qu'il en soit, il faisait plus sombre. La nuit tombait vite dans la vallée de l'Ancre, comme si elle revendiquait la terre de plein droit.

« Je veux quelque chose sur chaque...

– Oui, capitaine ? »

L'attention de Mackenzie avait été attirée par une poignée de silhouettes au loin, en provenance de l'ouest.

« Passez-moi ces jumelles, caporal. »

Reid en avait dégotté une paire de bonne qualité sur le cadavre d'un lieutenant allemand. Il avait réussi à repérer la semelle du godillot du mort qui jouait les bouchons au fond d'un trou d'obus inondé. Mackenzie l'avait autorisé à conserver son butin. Les corps sortis de l'eau étaient les plus difficiles à manipuler. La chair, qui avait souvent la consistance du beurre, se détachait des os lorsqu'on bougeait le cadavre. Reid s'était porté volontaire pour chercher les plaques d'identité, bien que cette courtoisie soit loin d'être automatique quand il s'agissait de l'ennemi. Le nom du lieutenant Arnholt avait été noté comme il se doit, et les restes de son squelette emballés en vue du transfert.

Reid tendit les jumelles. Mackenzie les orienta sur les inconnus qui avançaient vers eux.

« Ce ne sont pas des femmes, quand même, mon capitaine ? s'enquit Reid.

– Pire, grand Dieu, ce sont des dames. Et un Chinois avec une mule. »

L'une d'elles ne portait pas de chapeau. Mackenzie se demanda s'il s'agissait d'une servante. Elle était menue, avec des cheveux noirs, et jeune, comme sa maîtresse.

« Que veulent-elles, mon capitaine ? demanda Reid.

– Elles doivent être perdues. Complètement perdues. »

Mackenzie regarda la scène qui les entourait : les rangées de sacs de toile, dont beaucoup étaient encore ouverts ; deux hommes dans la tranchée en dessous, qui soulevaient un corps en faisant levier avec leur pelle – sur le crâne hilare, une touffe de cheveux noirs émergeait lentement de la boue.

« Couvrez-moi ça. Et dites aux hommes d'arrêter. »

Ils étaient à court de toile. Reid venait tout juste de terminer sa tâche quand le petit groupe arriva. Le sous-officier chinois salua. C'était un contremaître de l'une des compagnies de main-d'œuvre qui travaillaient au sud de leur position : un petit homme au visage fin dont les joues étaient creusées de rides profondes. Il expliquait que ces dames étaient anglaises et qu'elles étaient venues chercher leur époux mort.

Un instant, Mackenzie crut à une blague.

« D'Angleterre ? »

La femme sans chapeau, hors d'haleine, avait le visage empourpré et sale, à croire qu'elle venait de se battre.

« Je m'appelle... » Elle se racla la gorge. « Je m'appelle Vanneck... Amy Vanneck. Et voilà mon amie, Catherine Page. Elle cherche son frère. »

La formalité de ces présentations parut absurde à Mackenzie, comme s'ils bavardaient dans un boudoir à la campagne non loin de Londres. Il se demanda alors si ces femmes n'étaient pas folles.

« Son frère ?

– Sa tombe. Elle a été perdue. Quelque part à côté de Rosières. »

Avaient-elles remarqué les rangées de sacs alignés derrière eux ? Savaient-elles ce qu'ils contenaient ? La mule se mit à fourrager dans une touffe d'herbe quelques mètres plus loin.

La femme aux cheveux noirs tendit la main. Par réflexe, il la serra.

« Capitaine James Mackenzie, 21e régiment du Middlesex. »

Elle avait des gants sales et déchirés. Un trou laissait voir un ongle ensanglanté. Alors que sa poigne se resserrait, Mackenzie perçut un tremblement. L'autre femme ne disait rien.

« Pardonnez-moi, mais s'est-il passé quelque chose ? » demanda Mackenzie.

Le contremaître expliqua que les femmes s'étaient aventurées dans des positions de réserve à l'ouest de Beaumont-Hamel, où elles avaient dérangé une colonie de rats.

« Cette dame en a tué certains », ajouta-t-il en désignant miss Vanneck d'un signe de tête. Sa bouche s'étira en un sourire. « Le sang sur son visage : du sang de rat.

– C'était... » Elle se tapota timidement la joue. « C'était stupide de notre part. Nous aurions dû...

– Il y a des hordes de rats près de la rivière, je ne sais pas pourquoi, dit Mackenzie, conscient que lui aussi se mettait à bavarder, malgré les circonstances. On voit aussi d'autres animaux : des chiens sauvages, des renards et même des sangliers. La nature s'engouffre là où l'homme craint de mettre le pied. »

Il sortit une flasque de son manteau. « Voulez-vous un peu de brandy ? C'est corsé, mais ça calme les nerfs. »

Miss Vanneck secoua la tête. Mackenzie dévissa le bouchon.

« J'insiste. »

Elle hésita avant de boire une grande gorgée. Miss Page sirota prudemment, puis grimaça et rendit la flasque. Le caporal Reid et le sergent Farrer les dévisageaient, ainsi que tous les autres hommes de l'escouade. Mackenzie scruta leurs visages en quête d'un signe de plaisir devant la présence inattendue de dames anglaises : il n'en trouva aucun.

« Bon, si vous le voulez bien, miss Vanneck, dit-il, j'aimerais que vous m'expliquiez ce que diable vous fabriquez par ici. »

Après avoir congédié le contremaître, Mackenzie conduisit les dames dans une tente qui avait été montée non loin de là. Le caporal Reid les accompagna. Amy était encore sur les nerfs. Elle s'efforça au calme. Quelques rats, ct alors ? Un dcsagrcmcnt, rien de plus. Elle porta une main sur son cœur. L'épingle de cravate était toujours en place, bosse dure sous le lourd tissu de son manteau.

« Pendant la majeure partie de la guerre, les premières lignes se trouvaient ici, à un ou deux kilomètres près », expliquait Mackenzie.

Il avait une allure méfiante, nerveuse, et on distinguait une pâleur maladive sous ses joues tannées. Malgré tout, il ne semblait pas prêt à les renvoyer immédiatement.

« Vous avez vu l'étendue des dégâts. Jusqu'à maintenant, nous avons récupéré une centaine d'hommes, dont la plupart étaient déclarés disparus ou dont la tombe avait été détruite. Le DGRE à Péronne possède un dossier sur chaque champ d'inhumation : noms, dates et emplacements. Nous savons où concentrer nos efforts, mais le moindre mètre carré doit être vérifié. C'est long.

– Mon fiancé faisait partie du régiment de Manchester, précisa Amy.

– Nous avons trouvé quelques hommes de ce régiment. Rien d'étonnant à cela. C'est l'un des plus grands du pays.

– Il était capitaine dans le 7e bataillon : Edward Haslam. Il a été porté disparu en août. » Amy farfouilla dans sa poche pour trouver la lettre de Barnard. « Elle vient du colonel du régiment. »

Mackenzie parut surpris. Il se demandait sans doute comment elle était parvenue à arracher une réponse personnelle à un général de division. Il survola la lettre.

« Je suis navré, mais à ma connaissance nous n'avons trouvé aucun corps qui corresponde à ces critères. Vous confirmez, caporal Reid ?

– Je crois bien, oui. Personne du rang de capitaine.

– Le caporal Reid est le secrétaire de notre compagnie. Il a une excellente mémoire pour ces choses-là.

– Vous êtes vraiment sûr ?

– Autant que faire se peut. Nombre des corps qu'on retrouve… » Mackenzie semblait guetter sur le visage d'Amy des signes d'inconfort. « … ne sont pas identifiables. On arrive souvent à déterminer le rang et le régiment selon l'état de l'uniforme : boutons, écussons. Si on a de la chance, on arrive à distinguer un officier grâce à ses godillots, ou au tissu de son pantalon militaire. Ça dépend. En terrain humide, les choses deviennent très vite difficiles pour nous. »

Amy déglutit. Ils parlaient d'Edward – l'homme qu'elle avait aimé, qu'elle aimait encore – en termes de boutons et d'os, de bouts de tissu, qui tous se décomposaient jusqu'à l'anéantissement, comme si cet homme n'avait jamais existé ailleurs que dans son esprit.

« Vous auriez pu le rater, insista Amy. Cet endroit est un désert. Tout se ressemble.

– Pour l'œil non exercé, peut-être, répliqua Mackenzie en lui rendant sa lettre. Mais nous avons mis au point certaines procédures afin d'y remédier.

– Des procédures ? »

Mackenzie et son secrétaire échangèrent un regard. Ils n'avaient visiblement pas l'habitude d'être interrogés par des civils.

« Nous divisons chaque lieu en parcelles de cinq cents mètres carrés, dont les coins sont délimités par des drapeaux. La compagnie est scindée en escouades – dans l'idéal trente-deux hommes par escouade. Chacune se charge d'une parcelle qu'elle arpente de bout en bout. » Mackenzie hésita, comme pour voir si les femmes en avaient entendu assez. « S'ils trouvent quoi que ce soit, ils l'indiquent avec un autre drapeau : bleu pour quarante corps ou plus, jaune pour des nombres plus petits. Voilà comment ça fonctionne.

– Avez-vous assez d'hommes ? » s'enquit Amy.

Mackenzie congédia le caporal Reid.

« Je ne vous mentirai pas : on n'a jamais assez de volontaires. Garder le plein potentiel des escouades est parfois... un défi.

– Combien vous manque-t-il ? Combien d'hommes ?

– L'armée paie double pour ce genre de travail. Mais quand bien même, les conséquences sont lourdes. Les vétérans aguerris ne peuvent pas rester plus d'un mois. Ils n'arrivent plus à dormir, voyez-vous. Des disputes éclatent au moindre prétexte. Les hommes sont maussades, réservés. Parfois ils partent sans prévenir. Mais on y arrive. Nous nous conformons à la procédure et nous continuons. Nous n'arrêterons que lorsque nous aurons terminé.

– Ou quand le ministère de la Guerre vous rappellera », nuança Amy.

Il y eut un moment de silence, brisé par le seul bruit des hommes qui travaillaient dehors : commandements, frottements, bruit métallique des pelles – de petits bruits, pas ceux d'un effort prodigieux, d'une nation qui trime pour ses morts glorieux.

Kitty finit par s'exprimer :

« Est-ce que les hommes... les morts... est-ce qu'ils ont des choses sur eux qui portent leur nom ? Quelque chose qu'on puisse vérifier ?

– Chaque corps non identifié est fouillé pour trouver des effets personnels. Tenez, voyez vous-même. »

Mackenzie s'empara d'une solide boîte en bois qu'il posa lourdement sur la table devant elles. Elle était renforcée par des bandes métalliques et des verrous. Il ouvrit le couvercle d'une poussée pour dévoiler des rangées d'épaisses enveloppes brunes ficelées. Il en choisit une dont il vida le contenu sur la table. Amy se rapprocha. Devant elle se trouvait une montre avec une moitié de bracelet et le verre embué ; une petite boîte de chocolat en cuivre décorée de l'image en relief de la princesse Mary ; un crayon et le fragment d'une photo. Sur la surface tachée, on distinguait à peine une jeune femme avec un enfant sur les genoux.

« Nous envoyons cela au IWGC[1], expliqua Mackenzie, au cas où d'autres informations seraient mises à jour. »

Amy prit la photo et regarda au dos. Il y avait eu une inscription, mais le fragment était illisible.

« Ça doit être sa femme. Quelqu'un doit connaître son nom.

– J'imagine que oui, répondit Mackenzie. Mais comment trouver cette personne ? Des centaines de bataillons ont combattu ici au fil des ans. Par où commencer ?

– Si cela se passait en Angleterre, la police n'essaierait-elle pas de trouver cette femme ? demanda Kitty. Juste pour savoir qui est mort ? »

Mackenzie sortit un étui à cigarettes de sa poche.

« Malheureusement, il ne s'agit pas là d'un crime, miss Page. C'est la guerre. »

1. Imperial War Graves Commission : organisme créé au lendemain de la guerre et qui travaille en étroite collaboration avec le DGRE pour compléter le travail de ce dernier et perpétuer l'entretien des tombes.

La femme de la photo posait, raide, un sourire incertain sur les lèvres. Elle devait élever seule son enfant en Angleterre à présent, en s'accrochant peut-être toujours à une bribe d'espoir. Il n'y aurait pas de tombe où aller se recueillir, ni même la certitude qu'une tombe existât. Il faudrait se contenter d'un formulaire du ministère de la Guerre rempli par un secrétaire.

Mackenzie sembla lire dans les pensées d'Amy.

« Nous faisons de notre mieux. Nous avons identifié près de la moitié des corps que nous avons trouvés, c'est plus que ce que font la plupart des compagnies. Le fait est que la majorité des disparus ne seront jamais retrouvés. Leurs restes sont trop éparpillés ou enterrés trop profondément. Ou alors ils sont restés enfouis trop longtemps. »

Amy ne voulait pas en entendre davantage. Tout cela n'était que des suppositions, de toute façon, une question de nombres et de probabilités. L'histoire d'Edward pouvait être différente. Qu'est-ce que Mackenzie en savait ?

« Y a-t-il beaucoup de tranchées allemandes sur la crête de Serre ? » demanda-t-elle.

Le capitaine fronça les sourcils.

« Il y en avait des centaines à une époque. Serre était une place forte ennemie.

– Et des tunnels ?

– Oui, mais la plupart ont été détruits. »

Mackenzie glissa une cigarette entre ses lèvres. Ses gestes étaient tendus, maladroits, comme s'il maintenait le vernis de la bienséance par la seule force de sa volonté.

« Pourquoi cette question ?

– J'ai entendu dire... »

Amy considéra la montre cassée. Elle caressa le verre d'un doigt.

« J'ai entendu dire que des hommes s'y cachaient parfois... y vivaient, dans le no man's land.

– Des déserteurs, vous voulez dire ?

– C'est vrai ?

– Non.

– Une simple rumeur, alors ?

– C'est ça.

– Pourquoi aller inventer une chose pareille s'il n'y avait pas une part de vérité ? »

Mackenzie alluma sa cigarette.

« On pourrait appeler ça un vœu pieux. »

Il désigna d'un geste raide les objets étalés sur la table.

« Tant d'hommes ont été perdus au front, il est sans doute plus facile de croire qu'ils se cachent que d'affronter leur mort. Dans la bataille, perdre ses camarades est ce qu'il y a de plus dur, presque autant que de perdre sa famille. »

Dans l'une de ses premières lettres, Edward avait parlé de la mort de son ordonnance, un certain caporal Earnshaw. C'était la dernière fois qu'il avait écrit au sujet de la perte d'un camarade. Après ça, les victimes qu'il mentionnait ne portaient jamais de nom. Amy n'arrivait pas à déterminer s'il cachait son chagrin ou s'il avait perdu la capacité de le ressentir.

« Et Two Storm Wood, alors ? » demanda-t-elle.

Mackenzie se figea un instant, puis il se mit à rassembler les objets pour les remettre dans leur enveloppe.

« Eh bien ?

– Un tel lieu existe-t-il ?

– Piccadilly, c'est un lieu ; Two Storm Wood n'est qu'un nom. S'il a jamais existé un bois, il a depuis longtemps disparu.

– Mais des hommes pourraient-ils se cacher là ? insista Amy. Y a-t-il des tranchées-abris, des tunnels ?

– Probablement. » Mackenzie la regarda. « Qui vous a parlé de Two Storm Wood ? Où avez-vous entendu ce nom ? »

Amy hésita. Elle avait l'impression de trahir un secret.

« J'ai discuté avec un caporal du 7e régiment de Manchester. Il s'appelait Jack Staveley.

– Staveley ? Qu'est-ce qu'il a dit ?

– Il a dit que le capitaine Haslam était toujours sur le champ de bataille, et que je devrais le chercher sous Two Storm Wood.

– C'est tout ?

– Il n'a rien expliqué. Il était grièvement blessé. La sœur pensait qu'il souffrait d'un choc post-traumatique.

– Je vois. » Mackenzie reprit sa tâche. « Ma foi, comme je vous le disais, ces histoires sont des inepties. Vous ne trouverez rien à Two Storm Wood. »

Amy sortit la carte des tranchées pour la déployer devant lui.

« Où est-ce ? Vous pouvez me montrer ?

– C'est inutile.

– C'est près d'ici ?

– Miss Vanneck...

– S'il vous plaît. »

Mackenzie tira sur sa cigarette.

« Two Storm Wood était une place forte sur une ancienne ligne allemande, juste au sud de Serre. Nids de mitrailleuses, barbelés. » Il rapprocha la carte. « Le front a pivoté autour de cet endroit, avant de filer vers la rivière. » Il fit courir un doigt le long d'une série de lignes rouge pâle. « C'est ça – ce qu'il en reste. Le temps que cette carte soit dessinée, une grande partie des lieux ont été détruits. » Il replia la carte et la lui rendit. « De toute façon, la zone a déjà été entièrement fouillée. Vous perdriez votre temps.

– On ferait mieux de partir avant la tombée de la nuit, Amy, dit Kitty. Merci, capitaine.

– Que se passe-t-il si vous trouvez un officier que vous n'arrivez pas à identifier ? demanda Amy.

– Je vous l'ai déjà expliqué, nous suivons des procédures.

– Edward avait une photo de moi comme celle-ci, poursuivit Amy, qui tenait toujours le cliché de la femme et de l'enfant. Et des lettres aussi, et une chevalière en or. Rien de tout ça ne vous donnerait un nom, mais moi je saurais les reconnaître. Vos hommes les ont peut-être déjà trouvées. »

Mackenzie se retourna.

« Je noterai d'aller vérifier les dossiers quand je rentrerai au camp, afin d'apaiser vos doutes. » Il tendit la main pour récupérer le cliché. « Si vous me laissez une adresse où je peux vous contacter, je ferai en sorte que vous soyez informée de tout fait nouveau. Vous aussi, miss Page. Le DGRE à Péronne a peut-être des informations. Je serais heureux de me renseigner pour vous. Le responsable, le général Hargreaves, est on ne peut plus scrupuleux.

– Nous logeons chez Mme Desmoulin, à Bertrancourt, répondit Kitty, mais la poste restante d'Amiens serait peut-être mieux.

– Va pour Amiens, dans ce cas. » Mackenzie reposa l'enveloppe dans la boîte puis ferma le couvercle. « Maintenant, si vous êtes prêtes, je vais demander à un de mes hommes de vous escorter jusqu'à votre logis.

– Inutile, protesta Amy. Nous sommes arrivées jusqu'ici, nous saurons trouver le chemin du retour.

– Malgré tout, je pense vraiment…

– Ça ira très bien, capitaine, merci. Vous nous avez donné assez de votre temps. »

Kitty semblait perplexe, mais ne dit mot.

« Comme vous voulez », concéda-t-il en soulevant le battant de la tente.

Un de ses hommes se trouvait de l'autre côté.

« Sergent Farrer ? »

Ce dernier s'écarta vivement, les yeux baissés.

« Il y a une route qui part d'ici et qui conduit tout droit à Colincamps, expliqua Mackenzie. C'est le chemin le plus facile. Bertrancourt n'est qu'à trois kilomètres. C'est indiqué. »

Kitty s'arrêta net. Quelques mètres plus loin, les hommes de Mackenzie chargeaient un long paquet pâle sur l'une des charrettes. Une dizaine d'autres gisaient côte à côte sur le bord de la route.

« Viens, Kitty, lui intima Amy en la prenant par le bras.

– Restez bien sur la route, avertit Mackenzie. Les ingénieurs veillent à ce qu'il n'y reste plus de munitions. Ainsi vous serez en sécurité. Surtout ne partez pas à travers champs. Sans point de repère, on s'égare facilement, même avec une carte. Entre les cratères et le barbelé, le risque est de perdre tout sens de l'orientation et de finir par tourner en rond. Ce n'est pas conseillé. »

Amy saisit la bride de la mule.

« Nous suivrons vos conseils, capitaine, au revoir. »

Mackenzie n'était pas satisfait.

« Gardez à l'œil les traces de roues et ne bifurquez sous aucun prétexte. Parfois, cet endroit... »

Amy s'arrêta.

« Il peut vous jouer des tours. À cause de ce qui s'y est passé. Quand on n'a pas l'habitude.

– Alors nous suivrons vos recommandations, capitaine. »

Mackenzie hocha la tête.

« Tant que vous restez sur la route, il ne devrait rien vous arriver. »

Il y eut un virage, puis la route devint toute droite, disparaissant au loin telle une sangle tendue à travers le paysage. De part et d'autre, des balafres de barbelés et de terre crayeuse quadrillaient le terrain. S'il y avait âme qui vive, homme ou bête, elle se terrait sous la ligne de mire.

Amy et Kitty cheminèrent un moment en silence, leurs bottines lestées de boue. Les hommes de Mackenzie travaillaient toujours autour de la fosse mortuaire. Les silhouettes kaki rapetissèrent au loin puis disparurent dans la brume. Bientôt les deux jeunes femmes se retrouvèrent seules.

« Il y avait des corps dans ces sacs, finit par dire Kitty. Tu les as vus ?

– Oui.

– Il m'a fallu un moment pour comprendre. Quand j'ai aperçu la forme de l'un d'eux, j'ai saisi tout d'un coup ce qu'il y avait sous la toile.

– C'est leur travail, à Mackenzie et à ses hommes. Ça ne doit pas être facile.

– Moi, je deviendrais folle. Pourquoi ne pas laisser ces morts où ils sont ?

– Parce qu'ils doivent être identifiés, si possible. Et déplacés.

– Pourquoi ?

– Les Français veulent récupérer leur terre. »

Kitty frissonna.

« Qu'ils la reprennent. »

La brume s'épaississait, il commençait à faire sombre. Très vite, la visibilité se réduisit à une centaine de mètres. Amy sentit la peau de sa nuque se tendre. Dans sa tête résonnaient les bruits de la bataille : le crépitement des mitraillettes, le sifflement et l'explosion des obus, les suppliques des hommes à l'agonie. On aurait dit qu'ils montaient de la terre comme de la vapeur.

« Pourquoi as-tu refusé l'aide du capitaine ? demanda Kitty.

– Cette route nous conduit tout droit à Colincamps. Nous n'avons pas besoin de guide pour la suivre.

– On serait plus en sécurité.

– Il n'y a personne, ici, Kitty.

– Tu ne lui faisais pas confiance ? Moi je l'ai trouvé plutôt gentil.

– Je suis sûre qu'il l'est.

– Alors pourquoi... ?

– Ils étaient occupés. En plus, si nous avions accepté son aide, nous aurions ensuite été tenues de nous plier à ses exigences.

– Retourner à Amiens, tu veux dire ?

– Oui, attendre et espérer... un miracle. »

Amy accéléra. Elle n'avait pas envie de parler. Kitty devait fournir un effort pour la suivre.

« Mais que pouvons-nous faire d'autre ? Il faut accepter...

– Nous n'avons rien à accepter. Edward n'appartient pas à l'armée... plus, en tout cas. »

Les bras croisés autour du torse, Amy essayait de chasser le froid en elle.

« Je peux chercher par moi-même. Je peux chercher dans les cimetières. Dans les listes et les registres. N'est-ce pas évident qu'ils sont submergés ? Mackenzie l'a quasiment avoué. »

Brusquement, Kitty s'arrêta. Tout près, quelque chose avait attiré son attention.

Amy s'immobilisa à ses côtés.

« Qu'y a-t-il ? »

Kitty tendait l'oreille.

« Tu as entendu ? »

Une voix, au loin : vagissante, désespérée, pitoyable.

« Ça doit être un animal, un chien ou un...

– Je ne vois pas de chien. »

Voilà que ça revenait, un bruit déchirant, plus près à présent : deux cents mètres tout au plus.

« C'est un cochon sauvage ou un renard. Tu as entendu ce que disait le capitaine. »

La créature gémissait, suppliait. Mais ce n'était pas humain, Amy en était presque sûre.

Kitty avança d'un pas.

« Quoi qu'il en soit, on dirait qu'il souffre. »

Un bruit sourd, grinçant, un aboiement peut-être, ou une quinte.

La mule rua, arrachant la bride des mains d'Amy, et partit au galop.

« Non ! »

L'animal sauta par-dessus un fossé peu profond et disparut dans le brouillard. Avant qu'Amy puisse l'arrêter, Kitty s'était lancée à sa poursuite.

« Kitty, attends ! Reste ici ! Kitty ! »

La mule poussa un braiement. On avait l'impression qu'elle était déjà à une centaine de mètres.

« Je la vois ! Je la vois ! s'écria Kitty.

– Kitty, reviens ! »

Amy escalada un talus. À une trentaine de mètres, une ligne de piquets métalliques tordus se détachait en noir contre le brouillard.

« Où es-tu ? »

Elle cherchait à tâtons sa lampe torche dans sa poche quand elle se rappela qu'elle l'avait perdue.

Elle attendit, aux aguets, mais ne perçut rien d'autre que le bruit de sa propre respiration.

« Kitty, pour l'amour de Dieu ! »

Elle reprit sa course. Du barbelé pendait des piquets, une grande partie était aplatie dans la terre. Des torsades se redressaient là où elle posait les pieds et s'accrochaient à l'ourlet de sa jupe. Elle descendit maladroitement une pente. Du métal en train de rouiller – vert, gris, brun – était éparpillé au milieu d'un tapis d'orties. Sa bottine entra brusquement dans l'eau. Devant elle s'ouvrait un large cercle, aussi immobile que du verre. Des ondes se déployèrent en silence à sa surface, avant de lécher la boue et les pierres.

« Amy ? »

La voix de Kitty semblait lointaine, étouffée, apeurée. Elle venait de sa droite, de l'est.

Amy sortit à quatre pattes du cratère. Elle ne voyait plus les piquets, ni la moindre trace de la route.

« Amy ! »

La voix de Kitty : derrière elle – ou devant ?

« Je suis là. J'arrive ! »

Mais Amy, essoufflée, parvenait tout juste à murmurer. Elle avait des bruits de bataille dans la tête. Même là ils refusaient de se taire. Elle se remit à courir, le sol s'effondrait sous ses pieds. Il y avait des cratères partout. En les contournant, il était difficile de ne pas glisser.

Kitty avait cessé de l'appeler. Était-il possible qu'elle eût poursuivi seule ? De quel côté se trouvait la route ? Amy n'en était plus très sûre.

La lumière faiblissait. Quelque part, à un monde de là, le soleil se couchait.

« Demi-tour », se dit-elle à elle-même.

Mais dans sa tête, c'était Edward qui lui parlait.

« Fais demi-tour, Amy. Maintenant. »

Elle essaya de rebrousser chemin. Par endroits, le bout pointu de ses bottines avait laissé une empreinte bien reconnaissable. Mais au bout de quelques mètres, la piste s'arrêta. Tout autour il n'y avait que de la boue et de l'eau, de la terre retournée et des éclats de craie.

Elle cherchait encore la trace de ses pas lorsqu'elle aperçut une lumière au loin : une flammèche jaune, qui se déplaçait en tremblotant au-dessus du sol. Elle s'apprêtait à appeler quand elle se rendit compte que ça ne pouvait pas être Kitty : elle n'avait pas de lanterne.

La lumière s'intensifia. Amy crut entendre des bruits de sabots. Elle ouvrit la bouche pour appeler à nouveau, mais le son mourut dans sa gorge : elle venait de se rappeler les paroles de Staveley et le cavalier à l'entrée de Beaussart.

Elle recula. Son talon heurta quelque chose de mou et de lourd. Une rangée de sacs de sable éventrés se déployait derrière elle. Elle les enjamba en silence. Soudain, le sol bougea sous son poids. Avant qu'elle puisse retrouver l'équilibre, il s'effondra. Elle tomba, emportée par une coulée de boue liquide. Elle s'agrippa à la paroi qui s'écroulait. La terre lui giclait dans la bouche et dans les yeux.

Un brusque à-coup lui signifia qu'elle était arrivée au fond. Elle était allongée dans une tranchée. Elle essaya de se relever, mais une douleur lancinante à la cheville droite l'en empêcha.

De pâles faisceaux de lumière balayaient le brouillard, de plus en plus près.

Amy se palpa la cheville : pas cassée, peut-être juste foulée. Elle pouvait encore marcher. Elle pouvait encore s'enfuir.

Au-dessus d'elle un étai en bois dépassait de la paroi effondrée de la tranchée. Elle l'empoigna pour se tracter. Ce n'est qu'une fois debout qu'elle vit que sa main enserrait un os.

Le reste du cadavre gisait sur le côté, encastré dans l'argile, les épaules bougeaient par saccades sous la force de la poigne d'Amy. Le crâne hilare était d'un blanc virginal, tout comme la cage thoracique. Il était tourné vers elle, la mâchoire grande ouverte, prêt à parler.

TROISIÈME PARTIE

LE PRÉVÔT

11

Belgique, septembre 1917

Des sifflets retentissaient d'un bout à l'autre de la première ligne. Depuis un boyau de communication quatre-vingts mètres derrière, Haslam regardait la deuxième vague des fusiliers du Lancashire s'extraire de la terre détrempée pour avancer d'un pas lourd dans le no man's land, disparaissant dans le crépuscule au milieu des barbelés et de la fumée. Devant eux : trois places fortes ennemies sur la crête de Frezenberg. En une semaine, c'était la troisième tentative pour les prendre. « Sans persévérance, on n'est rien », avait marmonné le colonel Rhodes pendant le briefing.

Les obus pleuvaient devant et derrière. L'explosion des shrapnels illuminait le ciel au-dessus des routes d'approvisionnement. Devant, des cris transperçaient le grondement de l'artillerie et le crépitement sans fin des pistolets-mitrailleurs : le bruit des hommes qui se faisaient faucher. Haslam avait envie de se boucher les oreilles.

« Bougez, bougez ! »

La voix du sergent Perry lui parvint à travers le vacarme et la peur.

« Ne traînez pas ces boîtes ! »

Les munitions pesaient lourd. Les équipes de portage s'enfonçaient jusqu'aux mollets dans le sol marécageux. À l'abri dans la première ligne, Haslam essuya la terre sur le cadran de sa montre : dans quatre minutes, ils devraient aller jusqu'à

Beck House. À ce moment-là, la casemate serait censément prise.

Un hurlement bestial lui fit tourner la tête. Un cheval, dont les rênes et le chariot d'artillerie traînaient sur le côté, galopait vers eux, les yeux fous, le flanc ensanglanté. Les hommes se jetèrent au sol lorsque l'animal dégringola dans la tranchée, les sabots battant l'air. Haslam croisa le regard apeuré du cheval au moment où il se redressait et repartait de plus belle vers l'arrière.

Campé sur ses deux pieds, Haslam trouva un périscope qu'il leva au-dessus du parapet. Les miroirs étaient fissurés. Il scruta la bataille à travers les éclats de verre. Un cadavre, vieux de plusieurs jours, gisait à trois mètres de la tranchée, un calot écossais glissé sous une lanière d'épaule, le ventre creux là où les rats avaient sorti les tripes. Des paquets kaki loqueteux étaient éparpillés autour des bouches des cratères, à perte de vue. Il lui fallut un moment pour comprendre que chaque paquet était un corps. À une cinquantaine de mètres, un bras s'agitait, impuissant. Un garçon sans casque, la tête en sang, rampait pour se mettre à l'abri. Soudain un tir de mortier fit gicler des mottes de terre ; plus de garçon.

Haslam tourna le périscope à gauche vers la ferme Iberian, puis à droite vers Borry : partout des hommes morts ou à l'agonie – des vingtaines, des centaines. Aucun signe de progrès, aucune preuve d'objectifs gagnés. Les Boches étaient toujours dans leurs lignes. D'ici deux minutes, son équipe devrait bouger. De la bile lui remonta dans la gorge.

Rhodes avait tout prévu, Haslam en était sûr. Lors du briefing, il s'était montré sombre. Il avait passé la moitié de la nuit au téléphone à potasser les coordonnées de l'artillerie de campagne. Le reste du temps, il avait interrogé les patrouilles, obtenant des rapports sur le moindre centimètre de barbelé ennemi. Voilà près de quinze jours que Haslam se trouvait dans le bataillon, mais jusqu'alors, Rhodes avait été trop occupé pour lui adresser davantage qu'un salut de pure forme. Peut-être pensait-il qu'il était un peu vain de nouer des liens, étant donné leur faible probabilité de perdurer.

Quelque chose lui tira sur le pied. Il baissa les yeux : les sangles d'un barda abandonné s'étaient enroulées autour de sa cheville. L'homme qui l'avait eu sur le dos n'était nulle part en vue. Le contenu du paquetage s'était répandu au sol : lettres, boîte de chocolat, chaussettes et un petit objet doré : un chérubin au visage noir avec des yeux émeraude écarquillés – un porte-bonheur. Haslam s'en empara et le fourra dans sa poche.

Il retourna au périscope. La fumée s'était dissipée. Il regarda Beck House, une masse en béton de guingois enfoncée profondément dans la boue, criblée de trous et fissurée, d'où jaillissaient de la matrice des éclairs de tir de canon. Puis des hommes se dressèrent à l'horizon. Il voyait voler des grenades, des fusiliers se trouvaient sur le côté le plus éloigné du bunker. Une des meurtrières toussait de la fumée. Le fusil-mitrailleur se tut. Puis de part et d'autre des soldats sortirent des cratères, chargés de leur fusil, balançant les bras, couvrant les derniers mètres qui les séparaient de la ligne ennemie. Un homme tomba à terre, une balle fichée dans le cou. Des tirs de mortier en fauchèrent deux autres. Les fusiliers partirent à l'assaut avec leur baïonnette, disparaissant au milieu des tranchées. Un officier, pistolet Lewis sur l'épaule, apparut pesamment, poursuivant sa progression laborieuse.

Haslam ouvrit d'un coup sec la chambre de son revolver. Jusqu'ici, dix-huit balles tirées, toutes dans une cible en paille. Ses mains tremblaient. Il allait avoir besoin des deux pour viser, appuyer sur la détente, même de près. Le jour de son arrivée au bataillon, le général Blomfield lui avait donné ce conseil : *Les Boches, il faut les vomir. Vous ne servirez à rien tant que vous ne les vomirez pas.* À croire qu'il avait lu dans ses pensées.

Le premier tué était le plus dur – c'est ce qu'on disait. Ce serait plus facile après, de plus en plus facile, jusqu'à ce que ça ne veuille plus rien dire et que ça ne lui coûte plus rien.

Il referma la chambre d'un coup sec.

« Sortez ! »

Le sergent Perry répéta son ordre. Le peloton gravit les parapets. Les hommes transportaient leur chargement dans des harnais en cuir dont les lanières leur ceignaient le front. Par sections, ils se ruèrent vers Beck House, trébuchant d'un cratère à l'autre, tapis au milieu des morts quand les obus sifflaient au-dessus de leur tête. Des tirs d'armes de poing mitraillaient le sol à leur droite, mais ils venaient de loin, en bordure d'une chaîne de collines. Haslam commençait à croire en sa bonne étoile, que cette fois-ci ils avaient battu l'ennemi. Comme le reste de la division du Lancashire, le 7e régiment de Manchester avait fait ses armes en Égypte et dans les Dardanelles, lors de violentes campagnes contre les Turcs. Ce n'était pas rien de savoir que, quoi qu'il arrive, les hommes ne s'enfuiraient pas.

Ils se trouvaient encore à une bonne centaine de mètres de Beck House lorsqu'un trou d'obus inondé s'ouvrit sous les pieds de Haslam. D'une circonférence de dix mètres, il était flanqué d'un caillebottis. À la surface de l'eau sombre et stagnante tournoyait une spirale de pellicule grasse. Un homme démembré gisait dans la boue sur le côté opposé, son visage blanc tourné vers les cieux. Haslam se figea. C'était trop, trop horrible pour passer à côté comme si de rien n'était.

« Lieutenant Haslam ! »

C'était le sergent Perry. Sa voix semblait lui parvenir de très loin.

« Ne vous arrêtez pas, lieutenant ! »

Haslam se mit à courir, ses godillots glissaient sur le caillebottis. Dans le Saillant d'Ypres, des hommes se noyaient dans les trous d'obus et d'autres se noyaient en essayant de les sauver. Les planches fléchissaient sous son poids, l'eau noire enflait entre les lattes, la puanteur montait. Staveley et Farrer lui emboîtaient le pas, le dos courbé, les yeux rivés sur lui : l'air d'implorer, comme si lui, officier, détenait la clé pour les maintenir en vie. Farrer avait rejoint le 7e régiment aussi récemment que lui, un garçon d'écurie qui n'avait pas encore dix-huit ans, complètement perdu dans le théâtre de la guerre, les desseins de ses maîtres aussi opaques à ses yeux qu'un code secret.

« Couchez-vous ! »

Du coin de l'œil, Haslam vit le sergent Perry plonger au sol. Un tir de mortier jaillit à vingt mètres derrière lui. Haslam se jeta dans la vase, les mains plaquées sur son casque. Terre, boue et pierres tombaient en pluie.

Quand il se retourna, Staveley et Farrer étaient tous les deux dans l'eau. Une main sur le caillebottis, Staveley essayait de se hisser. Farrer était plus près du centre. Il se débattait, appelait à l'aide.

Haslam repéra un fusil dans la boue. Il le souleva par le canon, rampa jusqu'au bord de la mare et le tendit à bout de bras. Farrer essaya désespérément de l'atteindre, mais les boîtes de munitions restées sur son dos l'entraînaient vers le fond. Le harnais de portage avait glissé autour de son cou.

Haslam pénétra dans l'eau. Il s'enfonça aussitôt dans la boue jusqu'aux cuisses. Impossible d'avancer d'un centimètre de plus. Farrer hurlait, suppliait. Il coula, puis remonta à la surface en crachant de l'eau noire. Haslam tendit de nouveau le fusil, qu'il tenait à deux mains par la baïonnette.

« Attrape, mon vieux ! Attrape, bon Dieu ! »

À tâtons, Farrer trouva la crosse, mais le bois était glissant. Il n'arrivait pas à l'empoigner. Chaque fois qu'il le touchait, sa tête s'enfonçait sous l'eau. Chaque fois il mettait un peu plus de temps à remonter. Haslam, impuissant, regardait Farrer tousser, s'étouffer, les yeux écarquillés de terreur. Il savait que le garçon allait se noyer sous ses yeux, qu'on ne pouvait rien faire.

C'est alors qu'il vit Rhodes.

Le colonel était à cheval. Il traversait le no man's land pour les rejoindre d'un trot rapide, comme s'il n'y avait là rien de dangereux, comme s'il le faisait tous les jours. Il n'avait pas de selle, mais il guidait le cheval à l'aide de rênes qui devaient avoir débuté la journée attelées à un affût de canon. Haslam se rendit compte qu'il regardait le même animal qu'il avait vu détaler, affolé : massif, noir, avec une étoile blanche sur le front.

Il a perdu la tête, songea Haslam. Le regard halluciné de Staveley renforçait cette impression.

Rhodes rejoignit le bord du cratère et fit descendre lentement la pente à sa monture, aussi calme et déterminé qu'à la parade, l'animal répondant comme s'il n'avait jamais connu d'autre cavalier. Haslam se recroquevilla, attendant que les balles les transpercent. Ce n'était qu'une question de temps.

Rhodes avait été transféré du Deccan Horse, un régiment de cavalerie indien, quand l'armée indienne avait quitté la France en bateau. Avant cela, il avait accompli de grands exploits dans la Somme, disait-on, passant les Boches au fil de l'épée lors d'une charge massive. Quand le commandant lui avait demandé pourquoi il ralliait l'infanterie, Rhodes avait répondu simplement : « Ce n'est pas une guerre de cavalerie. »

Il avait une corde enroulée à la main. Il la jeta dans l'eau à l'endroit où Farrer avait refait surface une dernière fois. Celui-ci parvint à s'en saisir juste au moment où l'eau se refermait à nouveau sur lui.

Rhodes remonta la pente du cratère en tenant la corde. Celle-ci se tendit, puis Farrer émergea en s'agrippant à deux mains, les boîtes de munitions toujours pendues à son cou. Lorsque Haslam et Staveley l'attrapèrent, gisant dans la boue, ils durent lui arracher la corde des mains.

Rhodes réapparut. Descendu de cheval, il guidait sa monture par ses rênes déchirées. Au nord et au sud, la bataille faisait toujours rage, mais on aurait dit que le terrain devant Beck House était protégé par une espèce de bouclier invisible.

« As-tu besoin d'aide pour retourner à ton bataillon ? » demanda Rhodes au garçon tandis que ses camarades lui retiraient son barda.

Farrer, toussant, trempé jusqu'aux os, se redressa aussitôt.

« Non, mon colonel. Merci, mon colonel. Je veux avancer comme le demandent les ordres, mon colonel. »

Rhodes se tourna vers Beck House.

« Dans ce cas, mieux vaut se dépêcher. Et faites un rapport au quartier général du bataillon quand vous aurez terminé. Je souhaite que vous vous occupiez de ce cheval pour moi. Vous voulez bien ? »

Plus tard ce jour-là, l'ennemi reprit Beck House avec trois compagnies de l'unité d'assaut. Aucun des hommes qui défendaient la place forte ne revint vivant. Les batteries des fermes Iberian et Borry ne furent jamais atteintes. À la faveur de l'obscurité, le bataillon de Rhodes couvrit la lente retraite des fusiliers survivants, chargés des morts et des blessés. Puis, à minuit, on ordonna au 7e régiment de Manchester de se retirer dans les positions de réserve, à quatre cents mètres derrière la première ligne. D'après le général Blomfield, l'attaque avait coûté huit cents hommes.

« Le colonel avait raison, marmonna-t-il alors qu'ils se préparaient à missionner une corvée de barbelés. Les opérations mineures sont futiles dans ce secteur. Les défenses sont trop profondément ancrées. Il l'avait dit très explicitement à la 3e armée, mais ces types-là n'apprennent toujours qu'à leurs dépens. »

Haslam n'avait jamais été le confident des réflexions de Rhodes. Le colonel passait des heures enfermé avec une poignée d'officiers supérieurs et de sous-officiers, des messagers à cheval allaient et venaient à toute heure, mais Haslam ignorait à quoi tout cela rimait. Il employait ses journées à superviser les inspections d'équipement, les exercices de manœuvres et le roulement des ablutions. Comme si ce n'était pas assez, il sentait du scepticisme dans la façon dont les hommes interagissaient avec lui, un brin d'impatience, comme si les galons sur ses épaules étaient une imposture. Il n'avait pas passé l'épreuve du feu, supposait-il, il n'avait pas prouvé son aptitude à diriger. Le fait qu'il soit arrivé quatre mois en retard dans le bataillon grâce à une jambe cassée pendant un entraînement d'officier n'aidait probablement pas. Et maintenant il y avait cet incident avec le sergent Farrer : Haslam avait eu la responsabilité de cette mission de transport, or il avait failli perdre un homme sans que l'ennemi tire un seul coup de feu.

Il grimpa sur une marche de tir et scruta les silhouettes sombres d'une corvée de barbelés qui sortait en rampant des boyaux de communication avant de disparaître au milieu des cratères. C'était une nuit sans étoiles, au loin le clignotement et le roulement sourd des armes suffisaient à peine à perturber l'immobilité. Il savait qu'il ferait mieux de se reposer, de manger un morceau, mais il était trop tendu, le choc et la peur de la bataille bourdonnaient en lui, une seule pensée enflant et durcissant telle une pierre dans ses tripes : *Je ne peux pas faire ça.*

Lorsque le soldat Ingham apparut à ses côtés, il sursauta.

« Lieutenant ? Le colonel veut vous voir immédiatement. »

En se rendant au quartier général du bataillon, Haslam s'imagina toutes les choses qu'il avait potentiellement mal faites ce jour-là. Avait-il choisi le mauvais itinéraire pour aller à Beck House ? La boîte de munitions du sergent Farrer aurait-elle dû être transportée par deux hommes plutôt qu'un ? Avait-il trop laissé se disperser l'équipe de transport ? De fait, dès l'instant où il était sorti de sa tranchée, il n'avait pensé qu'à une chose, rester en vie. Y parvenir avait absorbé chez lui la moindre particule de volonté.

Le quartier général avait été établi sous une solide bâtisse en brique – une usine ou une église – dont les tirs d'obus n'avaient laissé les murs que jusqu'à hauteur d'épaule, et dont la façade orientale était consolidée par un rempart de sacs de sable épais de trois mètres. Deux sentinelles avaient été postées à l'entrée. Des marches descendaient dans un intérieur voûté, éclairé par des lampes à pétrole. Cagettes empilées, sol soigneusement balayé, affiches punaisées aux murs : après les ruines boueuses du dessus, cet espace conférait un sentiment d'ordre. Haslam se figurait Rhodes derrière un bureau, énonçant sa sentence avec un regard glacial. Le colonel était souple avec ses hommes, disait-on, et raide avec ses officiers. À quoi pouvait donc s'attendre un subalterne négligent ? À quel genre de punition ou d'humiliation ? Qu'importe de quoi il s'agirait, Haslam espérait qu'Amy et sa famille n'en auraient pas vent.

Le centre des opérations se trouvait dans le coin le plus reculé des caves, mais Rhodes n'était pas là. Le sergent-chef du régiment leva les yeux de son téléphone pour indiquer d'un signe de tête un couloir à sa gauche.

« Là, en bas, lieutenant », dit-il sans se lever.

Haslam essaya de rajuster son uniforme crasseux puis frappa sur le chambranle d'une grille en fer qu'on avait recouverte d'un tissu pour créer de l'intimité. La grille s'ouvrit brutalement. L'ordonnance de Rhodes, le soldat Burgess, se tenait de l'autre côté, serrant dans une main une botte fraîchement cirée. Il s'effaça pour laisser passer Haslam.

Debout devant une bassine, Rhodes se rasait avec un coupe-chou. Il s'était délesté de sa tunique et de sa chemise, ses bretelles pendaient le long de ses jambes. C'était la première fois que Haslam le voyait sans son uniforme au complet. Dissimulés par son seul maillot de corps, ses épaules et ses bras semblaient massifs, pareils à ceux des hercules de cirque. À quelques centimètres derrière son oreille gauche, Haslam remarqua une cicatrice blanche incurvée de la taille d'un penny, où les cheveux coupés ras ne poussaient pas – quelque vieille blessure d'enfance.

« J'ai cru comprendre que vous parliez allemand, déclara Rhodes sans se retourner.

– Allemand ? Pas exactement, colonel. Je...

– Vous le parlez oui ou non ? »

Haslam retira sa casquette.

« J'ai l'habitude de le lire. Prières, versets sacrés, hymnes. »

Du coin de l'œil, il vit le soldat Burgess secouer la tête, l'air abasourdi par l'ineptie de cette réponse.

« Donc si vous l'entendiez, vous pourriez le comprendre ?

– Eh bien, s'il était chanté, mon colonel, oui. J'imagine que je pourrais. »

Rhodes regarda Haslam pour la première fois, l'ombre d'un sourire sur les lèvres.

« Ma foi, il faudra voir si nous pouvons organiser une chorale. »

Il essuya son rasoir sur un gant de toilette.

« Vous pouvez disposer, maintenant, Burgess, merci. »

Le soldat Burgess reposa les bottes et partit, laissant Haslam et Rhodes seuls. Haslam espérait que ce n'était pas mauvais signe. Il se voyait déjà à un poste d'écoute dans le no man's land, à quelques mètres des barbelés allemands. En plein cœur de la nuit, des hommes rampaient sur le champ de bataille dans l'espoir de surprendre des bribes de renseignements. Souvent, ils ne revenaient pas.

« La division va se déplacer dans trois jours. Au sud de la Somme et de la vallée de l'Ancre. »

Rhodes commença à se raser la gorge avec de lents gestes vers le haut.

« Ça nous changera de ce spectacle de foire. »

Haslam fut surpris d'entendre ce qualificatif à propos du Saillant d'Ypres. Pendant des mois il avait été le point de concentration principal des opérations britanniques.

Rhodes n'attendit pas ses objections.

« L'importance de Saillant est politique : c'est le dernier morceau de Belgique que nous possédons. Mais c'est dans la Somme que la guerre va se décider. C'est là que les Boches vont abattre leurs cartes. »

Il mouilla le rasoir puis le tapota contre la paroi de la bassine.

« S'il faut nous battre, autant le faire là où ça compte, vous ne croyez pas ? »

Haslam avait entendu des conversations de ce genre en Angleterre, dans la salle des professeurs, à des tables de dîner : la stratégie militaire débattue par des hommes dont la connaissance de la guerre se limitait à ce qu'ils avaient lu dans les journaux. Il avait trouvé ça répugnant et absurde, mais avec Rhodes c'était différent. Ce n'était pas un homme qui parlait pour le plaisir.

« Pourquoi la Somme, mon colonel ?

– Parce que l'objectif des Boches, c'est Paris. Pour eux, Paris assiégée, la guerre est terminée. C'est comme ça qu'ils ont gagné en 1870, et rien n'a changé. Depuis leurs positions actuelles, la plus courte distance pour rejoindre Paris, c'est en partant de la Somme. Donc l'ultime percée doit se faire là-bas.

– Vous semblez très sûr de vous, mon colonel.

– Je le suis. Quand un Allemand parle de victoire, il parle de défiler sur les Champs-Élysées. Il ne peut guère concevoir l'une sans l'autre. Il suffit de les écouter discuter entre eux.

– Les prisonniers, vous voulez dire ?

– Qu'est-ce que vous croyez ? »

Rhodes concentra son attention sur sa lèvre supérieure. Chose inhabituelle pour un officier, il ne portait pas de moustache, bien que le règlement l'eût exigé pendant la majeure partie de la guerre. Sans son uniforme, il aurait pu n'être qu'un simple soldat.

« Nous avions un germanophone avant, le capitaine Miller. Mais il a été blessé à Femy Wood. Vous allez prendre sa place, aider pour les interrogatoires, etc.

– Je ferai de mon mieux, mon colonel. »

Le bruit sourd d'une lointaine détonation ébranla la pièce, faisant tomber au sol de minces filets de terre : d'instinct, Haslam se recroquevilla. Le rasoir se figea dans la main de Rhodes, puis reprit son travail.

« Un petit verre ne vous ferait pas de mal, on dirait. Là-dedans. »

Contre le mur, incongru dans ce décor, se dressait un vaisselier peint en bleu cyan. De l'adhésif avait été collé en croix sur chaque panneau vitré pour les protéger. À l'intérieur, Haslam trouva une bouteille et quelques timbales. La bouteille, claire, ne portait pas d'étiquette.

Quand il se servit, le goulot racla contre le bord de la timbale.

« Je vais vous accompagner », déclara Rhodes.

Il le regardait dans le miroir. Haslam s'empourpra. Plusieurs heures s'étaient écoulées depuis l'attaque, pourtant il tremblait encore. Il servit un deuxième verre, cette fois en tenant fort le récipient contre le goulot de la flasque, même si cela ne fit qu'atténuer le frottement. Quand il tendit son verre à Rhodes, il n'arriva pas à le regarder en face.

Après avoir bu une gorgée, Rhodes reprit son rasage. Haslam avala l'alcool. Malgré son goût âpre et résineux, sa chaleur était réconfortante.

« Vous savez, c'est normal d'avoir peur, déclara Rhodes.

– Peur, mon colonel ? J'étais juste...

– Vous seriez fou, sinon. Ou suicidaire. Allons, asseyez-vous. On n'est pas à la parade. »

Il y avait une chaise dans un coin avec un siège rembourré. Haslam s'assit. En lieu et place de discipline, Rhodes lui montrait de la gentillesse. Dans ces circonstances, cela semblait aussi miraculeux que son apparition dans le no man's land.

« Vous arrivez à dormir ?

– En général oui, mon colonel.

– C'est bon signe.

– C'est le reste du temps qui est difficile. Dès que j'ouvre les yeux, je...

– Continuez. »

Haslam regrettait d'avoir parlé, mais il était trop tard à présent.

« Je me mets à penser que je vais mourir. J'attends que ça arrive : la ronde du sniper, l'obus, l'ordre d'attaquer. Chaque heure où je ne meurs pas ne fait que me rapprocher de celle où je mourrai, expliqua Haslam, tête basse. Je suis terrifié presque en permanence. Vous parlez d'un exemple pour les hommes. »

Rhodes s'empara d'une serviette et commença à essuyer le savon de son visage.

« Et vous croyez que c'est différent pour moi parce que j'ai une couronne sur l'épaule ?

– Vous, mon colonel ?

– Chaque matin, comme vous, je me réveille en me disant que je n'en verrai peut-être pas d'autre. Cette possibilité m'effraie parce qu'elle est réelle. Je reconnais cette peur et je l'admets. Ensuite j'enfile mon uniforme et j'entame ma journée. »

Haslam secoua la tête.

« Mais aujourd'hui, sur ce cheval. Vous deviez savoir que vous preniez...

– Les Boches avaient cessé le feu – les armes légères en tout cas. » Rhodes jeta la serviette sur son épaule puis saisit son verre. « Apprendre le bruit des armes ennemies peut se révéler utile. Je vous le recommande. Chaque type est très distinct – comme un... » Il réfléchit un moment. « Comme le bouton de registre d'un orgue, la mélodie en moins. À ce moment-là, cela faisait plusieurs minutes que l'artillerie se taisait, suffisamment longtemps pour que j'en déduise que leurs positions avancées avaient été prises. Quoi qu'il en soit, l'opération n'était pas aussi risquée qu'elle pouvait le paraître. » Il s'assit en face de Haslam. « Évidemment, cela reste entre nous. » Il y avait une lueur dans son regard. « Personne n'a besoin de le savoir, vous saisissez ?

– Évidemment, mon colonel. »

Rhodes tendit la bouteille pour remplir la timbale de Haslam.

« *Eau de vie**, produit local. Le bon whisky est trop cher, et le rhum, c'est le poison de l'armée.

– On est d'accord, mon colonel. »

Haslam but une nouvelle lampée. L'alcool engourdissait déjà ses sens. Pourtant il n'arrêtait pas de penser au sergent Farrer, à son regard d'incompréhension terrifiée, au sentiment d'impuissance totale qu'il avait ressenti. Il se demandait si Rhodes disait la vérité.

« Je pense que vous auriez fait la même chose à ma place, dit Rhodes. Vous auriez fait ce qu'il fallait pour sauver ce garçon. »

Haslam secoua la tête.

« Je n'en suis pas si sûr. Je doute d'avoir autant d'empathie.

– Mais vous en aurez. Avec le temps, vous comprendrez.

– Je comprendrai, mon colonel ? »

Rhodes se perdit un instant dans ses réflexions, puis il se leva et saisit sa chemise sur le dossier de la chaise.

« Un officier doit placer le bien-être de ses hommes au-dessus du sien, sans hésiter. Il ne doit rien leur demander d'inessentiel, ni rien qu'il ne soit prêt à accomplir lui-même. Il ne doit jamais les exposer inutilement au danger. Et ça, ses hommes doivent le savoir, le voir et n'avoir aucun doute – car pour un tel leader, ils seront prêts à tout. »

Il se mit à boutonner son poignet, l'énergie infusait chacun de ses gestes, bien qu'il ne dût pas avoir dormi pendant près de deux jours.

« Autrement dit, il doit être comme un père pour ses hommes. »

Il regarda Haslam.

« Comme un père devrait l'être, en tout cas. »

Au loin, un nouveau coup sourd secoua le bâtiment. Cette fois-ci, Haslam ne bougea pas. Il était soudain clair que Rhodes savait tout de lui : son travail, son éducation, même sa personnalité. Haslam, qui se sentait invisible, incongru, s'était manifestement fourvoyé.

« La métaphore n'est pas parfaite, reprit Rhodes qui, les yeux fixés sur le miroir, nouait sa cravate. Mon père nous a tous mis en danger, persuadé que Dieu ou la Providence allaient nous protéger. Cela lui a coûté la vie, et celle de notre mère aussi. »

Haslam avait entendu des histoires sur la famille de Rhodes : des rumeurs fragmentaires qui circulaient parmi les hommes, anonymes et infondées. Rhodes avait grandi en Inde. Ses parents avaient été des missionnaires chrétiens. Ils avaient été attaqués par des bandits et hachés menu. Rhodes, alors âgé de sept ou dix ans – Haslam avait entendu plusieurs versions –, avait assisté à leur mort depuis une cachette. Ce n'était qu'une des histoires qui se racontaient, et pas la plus fantastique. Quelque chose dans la conduite de Rhodes semblait alimenter l'imaginaire des hommes.

« Dites-moi, pourquoi le régiment de Manchester ? demanda Rhodes en boutonnant sa chemise. Ce n'est pas votre secteur, si ?

– Mon père a servi dans ce régiment, répondit Haslam. Il y a près de trente ans, maintenant. Je me suis dit que ça ne pouvait pas nuire de suivre ses pas. »

Rhodes hocha la tête.

« Dans mon cas, c'était un oncle, à peu près à la même période. Il est fort possible qu'ils se soient connus.

– Oui, j'imagine que oui, mon colonel.

– Il n'en a jamais parlé ? Mon oncle s'appelait William. » Haslam secoua la tête. « Vous pourriez peut-être lui poser la question.

– À mon père ? fit Haslam, les yeux dans son verre. Impossible. Il est mort, maintenant. »

Rhodes hésita.

« Je suis désolé. Récemment ? »

Haslam secoua la tête.

« Ça fait un moment. Ce n'est pas lui qui m'a élevé, de toute façon. Je ne m'en souviens même pas si bien.

– Je vois. C'était comme ça, hein ? »

Rhodes s'abîma dans ses pensées, comme si l'éducation de Haslam avait fait l'objet de nombreuses spéculations jusque-là.

« Orphelins tous les deux, donc.

– Oui, mon colonel.

– Vous n'étiez pas vraiment dans un orphelinat ?

– Si, mon colonel. Pendant quelques années.

– Ah oui ? Et pourtant... »

Rhodes souleva la bouteille pour la regarder. Il ne restait presque plus d'*eau de vie**.

« Quand vous avez demandé à devenir officier, votre candidature était soutenue par rien de moins que sir Evelyn Vanneck. »

Il partagea le reste de la bouteille.

« Comment un orphelin peut-il avoir des relations pareilles ? »

Rhodes s'assit de nouveau, tenant sa timbale à deux mains, en appui sur les coudes. Haslam lui raconta la vérité. Il lui raconta que lui et la nièce de sir Evelyn étaient devenus amoureux, qu'ils s'étaient fiancés quelques jours avant son départ pour la France, qu'il avait rencontré sir Evelyn une seule fois, par une journée ensoleillée à Cambridge.

« Et sa famille vous a accepté facilement ?

– Non. »

Haslam se surprit à rire. Par le passé, ce souvenir l'avait toujours mis en colère.

« Ils n'étaient pas ravis – surtout la mère d'Amy. Bien sûr ils étaient trop polis pour me le dire en face, et moi j'étais trop naïf pour le voir, au début. Mais j'aurais tout aussi bien pu porter la marque de Caïn. Voilà quel genre de personnes ils sont.

– C'est ce qu'on m'avait dit.

– À partir du moment où j'ai obtenu mon commandement, c'était différent, évidemment. Ils ne pouvaient plus désapprouver, du moins pas ouvertement. On est censé soutenir les troupes, quel que soit le milieu des soldats.

– Je vois. » Rhodes s'adossa. « Donc, en ralliant l'armée, vous vous êtes blindé, socialement parlant.

– On peut le dire comme ça.

– C'est la raison pour laquelle vous l'avez fait ?

– Oui, mon colonel. Pour ça et…

– Vous redoutiez davantage les Vanneck – leur opinion à votre sujet – que les Allemands ? »

Rhodes éclata de rire. Haslam sentit ses joues prendre feu. Et si le colonel arrivait à lire en lui aussi bien qu'il lisait l'ennemi ?

« Oui, je suppose que oui, mon colonel. D'une certaine façon.

– En plus, vous étiez maître d'école, exemption de service, etc. Vous aviez donc le choix, non ?

– Oui, mon colonel. »

Haslam envisagea de raconter à Rhodes la vérité au sujet de toute cette affaire, vérité qu'il avait rechigné à partager avec quiconque, même avec Amy. Il avait le sentiment irrationnel que Rhodes apprécierait cette confidence, voire qu'il y accorderait de l'importance.

Haslam s'était enrôlé à l'automne, quittant l'école un mois après le début du premier trimestre. Quelques jours avant, le directeur l'avait convoqué « pour bavarder ». Bien à l'abri derrière son bureau, il avait commencé par s'excuser d'avoir placé Haslam dans une position impossible : position qui l'obligeait à choisir entre l'intérêt de ses élèves et le désir naturel de servir son pays dans la guerre – dilemme qui allait se résoudre en le licenciant sur-le-champ. Haslam avait été trop choqué, trop estomaqué pour protester. Il était sorti de l'école toutes affaires cessantes, sans prendre le temps de récupérer son chapeau ni son manteau, allant même jusqu'à abandonner ses partitions. Rien ne l'avait préparé à cette catastrophe : la perte soudaine de son emploi, de son gagne-pain, du seul endroit qu'il considérait comme sa maison. Il avait gardé pour lui son opinion sur la guerre, sachant qu'elle aurait été mal vue par ses collègues, et encore plus par les recteurs. Le directeur, en revanche, n'était pas très chauvin. Récemment, il s'était donné la peine de souligner la grande valeur de Haslam pour l'école, comme pour prévenir toute envie patriotique de s'engager. Et voilà que Haslam était soudain superflu. Qu'avait-il fait de mal ? Qu'avait-il dit ?

Il avait marché des heures durant, à l'aveuglette, tourmenté par la colère et la peur. Qu'allait-il faire à présent ? Comment allait-il subvenir à ses besoins ? Il ne pouvait pas postuler à une autre école sans références écrites de l'ancienne, or ces références arriveraient-elles ? Tout le monde penserait qu'il essayait simplement d'éviter le service militaire, que c'était un lâche – pas le genre d'homme à susciter l'approbation, pas même celle des écoliers. Pourquoi devraient-ils respecter un homme qui ne se respectait pas lui-même ?

Edward s'était retrouvé au bout de la rue résidentielle où habitait la tante d'Amy. C'était le milieu de l'après-midi : encore trop tôt pour qu'Amy soit rentrée de son travail au central téléphonique. Il avait décidé d'attendre et de l'interpeler sur le trottoir pour lui raconter ce qui s'était passé.

Là, au coin de la rue, sa panique avait lentement reflué, remplacée par une vision claire de ce qui l'attendait. Il allait être appelé pour être mobilisé et il refuserait d'y aller. Il se déclarerait objecteur de conscience et affronterait le sort qui lui serait réservé. Étant valide, il serait certainement envoyé en prison pendant toute la durée de la guerre – voire plus, selon l'humeur de ses ravisseurs et de la nation. Il souffrirait pour ce en quoi il croyait, l'épreuve n'avait que trop tardé. Les principes sont faciles quand ils ne coûtent rien.

Les cloches avaient sonné 18 heures. Il supporterait l'infamie, souffrirait le mépris, ferait son temps en prison, si les choses devaient en arriver là. Et lorsqu'enfin il sortirait, Amy Vanneck – victime de la même infamie en son absence, fuie par sa famille et ses amis, livrée à elle-même – serait là à l'attendre devant la grille.

Rhodes l'observait, la tête penchée sur le côté. Il attendait une explication.

« Je voulais juste faire ma part, mon colonel », dit Haslam.

Mars 1918

... Le jour où j'ai vu Rhodes à cheval, défiant la mort, c'est là que j'ai commencé à comprendre : il n'est pas comme les autres colonels, les autres hommes. C'est très étrange, Amy, mais on a l'impression que l'endroit où il se trouve est le centre du monde. Quand il porte son attention sur toi, il est impossible de détourner les yeux ou de penser à autre chose. Cela n'a rien à voir avec le grade. La force de sa personnalité est un vortex : passé un certain point, il est impossible de résister, aucun retour possible. Franchement, je crois que la plupart des hommes craignent davantage de le décevoir qu'ils ne craignent l'ennemi. Sa parole est la loi. Le règlement royal n'a certes pas grande valeur : des grommellements vides de bureaucrates chichiteux. Il m'a fallu longtemps pour m'en rendre compte, car au fond j'ai toujours été très fier, réticent à suivre quiconque et légèrement méprisant vis-à-vis des suiveurs. Et pourtant, sous les ordres de Rhodes, nous sommes tous libérés de la peur. C'est lui qui a peur pour nous – pour nos corps et nos âmes. La clé est là. Rhodes est notre salut. Pour couronner le tout, il semble m'estimer particulièrement. Je ne comprends pas pourquoi, ni ce que j'ai fait pour le mériter, mais lorsqu'il me parle en privé, c'est presque comme si nous étions de vieux amis, des âmes sœurs qui partagent quelque chose de plus profond que les circonstances de la guerre.

J'aimerais pouvoir t'expliquer ce qui va suivre, ce que cela signifie. Je redoute par-dessus tout qu'il y ait des silences entre nous quand la guerre sera finie, des sujets dont nous ne pourrions pas parler, que nous ne pourrions pas partager. C'est ce que je vois aujourd'hui, dans les lettres que les hommes envoient chez eux. Ils parlent de tout sauf de ce que nous sommes en train de faire ici. La plupart ont perdu tout espoir d'être compris, même par ceux qui les aiment. Ça me questionne.

Rhodes dit que cette guerre est une rampe de lancement. Le simple soldat ne se bat pas pour ce qu'il avait – ce qui était bien peu – mais pour un renouveau, où le pouvoir ne se transmettra pas de père en fils comme un héritage familial. Nous devons accomplir ce renouveau, sinon il n'y aura pas de victoire, rien de tout cela n'aura de sens. J'ignore à quoi ressemblera ce nouveau monde, comment nous l'atteindrons et comment il fonctionnera, mais je crois Rhodes quand il dit qu'il est en chemin.

Quoi qu'il arrive, nous ne pourrons pas revenir au point de départ. Il sera impossible d'effacer ce que nos yeux ont vu, impossible de défaire ce qui a été fait, pour nous en tout cas. Nous ne pourrons plus jamais être des enfants, impuissants, malléables et vierges de tout péché.

12

France, mars 1919

Dans le cercle de lumière pâle, Amy vit un visage. À l'instar de la lanterne qu'il portait, il avançait vers elle le long du parapet de la tranchée. Sa cheville enflait douloureusement à l'intérieur de sa bottine. Elle restait immobile. Le moindre mouvement la trahirait.

La silhouette s'assombrissait à mesure qu'elle approchait à travers le brouillard. Amy vit une cagoule kaki, un visage fin, des yeux écarquillés, tombants, tel un animal nocturne. Le soldat était grand et large d'épaules, pourtant son manteau semblait démesuré. Il portait une ceinture où était glissé un pistolet lance-fusée. Elle l'avait déjà vu avant, quelque part.

Il s'arrêta à deux ou trois mètres et s'accroupit. Amy l'observait à travers un enchevêtrement de ronces et de barbelés. Il devait avoir vu ses empreintes, pourtant il ne regardait pas le sol. Il écoutait.

« Amy ? »

C'était la voix de Kitty. Elle n'était pas partie, finalement. Amy n'osait pas répondre. L'inconnu se leva. En un instant, il se retrouva au-dessus d'elle, la lanterne brandie bien haut.

« Vous cherchez quelque chose, miss ? » demanda-t-il.

Il fallut un moment à Amy pour reprendre son souffle.

« Vous auriez dû rester sur la route. »

Le soldat était un gars du Nord de l'Angleterre. Il lui tendit une main. Il portait des moufles dont les doigts avaient été coupés.

« Faut pas errer dans le coin. »

Kitty continuait à l'appeler.

« Je suis là ! Tout va bien ! »

Amy laissa le soldat la prendre par le bras. Lentement, douloureusement, elle gravit la paroi effondrée en évitant la terre meuble et les ossements. La tranchée devait avoir été creusée dans un site d'inhumation. C'était exactement ce qu'avaient décrit les hommes du 7e régiment : les champs de bataille étaient pires la seconde fois.

« Vous allez arriver à marcher ?

– Je crois, oui. » Le soldat lui lâcha le bras et tourna les talons. « Notre mule s'est emballée. Il y avait un bruit, un animal. J'essayais...

– Un chien errant. À tous les coups.

– Je trouvais qu'on aurait dit... »

Mais Amy n'était plus sûre de ce qu'elle avait entendu. Le capitaine Mackenzie les avait prévenues que le champ de bataille pouvait vous jouer des tours.

« J'ai trouvé votre mule, en tout cas », annonça le soldat.

C'est alors qu'Amy le reconnut.

« Vous êtes l'un des hommes du capitaine Mackenzie, n'est-ce pas ? Sergent... ?

– Il m'a envoyé pour s'assurer que vous alliez bien – vu qu'il fait noir, tout ça. »

Elle aurait dû s'en douter. Amy avait le sentiment de devoir serrer la main du sergent, mais leur différence de statut rendait cette idée trop incongrue.

« Je m'appelle Amy Vanneck.

– Je sais qui vous êtes. » Le sergent commença à marcher, la lanterne au ras du sol. « Mieux vaut se mettre en route. »

Amy s'arrêta.

« Il y a un homme là-bas, dans la tranchée. Enfin, sa dépouille. Je l'ai vue. »

Farrer continuait à marcher.

« Il y en a encore plein dans le coin. Je le dirai au capitaine. »

Une minute plus tard ils étaient de retour sur la route, où une charrette les attendait attelée à deux chevaux dont les flancs laissaient échapper de la vapeur. La mule était déjà attachée à l'arrière.

« Le sergent va nous escorter jusqu'à Bertrancourt, expliqua Kitty, qui avait clairement hâte de partir. Quelle gentille attention du capitaine Mackenzie. Tu boites. Es-tu...

– Une simple foulure. Rien de grave. »

Les chevaux hennirent. L'obscurité n'était toujours pas totale, la brume qui recouvrait les terres était vaguement lumineuse. Le soldat empoigna les rênes. Sans discuter davantage, Kitty grimpa à l'arrière de la charrette, indifférente à l'odeur de désinfectant et se satisfaisant d'occuper un espace d'ordinaire réservé aux morts.

Elles atteignirent leur logement bien après la tombée de la nuit. Mme Desmoulin avait de la soupe sur la gazinière, qu'elle servit avec des tranches de pain noir. Kitty s'assit pour manger sans se plaindre, mais Amy n'avait pas d'appétit. Installée à table, elle regardait fixement son bol. Malgré sa lassitude, le sentiment d'être proche de l'endroit où se trouvait Edward, d'être à portée de main, ne la quittait pas. Elle ignorait ce que signifiait Two Storm Wood pour le capitaine Mackenzie, pourquoi le mentionner était si malvenu, mais ce lieu avait bel et bien un sens. Le capitaine avait eu beau essayer de la dissuader d'y aller, cela donnait à Amy une pâle lueur d'espoir.

En buvant un verre de vin, elle surprit son reflet dans un petit miroir suspendu dans un coin de la cuisine. Elle avait les cheveux couverts de boue, la peau mouchetée de terre. Deux ongles cassés sur la main droite. Les autres étaient tachés de sang. Elle se demanda ce que le capitaine Mackenzie avait dû penser d'elle – sans chapeau, sale et trempée – et se rendit compte qu'elle s'en fichait.

Mme Desmoulin regardait la cour par la fenêtre.

« *Pourquoi est-ce qu'il est toujours là** ? »

De la lumière jouait sur son visage. Amy tendit le cou pour voir d'où elle venait. Dehors, l'homme de Mackenzie se tenait toujours au même endroit avec sa charrette, accroupi à côté de l'un des chevaux, sa lanterne posée au sol.

« J'aimerais lui apporter à manger, déclara Amy. Le pauvre homme doit mourir de faim. »

Mme Desmoulin fronça les sourcils.

« *Les soldats ont assez à manger, mademoiselle**.

– Quand bien même. »

Amy déposa du pain et du fromage dans une serviette et sortit dans la cour en boitant. Le sergent examinait l'un des sabots du cheval.

« Je me disais aussi qu'elle marchait bizarrement, déclara Amy. Elle est éclopée ? »

De la vapeur s'élevait encore des flancs de l'animal.

« Je pensais à un caillou. Mais j'en ai trouvé aucun. Pas de fissure non plus. »

Soigneusement, le sergent laissa redescendre le sabot, comme s'il posait une chose précieuse et délicate. La plupart des chevaux de l'armée, des milliers d'entre eux, étaient abattus pour leur viande. Amy avait entendu Mme Pinégal le dire à Amiens. Seule une poignée étaient ramenés chez eux.

« Je vous ai apporté à manger, pour vous remercier. Ce n'est pas grand-chose. »

Amy tendit la serviette. Le sergent considéra cette offrande. Elle le vit déglutir.

« J'ai ce qu'il faut, merci, miss.

– J'aurai l'air d'une imbécile si je la rapporte. Mme Desmoulin sera certainement vexée. »

Le sergent s'empara du paquet d'un geste hésitant et le fourra dans sa poche.

« Elle a un problème, cette jument ?

– Le tendon, sûrement. »

Le sergent posa la main quelques centimètres au-dessus de l'arrière du sabot. Le cheval ne bougea pas.

« Ça va aller.

– Je suis désolée, dit Amy. Je n'ai pas encore saisi votre nom.

– Farrer. Jonas Farrer. »

Amy avait lu ce nom dans l'une des lettres d'Edward.

« Il y avait un certain Farrer dans le 7e régiment de Manchester. Il avait failli se noyer, à Ypres. »

Le sergent fit remonter ses mains sur la jambe droite de l'animal, qu'il fit plier délicatement au genou.

« Comment avez-vous entendu parler de ça, miss ?

– Edward… mon fiancé. Il racontait qu'un jeune soldat avait été sauvé par un officier, un certain colonel Rhodes, monté sur un cheval. Il n'en croyait pas ses yeux. » Amy s'accroupit. « C'était vous ?

– Oui. »

La lanterne était derrière Farrer. Elle ne voyait pas les yeux de l'homme.

« Dans ce cas, vous devez avoir connu mon… vous devez avoir connu le capitaine Haslam.

– Les autres rangs ne sympathisent pas avec les officiers. On reçoit leurs ordres, point final.

– Mais vous avez peut-être entendu ce qui lui est arrivé ?

– Disparu, non ?

– Où ça ? Savez-vous où il a été vu pour la dernière fois ? »

Farrer secoua la tête.

« Je peux pas vous aider, miss. J'étais pas là.

– Mais vous avez dit… Où étiez-vous ?

– Hôpital de campagne. Bras cassé.

– Et vous êtes revenu après ? »

Farrer continuait à examiner la jambe de la jument, ses doigts et ses pouces palpaient à travers les poils courts et rêches.

« Oui. »

C'était comme un petit miracle d'avoir trouvé un survivant du bataillon d'Edward. Les questions se pressaient dans la tête d'Amy.

« Je suis allée à Jeumont, au quartier général de la brigade. On m'a dit qu'il ne restait plus personne. Il y a eu tellement de morts sur le front Hindenburg et après. »

Farrer hocha la tête.

« Nous avions perdu notre commandant, à cette époque.

– Le colonel Rhodes ?

– Il trouvait toujours un moyen. Il ne laissait rien au hasard – rien. C'est pour ça qu'on nous a gardés si longtemps au front.

– Soixante-quinze jours, m'a-t-on dit. »

Le sergent se leva et se mit à défaire le harnais.

« On les a repoussés, une percée après l'autre – on les a repoussés de cette putain de crête. Personne avait fait ça avant. Les Boches savaient qu'ils avaient trouvé plus forts qu'eux. »

Une des sangles se détacha avec un craquement.

« Ils l'ont appris à leurs dépens. Le capitaine H. mettait du cœur à l'ouvrage, pour sûr. »

Un compliment, les condoléances d'un soldat, rien qui mérite de s'y attarder – ce n'était même pas vrai, très probablement.

« Vous voulez dire qu'il était courageux ?

– J'imagine.

– Quoi d'autre ? »

Farrer la transperça du regard.

« Ne vous donnez pas cette peine, miss.

– Expliquez-moi.

– Sauf votre respect, miss, une femme ne s'intéresse pas à ce genre de chose.

– Moi, si. »

Farrer secoua la tête.

« Les gentilshommes sont tous à l'arrière – c'est ce que disait le colonel. Donc logiquement les dames comme vous aussi.

– S'il vous plaît, expliquez-moi, sergent. Que voulez-vous dire ? »

Farrer passa le harnais par-dessus son épaule en jetant un regard sceptique à Amy.

« C'était un atout pendant les raids de tranchée. Voilà ce que je voulais dire. Se déplacer la nuit. Pas de tir de barrage. Peut-être choper un officier pour l'interroger, si on arrive sans bruit. C'était pas donné à tout le monde d'être aussi doué que le capitaine H. avec un couteau de poing. C'est pas pareil que de tirer sur un homme à une centaine de mètres – où y a qu'un uniforme dans la ligne de mire. »

Il hocha la tête, comme si ce souvenir lui était agréable.

« C'est pour ça que le commandant lui a confié une compagnie. Pas d'hésitation, vous voyez. Vite fait bien fait. »

Farrer fit mine de se trancher la gorge. La peau d'Amy se tendit.

« Ça foutait les jetons aux Boches comme le diable : des gars se retrouvaient égorgés sans même qu'on nous aperçoive, comme si nous étions des fantômes. »

Il hocha de nouveau la tête.

« Il lui faisait sacrément confiance au capitaine H., le colonel. La prunelle de ses yeux, en somme. »

Amy perçut un bruit. Kitty se tenait quelques mètres derrière elle, suffisamment près pour entendre ce qui avait été dit. Elle les regarda fixement, puis s'éloigna.

Amy se leva. Elle ne voulait pas en savoir plus.

« Je dois... Je vais vous dire bonsoir, maintenant. Merci, sergent Farrer.

– Bonsoir, miss. » Il se retourna vers la jument. « Faites de beaux rêves. »

Amy rentra précipitamment à l'écurie. Il était tard et elle avait besoin de dormir – de se laver d'abord, laver ce sang et cette crasse, et ensuite, le lendemain matin, décider quoi faire. Elle n'y penserait pas ce soir. Elle ne penserait pas à ce qu'avait raconté Farrer, ni aux voix dans le brouillard. Elle ne penserait à rien.

Kitty se déshabillait, dos à la porte. Amy se dirigea vers le meuble de toilette, remplit la vasque et se dévêtit jusqu'à la taille, la chair de poule lui tendait la peau. Elle se frotta le visage avec les mains. L'eau coulait brune. Elle se regarda dans le miroir fissuré accroché au-dessus de la vasque. Elle avait la figure marbrée et enflée, la lèvre inférieure fendue. Elle devait s'être cognée lors de sa chute.

Elle entendit la charrette de Farrer sortir de la cour. Elle se mit à trembler, une étrange nausée s'empara d'elle, l'empêchant de penser et de ressentir quoi que ce soit. Elle s'appuya contre le mur.

Kitty n'avait rien remarqué.

« Tu sais quoi, Amy ? Je crois que le capitaine Mackenzie t'aimait bien.

– Mackenzie ? »

Amy prit une profonde inspiration, puis une autre. La nausée desserra son étau.

« Qu'est-ce que tu racontes ?

– Sa façon de te regarder. Et il était tellement poli.

– Il voulait se débarrasser de nous. »

Amy s'assit sur le lit pour retirer ses bottines. Sa cheville droite, enflée, était sensible. Dans sa tête elle voyait un couteau, long et étroit, avec une lame recourbée.

« Amy, il faut que tu ailles voir un médecin.

– Quoi ?

– Ta cheville.

– Ça va. »

La lame était-elle recourbée, ou un couteau de poing était-il droit ? Quelle taille pouvait-il bien faire ? Farrer s'était moqué d'elle. Si les assassins s'arment de couteaux, les officiers, eux, s'arment de revolvers.

« Bon… alors bonne nuit, Amy. »

Le lit au-dessus d'elle grinça. Lentement, Amy enfila sa chemise de nuit.

Edward n'avait jamais dit grand-chose au sujet des raids de tranchée. Ses lettres les avaient mentionnés en passant, comme une simple routine. Avant de partir pour la France, il avait promis de partager ses expériences du front, mais quelque part entre le Saillant d'Ypres et l'Ancre, cette promesse avait été oubliée.

« Je t'ai vue parler avec ce sergent, lâcha Kitty.

– Farrer.

– Que voulait-il ?

– Un des chevaux boitait.

– Il nous observait déjà, quand nous étions avec le capitaine Mackenzie.

– Ne nous observaient-ils pas tous ? Créatures venues d'un autre monde. »

Dans la flamme noire de suie de la lanterne, Amy voyait le caporal Staveley, le camarade de Farrer dans le 7ᵉ régiment, qui frottait le chérubin porte-bonheur entre ses doigts. Elle baissa la flamme.

« Laisse la lumière, Amy, s'il te plaît. Encore un peu.

– D'accord. »

Staveley avait survécu à la guerre. Il n'avait tenté de se suicider que lorsque les combats avaient été terminés.

« Amy ? demanda Kitty d'une voix hésitante, à peine audible. Cet homme, le sergent Farrer, est-ce qu'il... ? Est-ce qu'il parlait d'Edward ?

– Oui.

– Edward serait incapable de... pas comme il a dit. Pas ton Edward. Je suis sûre qu'il n'aurait jamais...

– Peut-être que le sergent voulait rigoler un coup. Dors, maintenant, Kitty. Nous parlerons demain matin.

– D'accord. »

Le lit cessa de grincer. Amy commença à retirer ses bas. Son cœur galopait toujours. Elle n'arrivait pas à le ralentir. Ça ne pouvait être que la peur – pour elle et pour Edward –, la peur du lieu où elle était venue, la peur de son pouvoir.

Kitty semblait partager ses pensées.

« Amy ? Je suis désolée, mais je ne crois pas qu'on devrait rester ici, si près des champs de bataille. »

Amy songea : *nous aurions dû venir plus tôt.*

« Jamais je n'aurais cru que c'était comme ça. John n'avait jamais… il n'avait jamais expliqué comment c'était. »

Peut-être Kitty n'avait-elle réellement pas su. Au fond, ça ne changeait rien. Ceux qui avaient su, Amy par exemple, étaient quand même restés à l'arrière.

« Je croyais que les gens voudraient nous aider, ajouta Kitty. Je croyais qu'ils seraient de notre côté. Mais ils ne veulent pas de nous ici, pas même les soldats. Je l'ai vu dans leurs yeux.

– Moi aussi.

– Je ne pense pas que je comprendrai un jour ce qui s'est passé. Peut-être est-ce mieux ainsi. Peut-être est-ce la raison pour laquelle John ne m'a jamais rien raconté.

– Peut-être.

– Je ne le retrouverai jamais, n'est-ce pas ? Cet endroit est si vaste. Et puis les disparus, il y en a tellement : des milliers et des milliers. Que puis-je faire ? Si John était vivant, il me dirait de rester en dehors de tout ça. »

La voix de Kitty se brisa. Elle pleurait.

« Ne t'en fais pas, la rassura Amy. Nous allons retourner à Amiens. Nous partirons demain.

– Tu es sûre ? »

Amy s'allongea et se couvrit avec une couverture.

« Absolument.

– Je suis vraiment désolée, Amy. Je crois que je pourrais devenir folle, ici.

– Nous enverrons un télégramme à ta famille pour leur dire que tu rentres. Peut-être qu'ils iront te chercher à Folkestone.

– Pas tout de suite. Nous devrions rester à Amiens un moment, pousser un peu plus loin notre enquête. Peut-être que le capitaine Mackenzie trouvera quelque chose.

– Je vais rester là, Kitty.

– Ici ? » Kitty se redressa. « Toute seule ? »

La lanterne déclinait, flammèche falote. Amy sentait les champs de bataille se rapprocher, sentait leur attraction, une masse sombre, un vortex.

« Il faut que je sois présente au cas où ils le trouveraient, pour pouvoir l'identifier. Et je dois chercher tant qu'il est encore temps.

– Mais, Amy...

– Ne t'inquiète pas pour moi. Il n'y a que des hommes morts, ici. Quel mal peuvent-ils faire ?

– Mais le capitaine Mackenzie a dit...

– Je ne peux pas laisser Edward. Je ne peux pas le décevoir à nouveau. C'est ma seule chance. »

La lanterne émit une lueur vive, puis s'éteignit.

« Tu voulais savoir ce qu'être amoureux veut dire, Kitty. Voilà ce que ça veut dire. »

13

Sous le champ de bataille, les tunnels étaient bas et étroits. Mackenzie courait voûté, suivant la lumière ; ses épaules heurtaient les rochers pointus, il avait les doigts maculés de sang et de craie. Au-dessus de lui, presque inaudible, un roulement incessant de mitraille résonnait à travers la terre.

« Stop ! Bon Dieu, stop ! »

La poussière qui s'épaississait dans l'air lui irritait la gorge. L'écho de ses quintes de toux rauques lui bourdonnait aux oreilles comme des mouches.

La jeune femme, loin devant, brandissait une lampe-tempête, sa silhouette se découpait contre les parois nervurées. Il fallait qu'il l'avertisse, mais elle ne se retournait pas et ne donnait aucun signe qu'elle pouvait même l'entendre.

Le tunnel s'abaissait et rétrécissait de plus en plus. Mackenzie progressait à quatre pattes, sans cesser de tousser, un goût ferreux dans la bouche. Il fallait qu'il l'arrête avant qu'il soit trop tard. Il ne pouvait pas la laisser voir ce qui se trouvait plus loin, il ne pouvait pas la laisser trouver les morts.

Soudain, devant, la lumière avait disparu. Il était seul, enseveli dans l'obscurité. L'air était plus épais, plus sec. Il était difficile de respirer. Il fallait qu'il sorte, qu'il retourne à la surface. Pourquoi l'avait-il suivie ? Pourquoi ne l'avait-elle pas attendu ? Appuyé contre la voûte du tunnel, il essaya d'aspirer l'air dans ses poumons, de repousser sa panique. Alors que son souffle ralentissait, il prit conscience qu'on murmurait.

Impossible de savoir si c'était derrière ou devant. Cela semblait venir des parois. Elle avait raison : ils étaient toujours en bas, les hommes – mais ce n'étaient plus des hommes. Combien ? À quelle distance ? Il lui fallait de la lumière. Il ne pouvait pas mourir dans cette obscurité suffocante.

Des allumettes – il se cramponna à cette pensée : il avait des allumettes. Il se laissa tomber à genoux, farfouilla dans son manteau. Quelle poche ? La gauche était vide. Les avait-il toutes utilisées ? Elles étaient humides. Les avait-il jetées ? Les murmures étaient plus forts, plus près. Il essaya l'autre poche. Ses doigts trouvèrent la boîte.

Il roula sur le dos. Les mains tremblantes, il sortit une allumette, s'apprêta à la frotter. C'est alors qu'il entendit la jeune femme hurler.

Il se réveilla au bruit du caporal Reid qui tambourinait à la porte de son cantonnement. Il était arrivé des dépêches du DGRE à Péronne, qui exigeait une réponse par retour de poste.

Mackenzie se redressa, son angoisse refluait. Ç'avait été une variation du même rêve, celui qui le hantait chaque nuit depuis la découverte à Two Storm Wood. Il était content d'avoir une tâche pratique pour se changer les idées. Il s'habilla à la hâte et passa une heure à rédiger son rapport. Puis, à bord d'une charrette, il traversa la crête de Serre pour aller vers les ruines de Miraumont, où travaillait la majeure partie de la compagnie. Les nuages commençaient à se dissiper, un vent violent soufflait de l'est.

En amont, l'Ancre ne mesurait que quelques mètres de largeur, mais les bombardements avaient détruit les berges. L'eau avait inondé les terres environnantes, qu'elle avait changées en marécage. Les pluies récentes avaient encore aggravé la situation : les trous d'obus étaient devenus des lacs ; les tranchées des douves, stagnantes, infâmes. Par endroits les hommes de Mackenzie avaient creusé des canaux de drainage, mais beaucoup avaient signalé des sites d'inhumation demeurés sous l'eau, or fouiller dans ce terrain bourbeux était presque impossible.

Le lieutenant Aldridge avait laissé son véhicule à l'abri d'une élévation crayeuse, à côté de l'épave rouillée d'un char Mark IV. Mackenzie sauta à terre. Il longeait une ligne de feu allemande, à l'affût d'un trou dans les barbelés, quand il entendit des voix.

« Il manquait plus que ça. La flicaille qui vient nous chercher des poux. »

À ses pieds, deux hommes fumaient à l'entrée d'une tranchée-abri. L'un d'eux, un caporal, portait le béret à pompon d'un régiment écossais. L'autre, simple soldat, accroupi sur les talons, lisait une lettre. En face approchait un officier que Mackenzie n'avait encore jamais vu. Il portait un paquetage en bandoulière et était coiffé du béret rouge de la police militaire. Mackenzie resta en retrait. Il devait y avoir eu quelque transgression du règlement, mais il n'était pas d'humeur à s'en occuper.

« Cette tranchée a-t-elle été nettoyée ? » demanda l'officier.

Il était grand, mais comme il baissait les yeux, on ne voyait pas son visage. Le soldat qui lisait sa lettre leva la tête sans rien dire.

« Vous le savez ?

– Si vous cherchez des déserteurs, vous êtes au mauvais endroit, mon général, déclara le caporal. Dans le coin, les gars ont déjà été tués. »

Son compagnon s'esclaffa. L'Écossais désigna d'un signe de tête le bout de la tranchée. Trente mètres plus loin, rendu accessible par un caillebottis, un drapeau jaune ondoyait dans le vent. Deux corps gisaient en dessous. Ils étaient là depuis des mois. Les vers avaient dépouillé les crânes de leur chair, ne laissant que les cheveux et le cuir chevelu, mais les uniformes eux-mêmes, bien que boueux, semblaient parfaitement intacts. Le caporal Hughes était déjà penché au-dessus d'eux, en quête d'éléments d'identification. Le lieutenant Aldridge observait la scène, les mains dans les poches.

Le policier militaire ne trahissait pas le moindre trouble.

« Je cherche le capitaine Mackenzie.

– Vous entendez ça, monsieur Platt ? lança l'Écossais. Le général ici présent cherche le capitaine Mackenzie. »

Le soldat se leva, l'air prêt à en découdre.

« Et lui, à tout hasard, vous chercherait-il, mon général ?

– J'en doute.

– Ma foi, nous ne manquerons pas de l'en informer si nous le voyons, *mon général*. »

Parmi le personnel de l'état-major, les forces de la prévôté étaient les plus détestées. C'étaient elles qui se chargeaient des arrestations, dirigeaient les prisons, présidaient aux exécutions. Mackenzie ne voulait pas de problèmes. Il descendit dans la tranchée et s'empressa de rejoindre les hommes.

« C'est moi, le capitaine Mackenzie. »

À l'approche de la tranchée-abri, quelque chose attira son regard. Dans une flaque flottait une pancarte en bois sur laquelle il était écrit : « TRANCHÉE NON VÉRIFIÉE ».

L'officier leva la tête.

« Westbrook. Prévôt, 2e division. »

Il était difficile de ne pas le dévisager. Le côté gauche de sa figure était atrocement déformé : le sourcil avait disparu, la joue était creuse et livide. D'après l'expérience de Mackenzie, les hommes ne reprenaient pas un service actif après des blessures pareilles, mais peut-être en allait-il différemment au sein de la police militaire.

« 2e division ? Vous venez de loin, pas vrai ? Je croyais que vous autres étiez sur le Rhin, fit-il en essayant de couvrir son indiscrétion par un ton léger.

– Je ne suis pas là pour une affaire divisionnaire, répliqua Westbrook d'une voix rauque. On ne vous a pas prévenu de mon arrivée ?

– Non.

– C'est probablement aussi bien. »

Mackenzie fronça les sourcils.

« Si des hommes se sont carapatés, ils seraient stupides de rappliquer ici. Il n'y a nulle part où se cacher.

– Je ne cherche pas de déserteurs. C'est Whitehall qui m'envoie.

– Whitehall ?

– Le ministère de la Guerre. J'ai besoin d'informations. Le DGRE m'a donné votre nom.

– Attention, messieurs ! »

Ils s'écartèrent : trois hommes chargés de pelles et d'un brancard passèrent en trombe.

« Des informations sur quoi ? » demanda Mackenzie, même s'il ne pouvait s'agir que d'une seule chose.

Rien que d'y penser, il en eut des picotements partout.

Avant que Westbrook puisse répondre, il y eut une secousse. Le pied de l'un des brancardiers était passé à travers une planche. L'homme sortit sa jambe dégoulinante de boue en jurant, puis reprit son chemin vers les cadavres. La latte cassée pendouillait, ses extrémités toujours soutenues par du fil de fer gris. Sans un mot, Westbrook jeta son paquetage au sol, s'accroupit, et tâta sous les planches.

« Câble électrique », commenta-t-il en jetant un œil à la tranchée-abri derrière lui, puis devant, sur le caillebottis.

Son regard s'arrêta sur le groupe d'hommes rassemblés autour des deux tommies morts.

« Arrêtez ! »

Il bouscula Mackenzie.

« Ne les touchez pas ! »

Trente mètres plus loin, le lieutenant Aldridge se retourna.

« Bon Dieu, mais qui c'est qui donne les ordres, ici ? »

Le caporal Hughes ne leva pas la tête. Il était au beau milieu d'une opération délicate. Le premier cadavre n'ayant pas ses deux plaques d'identité, il fallait chercher à l'intérieur de ses vêtements un carnet de paie ou une lettre – quelque chose avec un nom dessus. La masse du corps s'étant déjà décomposée, la tunique s'enfonçait dans le vide de la cavité abdominale, mais il allait falloir retirer la ceinture pour pouvoir l'ouvrir. Hughes l'empoigna à deux mains et tira d'un geste sec.

Le détonateur, caché sous la tunique, était fixé par une courroie métallique. Avec un petit *clic*, il explosa.

La première charge se trouvait sous le corps, juste au-dessus du bassin. Elle projeta le lieutenant Aldridge contre la paroi de la tranchée, lui brisant les côtes et lui faisant perdre connaissance.

En entendant le détonateur cliqueter, le caporal Hughes eut juste le temps de tourner la tête sur le côté. Le souffle lui arracha la mâchoire et projeta violemment tout son corps en arrière. Il atterrit à côté des brancardiers. La deuxième charge, placée cinq mètres derrière eux, sous les planches du caillebottis, les avait fauchés et lacérés d'éclats.

Mackenzie avait aperçu la première explosion – un geyser de sang, le vol plané de Hughes – avant que le sol devant lui éclate. Un morceau de bois de la taille d'une baïonnette lui siffla à l'oreille ; puis lui aussi se mit à tomber, propulsé par un souffle invisible qui l'assourdissait, ne laissant qu'un grondement étouffé.

Il ressentit une violente secousse et ouvrit les yeux. Le grondement se mua en un gémissement suraigu. Au-dessus de lui le ciel tournoyait fébrilement, lourdement, menaçant de basculer. L'air était saturé de poussière. Quelqu'un toussait. Pourquoi cette poussière, songea-t-il, alors qu'il y avait de l'eau partout ? Il essaya de bouger les jambes. Rien ne se passa. Il se força à se redresser sur un coude, découvrit qu'il gisait sur le côté, à cheval sur la bordure du parapet. Ses jambes s'agitaient dans le vide. Le parapet sombrait et tanguait comme le pont d'un bateau.

Il roula sur le dos et redescendit doucement dans la tranchée. Le sol paraissait plus stable ici, mais sa tête tournait trop pour qu'il puisse se mettre debout. Westbrook et les deux brancardiers se relevaient lentement. Hughes était toujours vivant, mais il convulsait, du sang sortait avec un gargouillis de sa trachée et giclait contre les dents à nu de sa mâchoire supérieure. Quelques mètres plus loin encore, le lieutenant Aldridge revenait à lui, agitant mollement une main devant son visage, comme si des mouches l'indisposaient. Au-dessus de sa joue, une plaie saignait abondamment.

Toujours des picotements dans les yeux, Mackenzie regarda de l'autre côté : les hommes qu'il avait vus parler à Westbrook avaient tous les deux disparu. La tranchée-abri aussi, d'ailleurs – seules restaient de la terre et des poutres effondrées à la place de l'entrée. Il devait y avoir eu une troisième charge, reliée aux deux autres. Il se rappela Westbrook qui trouvait le câble, un câble qui courait tout le long de la tranchée, au fond. Il parvint à se mettre à genoux, tout en songeant, alors qu'il s'évertuait à trouver son équilibre, que cette chausse-trappe avait été ingénieuse – ambitieuse, aussi –, même si elle revendiquait ses victimes avec six mois de retard.

L'un des brancardiers se tenait la tête à deux mains. Un autre, penché sur Hughes, farfouillait en quête de quelque chose pour étancher l'hémorragie. La carotide semblait avoir été sectionnée : l'homme se noyait dans son propre sang.

« Mettez-le… »

Le prévôt était debout.

« Mettez-le sur le côté. »

Mackenzie comprit : mieux valait se vider de son sang que se noyer, mieux valait mourir sans panique. Le brancardier le regarda d'un air bête en clignant des yeux, puis s'exécuta. Les jambes de Hughes s'agitèrent violemment, puis s'affaissèrent.

Mackenzie entendit un cri étouffé derrière lui. Westbrook, déjà au niveau de la tranchée-abri, creusait dans la terre éboulée, pieds écartés, fouissant le sol meuble comme un animal. Il avait le front ouvert.

« Aidez-moi ! Apportez-moi cette pelle ! »

Le brancardier fut le premier à réagir. Après un dernier regard à Hughes, il se précipita sur une pelle qui s'était plantée dans la paroi de la tranchée.

L'entrée de l'abri avait été surmontée d'un linteau en béton d'une dizaine de centimètres d'épaisseur. Il s'était écroulé dans l'explosion, bloquant le passage. Westbrook essaya de l'écarter, mais il était trop lourd pour lui. Il arracha la pelle des mains du brancardier et se mit à pelleter la terre en dessous. Dès que le trou fut assez grand, il rampa derrière le linteau, où il posa les pieds pour pousser de toutes ses forces. Déjà les cris avaient cessé. Le brancardier s'écarta d'un bond au moment où le linteau se dégagea et alla rouler au fond de la tranchée. Les deux hommes déblayèrent la terre et les débris jusqu'à ce qu'un espace s'ouvre au sommet de l'entrée.

Ils trouvèrent les disparus de l'autre côté, à moitié ensevelis sous des décombres et des poutres effondrées. Ils évacuèrent lentement l'Écossais, qui toussait, le souffle court. L'autre homme gisait immobile, la main droite toujours crispée sur sa lettre.

Westbrook chercha son pouls.

« Comment s'appelle-t-il ? »

Mackenzie essaya de se concentrer sur cette question. Il se sentait ivre. Il espérait qu'il n'allait pas tomber dans les pommes. Soudain la réponse lui vint.

« Platt. Il s'appelle Platt.

– Platt ? » Le soldat ne réagissait pas. « Aidez-moi à le lever. »

Westbrook passa un bras autour des épaules de l'homme. Mackenzie se plaça de l'autre côté et ensemble ils le redressèrent sur ses pieds. La tête de Platt dodelina jusqu'à ce que son menton repose sur sa poitrine.

« Je crois qu'il est… »

Westbrook recula une main.

« Trois grandes claques, d'accord ? Derrière les omoplates. »

Mackenzie hocha la tête, synchronisant ses coups avec ceux de Westbrook. Au troisième impact, tout le corps du soldat convulsa, l'homme vomit de la terre et des glaires. Puis il poussa un gémissement et s'affaissa de nouveau.

Westbrook sortit une bouteille d'eau de son paquetage. Il en versa un peu dans la paume de sa main, qu'il porta aux lèvres du soldat. Platt but entre de violentes quintes de toux, puis ouvrit les yeux, ses paupières rouge vif sur sa peau noire de terre.

« J'ai cru..., lâcha-t-il dans un murmure. J'ai cru...

– Vous avez cru votre dernière heure arrivée, compléta le prévôt. Vous vous êtes trompé. »

14

Après avoir dit au revoir à Kitty, Amy retourna au petit marché derrière la cathédrale d'Amiens. La pluie avait cessé, remplacée par un vent du nord cinglant. Dans les rues et sur les boulevards, les gens marchaient les épaules rentrées, le visage couvert, comme s'ils craignaient une contagion. Au coin de la rue de Noyon, Amy vit un groupe d'Anglais désemparés escortés par une femme qui agitait un parapluie vert. Les hommes portaient tous une cravate noire. Aucun d'eux ne se retourna au passage d'Amy, ses bottines et son manteau boueux la désignant comme une autochtone. En face de la gare, une affiche faisait la réclame de « Visites guidées des cimetières ».

Les étals du marché s'alignaient dans une ruelle, protégés des éléments par des auvents en toile raccommodés qui claquaient au vent. Une femme trapue vêtue de noir présidait à un stand de conserves de viande et de divers articles d'occasion : tasses et soucoupes, une horloge de cheminée en bois, des bougeoirs, des couvertures et des couteaux. Amy se demanda quelle proportion de son stock avait été pillée dans les maisons détruites ou sur les champs de bataille à l'est.

La femme ne perdit pas de temps. Elle s'empara de l'horloge, qu'elle remonta ostensiblement de façon à ce qu'Amy pût voir la petite aiguille des secondes tourner sur le cadran.

« *Cent francs. C'est un bon prix, mademoiselle**. »

Elle parlait d'une voix sévère, insistante, comme s'il aurait été parfaitement déraisonnable de ne pas accepter son offre.

Amy secoua la tête. La veille au soir, boulevard Carnot, elle avait réussi à acheter la plupart des choses dont elle avait besoin : une musette de l'armée américaine, un tapis de sol, une lampe-tempête et une bouteille d'eau. Mais il lui manquait encore un objet.

Son regard s'arrêta sur un couteau de poche doté d'un manche en os sculpté. Elle s'en empara et sortit la lame, qui mesurait dix centimètres. Il y avait des traces de rouille sur le métal.

« *Allemand** », précisa la femme.

Elle regarda Amy le soupeser, en tester la pointe avec la pulpe de son pouce. Était-ce suffisant ? La protégerait-il ? Son propriétaire allemand était mort. Dans sa tête elle voyait son corps ratatiné, survolé par une nuée de mouches ou à moitié décomposé, des doigts fouineurs lui fouiller les poches, lui retirer ses bottes. Pouvait-on encore faire des trouvailles sur les morts que personne ne réclamait ?

Elle reposa le couteau.

La femme continuait à la regarder.

« *Où allez-vous, mademoiselle* ? What you want ?* »

Amy considéra ce visage ridé, rustre, vieux avant l'heure : une vie consacrée désormais uniquement à la survie, sans beaucoup de place pour les sentiments.

« L'Ancre. La crête de Serre.

– Serre-lès-Puisieux ?

– *Je cherche mon fiancé**. »

Amy ressentait le besoin de le dire à quelqu'un, maintenant que Kitty n'était plus à ses côtés. Le secret n'était qu'un fardeau de plus.

La femme n'eut l'air ni surprise ni compatissante. Elle s'empara d'une cagette au sol qu'elle posa à côté de l'horloge. Elle contenait une collection d'articles plus lourds : un outil pour creuser des tranchées, une petite pelle en fer, un jeu d'accessoires roussis pour cheminée. Nul ne semblait d'aucune utilité. C'est alors qu'Amy vit le couteau.

La lame, de plus de quinze centimètres de long, avait un tranchant biseauté et une pointe effilée. Le manche était métallique, avec des trous pour les doigts – coup-de-poing américain combiné au couteau, l'objectif était sans ambiguïté. La femme le tenait devant elle pour montrer la prise en main, le tournant de sorte qu'Amy puisse apprécier la forme des trous, la façon dont chacun était couronné d'une pointe sur le bord extérieur.

C'était un couteau de poing, forcément : le type qu'Edward manipulait avec dextérité, lui avait-on dit : l'arme dont il se servait lors des raids de tranchée. *Vite fait bien fait.*

La femme le brandit, manche en avant. Elle voulait qu'Amy l'essaye pour voir s'il lui allait, comme s'il s'agissait d'un bracelet ou d'une bague de fiançailles.

Amy secoua la tête. Elle n'arrivait pas à l'imaginer entre les mains d'Edward, elle n'arrivait pas à imaginer Edward en train de s'en servir. C'était l'instrument d'un meurtrier, pas d'un amateur de musique parti à reculons à la guerre.

« *Non merci**.

– *Dix francs**. » La femme continuait à brandir le couteau. « *Essayez-le**. »

Amy s'empara du manche. La prise semblait sûre, les trous en cuivre entouraient confortablement ses doigts gantés. Elle parcourut des yeux la longue lame métallique. La force de son bras, le poids de son corps, elle les sentait se presser vers la pointe : condensés, létaux. Amy avait beau être menue, avec une arme pareille, personne ne pourrait lui réchapper si elle était vive, si elle était la première.

Elle pensa à Edward, elle l'imagina en train de la regarder avec cet objet meurtrier à la main. La première fois qu'il l'avait vue, elle portait un parapluie et un guide touristique. Que penserait-il, s'il la voyait maintenant ? Que dirait-il ?

Un frisson la parcourut.

« *Non merci**. »

On aurait dit que le couteau ne voulait pas qu'on le lâche. Elle dut tirer sur le manche pour libérer ses doigts.

La femme haussa les épaules, l'air sceptique.

« *Comme vous voulez**. »

Amy se décida pour le couteau de poche allemand. Alors qu'elle tournait les talons, son regard tomba sur le cadran de l'horloge. L'aiguille des secondes s'était déjà arrêtée.

15

Ils enterrèrent Hughes au V Corps Cemetery n° 24. Une parcelle de soixante-dix tombes entamée deux ans plus tôt et bombardée depuis, où nombre des inscriptions encore présentes portaient le nom de l'infanterie légère du Yorkshire, le régiment de Hughes. Il n'avait certainement pas connu les hommes dont la dépouille gisait désormais à ses côtés – il avait rallié le régiment trop tard pour ça –, mais c'était le mieux qu'ils pouvaient faire.

Après la brève cérémonie, le capitaine Mackenzie retourna à Colincamps avec l'équipe d'inhumation. Pendant la majeure partie de la guerre, le village étant resté à quatre ou cinq kilomètres derrière les lignes britanniques, la plupart des bâtiments avaient été épargnés, entourés par des tranchées, des cartouches brûlées et les cicatrices de l'occupation militaire. Mackenzie congédia ses hommes et se hâta de retourner à son baraquement dans une écurie voisine, où il trouva le général Westbrook en train de faire les cent pas dans la cour.

« Vous avez l'air étonné de me voir, capitaine. »

Mackenzie l'était, en effet. Parmi tous les hommes qui avaient été surpris par la chausse-trape, seuls le soldat Salter et Mackenzie lui-même étaient encore aptes au service. Le lieutenant Aldridge pourrait s'estimer heureux s'il ne perdait pas un œil.

« Je me disais que vous auriez mérité un congé, après ce qui s'est passé.

– J'ai bien peur que non. »

Ils se serrèrent la main. Mackenzie décela une raideur dans le geste de Westbrook, certainement due à une blessure.

« Mes hommes pensent que vous êtes venu arrêter quelqu'un.

– Vous, non, si je comprends bien.

– Qui enverrait un officier accomplir cette tâche sans escorte ? Ce ne serait pas raisonnable, les choses étant ce qu'elles sont.

– Je garderai ça en tête.

– Pourquoi êtes-vous là, alors ?

– Votre découverte, sous la crête de Serre.

– Two Storm Wood ?

– Le général Hargreaves m'a montré votre rapport. J'ai quelques questions à vous poser.

– C'est pour ça que vous avez été envoyé ? »

Westbrook hocha la tête.

Le rapport qu'avait expédié Mackenzie à la 3e armée avait reçu un accusé de réception laconique de la part d'un certain major général Crompton, suivi de silence. Il n'y avait pas eu la moindre allusion à une enquête.

« L'information a fuité dans la presse, ajouta Westbrook. Il y a eu des articles – très imprécis, sans nul doute.

– Je vois. Ma foi, vous feriez mieux d'entrer, répondit Mackenzie. Je vais demander à mon ordonnance de nous préparer du thé. »

Les écuries étaient sombres. L'air sentait le feu de bois et le foin pourri. La ventilation s'effectuait au moyen de deux lucarnes haut perchées et de cinq trous rectangulaires percés dans les briques : des meurtrières pour les fusiliers et les pistolets Lewis. Il manquait deux ou trois tuiles sur le toit, mais l'endroit était habitable. Quelques meubles – des chaises, un châlit, une armoire – avaient été réquisitionnés à la ferme, et tout un système de couvertures tendues par de la ficelle procurait une certaine intimité.

Mackenzie avait établi ses quartiers dans une stalle vide, un endroit où s'empilaient boîtes, cartes et dossiers à une hauteur vertigineuse, et éclairé par des lanternes suspendues au mur. Il avait réquisitionné un châlit en fer et un tapis persan effiloché pour le sol. Son ordonnance leur apporta des tasses de thé, que Mackenzie corsa avec un doigt de brandy prélevé dans la flasque qu'il portait à la ceinture. Il se fichait que le prévôt approuve ou non.

« Je n'ai pas eu l'occasion de vous remercier », dit Mackenzie en tirant une chaise de salon dont l'assise en cuir était déchirée.

Westbrook s'assit au pied du lit.

« De quoi ?

– D'avoir sauvé deux de mes hommes. Une minute de plus et ils étouffaient.

– J'aurais dû reconnaître ce piège plus tôt. Je suis resté trop longtemps loin du terrain.

– Trop longtemps ? s'esclaffa Mackenzie. Elle est bien bonne, celle-là. Vous étiez nostalgique, c'est ça ?

– Je ne dirais pas ça.

– Pourtant vous êtes là.

– Vous aussi. J'imagine que vous vous êtes porté volontaire ?

– Tout le monde est volontaire, ici. »

Mackenzie vida sa tasse en observant Westbrook par-dessus le rebord. Il avait rédigé son rapport à la hâte, dans la foulée de la découverte. Il n'avait pas été aussi ordonné ni aussi exhaustif qu'auraient pu l'exiger ses supérieurs. Peut-être craignaient-ils qu'il perde la tête, que tous ces mois de fouilles, d'exhumations et de réenterrements aient déstabilisé son rapport à la réalité.

Westbrook but son thé sans un mot.

« Je suis désolé pour le caporal, dit-il.

– Hughes, oui. Un brave homme. Il se plaignait sans arrêt, mais c'est souvent le cas des meilleurs. Il s'était engagé pour la paie supplémentaire, il voulait se faire un pécule avant de retourner à Leeds. » Mackenzie sentit son sourire désabusé se figer sur ses lèvres. « Sa femme a un petit en route. Je vais devoir lui écrire ce soir. »

Il se passa les mains dans les cheveux. À certains égards, il était plus difficile de commander les hommes sur le terrain maintenant qu'on s'attendait à ce qu'ils survivent.

« Vous aviez déjà eu des blessés ? demanda Westbrook.

– Moins que la plupart des compagnies, et aucun mort jusqu'à présent. Notre chance a tourné quand nous avons atteint la vallée de l'Ancre. Depuis, il ne s'est presque pas passé un jour sans qu'un homme ne tombe sur un os. »

Mackenzie tendit de nouveau la main vers le brandy, conscient du regard de Westbrook.

Ce dernier faisait tournoyer son thé au fond de sa tasse.

« Depuis combien de temps êtes-vous ici ?

– Depuis la fin du mois de novembre.

– C'est long, pour ce genre de travail. »

Ils le croyaient donc bel et bien fou. À moins que ce soit ce qu'ils voulaient, de façon à pouvoir écarter son rapport comme étant le fruit d'un esprit dérangé ?

Mackenzie haussa les épaules.

« C'est que je ne dois pas être prêt pour la vie civile. Trop de...

– Trop de quoi ?

– Trop d'inachevé, en somme. Il faut bien que quelqu'un s'en charge.

– Et il faut que ce soit vous ? Pourquoi ? »

Mackenzie envisagea de rétorquer à Westbrook de s'occuper de ses affaires, mais les cicatrices de l'homme l'en dissuadèrent.

« Nous avons tous perdu des amis. Nous avons tous perdu...

– Des frères ?

– Oui. Sommes-nous censés partir, les oublier, à cause d'un armistice ? Sommes-nous censés faire comme s'ils n'avaient jamais existé ? Ce n'est pas comme ça qu'une guerre devrait se terminer. »

Dehors, quelqu'un aboya un ordre. Mackenzie se leva pour aller espionner par l'une des fenêtres. Au fond de ce qui avait jadis été un enclos s'entassaient d'anciennes munitions allemandes.

Parmi elles se trouvaient plusieurs gros obus bruns, chacun marqué de trois rayures blanches. Celles-ci désignaient les produits chimiques – phosgène ou chlore – qui s'évaporeraient après l'explosion. Inconscients du danger, quelques hommes fumaient non loin de là, déclenchant la colère d'un sous-officier.

« Les Français ont laissé tomber à certains endroits, déclara Mackenzie. Vous le saviez ? »

Westbrook regardait les hommes dans l'enclos s'éloigner tête basse en lieu sûr.

« Laissé tomber ?

– La recherche des morts. Trop dangereux. Sept millions d'hectares de Lorraine et de Champagne doivent être condamnés pour toujours : *terrain interdit**.

– Ça fait beaucoup de terre.

– Et beaucoup d'hommes. Un demi-million ou plus autour de Verdun, voués à pourrir là où ils sont tombés. »

Dehors, l'enclos était désormais silencieux. Un bout de papier accroché sur une pointe de barbelé s'agitait dans le vent. La fenêtre qui donnait dessus était orientée plein est, vers la crête de Serre.

« Vous êtes sûr qu'on ne devrait pas faire pareil ? Même après…

– Oui. » Mackenzie retourna s'asseoir et s'empara d'une cigarette. « Même si nous finirons certainement par le faire. Il reste encore cinq cent soixante mille hommes non identifiés. Au rythme où nous allons, nous devrions avoir fourni à tous une tombe décente dans à peu près cent vingt ans. »

Mackenzie proposa une cigarette à Westbrook. Ce dernier refusa.

« Parlez-moi de Two Storm Wood. »

Mackenzie alluma la sienne.

« Vous avez lu le rapport.

– Il semblerait que vos hommes aient piétiné partout. Pourquoi tant de précipitation ? Vous auriez pu laisser les choses telles quelles.

– Nous avons été envoyés pour nous occuper des morts, le plus vite possible. C'est là notre tâche, général. Nous avons des milliers de Chinois, ici, en mission de secours. Si nous n'avions pas agi, ils auraient pris eux-mêmes l'affaire en main.

– Il sera plus difficile d'établir les faits. Je ne vois pas en quoi cela aide qui que ce soit, hormis les coupables. »

Mackenzie scruta Westbrook à travers les volutes de fumée. Parmi tous les prévôts de l'armée britannique, pourquoi avait-il été choisi ? Quelles qualifications spécifiques possédait-il ? Ou était-ce seulement la faute à pas de chance ?

« Je crois que vous ne comprenez pas : ici, la situation peut dégénérer en une minute. Et ça a bien failli arriver, déclara Mackenzie avec un haussement d'épaules. Opportunisme militaire, général. Ça devient une habitude. »

Westbrook tira un calepin de sa poche.

« À part les corps, autre chose a-t-il été déplacé ? »

Mackenzie secoua la tête.

« Personne n'a passé une minute de plus que nécessaire là-dessous, je peux vous l'assurer.

– Qu'est-ce que vous redoutiez ? Les Chinois ?

– Non, pas eux. C'était... ce qu'on a trouvé, bon Dieu. Mes hommes ont vu un paquet de trucs – bien trop –, mais là c'était indescriptible. L'œuvre d'un aliéné, ou de plusieurs. Peut-être mon rapport n'a-t-il pas été assez clair sur ce point.

– Barbarie et aliénation sont deux choses différentes. » Westbrook écrivit quelque chose dans son calepin. « Les aliénés ont tendance à être désorganisés.

– Si vous le dites. »

Mackenzie laissa tomber sa cigarette et l'écrasa sous sa botte en se rappelant le moment où le sergent Cotterell l'avait laissé seul, ses pas chancelants dans la seconde salle, le moment où les ombres étaient devenues chair. Les sentiments qui l'avaient alors envahi n'étaient pas allés jusque dans son rapport, car il n'avait pas trouvé de mots pour les exprimer.

« Les trois derniers, la façon dont ils... comme une sorte d'offrande écœurante. La folie, c'est tout ce qui m'est venu à l'esprit – la folie et la décadence. Si j'avais trouvé les coupables, je crois que je les aurais tués sur-le-champ. »

Westbrook cessa d'écrire et considéra Mackenzie sans ciller.

« Tenons-nous-en aux faits, voulez-vous ? Dites-moi ce que vous avez trouvé. »

16

Amy savait par où commencer. Elle quitta la ferme Desmoulin dès les premières lueurs du jour et emprunta le chemin qui menait à Colincamps, où se rassemblaient les charrettes des Labour Corps, les chevaux équipés d'œillères, les hommes voûtés à l'arrière. Elle les suivit vers l'est sur l'ancienne route de Serre, en espérant qu'elle reconnaîtrait les ruines du village quand elle tomberait dessus. D'après la carte, une tranchée allemande appelée Munich courait vers le sud en partant de l'église. Au bout de cette tranchée se trouvait Two Storm Wood. Le capitaine Mackenzie lui avait peut-être demandé de rester à l'écart, mais il ne lui avait pas expliqué pourquoi – ou, du moins, il ne lui avait pas dit la vérité. Sans compter que Two Storm Wood était situé au bon endroit : à trois kilomètres au nord de la rivière Ancre. Peut-être le caporal Staveley souffrait-il de choc post-traumatique ou de folie, mais en ce qui concernait Edward, ses propos avaient du sens.

Le site de Serre se révéla facile à repérer. Il ne restait rien de l'église, mais Mme Desmoulin avait décrit une vieille raffinerie de sucre tout au bout du village. Amy trouva les vestiges de sa structure métallique toujours debout, les cuves rouillant parmi les tas de décombres. Il n'y avait nulle part le moindre signe de reconstruction, aucun villageois n'était revenu pour s'atteler à cette tâche. Cela dit, de quoi vivraient-ils ? songeait Amy. Qui labourerait la terre à présent ? Les anciens habitants étaient-il toujours vivants, pour commencer ?

À deux heures de son logement, elle se dirigeait vers le sud dans un étroit boyau de communication qui conduisait aux méandres de l'Ancre. Par endroits, les parois s'étaient effondrées, les orties colonisaient la terre meuble. Les branches emmêlées des ronces se déployaient à présent de part et d'autre, s'accrochant à son manteau tandis qu'elle forçait le passage. Elle fredonnait tout en avançant – la première mélodie qui lui passait par la tête, n'importe quoi pour empêcher son imagination de divaguer.

Un bosquet d'arbres morts marquait le site de Two Storm Wood. Amy le trouva peu après le village, exactement à l'endroit indiqué par le capitaine Mackenzie. Tout autour les orties étaient piétinées, la boue couverte d'empreintes de bottes, mais les tranchées étaient désormais désertées. Rien ne bougeait, n'étaient les touffes d'herbe folle sur les pentes au-dessus. Le vent était muet dans les arbres démembrés.

Amy suivit les empreintes de bottes. Les hommes du capitaine Mackenzie avaient déjà fouillé la zone, lui avait-il dit. Ces empreintes avaient très probablement été laissées par ses hommes, à moins qu'il y en ait eu d'autres, depuis. Elle songea à Staveley et à ces groupes de déserteurs : des hommes qui vivaient dans l'obscurité, ne sortant que la nuit pour fouiller les ordures et tuer. Elle dut se rappeler que tout cela n'était que des chimères.

Au détour d'une traverse, elle s'arrêta. Dressé d'un côté de la tranchée, un mur de sacs de sable s'élevait jusqu'au parapet. Il était net, intact, neuf. Des coupures de papier – par centaines – avaient été glissées entre les sacs. De formes et de couleurs variées, elles faseyaient au vent.

Sur le linteau, deux caractères chinois avaient été peints :

鍾馗

Amy sortit une des feuilles. Elle était couverte d'idéogrammes chinois. Elle comprit soudain qu'elle regardait un sanctuaire, et que ce qu'elle tenait était une prière.

Elle remit soigneusement le papier à sa place. Au sommet des sacs de sable était posée une plaque de tôle ondulée. Elle en avait vu une similaire au-dessus de l'entrée de la tranchée-abri où les rats les avaient surprises, Kitty et elle. Il devait y avoir un abri ici aussi. Mais l'entrée avait été bouchée.

Il existait une explication logique – plusieurs, en fait. Cette tranchée était peut-être sur le point de s'écrouler. Il y avait peut-être d'autres dangers souterrains : des matériaux toxiques, voire un risque de maladie, de contagion. Des hommes étaient-ils déjà morts, là-dessous ? Cela expliquerait les prières. Ce que ça n'expliquerait pas, c'était le silence de Mackenzie.

Elle se mit au travail. Les sacs de sable étaient humides et lourds. Ceux du bas étaient maintenus fermement par le poids de ceux du dessus. Et ceux posés sur le linteau étaient hors de sa portée. Elle tira de toutes ses forces, pas un ne bougea. C'est alors qu'elle se rappela son couteau de poche. Accroupie, elle poignarda un sac à une cinquantaine de centimètres du sol, en écartant le sable à coups de pied à mesure qu'il se déversait. Vingt minutes plus tard, elle se retrouvait tapie devant une ouverture rectangulaire juste assez grande pour pouvoir y ramper.

Elle fixa la lampe torche à sa ceinture puis alluma la lampe-tempête. Elle savait que si elle hésitait, si elle se laissait déborder par son imagination, elle partirait en courant. Elle se remit à chanter – *C'étaient amoureux et fillette*[1] – sans vraiment se rappeler les paroles, puis jeta l'allumette et s'enfonça dans l'obscurité.

La première chose qu'elle remarqua, c'étaient les dégâts : les étais, même si le bois apparent n'avait pas trop souffert des intempéries, étaient couverts d'échardes et carbonisés. Elle descendit lentement une volée de marches, le dos courbé, en tenant la lanterne devant elle. L'air était froid. Ça sentait le moisi. Du bas ne parvenaient ni lumière ni bruit.

Qui passaient à travers l'herbette...

1. Chanson tirée de la pièce *Comme il vous plaira*, de William Shakespeare (traduction d'Antoine Tavera, *Œuvres complètes de Shakespeare*, Le Club français du livre, 1983).

En bas des marches, elle trouva un interrupteur en cuivre vissé dans un montant, dont le rebord était orné d'un relief délicat en forme de corde enroulée. L'abri avait été équipé de lumière électrique. Elle fut tentée de l'actionner, mais elle se retint. Edward lui avait raconté les chausse-trapes que les Allemands laissaient souvent derrière eux quand ils abandonnaient une position. De l'arrière de l'interrupteur, un fil électrique remontait le mur sur une dizaine de centimètres, puis s'interrompait dans une touffe de cuivre. Le reste du câblage avait été arraché.

Elle descendit dans une vaste salle, sa respiration s'accéléra. La lanterne jouait sur les murs en béton zébrés d'humidité. Une embrasure de porte donnait dans une seconde pièce. Elle résista à l'envie de repartir – repartir à l'air libre et à la lumière – et se força à chanter.

Au printemps, le beau temps, au beau temps bien chantant...

Une table de cuisine se trouvait devant elle. Il y avait des chaises autour, deux renversées. Une légère odeur écœurante lui effleura les narines. Elle vit un masque à gaz, des clous d'une quinzaine de centimètres et une masse enroulée qui se révéla être une ceinture. Sous ces objets, le bois était couvert d'une couche de graisse poisseuse – un vieux journal allemand en était tout raidi. Elle le porta sous le faisceau de la lampe mais ne parvint pas à distinguer de date.

Comme elle s'éloignait, son pied heurta quelque chose de lourd. Le sol était jonché de bouteilles, de boîtes de conserve, de bris de porcelaine. Et là elle vit le mur d'en face. Couvert de taches sombres : éclaboussures, mouchetures, barbouillages, dans les tons rouge brunâtre et gris. Elle s'accroupit, approcha la lanterne. Certaines taches étaient fines, comme si elles avaient été pulvérisées à la bombe, d'autres étaient épaisses et granuleuses. Elle tapota la plus proche. Un éclat pâle resta sur le bout de son doigt. Ce n'était pas suffisamment dense pour être du béton : c'était de l'os.

Elle se leva, se cogna contre la table. Le masque à gaz roula à terre. L'impact claqua comme un coup de feu. Elle déglutit, essaya d'apaiser sa respiration.

Dans l'autre pièce, il y eut un mouvement.

« Qui est là ? »

Elle tendit l'oreille. De l'eau suintait du plafond, chaque goutte se répercutait en bourdonnant sur les murs en béton. Voilà ce qu'elle avait entendu, se dit-elle : de l'eau.

La seconde pièce était de la même taille, mais rangée et propre. Les murs avaient été blanchis à la chaux. Même le sol sous ses pieds paraissait lisse et dur, comme si la serpillère venait d'être passée. À croire qu'elle venait d'entrer dans un bloc opératoire, ou une morgue.

Elle fit le tour de la salle. À l'intérieur de quelques placards elle trouva des tasses à café, une pile de livres en allemand. Entre les pages avaient été glissées des cartes postales : une femme nue qui, assise sur un tapis persan, se mettait des épingles dans les cheveux ; un groupe de jeunes officiers allemands souriant devant un saint-bernard.

Dans un coin, sur un tabouret en bois, un gramophone remonté. Elle souleva le couvercle. Il y avait un disque sur le plateau. L'étiquette en papier était bleue avec des lettres argentées. Elle n'arrivait pas à distinguer les mots.

Elle actionna la manivelle. La platine se mit à tourner. Elle baissa le bras de lecture massif. Au milieu du sifflement ondulatoire, un accordéon retentit. Un ténor commença à chanter : une chanson française triste qu'elle avait déjà entendue avant.

Elle regarda ses doigts. Des traces d'un résidu noir en coloraient les extrémités. Le titre de la chanson lui revint : « Le Temps des cerises ». L'aiguille se mit à tressauter, le ténor répétant en boucle les deux mêmes notes. Elle approcha la lanterne : disque, bras et tout l'intérieur du gramophone avaient été éclaboussés par le même liquide sombre.

Soudain la flamme de la lanterne vacilla. Amy avait brûlé l'huile trop vite. Il n'y en avait presque plus. Elle s'assura de la présence de la lampe torche à sa ceinture puis l'alluma pour être certaine qu'elle fonctionnait. Ses mains tremblaient. Ses doigts glissèrent sur l'interrupteur.

Des ombres balayaient le plafond. Au milieu, à quinze centimètres au-dessus de sa tête, il y avait une épaisse poutre en bois, taillée dans un seul tronc. Des clous de quinze centimètres y étaient enfoncés, l'un d'eux recourbé.

Amy souleva la lanterne pour examiner toute la longueur de la poutre. Près du milieu elle trouva une proéminence râpeuse là où une branche avait été sciée. Plusieurs mèches de cheveux brillèrent dans le faisceau, collées au bois par du sang séché. Elles étaient blondes.

L'aiguille du gramophone sauta. La chanson se poursuivit, la voix du chanteur se faisant plus grave à mesure que le mécanisme ralentissait.

Tout cela était vain. Il fallait qu'elle sorte.

Elle retourna en courant à la première salle. La lampe torche défaillit, Amy se retrouva perdue dans l'obscurité. Elle frappa la torche contre sa paume, les murs se refermaient sur elle, l'odeur de mort lui imprégnait les narines.

La lampe ressuscita, son œil de verre blanc pulsait. Amy avait posé le pied sur la première marche quand elle entendit les voix.

17

Mackenzie alluma une autre cigarette. Il n'avait pas envie de parler de Two Storm Wood. Il avait l'impression que cet endroit s'était insinué en lui, où sa noirceur se répandait comme une tache, infectant ses pensées et ses rêves.

« Treize victimes, tous des hommes. »

Il inspira la fumée chaude tandis que le prévôt écoutait en silence.

« Chinois, sans l'ombre d'un doute, autrement dit des membres du Labour Corps. La tranchée-abri était profonde, très étanche, et l'entrée a été enterrée à un moment donné, ce qui explique l'absence de rats. Il n'y avait guère trace de vers non plus. Les dépouilles étaient en partie momifiées, ce qui est assez rare. Quant à la date, ils ont dû mourir l'an dernier, entre mars et août. »

Westbrook leva les yeux de son calepin.

« Cela ne figurait pas dans votre rapport.

– Inutile. C'est évident. La zone entière était aux mains des Britanniques jusqu'à la fin du mois de mars. Les Boches étaient trente kilomètres plus loin, sur le front Hindenburg. Ils ont repris la crête de Serre pendant l'offensive de printemps l'an dernier et l'ont tenue jusqu'en août, où la 3e armée les a de nouveau repoussés. Après ça, elle a toujours été derrière nos lignes.

– Et en 1916 alors, avant le retrait des Allemands ? Peut-être tout cela s'est-il passé pendant la première bataille de la Somme ?

– Impossible. Il n'y avait pas de Chinois ici en 1916. Le recrutement n'a commencé que l'année d'après. »

Mackenzie tira à nouveau sur sa cigarette.

« Mais ces pauvres types n'avaient pas signé pour ça, hein ? »

Westbrook continuait à prendre des notes, l'écriture laborieuse. À le voir tenir son crayon, Mackenzie se demanda s'il n'avait pas perdu un peu de sensation au niveau des doigts.

« Le rapport dit que vous n'avez pas trouvé d'identification.

– En effet.

– Aucune ? Pas de plaque, pas de livret de paie ?

– Mes hommes savent ce qu'il faut chercher.

– Alors comment l'expliquez-vous ?

– Je ne l'explique pas. » Mackenzie se frotta les yeux. « Peut-être l'idée était-elle d'effacer leur identité – en tant qu'individus, en tant qu'êtres humains. Leur retirer leurs plaques irait dans ce sens-là, non ? Un soldat a une identité ; la viande, non.

– Pourquoi faire une chose pareille ?

– Pour faire passer un message, peut-être. Les Boches l'ont mal pris – très mal pris – de voir des non-Blancs se mesurer à eux. Ça violait un principe sacré, de leur point de vue.

– Le principe impérial. »

Mackenzie hocha la tête.

« Ça prouvait que quand eux défendaient la suprématie de la civilisation européenne, les Français et nous la déshonorions. Ils n'ont pas fait de cadeau aux troupes africaines – et ils ont reçu la monnaie de leur pièce, à ce qu'il paraît.

– La race passe avant le pays.

– D'après eux, seul un homme blanc devrait pouvoir tuer un homme blanc.

– Intéressant. » Westbrook cessa d'écrire. « Mais les Chinois n'ont pas été envoyés pour tuer qui que ce soit. Ils ont été recrutés comme main-d'œuvre.

– Peut-être que pour une fois ils se sont battus.

– Avec des pioches et des pelles ?

– Ça s'est déjà vu. Leurs officiers sont tous britanniques, après tout. Ils ont bien dû faire *quelque chose* pour finir… comme ça, ajouta Mackenzie en fronçant les sourcils. Vous n'avez pas l'air convaincu, général.

– Imiter ses inférieurs, les pires d'entre eux, par-dessus le marché, voilà une étrange façon d'affirmer la supériorité de sa civilisation.

– Que voulez-vous dire ?

– En Chine, le phénomène que vous avez observé porte un nom : *lingchi*. Il est exclusivement réservé aux traîtres – si les choses se sont passées comme vous les décrivez. Autrement dit, les assassins sont eux aussi chinois.

– Les coolies ? J'ai du mal à y croire. De ce que j'en vois, ce sont des braves types. Ils bossent dur et sans se plaindre. »

Westbrook haussa les épaules.

« La Chine est infestée de sociétés secrètes, de gangs. Ils infiltrent toutes les strates de la société, même les plus basses. C'est peut-être la racine de cette affaire. »

Mackenzie secoua la tête.

« Quelqu'un l'aurait signalé, tôt ou tard. Personne n'a rien dit, jamais, pendant tous les mois qui se sont écoulés depuis l'événement. Quand il se passe un truc pareil, les gens parlent.

– C'était peut-être tout l'intérêt : contraindre au silence.

– Au silence sur quoi ? »

Westbrook ne répondit pas. Il se caressa le menton du dos de la main, l'air de douter lui aussi.

« Les victimes étaient toutes chinoises ? Toutes les treize ?

– Je crois, oui.

– Vous n'êtes pas sûr ?

– C'est le sergent Cotterell qui était chargé de les déplacer.

– Alors c'est peut-être au sergent Cotterell que je devrais m'adresser.

– Il n'est plus là. Je l'ai renvoyé à son bataillon. » Mackenzie jeta son mégot de cigarette. « Il est à l'hôpital en ce moment.

– Blessé ?

– Hôpital psychiatrique. » Mackenzie regarda le mégot se consumer. « Je pensais qu'il serait plus résistant. Ça aide, ici, de ne pas avoir d'imagination. Pourtant il s'est mis à avoir des crises de panique, plus moyen de dormir, il parlait tout seul. Et ensuite il a disparu. On a fouillé tout le camp, pour finir par le retrouver tapi là-dessous. » Il désigna le lit où était assis Westbrook. « Il chialait comme un gosse. Y a des hommes qui pètent une durite d'un coup. On ne voit rien venir.

– Qui d'autre a nettoyé la tranchée-abri ? Cotterell n'a pas pu faire ça tout seul.

– Il y avait un autre sous-officier avec lui. Mais vous ne pouvez pas lui parler non plus.

– Pourquoi ça ?

– On vient de l'enterrer. Le caporal Hughes. »

Une des lanternes s'était mise à vaciller. Mackenzie se leva pour ajuster la mèche.

« Deux de leurs contremaîtres ont donné un coup de main, mais ils ne pourront rien vous dire. Rappelez-vous : il faisait noir, et nous devions travailler vite. Le lendemain matin, nous aurions été lynchés. »

Voyant que la flamme refusait de se rallumer, il jura.

« On m'a dit que rien ne vous avait échappé, reprit Westbrook. Êtes-vous retourné à la tranchée-abri, plus tard ?

– Non. Personne n'y est retourné. J'avais fait bloquer l'entrée par précaution.

– Contre quoi ?

– Le Labour Corps ne voulait pas que ça devienne un sanctuaire. »

Westbrook tapotait la tranche de son calepin avec son crayon. Mackenzie savait ce qu'il pensait : que toute cette opération avait été menée à la va-vite, et que lui, en tant qu'officier supérieur présent sur les lieux, était responsable. Depuis un bureau d'état-major, ou depuis Whitehall, on pouvait voir les choses sous cet angle. Ils ignoraient que, en l'absence d'ennemi, la chaîne de commandement s'était réduite à un fil.

« Les hommes du Labour Corps travaillent en sections, c'est bien ça ? demanda Westbrook.

– Même chose que dans l'infanterie classique, oui. Pourquoi ?

– Les Chinois aussi ?

– Oui.

– Donc, en toute probabilité, ce que vous avez trouvé, c'était une section, plus un homme.

– Un de leurs contremaîtres, je présume. Un caporal ou un sergent.

– Ou un officier.

– Un officier ?

– L'idée ne vous avait pas traversé l'esprit ? »

Mackenzie haussa les épaules. L'idée lui avait traversé l'esprit, *si*, mais seulement lorsque Amy Vanneck était apparue, en quête de son fiancé disparu.

Dans la lanterne, la flamme reprit vie en crachotant. À sa lueur, le visage de Westbrook était cireux, une sculpture, une œuvre d'art qui avait cruellement mal tourné.

« Y *avait-il* un officier ? Est-ce la raison de votre présence ?

– Je ne sais que ce que vous m'avez dit, rétorqua Westbrook. Que sont devenus les corps ?

– Enterrés dans un cimetière de regroupement.

– Où ça ?

– À Mailly-Maillet, à un peu moins de deux kilomètres au sud d'ici. »

Westbrook se leva.

« Vous n'allez pas les exhumer ? demanda le capitaine.

– Le sol est humide. Chaque jour compte. » Westbrook commença à fermer son manteau, ses doigts raides bataillaient avec les boutons. « S'il reste la moindre chance de les identifier, il faut la saisir.

– Vous perdez votre temps.

– Je vais avoir besoin de deux hommes pour m'assister. L'un d'eux devra être capable d'écrire sous la dictée. Et je pourrais avoir besoin d'établir une morgue temporaire quelque part.

– Pas maintenant, quand même ?

– Et pourquoi pas ?

– Je n'ai pas d'hommes à disposition. Sans compter qu'il faudra sans doute faire preuve de persuasion.

– De persuasion ?

– Ce sont des volontaires, général. Or, toute cette affaire – Two Storm Wood – se traîne une réputation. Après ce qui est arrivé à Cotterell, et maintenant à Hughes. Laissez-moi jusqu'à demain. »

Westbrook remit sa casquette.

« Quel est le problème, capitaine ? Vos hommes croient aux fantômes ? »

18

Les voix étaient derrière les murs. Faibles, comme si elles provenaient de très loin. Amy appuya une oreille contre le ciment froid, entendit des bribes de mots – deux timbres, masculins tous les deux : une conversation, pas de cri. Quelle était leur langue ? Français ? Anglais ? Elle s'efforça de le discerner, mais elles s'éloignèrent encore, les sons s'affaiblirent, jusqu'à ce qu'elle ne soit même plus sûre qu'il s'agissait réellement de voix.

L'œil de sa lampe torche pulsait dans sa main. Elle avait entendu *quelque chose*. Ce n'était pas dans sa tête. Pas un animal non plus. On aurait dit que ces voix avaient été stockées dans le sol, des échos capturés comme sur un phonographe, et que sa présence était l'aiguille qui les actionnait.

Un léger courant d'air lui balaya le front. Y avait-il des tunnels en bas, un accès qui lui avait échappé ? Peut-être était-ce cela que le capitaine Mackenzie ne voulait pas qu'elle trouve. Elle aurait pu appeler, songea-t-elle, faire connaître sa présence. Ces hommes pourraient venir à elle – des volontaires de Mackenzie, par exemple, à qui on avait confié la tâche de nettoyer les champs de bataille, de récupérer les morts. Ils savaient peut-être quelque chose, ils pourraient peut-être l'aider : des hommes ordinaires, pas des déserteurs, ni des fantômes.

Elle se précipita vers les marches et monta en direction de la lumière en trébuchant. Au dernier virage, la lanterne lui échappa et tomba avec fracas. Lorsqu'Amy leva les yeux, elle vit une tête se découper contre le ciel.

« C'est vous, miss ? »

Elle reconnut le caporal Reid, le secrétaire de la compagnie de Mackenzie. Elle n'essaya pas de lui répondre. Son cœur battait trop vite.

Sans plus de questions, Reid tendit la main à travers le trou percé dans les sacs de sable pour l'aider à sortir. Elle ne vit pas tout de suite qu'ils n'étaient pas seuls.

« Et qui est cette personne ? »

Devant eux se tenait un officier. Il était grand, avec des yeux du même bleu frappant que ceux d'Edward, mais le côté gauche de son visage était une masse informe de tissu cicatriciel. Il était difficile de ne pas détourner le regard.

« Miss Vanneck, mon général, répondit Reid. Son fiancé a été porté disparu. Elle est arrivée il y a quelques jours avec une certaine... ? »

Il se tourna vers Amy.

« Miss Page.

– C'est ça. Encore là-dessous, c'est ça ?

– Non. »

Amy éteignit sa lampe. Elle espérait que sa voix ne trahissait pas sa peur – peur du noir seulement, et de sa propre imagination.

« Elle est retournée à Amiens. »

L'officier la dévisageait. Le dessus de sa casquette était rouge, marque de la police militaire. Amy se demanda si elle n'avait pas enfreint une disposition de la loi martiale et si elle était sur le point de se faire arrêter.

Il tendit la main.

« Général Westbrook. Prévôt, 2e division. »

Ils se serrèrent la main. Amy avait déjà entendu ce nom, mais elle ignorait où.

« Puis-je vous demander ce que vous faisiez là-dessous ? demanda Westbrook.

– Cet endroit était connu sous le nom de Two Storm Wood, n'est-ce pas ?

– En effet. Comment le savez-vous ?

– J'ai une carte des tranchées. Informations militaires vitales, je sais, mais je m'excuse, je ne la rendrai pas.

– Je ne vois pas pourquoi vous le feriez. »

Amy hocha la tête. Il lui semblait qu'elle n'était pas sur le point d'être arrêtée, finalement.

« Dans ce cas, je vais y aller.

– Vous n'avez pas répondu à ma question. Que vous attendiez-vous à trouver, dans cette tranchée-abri ? demanda Westbrook en désignant la pile de sacs de sable éventrés. Vous vous êtes donné la peine de vous creuser un passage. »

Il ne semblait ni furieux ni outré, juste curieux. Pour la première fois, Amy eut le sentiment que sa présence sur le champ de bataille lui avait valu une once de respect.

« On m'a dit que je pourrais trouver mon fiancé. Sous Two Storm Wood.

– Votre fiancé ?

– Il a été porté disparu. Capitaine Edward Haslam, du 7e régiment de Manchester. »

Westbrook la regarda sans ciller.

« Beau bataillon, d'après ce que j'ai entendu. Qui vous a dit de venir ici ? »

Amy rangea sa lanterne puis passa son havresac par-dessus son épaule. Elle voulait s'éloigner de ces hommes, de leurs questions et de leur regard scrutateur.

« Un sergent du 7e régiment de Manchester – le bataillon de mon fiancé. Il m'a dit que des hommes vivaient encore sous terre, des hommes qui s'étaient enfuis. »

Reid donna un coup de pied dans le sable, comme si cette idée même était gênante.

« Ce n'est qu'une rumeur, mais il fallait que j'en aie le cœur net.

– Évidemment, répondit Westbrook alors qu'elle le bousculait pour passer. Il faut suivre toutes les pistes, même si elles se révèlent fausses.

– Vous ne me croyez pas folle, à venir seule ici ?

– Votre amie est partie, avez-vous dit. J'imagine que vous n'aviez pas le choix.

– Vous ne pensez pas que je devrais rentrer chez moi et croiser les doigts ?

– Et pourquoi donc ? demanda Westbrook en détournant le regard. Les compagnies d'exhumation font de leur mieux, mais la tâche est... immense. Et puis il leur manque des volontaires. Bientôt il ne restera plus que les Chinois pour l'accomplir, or la plupart ne savent même pas lire. Comment s'appelait votre fiancé, déjà ? »

Amy reposa son havresac.

« Haslam. Edward Haslam. »

Westbrook hésita.

« Et vous pensez qu'il pourrait être encore vivant – est-ce la raison de votre venue ? »

À contrecœur, Amy secoua la tête.

« Vous avez entendu une rumeur ? Un rapport non confirmé ?

– Je sais ce que signifie être porté disparu à la guerre, général, répliqua Amy, les yeux baissés au sol. Je sais que je cherche un corps. »

Westbrook se dirigea vers le mur de sacs de sable. Amy avait l'impression qu'il n'était pas convaincu. Elle le regarda retirer une des coupures de papier pour l'examiner de près, ses lèvres remuant comme celles d'un enfant lisant son premier livre.

Amy désigna les caractères chinois peints sur le linteau.

« Vous savez ce que ça veut dire ? »

Westbrook ne leva pas les yeux.

« Zhong Kui. C'est un nom.

– Zhong Kui ?

– Un esprit gardien, un pourfendeur de fantômes et d'esprits diaboliques. » Westbrook replaça le papier pour en prendre un autre. « Dans la vie, il était défiguré, et il a mis fin à ses jours. On raconte que dans la mort, il commande dix-huit mille démons.

– Pourquoi inscrire son nom ici ?

– C'est une évocation. Très répandue. » Du bout des doigts, Westbrook traça machinalement la ligne de sa mâchoire. « Ces esprits gardent le passage entre un lieu et un autre. Leur présence permet de laisser le mal dehors, ou à l'intérieur.

– Donc cet endroit est un sanctuaire ?

– En quelque sorte.

– Pourquoi est-il là ? Est-ce parce que... ? »

Westbrook la regarda.

« J'ai vu du sang en bas, sur les murs.

– Du sang ?

– Et des impacts de balles. Je crois bien que c'en était. »

Westbrook hocha la tête.

« Treize hommes ont été tués, des travailleurs chinois. Ils ont été retrouvés il y a quelques semaines. »

Amy se rappela l'éclat d'os qui lui était resté sur le doigt, ressentit le même frisson de révulsion.

« Assassinés ?

– Il semblerait que oui. Dix d'entre eux ont été fusillés, apparemment.

– Et les autres ? »

Westbrook ne répondit pas. Il se frayait un passage dans le trou qu'Amy avait pratiqué dans les sacs de sable, se déplaçant avec raideur, douloureusement. Une fois de l'autre côté, il se retourna vers elle.

« Vous êtes venue à pied, miss Vanneck ?

– Je loge à Bertrancourt.

– Dans ce cas, nous vous ramènerons en charrette quand nous aurons terminé.

– Inutile. Je connais le chemin.

– C'est sur ma route. » Westbrook alluma une lampe de tranchée. « J'ai bien peur de devoir insister », ajouta-t-il.

Westbrook passa vingt minutes sous terre. À son retour, ce fut presque comme si les autres n'étaient pas là. Il parlait à peine. Il avait le regard vitreux, la peau luisante de sueur. À l'arrière de la charrette, ils gardèrent le silence pendant près de deux kilomètres.

« Pardonnez-moi, miss...

– Vanneck.

– C'est impoli de ma part de... »

Il fronça les sourcils, à croire que les mots convenables – que la conversation elle-même – lui échappaient.

« Puis-je vous demander comment vous connaissez le mandarin, général ? »

Westbrook fixait l'horizon.

« Mon enfance. Il y a très longtemps.

– Est-ce pour cela que vous avez été envoyé ? Pour votre connaissance de la langue ?

– On ne m'a pas expliqué. J'ai reçu des ordres par la poste, de la part du ministère de la Guerre. J'étais sorti de l'hôpital depuis deux jours. Une semaine plus tard, j'aurais été démobilisé.

– Ils doivent vraiment avoir besoin de vous. »

Westbrook grogna.

« J'étais détective avant la guerre, à Scotland Yard.

– Scotland Yard ?

– Cela vous surprend ? Moi oui, en tout cas, un peu. »

En roulant sur une portion de route caillouteuse, la charrette se mit à cahoter violemment.

« Pourquoi Whitehall se préoccuperait-il de quelques morts chinois ? Il doit y avoir une autre raison, mais je n'arrive pas à concevoir laquelle », reprit Westbrook.

La mention de Scotland Yard avait réveillé un souvenir qu'Amy n'arrivait pas à saisir.

« Il s'agit d'un meurtre, avez-vous dit.

– Je ne crois pas avoir employé ce terme.

– Mais si c'était de sang-froid ?

– De sang-froid ? Vous avez peut-être raison. C'est peut-être ça. »

Westbrook se toucha l'épaule. Il semblait souffrir.

« Après tout, ils n'ont jamais mis le pied sur un champ de bataille, pas vrai, ces gentilshommes du ministère de la Guerre ? Tout ce qu'ils en savent ce sont des chiffres et des cartes. Alors je suis là pour traquer le coupable, même si cette tâche est sans espoir.

– N'auriez-vous pas pu refuser ?

– Je le voulais. Mais je veux aussi récupérer mon ancien boulot. Et ils se sont montrés particulièrement insistants. »

Amy se souvint alors où elle avait entendu ce nom.

« *Inspecteur* Westbrook, était-ce vous ?

– Vous avez lu les journaux, je vois. »

Amy les avait lus, en dépit des efforts désespérés de sa mère. Elle avait notamment suivi les reportages sur le procès du meurtrier Tipton, tour à tour révoltée et fascinée, comme devant la découverte d'un fruit défendu écœurant. L'accusé était un notaire de Portsmouth, les victimes deux adolescents retrouvés nus et garrottés à deux endroits différents dans le sud de Londres. La manière dont l'inspecteur Westbrook avait conduit cette enquête avait été un modèle de persévérance. Faute de témoins, il avait démarché toutes les forces de police dans un périmètre de cent cinquante kilomètres autour de Londres, pour leur demander si certains faits leur étaient familiers. Sur la côte sud, une affaire non résolue avait elle aussi conduit à Tipton, lequel avait été interrogé à l'époque. On avait découvert dans sa serre le même nœud inhabituel qui avait été retrouvé à Londres autour du cou des victimes : le notaire l'employait pour tuteurer ses plants de tomates.

« Ces hommes à Two Storm Wood, vous avez dit que dix d'entre eux avaient été fusillés, reprit Amy. Qu'est-il arrivé aux autres ? »

La charrette tangua violemment au passage d'une ornière profonde. Amy soutenait le regard de Westbrook.

« J'en saurai davantage demain, après les avoir examinés. Ils sont enterrés pas très loin d'ici, à deux ou trois kilomètres de Bertrancourt. »

S'il avançait là une invitation, Amy n'était pas près de l'accepter.

« Il sera peut-être possible de déterminer si les blessures ont été infligées avant ou après la mort. Ou du moins de discerner l'intention. On dirait une forme de torture – c'est ce que laissent penser les clous.

– Les clous ?

– Les morts étaient accrochés, répondit Westbrook. Le choix des victimes pourrait aussi révéler quelque chose, si nous parvenons à établir leur identité. »

Il se tut, conscient d'en avoir trop dit.

« J'ai interrogé le capitaine Mackenzie au sujet de Two Storm Wood, raconta Amy. Il tenait vraiment à ce que je reste à l'écart.

– Il a été l'un des premiers sur les lieux. Ce sont ses hommes qui se sont occupés des corps.

– Il ne m'en a rien dit. »

Westbrook hocha la tête avec l'esquisse d'un sourire.

« Le capitaine Mackenzie redoute d'avoir commis une erreur : il craint qu'il ait pu y avoir un officier parmi les morts, un homme blanc. Cela fait quelque temps qu'il a des doutes. Si votre fiancé a disparu l'été dernier, sur la crête de Serre, il y a une chance que ce soit lui. »

Westbrook la dévisageait de nouveau, les yeux cachés sous la visière de sa casquette. Soudain Amy comprit : c'était pour ça qu'on la reconduisait à Bertrancourt. C'était pour ça qu'ils parlaient de Two Storm Wood.

« Vous voulez que je sois là au moment de l'exhumation des corps. Au cas où je pourrais faire une identification. »

Westbrook la défiait : il jaugeait sa détermination, ses intentions – comme s'il mettait les deux en doute.

Le caporal Reid regarda par-dessus son épaule. Il avait écouté leur conversation.

« En temps normal, ce n'est pas une chose que je demanderais à une femme », précisa Westbrook.

QUATRIÈME PARTIE

OPIUM

19

Angleterre, juillet 1916

Le soleil était bas, les ombres des branches dansaient sur le lit, des insectes bourdonnaient paresseusement au milieu des pommiers, l'air était chaud, lourd.

« Ne t'habille pas. Pas tout de suite. »

Amy s'était redressée pour retirer sa chemise à Edward. Avant qu'il puisse protester, les mains posées sur ses épaules, elle avait dessiné les arcs des muscles sous sa peau. Elle avait enfoncé les doigts dans les cheveux humides de sa nuque, une odeur discrète montait, pareille au blé fraîchement coupé.

« Amy ?

– Reste comme tu es. Ne te cache pas derrière tout cet... *amidon*.

– Tu sais bien qu'on doit y aller. Qu'y a-t-il ? »

Ces derniers temps elle avait commencé à remarquer sa façon de s'agiter, mal à l'aise, après qu'ils avaient couché ensemble. Même lors des jours d'été les plus chauds, dans la maisonnette qu'il louait à Madingley, il enfilait vite une chemise, ou s'enroulait un drap autour de la taille. Puis il basculait les jambes par-dessus le rebord du lit, regardait l'étroite fenêtre à meneaux, et se mettait à arranger les objets convenablement. Il arrangeait même les couvertures sur elle, comme si trop d'exposition risquait d'être néfaste à sa peau. Elle ne savait pas si elle devait se sentir protégée ou insultée, chérie ou avilie. Cependant, cet après-midi-là, en le regardant se battre avec un bouton de chemise, elle avait ressenti une distance soudaine entre eux qui l'avait fait frissonner.

« Tu sais, tu ne seras pas toujours beau. » Ses lèvres jouaient sur le cou d'Edward. « Tu auras tout le temps de te cacher quand tu seras vieux.

– Si j'ai le temps de devenir vieux. »

La peau de ses épaules sentait le savon au goudron et, derrière, un parfum musqué et réconfortant.

« Et pourquoi n'aurais-tu pas le temps ?

– Ce sera le cas de beaucoup de gens. Il y a cette guerre, vois-tu.

– Vraiment ? Je n'étais pas au courant. »

Il avait haussé les épaules.

« Ma foi, ce sera sûrement terminé d'ici Noël. »

Ils avaient ri tous les deux, même s'ils savaient que c'était mal de rire, que la guerre n'était pas un sujet de plaisanterie. C'était une chose qu'ils s'étaient explicitement autorisés à faire en privé : une façon de tenir à distance la terrible existence de ce conflit, d'empêcher que leurs brèves heures passées ensemble ne soient infectées par du chagrin et de la culpabilité. Cette guerre n'était pas la leur. Ils ne l'avaient pas faite, pas demandée, pas approuvée. Pourquoi alors la traiter avec déférence ? Combien de vies cela sauverait-il ?

« Il est presque 18 heures, Amy. Je dis ça pour toi. »

Il leur fallait surveiller l'heure. Quelques semaines plus tôt, Kitty Page était tombée sur la mère d'Amy et tante Clem dans King's Parade. Kitty, respectable chaperonne, était censée accompagner Amy en sortie. Sous le feu des questions, trop troublée, elle avait vendu la mèche.

« Je ne veux pas t'entendre mentir, Amy, l'avait sermonnée sa mère le lendemain matin, alors je ne vais pas te demander où tu étais hier. »

Amy aurait dû rétorquer que cela ne la regardait pas, mais elle s'était contentée de rester assise là, en silence, tétanisée.

« Je dirai seulement que s'il se passe quoi que ce soit entre toi et ce... musicien... » Sa mère refusait d'employer son nom, même si Amy avait la certitude qu'elle le connaissait. « ... tu ferais mieux d'y mettre un terme, pour ton propre bien. »

Les joues d'Amy s'étaient enflammées. Quelque part, quelqu'un l'avait vue avec Edward. Elle avait compté sur l'anonymat d'une grande ville, et pourtant Cambridge n'était visiblement pas assez grande.

« Vois-tu, je connais très bien ce genre d'homme. »

Sa mère passait en revue son courrier, ouvrant des enveloppes avec un coupe-papier.

« J'en ai déjà vu : un moins que rien qui veut devenir quelqu'un. Voilà tout ce dont il s'agit, j'en ai peur, même si tu n'es pas encore assez vieille pour le voir. »

Là encore, Amy s'était tue. Elle avait été incapable de le défendre, de dire à sa mère qu'elle se trompait.

« Une jeune femme a besoin de sa famille, Amy. La guerre a changé beaucoup de choses, mais pas ça. »

Amy s'était effondrée. Elle avait savouré sa vie secrète d'amante d'Edward. Parfois, le simple fait de posséder ce secret l'avait fait se sentir puissante, privilégiée. Désormais elle aurait aimé pouvoir effacer l'ardoise, retourner à son existence d'avant, quand elle n'avait rien à cacher. Le jour où elle s'était rendue à Madingley et qu'elle avait trouvé Edward dans le cimetière, elle portait sur elle une lettre, détruite depuis. Cette lettre était un adieu.

Edward s'était tourné vers elle pour l'embrasser, une main voyageant vers son épaule, l'autre suspendue en dessous de ses seins, comme s'il hésitait à les caresser. Elle avait frémi, sa peau s'était tendue, tandis qu'elle sentait enfin le doux contact du bout de ses doigts.

Les cloches de l'église avaient sonné : 18 heures. Amy s'était redressée. Tante Clem l'attendait pour dîner. Si elle était à l'heure, elle n'aurait pas besoin de mentir.

Edward avait soupiré.

« Alors on s'habille, finalement ?

– Ce serait mieux.

– J'ai l'impression que tu viens juste d'arriver.

– Je suis désolée. C'est…

– Pour tante Clem, je sais, avait-il souri. Ce n'est pas grave. »

Il avait ramassé la chemise de corps d'Amy et l'avait posée à côté d'elle sur le lit. Puis il était descendu, ses chaussures à la main.

Lentement, Amy avait commencé à s'habiller. Ses vêtements lui paraissaient épais et collants. Dehors, les branches s'étaient agitées, si bien qu'elle avait eu la sensation passagère d'être observée.

Quand elle était descendue à la cuisine, Edward était habillé aussi élégamment que pour l'église. Le dessus de ses chaussures brillait, et il s'était brossé les cheveux. L'épingle de cravate ornée d'une perle était en place. Il se tenait à la fenêtre, les mains dans les poches.

« Il y a un problème ? avait demandé Amy.

– Non. »

Il s'était tourné vers elle. Il cachait quelque chose – une pensée, une réflexion. De quoi s'agissait-il ?

« Et si on prenait un verre ?

– Tu sais que je dois y aller.

– Alors je viens avec toi.

– C'est inutile, vraiment. »

Elle ne voulait pas qu'il lui dise au revoir devant la porte de tante Clem. Ils risquaient d'être vus. Elle lui avait posé une main sur l'épaule et l'avait embrassé sur la joue.

« Je ferais mieux de ne pas être en retard.

– Je me disais que tu pourrais plaider des circonstances exceptionnelles, juste pour cette fois. »

Elle avait mis son chapeau.

« Quelles circonstances exceptionnelles ? »

Il y avait du grain dans la voix d'Edward, une tension inhabituelle.

« Tu pourrais dire à ta tante et à ton oncle que quelqu'un t'a demandée en mariage.

– Impossible. Ils voudraient savoir qui… »

Au milieu de la table de la cuisine se trouvait un écrin noir. Edward s'en était emparé et l'avait ouvert devant elle. À l'intérieur reposait une bague : un saphir enchâssé sur un anneau d'or.

« C'était à ma grand-mère. Je n'ai pas grand-chose en termes d'héritage familial, mais… enfin, j'espère qu'elle t'ira. »

Et brusquement elle avait compris : c'était lui qui la demandait en mariage. Elle avait été euphorique – elle ne l'oublierait jamais –, un instant fugace de joie pure.

« Elle est magnifique. »

Puis elle s'était rendu compte des implications si elle disait oui, du prix à payer. Sa mère n'accepterait jamais ces fiançailles. Elle les considérerait comme un acte de guerre. Les portes de la famille Vanneck se refermeraient, et Amy se retrouverait dehors sans condition, à ne pouvoir dépendre que d'Edward, un homme qu'elle connaissait depuis cinq mois à peine.

Ce dont elle avait besoin, avait-elle songé, c'était de temps. Avec le temps, sa famille en viendrait peut-être à porter le même regard qu'elle sur Edward. Son oncle Evelyn allait leur rendre visite à Cambridge dans une semaine. Il avait toujours été de son côté. Elle pourrait commencer par lui. S'il approuvait Edward, tout serait possible. Même sa mère finirait peut-être par céder.

Elle avait sorti la bague de l'écrin. La pierre était d'un bleu insondable, polie à la perfection, comme si elle venait d'être taillée. Au bord de la panique, Amy était à bout de souffle.

« Essaie-la », avait dit Edward.

Elle l'avait portée à la pointe de son doigt. Ses mains tremblaient.

« Je crois qu'elle est… trop petite.

– Tu es sûre ? »

Elle avait poussé sur la bague, mais elle n'était descendue que jusqu'à la première phalange.

« Et puis, pourquoi tant de hâte ? Nous sommes heureux, non ? Tu n'as pas besoin de faire de moi une femme honnête, si c'est ce que...

– Mais j'en ai envie.

– De faire de moi une femme honnête ?

– Je voulais juste... » Il serrait ses mains entre les siennes. « Je veux que nous soyons ensemble tout le temps, Amy. Et pour toujours. Je ne veux plus me cacher – comme nous le faisons maintenant.

– Je ne me cache pas. » Elle n'arrivait pas à le regarder dans les yeux. « Ne te l'ai-je pas toujours dit ? Je me fiche comme d'une guigne des vieilles conventions. Quand la guerre sera terminée, nous recommencerons à zéro, exactement comme tu le disais. »

Un court instant, tout s'était figé. Edward avait reculé.

« Donc ta réponse est... ? »

Elle lui avait posé une main sur la joue. Cette fois, c'était lui qui n'arrivait pas à la regarder.

« Pas encore. Bientôt. Je t'aime, mais il nous faut du temps. Du temps pour – pour faire les choses bien.

– Bien ? répéta-t-il en secouant la tête. N'est-ce pas déjà bien, ce que nous avons ?

– Si, bien sûr, mais... »

Edward avait soupiré.

« Ils ne changeront jamais d'avis, tu sais, pas à mon sujet. Tu n'arriveras pas à les convaincre, Amy. À la fin, tu vas devoir... »

Elle savait ce qu'il allait dire. Elle savait ce qu'elle avait promis, et pourtant, comme au bord d'un précipice, elle était incapable de faire le pas déterminant dans le vide.

Edward avait dégluti, hoché la tête.

« Mais tu as raison. C'est un grand pas. C'est beaucoup te demander si... vite. »

Il avait ouvert son col d'un coup sec. L'épingle de cravate avait chanté une note aiguë en tombant sur les dalles.

C'était la première fois qu'Amy le voyait aussi perdu. Par la suite, ce souvenir lui transpercerait à jamais le cœur. Sans un mot de plus, il s'était dirigé vers la porte de la cuisine et l'avait ouverte.

Amy avait ramassé l'épingle.

« Edward ? »

Il était déjà sorti sur le seuil.

« Nous devrions y aller, maintenant. Il ne faut pas que tu sois en retard. »

Ils étaient retournés en ville à vélo, Edward devant. Amy avait essayé de le rattraper, mais il était toujours trop loin, pédalant de toutes ses forces. Il l'avait laissée au coin de la rue, de façon que personne ne le voie depuis la maison. Amy n'avait pas eu besoin de le lui demander. Il savait déjà.

Janvier 1917

... Ma famille pense que mon travail au central téléphonique est un grand sacrifice de ma part. Ils ne voient pas que pour la plupart des filles ici, prendre en charge le « travail des hommes » est une échappatoire à la corvée du service domestique ou à une vie confinée à la maison. Le fait que ma situation soit différente rend mon intégration difficile, malheureusement. Les filles ne sont pas méchantes, mais elles continuent à me tenir à l'écart. Je suis sûre que nombre d'entre elles estiment que c'est la seule chose convenable à faire, que ça ne m'intéresse pas de me mêler à des gens comme elles.

Samedi dernier, je suis allée à vélo à Madingley pour revoir la maison. Je ne pouvais pas m'en empêcher. Je pensais que ça me remonterait le moral de la voir inchangée, même si tu n'y es plus. Je pensais trouver du réconfort à me rappeler que tout cela était réel, le temps que nous avons passé là-bas, ces heures secrètes dont je me languis, mais qui semblent chaque jour davantage s'éloigner et devenir fantasques, comme si je n'avais fait que les rêver.

Apparemment il n'y a pas de nouveaux locataires. Des orties poussent dans le petit parterre de fleurs devant la cuisine, et la fenêtre de la chambre n'a pas de rideaux. J'ai essayé d'ouvrir la porte d'entrée, même si je savais qu'elle serait fermée à clé, et bien sûr elle l'était. Pourtant je me suis surprise à refouler des larmes. C'était idiot de ma part, mais j'avais l'impression qu'on m'interdisait plus que le simple accès à une maisonnette vide. L'époque dont je rêve est révolue et ne reviendra plus, voilà ce que semblait me dire cette porte verrouillée. S'il n'y avait pas eu de passants, je l'aurais abattue à coups de poing.

J'ai jeté un œil au verger par la haie. C'est la saison qui veut ça, pourtant on dirait que les arbres meurent et qu'ils ne referont plus de fruits. Peut-être n'est-ce pas bon pour moi de rester là maintenant que tu es parti, mais je ne m'imagine nulle part ailleurs. Une trace, un souvenir, savoir que tu t'es un jour tenu là où je me tiens, que tu as marché là où je marche, c'est toujours mieux que rien. Je m'accroche à ces fils, je respire dans cette époque mais je vis dans une autre, comme une pauvre vieille veuve qui se promène dans sa robe de mariée en portant un bouquet de fleurs fanées. Seules tes lettres, et ma peur, me ramènent au présent.

Si tu ne m'aides pas à sortir de cet endroit, mon amour, je ne partirai peut-être jamais. Où d'autre pourrais-je donc bien aller ?

20

France, mars 1919

Amy attendait devant la ferme Desmoulin quand le caporal Reid arriva avec la charrette. Levée depuis l'aube, elle sentait son angoisse monter, se solidifier en elle au point que son poids semblait appuyer contre son cœur, rendant tout repos impossible. Certes elle était venue pour ça : le trouver. Mais l'idée de l'exhumation, c'était trop, son imagination se peuplait de détails qu'elle n'avait pas envie de voir. Même dans ses pires moments elle n'avait jamais cauchemardé qu'Edward mourrait dans l'obscurité, sous terre, torturé, assassiné. Si elle était restée en Angleterre elle aurait pu vivre à jamais dans l'ignorance, imaginer une mort rapide, sans douleur. Mais il était trop tard pour ça à présent.

Le caporal Reid la considéra avec méfiance tandis qu'elle traversait la cour à la hâte. Elle avait déjà vu ce regard parmi les hommes de Mackenzie, et d'autres qui travaillaient sur les champs de bataille. À croire que son chagrin et sa peur risquaient de les contaminer, de donner vie à des sentiments dont ils croyaient s'être débarrassés.

« Prête, miss ?

– Oui. »

Amy grimpa sur le siège à côté de lui. Elle savait bien qu'elle n'était pas prête – pas prête à regarder le cadavre d'Edward, pas prête à découvrir qu'il avait été massacré sous Two Storm Wood. Seulement elle n'avait pas le choix.

« Ma foi », dit Reid, et il fit claquer les rênes.

Au sud de Bertrancourt, la route montait en pente douce. Elle contournait un vaste cratère avant de descendre vers l'Ancre, où des murs esseulés et des alignements d'arbres cassés trahissaient l'emplacement de rues, et où une église restait encore intacte, ses pierres du même gris pâle que le ciel. La brume se levait.

Non loin de Mailly-Maillet, ils arrivèrent à un carrefour. En face de la carcasse d'une ferme, un poteau indiquait « BUCQUOY – SERRE ». Comme ils ralentissaient, Amy commença à percevoir un nouveau bruit qui couvrait les cahots de la charrette : des bottes dans la boue – par milliers, un grondement, un roulement assourdi. Elle tourna la tête : une colonne d'hommes chargés de leurs sacs longeait pesamment le village, une procession débraillée de Chinois solennels à la peau sombre, vêtus de tuniques rembourrées ou de capotes. Certains portaient des chapeaux shantung, dont les protège-oreilles se balançaient au rythme de leurs pas ; d'autres des casquettes ou des balaclavas. Quelques-uns fumaient en marchant.

« Où vont-ils ?

– Ils montent sur le front Hindenburg, répondit Reid en reniflant. Les coolies ne procèdent pas pareil que nous.

– Comment ça ?

– Nous montons le camp dans un endroit qui a déjà été nettoyé, en lisière d'un champ de bataille, que l'on l'arpente ensuite progressivement. Les coolies, eux, ils se plantent en plein milieu et travaillent de l'intérieur vers l'extérieur. »

Un espace s'ouvrit dans le fleuve d'hommes. Reid fit claquer les rênes.

« Ils se fichent de l'endroit où ils triment. Pour eux, un cimetière ou autre chose, c'est pareil. »

Amy chercha vainement des yeux la fin de la colonne qui serpentait au détour d'un lointain virage, sans point d'arrêt.

« Je les croyais superstitieux. »

Reid haussa les épaules.

« J'ai discuté avec l'un d'entre eux, un contremaître. Il m'a dit : "Pourquoi vos fantômes nous ennuieraient-ils ? C'est pas comme si on leur avait fait du mal." »

Amy scrutait le visage des hommes au passage, cherchant à y déceler une clé, un indice quant à ce qu'ils voyaient lorsqu'ils lui retournaient son regard. Elle fut simplement frappée par leur différence : des hommes d'un autre monde piégés dans les ruines du sien, mais coupés de son histoire et de ses souffrances.

« Qui sont-ils ?

– Miss ?

– Pourquoi sont-ils venus ? Ont-ils des familles ? Certains ont l'air si jeunes. »

Reid cligna des yeux derrière ses verres laiteux.

« J'en sais rien. J'y ai jamais vraiment réfléchi. » Une idée le traversa. « Ils bossent sur les docks, chez eux, d'après ce que j'ai entendu. Ils déplacent des trucs. Voilà ce qu'ils font, les coolies, miss : ils déplacent des trucs et ils creusent.

– Creusent ?

– Des tranchées et des abris.

– Et c'est tout ?

– Quoi d'autre ? C'est pas leur guerre, si ? »

Le cimetière de regroupement se trouvait au sud-ouest du village. Durant le mois précédent, expliqua Reid, les plus petits cimetières des alentours avaient été vidés et les morts réenterrés ici. Les nouvelles tombes avaient été signalées par des poteaux auxquels avaient été attachées des étiquettes portant le nom des morts, leur rang et leur régiment. Amy en vit d'autres où il était uniquement écrit *Régiment de l'East Kent*, *Simple soldat*, *Second lieutenant*, *Canadien* ou *Inconnu.*

Les treize hommes de Two Storm Wood avaient été enterrés à l'écart, l'un à côté de l'autre.

« On doit garder les coolies à part, expliqua Reid en désignant la parcelle. Pas de mélange avec nos gars. Et leurs pieds doivent indiquer l'est.

– Leurs pieds ?

– Toujours. Un Chinois ne doit pas tourner le dos à chez lui, même quand il est mort. Là, pour le coup, ils sont superstitieux. »

Le général Westbrook, déjà sur place, marchait de tombe en tombe en prenant des notes dans un carnet, tandis que deux autres hommes de la compagnie de Mackenzie déchargeaient une charrette. Pioches, pelles, brancards, toile, corde, gants en caoutchouc et fioles de désinfectant étaient disposés dehors, prêts à l'emploi.

Les tombes des hommes assassinés étaient alignées. Sur les étiquettes numérotées de 1 à 13, on lisait *CLC*[1] *Inconnu*.

Westbrook regarda Amy approcher, le crayon figé dans la main.

« Vous continuez à défier toutes les attentes, miss Vanneck, déclara-t-il dès qu'elle fut à portée de voix. Le caporal Reid et ses camarades étaient persuadés que vous changeriez d'avis. »

Westbrook ne s'était pas rasé. Un barbe naissante lui piquetait la mâchoire, interrompue ici et là par des plaques de tissu cicatriciel imberbes. À l'instar de ses blessures, cette négligence renforça l'impression qu'Amy avait de lui : un homme qui détonnait par rapport aux normes de la vie militaire.

« Les tombes 1 à 10 renferment ceux qui ont été fusillés, expliqua-t-il. C'est bien cela, caporal Reid ?

– Oui, mon général. Le sergent Cotterell a dû sortir les faciles en premier. »

Westbrook s'arrêta à côté de la onzième tombe.

« Dans ce cas, nous allons commencer ici. »

Après avoir enfilé leurs gants en caoutchouc, les soldats Cavanagh et Fielding se mirent à creuser. Ils progressaient lentement. L'argile lourde collait aux pelles, et les hommes commençaient à fatiguer, le visage dégoulinant de sueur. À mesure qu'ils gagnaient en profondeur, l'eau qui s'infiltrait dans la tombe formait des flaques sous leurs pieds.

1. Chinese Labour Corps.

Au bout de quelques minutes, un coin de tissu pâle pointa à travers la glaise. Westbrook se débarrassa de son manteau et descendit dans le trou.

« Attention. Je ne veux aucun dégât, compris ? »

Il s'empara de la pelle de Cavanagh et se mit à gratter la terre. Peu à peu, un ballot de toile, ligoté avec des cordes, fit son apparition. Le tissu était trempé. Une grande tache brune en recouvrait la moitié. Amy ne remarqua l'odeur que lorsqu'elle vit Reid se couvrir le nez et la bouche avec un mouchoir.

« Bon, montez-le. »

Cavanagh prit une extrémité, Fielding l'autre. Ils soulevèrent le paquet à hauteur d'épaules puis le firent rouler sur un brancard. Malgré l'eau, il ne semblait pas lourd, mais étonnamment informe – aucune largeur visible là où auraient dû se trouver les épaules, ni de rétrécissement vers les pieds. Edward était grand et costaud. Amy se dit que ça ne pouvait pas être lui.

Westbrook passa à la tombe suivante.

« Celle-là et la n° 13. Nous nous occuperons du reste demain. »

Les hommes de Mackenzie semblèrent estimer qu'ils s'en tiraient bien. Ils se mirent à travailler vite, en gardant un rythme soutenu. Pendant qu'ils creusaient, Westbrook faisait les cent pas en regardant de temps à autre l'église qui se dressait à une centaine de mètres. Avec son toit et sa flèche intacts, ses murs et ses fenêtres presque indemnes, elle paraissait incongrue au milieu des tranchées et des ruines.

Cavanagh reposa un bras sur sa pelle.

« Le voilà, mon général. Ce type-là est un costaud. »

Amy s'avança. Au fond de la tombe, le ballot était plus grand et plus large que l'autre, presque aussi massif que Cavanagh lui-même. À une extrémité elle discerna une paire de pieds qui poussaient contre la toile. À l'autre bout un renflement indiquait la position de la tête. Alors qu'ils levaient lentement le corps sur un brancard, un filet de liquide sombre coula par en dessous et goutta sur la chaussure de Fielding. Amy avait chaud, le front crispé. Sa vision se brouilla, elle crut un instant qu'elle allait s'effondrer.

« Ça va, miss ? »

Le caporal Reid se tenait près d'elle. Amy se redressa. Cavanagh et Fielding s'attaquaient déjà à la dernière tombe. Ils lui lançaient des regards entre deux pelletées, comme s'ils ne voulaient surtout pas rater le moment où elle finirait par s'enfuir en courant.

L'attention de Westbrook était ailleurs.

« Cette église sera notre morgue, déclara-t-il. J'imagine que personne n'y verra d'objection. »

Ils durent faire tomber un mur de sacs de sable pour atteindre les portes de l'église, qui n'étaient pas fermées à clé. À l'intérieur, froid et sombre, les vitraux chatoyaient comme des joyaux. Les bancs avaient été empilés contre les murs. Le sol était jonché de haillons et de bouts de papier. Des bandages souillés rassemblés dans un coin indiquaient la présence temporaire d'un poste de secours. Sur les marches qui conduisaient à l'autel, un godillot solitaire était couché sur le côté.

L'autel était le seul élément de mobilier suffisamment grand pour y allonger un corps. Après l'avoir nettoyé d'un coup de chiffon, ils le déplacèrent dans le transept sud, où les grandes fenêtres, mitraillées par des éclats d'obus, laissaient passer plus de lumière. Reid alluma la lampe-tempête pour faire bonne mesure et la suspendit à un clou à proximité. Les brancards furent apportés à l'intérieur et posés au sol.

« Nous allons commencer par le numéro 11, déclara Westbrook. Mettez-le sur la table. »

Les mains toujours gantées, Fielding et Cavanagh s'emparèrent du premier paquet. La toile était pâle et mouillée. Lorsqu'ils le transportèrent sur la table, il ploya et se fit mou, comme la mue d'un asticot. Il avait été ligoté avec trois longueurs de corde nouées très serré – le genre de nœuds qui n'étaient pas faits pour être détachés.

Westbrook sortit un canif et scia les liens.

« Caporal Reid, je veux que vous notiez tout ce que je dis. »

Reid farfouilla dans sa sacoche en quête d'un calepin et d'un crayon. Fielding alluma une cigarette tout en contemplant la scène, tel un badaud sur le théâtre d'un accident.

« Vos hommes peuvent retourner à la charrette, dit Westbrook. Je vous appellerai en cas de besoin. »

Les soldats s'exécutèrent.

« C'est valable aussi pour vous, miss Vanneck, si vous le souhaitez. »

Amy regardait fixement les paquets au sol. La voix de Westbrook lui parvenait de très loin.

« Miss Vanneck ? »

Des battements d'ailes se firent entendre sous le toit. Deux pigeons descendirent en piqué et disparurent dans la pénombre de la flèche.

« Non, je vais rester si... »

Amy se reprit. Ce n'était le moment ni pour des excuses, ni pour des conditions.

« Je vais rester.

– Vous êtes vraiment sûre ? »

Westbrook l'observait attentivement. Là encore elle eut la sensation d'être mise à l'épreuve.

« Personne ne vous en voudrait si...

– Personne d'autre ne peut l'identifier, n'est-ce pas ? Si c'est Edward... là-dedans. »

Westbrook regarda le paquet devant eux.

« Probablement pas.

– Alors je reste. »

Sa réponse sembla mettre un moment à être enregistrée. De toute évidence, Westbrook s'était attendu à ce qu'elle recule.

« Très bien », dit-il.

Il enfila une paire de gants puis déroula le premier mètre de toile. Reid laissa échapper un grognement étouffé lorsque la tête apparut. Tordue vers le haut et le côté, on aurait dit qu'elle essayait de s'arracher du reste du corps. Amy recula. La chair était gris perle, les dents écartées dépassaient franchement entre les lèvres violettes. Les mains brunes étaient croisées sous le menton, paumes vers le haut. De vilains trous étaient clairement visibles sur les poignets.

« Inconnu n° 11. Chair en partie momifiée. »

Westbrook s'accroupit pour examiner l'arrière du crâne. Les cheveux noirs, courts, étaient couverts de terre.

« Aucune blessure par balle. »

Reid commença à écrire. Le mort semblait asiatique, mais ses traits étaient tellement déformés qu'il était difficile d'en être sûr.

Ça ne peut pas être Edward. Amy s'accrochait à cette pensée. *Ça ne peut pas être lui.*

Westbrook avait commencé à dérouler le reste de la toile quand quelque chose attira son attention.

« Approchez-moi cette lumière. »

Reid décrocha la lanterne et la lui tendit. Sous la flamme jaune, le corps miroitait, tressautait. L'avant-bras gauche de l'homme semblait couvert d'écailles, comme celles d'un lézard. Elles serpentaient du poignet jusqu'au coude, et de part et d'autre partaient des crochets et des volutes.

Westbrook se pencha jusqu'à ce que son visage soit à quelques centimètres.

« Tatouage autour de l'avant-bras droit. Long d'une trentaine de centimètres, représentant un combat entre un dragon et un tigre. Pas de plaque d'identité. »

Reid continuait à écrire en inclinant la page vers la lumière. Westbrook ouvrit d'un coup sec le reste de la toile. Pendant quelques instants, le silence ne fut brisé que par le frottement du crayon de Reid.

« Le corps est nu. »

La voix de Westbrook avait beau être neutre et posée, sa respiration saccadée trahissait cette illusion de calme.

« Plaie au poignet, cohérente avec l'utilisation de clous. Les muscles pectoraux ont été retirés à l'aide d'une lame – une lame aiguisée. Les muscles du mollet de la jambe droite et les muscles de la cuisse ont été partiellement excisés. Le muscle couturier a été laissé intact. Pour éviter que la jambe se détache sous son propre poids au niveau de la hanche, je suppose. Cela aurait mis un tcrmc à l'affaire. »

Amy regardait fixement, une main plaquée sur la bouche.

Westbrook sortit un crayon de sa poche et souleva délicatement un filament de chair nécrosée à côté du fémur.

« Artère fémorale également intacte. Extraordinaire. Le *rectus femoris* a été excisé presque en intégralité, le *vastus lateralis* aussi, sans sectionner les vaisseaux artériels majeurs. »

Reid approcha d'un pas ; derrière ses lunettes, ses yeux plissés buvaient les détails.

Westbrook se déplaça vers le bas du corps.

« Partie inférieure de la jambe, même... même approche. Muscle gastrocnémien découpé proprement du genou au talon sans aucun dégât visible sur les artères tibiales ou péronières. La majeure partie du nerf sural est également là. »

Reid avait cessé d'écrire.

« Qu'est-ce que ça veut dire, mon général ? Pourquoi se donner cette peine ? »

Westbrook leva la tête. Il avait les yeux injectés de sang.

« Pour le garder conscient, bien sûr. Maintenir la pression artérielle. Ainsi il pouvait voir sa... » Il croisa le regard d'Amy. « ... transformation. »

Amy tourna les talons et se précipita vers la porte. Parvenue à l'angle du bâtiment, hors de vue de Fielding qui s'occupait des chevaux, elle vomit violemment, trois fois. Appuyée contre le mur, elle voyait au milieu d'un brouillard granuleux et tourbillonnant le caporal Staveley qui la regardait de son lit d'hôpital. Son estomac se souleva à nouveau, mais il ne restait plus rien dedans.

Lentement, sa vision s'éclaircit. Après avoir pris plusieurs profondes inspirations, elle retourna à l'intérieur de l'église.

Westbrook, toujours à côté du corps, regardait fixement les membres découpés et les portions de cage thoracique mises à nu. Il leva la tête en clignant des yeux à l'approche d'Amy, comme au sortir d'un rêve.

« Caporal, aidez-moi à le remballer », dit-il.

Reid replia la toile, qu'il attacha avec des cordes neuves. Puis Westbrook et lui remirent le corps sur le brancard et l'évacuèrent. Le deuxième paquet était plus lourd que le premier, et plus long, pourtant Westbrook ne demanda aucune aide supplémentaire. Il semblait préférer travailler avec Reid.

Il ouvrit au couteau le deuxième ballot. Le corps gisait à plat ventre, nu, un homme grand aux larges épaules, même si la chair avait rétréci et s'était fendillée autour des côtes et des hanches. Amy savait qu'elle aurait dû approcher, mais ses jambes refusaient de la porter.

Reid sortit de nouveau son calepin.

« CLC inconnu n° 12, annonça Westbrook. Plaie à l'arrière du crâne. »

Il se pencha et approcha la lanterne.

« Superficielle. Des lacérations, pas une blessure par balle. »

Il caressa de sa main gantée une zone de chair déchirée et de cheveux emmêlés.

« Provoquée par un objet pointu mais pas aiguisé. Pas la cause du décès. »

Quand il retira sa main, son gant était taché. La tête entière était maculée de sang séché, récemment mouillé par la pluie ou le sol humide. La chair était noire.

« Poignets perforés, même chose que pour le n° 11. Mettez-le sur le dos. »

Westbrook posa la lanterne au sol. Au même moment, Amy vit quelque chose miroiter sur le corps. Westbrook aussi. Toujours accroupi, il examina le sommet du crâne.

« Donnez-moi un chiffon. Un mouchoir – n'importe quoi. »

Reid ramassa un des vieux bandages qui traînaient par terre. Westbrook cracha dessus, puis frotta le tissu humide sur une petite zone du cuir chevelu pour nettoyer le sang séché.

Il se releva et jeta le bandage.

« L'inconnu n° 12 a des cheveux blonds. »

Amy serra les poings le long du corps. Les deux hommes la regardaient, à présent, pleins d'espoir. L'image d'Edward assis sur le rebord du lit lui revint en tête, la brise soufflant par la fenêtre ouverte, la douce chaleur de sa peau lorsqu'elle avait fait glisser sa chemise. Puis cette chemise devint les prières en papier glissées entre les sacs de sable à Two Storm Wood, un mur de prières pour sceller le mal à l'intérieur – un mur qui avait été violé.

« Miss Vanneck ? »

Le corps avait été roulé sur le dos. Westbrook examinait la tête. Amy avança. Le front du mort était familier, le relief, les rides.

« Comme ça, ça devrait être plus facile, dit Westbrook. Voilà. »

Il força l'ouverture de la mâchoire avec les doigts. Amy se força à regarder.

Reid approcha la lanterne. Amy vit un métal brillant luire dans la bouche noire et ratatinée.

Elle secoua la tête.

« Je n'avais jamais vu ça avant.

– Vous êtes sûre ? Il y a deux plombages en or.

– Tout à fait sûre. »

Westbrook recula.

« Alors ça ne peut pas être le capitaine Haslam. »

Amy voyait désormais que les traits étaient différents : la mâchoire trop proéminente, le nez trop épaté. C'était bien un corps de type européen, mais ce n'était pas Edward.

« Non. Ce n'est pas lui. »

Le soulagement provoqua en elle une explosion. Elle chancela. Westbrook se dirigea vers elle, mais, d'une main, elle lui signifia de ne pas approcher.

« Ça va, ça va.

– Vous êtes très pâle. Vous feriez mieux...

– Vraiment. Ça va, général. Merci. »

Reid ne leur prêtait aucune attention.

« Il y a quelque chose, ici, mon général. »

Penché sur le cadavre, il fronçait les sourcils derrière ses lunettes.

« Dans sa gorge. »

Westbrook retourna à la table. Dans le fond de la bouche du mort se trouvait quelque chose de jaune ou blanc, quelque chose qui n'était ni de l'os ni de la chair.

« Un bâillon, vous pensez, mon général ? demanda Reid.

– Peut-être. »

Westbrook baissa délicatement la mâchoire puis enfonça deux doigts dans la bouche. Un fluide sombre en recouvrit les extrémités.

« Ce n'est pas du tissu, cela dit. »

C'était du papier, froissé en boule, visqueux. Il n'arrivait pas à s'en saisir, ses efforts menaçaient de le repousser encore plus loin dans la gorge.

Il sortit son crayon.

« Je vais aussi avoir besoin du vôtre. »

Reid le lui tendit. À l'aide des deux mines, Westbrook pinça la boulette avec précaution et la sortit. En veillant à ne pas déchirer le papier, il la déplia lentement sur un coin de l'autel. Amy vit une écriture au crayon, dont les lignes denses couvraient la page. Ce devait être une lettre. Après en avoir scruté un moment le contenu, Westbrook la replia soigneusement et la glissa dans la poche de poitrine de sa tunique.

« Il y a un nom ? »

Amy ne pouvait pas s'empêcher de penser que quelque part, une famille – une mère, des enfants, une amante – attendait des nouvelles qui n'arriveraient jamais.

Westbrook recouvrit le cadavre, en commençant par la tête.

« Malheureusement non », répondit-il.

21

Amy ouvrit les yeux. Allongée à l'arrière de la charrette, elle cligna des paupières dans la faible lumière hivernale ; un voile de brume se mouvait loin au-dessus d'elle, céleste, magnifique, pareil à de la musique. Ils roulaient vite, Westbrook tenait les rênes. Il n'y avait aucun signe du caporal Reid.

Elle leva la tête. Était-elle de retour sur la route de Bertrancourt ? Elle scruta l'horizon en quête d'un indice. Tout ce qu'elle voyait, c'était un paysage uniforme de terre brassée et d'herbe jaunie – un instant, elle le vit couvert d'un champ de blé infini, comme dans ses rêves.

Soudain ça lui revint : les sacs de toile et les corps mutilés. Après l'homme blond, elle devait s'être évanouie. Dans un cauchemar, il s'était révélé vivant. Sa tête avait roulé vers elle, la bouche béant sur un cri muet – un cri qui implorait la pitié et la mort. C'était cette horreur qui l'avait réveillée. Elle tremblait encore.

Elle se redressa davantage. Trois corps avaient été apportés dans l'église, mais elle n'en avait vu que deux.

« Général Westbrook ? »

Ce dernier tira sur les rênes.

« Et le troisième corps ? »

Il ne semblait pas l'entendre.

« Je vous emmène voir un médecin à Acheux. Ça ne sera pas long.

– Le dernier corps, l'avez-vous examiné ? Le n° 13 ? »

Westbrook hocha la tête.

« Encore un Chinois. J'ai bien peur que vous deviez continuer à chercher le capitaine Haslam. »

Le caporal Staveley lui avait donné le nom de Two Storm Wood. Il s'était moqué d'elle, lui avait donné un faux espoir – l'amusement d'un fou. Et pourtant, elle était soulagée.

La charrette s'était arrêtée. Westbrook attendait. Un des chevaux secoua sa crinière.

« Je vous ai détourné de vos devoirs, déclara Amy. Je vous prie de m'excuser, général. Je n'ai pas besoin de médecin. Je vais bien, maintenant.

– Un petit verre ne pourra pas vous faire de mal, après ce que vous avez vu, déclara Westbrook en reprenant les rênes. Il y a un hôtel passable à Acheux. Des cantonnements pour les officiers. On devrait encore pouvoir y prendre un verre de brandy. »

Il tourna légèrement la tête de façon qu'elle puisse voir son visage.

« Je peux vous ramener à Bertrancourt, si vous préférez. »

Elle savait quelle impression ça donnerait si elle refusait : qu'il était bien trop hideux pour qu'on veuille boire un verre ou être vu avec lui, trop défiguré pour que sa compagnie procure le moindre plaisir. Sans compter qu'elle n'avait pas envie d'être seule, pas tout de suite.

Elle monta sur le siège à côté de lui.

« Va pour Acheux. »

Comme il pressait les chevaux de repartir, elle crut le voir sourire.

Ils parcoururent un peu moins d'un kilomètre, traversant un hameau du nom de Forceville, où la carcasse brûlée d'une ambulance de campagne était échouée à côté d'un carrefour, sans roues ni moteur. Un petit cimetière au sud.

« Ces hommes, dit Amy, avez-vous appris quelque chose, hormis la façon dont ils étaient morts ?

– Ils ont été tués le 16 août ou peu après. Nous avons trouvé cette date sur la lettre. Cela devrait aider à l'identification. Les officiers du Labour Corps ne sont pas morts en grand nombre. Il devrait y avoir un registre qui correspond, quelque part. »

Edward avait été porté disparu le 17, le lendemain. Ce jour-là, vingt-cinq hommes de son unité étaient morts au combat, d'après le journal de bord du bataillon. L'explication évidente était que les Chinois avaient été piégés dans ce même assaut.

« Que se passera-t-il quand vous l'aurez ?

– Le registre ? » Westbrook réfléchit un moment à la question. « Ces hommes auront leur pierre tombale – l'officier, en tout cas.

– Et les hommes qui les ont tués ?

– Ils sont partis depuis longtemps. Ou morts. Hors de portée, en tout cas.

– Comment pouvez-vous en être sûr ? »

Westbrook fit rouler son épaule droite avec une grimace.

« Le capitaine Mackenzie avait raison sur un point : ce ne sont pas les Chinois qui ont fait ça. Démembrer les vivants est un truc à eux, mais c'est un traitement réservé aux traîtres, à ceux de leur race. Un officier britannique ne correspond pas à ces critères. En plus, l'utilisation d'armes à feu, l'ostentation – les laisser là-bas pour qu'on les retrouve –, ça ne peut être que l'œuvre des Boches, à moins que nous ayons raté quelque chose. Il n'y a personne d'autre. »

Amy avait entendu parler d'atrocités perpétrées par l'armée allemande – des civils passés au fil de la baïonnette, un sergent crucifié sur la porte d'une grange. Elle n'avait jamais vraiment su si ces exactions avaient réellement eu lieu. En revanche, elle ne pouvait pas nier ce qu'elle avait vu de ses propres yeux.

« Vous allez retrouver les coupables, n'est-ce pas ? Vous allez les traquer ?

– À quoi bon ? »

On aurait dit qu'il essayait de la provoquer.

« Pour... la justice. Ce que nous avons vu – ce qui s'est passé –, c'était... on ne peut pas l'oublier comme ça.

– Pourtant ce serait peut-être mieux.

– Et pourquoi cela ? »

Westbrook regardait fixement la route devant lui.

« Les civils préfèrent ne pas savoir ce que les militaires font à la guerre – la majorité, en tout cas. Ils sont enthousiastes à l'idée de fêter la victoire, mais ils ne veulent pas trop savoir comment elle a été remportée. »

Amy n'avait pas le droit de s'indigner, pourtant si Edward avait été retrouvé à Two Storm Wood, elle aurait voulu savoir qui l'avait tué. Elle aurait voulu regarder l'assassin dans les yeux. Et après ? Aurait-elle souhaité une revanche ? Et si oui, de quelle sorte ?

« L'inspecteur Westbrook – celui sur lequel j'ai lu des articles – se serait-il satisfait de cette situation ? Ne dirait-il pas que les morts méritent justice ? »

Westbrook hocha lentement la tête.

« Peut-être que si, en effet. Cela dit, lui aussi était un civil.

– Donc une fois que ces morts seront identifiés, vous en aurez fini ici. Votre travail sera terminé. »

Il considéra Amy un moment, comme pour déterminer si elle méritait la vérité. Il avait été séduisant, jadis, imposant, elle le voyait. Or, désormais, son estime de lui tenait certainement à un fil kaki. Et il devait bien savoir qu'elle serait plus difficile à maintenir dans le monde civil sans le statut conféré par le rang.

« Pas tout à fait.

– Alors...

– J'aimerais une explication. Une... transgression pareille : j'aimerais la comprendre. La connaissance a parfois plus de valeur que le jugement. Appelez-ça de la curiosité professionnelle, ajouta-t-il avec un sourire.

– Pourquoi quelqu'un s'abaisserait-il à... ? commença Amy sans réussir à trouver les mots. Je ne le comprendrai jamais. »

Westbrook se retourna vers la route.

« Il serait plus facile d'établir un mobile si la chaîne des événements était plus claire. Malheureusement, les indices sont incohérents.

– Les indices ?

– Two Storm Wood n'a jamais été loin derrière la première ligne allemande – c'est ça qui ne colle pas. Des prisonniers de guerre n'auraient pas été détenus ici très longtemps. Normalement, ils auraient dû être escortés immédiatement à l'arrière. Autrement dit ces victimes ont été tuées aussitôt après leur capture : un geste spontané. Et pourtant la nature de ces meurtres semble préméditée. »

Amy frissonna.

« Qui pourrait planifier une chose pareille ?

– Sans témoin, nous ne le saurons jamais. Or nous n'avons pas de témoins, du moins pas encore.

– Dans ce cas, qu'allez-vous faire ?

– Rédiger un rapport pour le ministère de la Guerre et attendre les ordres.

– Et s'ils vous renvoient à la maison ?

– Alors je partirai. Les ordres sont les ordres.

– Vous retournerez à Scotland Yard ? »

Amy était curieuse de savoir ce que recouvrait pour lui le mot maison : un refuge chaleureux ou un lieu d'angoisse, d'isolement et de solitude ?

« La décision revient au ministère.

– Et votre famille ? »

Westbrook fit claquer les rênes. Peut-être ne l'avait-il pas entendue. Amy avait remarqué qu'il était prompt à s'abîmer dans ses pensées. À moins qu'elle ne se soit montrée indiscrète en le questionnant sur sa vie privée ? Avec ses cicatrices, il était difficile de déchiffrer son expression. Tous les hommes ont des sentiments, des émotions, des réactions vis-à-vis de leur interlocuteur qui, en temps normal, façonnent chaque rencontre. Mais les siens étaient cachés, comme s'il portait un masque.

« Je suis désolée, s'excusa Amy. Je n'ai pas à être intrusive. »

Ils gravirent une côte. Des toits apparurent au loin, en partie dissimulés derrière une parcelle de forêt.

« Nous ne sommes pas en Angleterre, miss Vanneck, déclara Westbrook. Nous sommes sur un champ de bataille. Les convenances sont quelque peu incongrues. »

Ils atteignirent Acheux au moment où le soleil glissait sous les nuages, dont la masse violacée contrastait fortement avec le clocher de l'église et les toits. Amy s'était attendue à trouver une ville calme, mais les rues étaient bondées de soldats et de civils. Un événement battait son plein. Non loin retentissaient des roulements de tambour et le fracas effréné de cymbales. Alors qu'ils tournaient au coin d'une rue, ils découvrirent six Chinois montés sur des échasses, autour desquels explosaient des pétards. Ils se déplaçaient en cercle, pirouettant sur une jambe ou pivotant l'un contre l'autre dans un simulacre instable de combat.

Westbrook arrêta brutalement la charrette.

« Qu'est-ce qu'ils fabriquent ici ? Ces foutus Chinois sont censés rester au camp.

– N'ont-ils pas de congés ? »

C'était la première fois qu'Amy voyait le prévôt en colère.

« Pas de fraternisation avec la population civile, rétorqua-t-il. Ordres généraux des Labour Corps. Ça n'attirerait que des problèmes. »

Ils laissèrent la charrette derrière un hôtel, rue de Louvencourt, puis poursuivirent à pied. Devant l'église la foule était plus dense et plus tapageuse. De nombreux groupes tenaient des pamphlets. Amy en ramassa un par terre et lut quelques lignes tapées avec maladresse.

Son retour est imminent. Bientôt il se dévoilera et
tous les hommes loyaux et sincères devraient se rallier
à son drapeau.
SOLDATS ! TENEZ-VOUS PRÊTS !
Vous demandez : Pourquoi cette guerre ?
Vous demandez : Pourquoi avez-vous été épargnés ?
C'était pour ça !
Au commandement, formez les rangs !

Une procession de dragons cérémoniaux progressait lentement dans la rue. Le roulement des tambours était incessant. Les danseurs se contorsionnaient et convulsaient comme s'ils étaient possédés. Après le vide des champs de bataille, Amy se sentait étourdie.

Des étals dressés dans les rues vendaient des broderies en soie, des fleurs artificielles et des silhouettes en os sculpté. Amy vit des chevaux, des tigres et des démons agitant des épées. Les soldats s'amassaient autour, désireux de rapporter un souvenir. Au passage, ils scrutaient Amy des pieds à la tête, comme pour essayer de jauger sa valeur ou son prix.

« Puis-je vous demander quelque chose ? demanda Westbrook quand ils eurent tourné au coin d'une rue. Que faisait le capitaine Haslam avant son enrôlement ? »

Amy restait tout près de lui.

« Edward était un... »

Que devait-elle dire ? Elle ne pouvait pas l'appeler chef de chœur. Cela faisait naïf, ridicule.

« Quand nous nous sommes rencontrés, il enseignait à l'école.

– Un métier exempté. Il aurait donc pu rester en dehors de la guerre.

– De fait, il était totalement contre la guerre, par principe. Il appelait ça une folie.

– Ah bon ? Une folie ?

– Le massacre de masse n'est pas un moyen de résoudre un conflit, voilà ce qu'il disait. À quoi sert la civilisation, si elle ne peut pas mieux faire ?

– Un pacifiste, commenta Westbrook en hochant la tête, songeur. Puis il vous a rencontrée. »

Amy s'arrêta.

« Je ne l'ai pas persuadé, si c'est ce que vous insinuez. Je pensais la même chose que lui au sujet de la guerre. Et je le pense toujours.

– Rien de tout ça n'explique son revirement. »

Amy reprit sa marche. Elle n'avait pas à subir les questions de Westbrook. Elle n'était pas sous la juridiction de la loi militaire.

« Peut-être avait-il enfin trouvé une chose pour laquelle il valait la peine de se battre, dit-il. Ou peut-être qu'il avait peur.

– Peur ?

– Que vous le jugiez lâche. Vous et votre famille.

– Qu'est-ce que vous racontez ? Pourquoi dites-vous cela ?

– Pardonnez-moi, miss Vanneck. Simplement... Je ne comprends pas très bien la raison de votre présence ici, ni pourquoi vous n'êtes pas partie avec votre amie. » Ils s'arrêtèrent de nouveau sur le bas-côté pour laisser passer une charrette à cheval. « Je veux bien croire que vous aimiez le capitaine Haslam, mais je ne peux m'empêcher d'avoir l'impression qu'il y a autre chose. La culpabilité, peut-être ? La culpabilité exige de la souffrance, une autopunition – comme aujourd'hui, par exemple. Pourquoi vous infliger une chose pareille si ce n'est pas...

– Je ne m'inflige rien du tout, général, pas par choix en tout cas. Je cherche mon fiancé. Un point c'est tout. »

Ils traversèrent la route, Westbrook ne répondit pas. L'obscurité grandissante dissimulait sa démarche claudicante et sa chair informe. Amy se rendit compte qu'elle arrivait à se le représenter tel qu'il devait avoir été avant sa blessure : grand et fort, un homme dans la fleur de l'âge.

« Évidemment il s'est trouvé ici il n'y a pas si longtemps, votre futur époux, déclara Westbrook en contemplant les toits. Il a dû emprunter ces rues pour aller au front, ou pour quelque autre raison. Ce sont probablement les derniers endroits qu'il a vus de sa vie. Pour quelqu'un qui l'aimait, j'imagine que ça en fait un lieu difficile à quitter. »

Ce fut au tour d'Amy de garder le silence. Jusqu'à maintenant, tous les hommes qu'elle avait rencontrés lui avaient dit de rentrer chez elle parce qu'elle n'était pas à sa place.

Ils atteignirent un carrefour au bout de la rue. Un homme vêtu d'un uniforme d'officier déambulait en fumant une cigarette. En voyant le prévôt, il changea vite de direction, mais il était trop tard. Westbrook le héla.

« Que se passe-t-il dans cette ville ? Vos hommes devraient être au camp. »

Le lieutenant sortit les mains des poches pour saluer. Sur l'écusson de sa casquette figurait un dragon argenté lové sur lui-même.

« Quelques commandants ont pensé qu'un spectacle serait une bonne idée, mon général.

– Un spectacle ?

– Pour les locaux. Améliorer les relations. S'engager corps et âme, tout ça tout ça. »

Une salve de pétards éclata derrière eux. Même au milieu de la fumée et du bruit, Amy avait le sentiment que la présence d'un policier militaire était une intrusion malvenue.

« Comment vous appelez-vous ? demanda sèchement Westbrook.

– Sloan, mon général, 25e compagnie. »

Westbrook dut crier pour se faire entendre.

« Vous êtes ici depuis longtemps, lieutenant ?

– Quelques jours, mon général. Mon cantonnement est à l'hôtel.

– On peut boire un verre, là-bas ?

– Sec comme le désert, mon général. »

Le lieutenant Sloan jeta un regard incertain à Amy : il se demandait sans nul doute quel genre de fréquentation elle était. Il désigna une épicerie vingt mètres plus loin. Des soldats, vautrés devant, regardaient le défilé avec des bouteilles de bière à la main.

« Il y a un estaminet en face. Et un autre un peu plus loin. »

Westbrook secoua la tête.

« Je voulais dire un vrai verre. C'est du whisky que je sens dans votre haleine ?

– Juste un peu de brandy, mon général.

– Encore mieux. Eh bien ? »

Sloan fronça les sourcils, comme si la question était complexe.

« Crachez le morceau, mon vieux. On a besoin d'un peu plus que de la pisse d'âne. »

Sloan déglutit.

« Il reste encore une *maison de tolérance** au bord du chemin de Varennes, mon général. Tenue par une certaine Chastain. Réservée aux officiers – enfin, avant. D'habitude elle a une bonne bouteille ou deux. »

Il jeta de nouveau un œil à Amy et sembla perdre son sang-froid.

« C'est le seul endroit que je connaisse, mon général. »

Westbrook soupira.

« Dans ce cas, il faudra se contenter de l'estaminet. »

Il tourna les talons, mais Amy ne bougeait pas.

« Pourquoi ne suivons-nous pas le conseil du lieutenant ?

– Une *maison de tolérance** ? Savez-vous seulement ce que c'est ? »

Amy serrait ses mains devant elle.

« Oui, je le sais. »

Les deux officiers échangèrent un regard.

« Et vous voulez que je vous emmène là-bas ?

– Nous ne sommes pas en Angleterre, général. Les convenances sont quelque peu incongrues. »

Westbrook garda le silence. Elle sentait qu'il essayait de la comprendre, préférant parvenir de lui-même à la vérité.

« Vous pensez que votre fiancé aurait pu aller là-bas. C'est ça ?

– Il a dû emprunter ces rues pour aller au front, avez-vous dit, ou pour quelque autre raison. C'était l'autre raison que vous insinuiez, n'est-ce pas ? »

Westbrook hocha la tête, à la fois gêné et amusé d'avoir été découvert. Au bout d'un moment, il se tourna vers Sloan.

« Comment se rend-on à cet endroit ? »

22

Le bordel des officiers se trouvait tout au fond d'une cour pavée, en partie caché derrière un haut mur de briques. Il n'y avait pas de lumière derrière les volets. Ils trouvèrent la porte de service et frappèrent. Des chevaux s'ébrouaient en hennissant dans les écuries en face, apeurés par les feux d'artifice qui explosaient au-dessus de leur tête.

Une belle femme aux cheveux aile de corbeau leur ouvrit.

« Madame Chastain ? »

Elle jeta un œil à Amy et fronça les sourcils.

« *Que voulez-vous** ?

– Un verre, répondit Westbrook. Du cognac.

– *Ce n'est pas une taverne, monsieur**. »

Elle essaya de refermer la porte. Westbrook coinça son pied dans l'embrasure.

« Je sais ce que c'est. »

Il lui montra deux billets de banque.

« Ouvrez-moi donc un compte avec ça. C'est le lieutenant Sloan qui nous a suggéré de venir ici. »

Au nom de Sloan, la femme céda. Elle accepta l'argent et s'effaça, sans quitter Amy des yeux. Le couloir était sombre et dallé de pierre. Tout au bout, une lumière cireuse filtrait sous une porte. Il régnait une odeur de tabac et de lavande rance.

« *Montez au premier étage, s'il vous plaît**. »

Amy s'était toujours imaginé les bordels bruyants. Dans les tableaux qu'elle avait vus, les gens dansaient et jouaient aux cartes. Pourtant ce n'est que lorsqu'ils parvinrent au milieu des escaliers qu'elle entendit un gramophone au-dessus. Un instant, l'effort de l'ascension lui donna le tournis. Cela faisait des jours qu'elle n'avait pas mangé un repas digne de ce nom.

Mme Chastain les suivait.

« *Sur votre droite, je vous prie**. »

Elle parlait d'une voix sèche et pragmatique. Les écussons rouges sur le manteau de Westbrook l'ennuyaient-ils ? Ou était-ce la présence inexpliquée d'une autre femme ?

Une double porte ouvrait sur un vaste salon. De minces rideaux voilaient les fenêtres. Un feu fumait dans l'âtre.

Un homme en uniforme dormait sur une méridienne élimée, la tunique déboutonnée. Un autre avait une fille sur les genoux : chemise blanche, bas noirs, longs cheveux noirs déjà à moitié dénoués. Une *fille soumise**, comme on les appelait en France – la première qu'Amy avait jamais vue : plus jeune, plus potelée, plus ordinaire dans l'ensemble que ce à quoi elle s'attendait.

D'une main, le soldat jouait nonchalamment avec la boucle d'oreilles en jade de la fille, de l'autre il lui caressait la cuisse. Amy toucha sa lèvre encore tuméfiée, consciente de son apparence sale et échevelée.

Westbrook jeta son barda et retira son manteau.

« *J'ai seulement de l'eau de vie**, annonça Mme Chastain.

– Ça fera très bien l'affaire. Miss Vanneck ? »

Amy hocha la tête. Dehors, une autre fusée s'éleva dans le ciel. Elle s'approcha de la fenêtre et écarta le rideau. Pendant une ou deux secondes, l'obscurité de la cour s'effaça derrière une vive lumière clignotante.

Un soldat se tenait juste devant le portail. Il portait un pardessus et une casquette baissée sur les yeux. Elle n'arrivait pas à discerner son rang. La tête levée, il regardait la maison, les fenêtres, il la regardait *elle*. Une seconde plus tard la fusée s'estompa et il fut englouti par les ténèbres.

« En bas, avez-vous... » Westbrook se tenait à côté d'elle. « Il cherche une passe, assurément, ajouta-t-il en refermant le rideau. J'imagine que je l'ai refroidi. Ou vous.

– Moi ?

– Les dames qu'on voit dans ces endroits – les dames comme vous –, elles viennent armées de bibles pour prêcher l'abstinence. »

Mme Chastain réapparut avec de l'*eau de vie**. Amy se jucha sur le bord d'un sofa. Elle essaya d'imaginer Edward dans un bordel comme celui-ci, mais ses souvenirs de lui refusaient de se couler dans un lieu aussi mélancolique et sans âme.

La tenancière déboucha la bouteille et servit un seul verre.

« *Pour votre amie aussi* ?* demanda-t-elle à Westbrook.

– *Oui, bien sûr** », répondit Amy d'elle-même.

Le coin de la bouche de Mme Chastain tressaillit, comme pour retenir un sourire. Elle servit un deuxième verre.

« Vous feriez mieux de laisser la bouteille, dit Westbrook, mais celle-ci était vide.

– *J'en ai une autre**. »

Amy regarda la tenancière disparaître par une porte de communication, en se demandant à quel moment de sa vie elle avait décidé d'embrasser cette carrière – si elle y avait été contrainte faute d'alternative, ou si c'était simplement l'affaire la plus lucrative. S'était-elle elle-même prostituée à une époque ? Si oui, elle avait dû être chère, la maîtresse d'un homme riche, peut-être.

Le verre de Westbrook était déjà vide. Affalé dans un fauteuil, il avait les yeux clos. Amy but une gorgée d'*eau de vie**. L'alcool était fort et épais. Son feu glissa vite jusqu'à son estomac. Une minute plus tard, un vertige familier se mit à lui embrumer les sens.

« Alors, miss Vanneck, dit Westbrook. Est-ce ce à quoi vous vous attendiez ?

– Cet endroit ? Non. C'est plus... banal. Je m'attendais à quelque chose d'exotique. »

Westbrook éclata de rire.

« La plupart des garçons qui venaient là, ils ne voulaient rien d'exotique. Ils voulaient être réconfortés, maternés. C'était ce qu'il y avait de mieux faute de pouvoir rentrer chez eux. »

Amy regarda autour d'elle les meubles fatigués, le tableau de paysage au-dessus de la cheminée, le tapis au motif floral fané : la domesticité ordinaire de ce décor faisait paraître lointains les champs de bataille.

« Évidemment, en Angleterre, ils ne comprennent pas, poursuivit Westbrook. Ils pensent que c'est débauche, french cancan et compagnie. »

Cette mention du cancan fit surgir l'image d'Edward, torse nu dans sa cuisine, en train de frapper le galop d'« Orphée aux Enfers » sur une rangée de bouteilles. Dans la légende, c'était la bien-aimée qui mourait.

La fille dans un coin murmurait, gloussait. Elle avait repéré l'Anglaise meurtrie, dans sa robe sale. Peut-être Edward était-il venu ici, après tout – pour trouver du réconfort, ou un corps, peut-être celui-ci. Un instant, la main sur la cuisse de la fille fut celle d'Edward, les avances les siennes. Amy ferma sèchement les yeux. Quelle importance ? Quelle importance si Edward n'avait pas « joué le jeu » ? Elle avait la nausée. Elle but une autre gorgée d'*eau de vie** et se détourna.

Derrière la porte de communication leur parvenaient des voix, le cliquetis du verre sur le verre. Le soldat et la fille aux boucles d'oreilles traversèrent la pièce bras dessus, bras dessous en direction d'une chambre. Amy sentit un courant d'air. La porte de communication s'entrouvrit. De l'autre côté, Mme Chastain leur tournait le dos. Elle parlait à quelqu'un. Elle avait de l'argent à la main, mais elle ne le prenait pas – elle le tendait. Le destinataire était chinois. Il avait un visage pâle et anguleux, plus fin et moins mat que la plupart des travailleurs qu'Amy avait vus. Il portait une casquette civile et la tunique informe des Corps. L'argent fut glissé dans une poche de pantalon. Puis l'homme tourna les talons et partit. Les flammes vacillèrent dans l'âtre. La porte claqua.

L'obscurité gagnait la pièce quand Mme Chastain revint avec unc autre bouteille d'alcool. Elle alluma une des lampes avant de remplir les verres. Amy était épuisée. Elle s'allongea sur le sofa. Elle savait que si elle fermait les yeux, elle s'endormirait.

« J'aimerais _autre chose_*, dit Westbrook.

– _Autre chose_* ?

– Ce que le Chinois est venu vous vendre. »

Westbrook aussi avait repéré la transaction.

« _Vous vous trompez, monsieur_*. »

On toussa sur le palier. Une autre fille passa nonchalamment, avec pour seul vêtement une robe de chambre en soie ouverte jusqu'aux genoux. On l'aurait crue en transe.

Westbrook posa une main sur le bras de Mme Chastain. Elle se crispa, mais ne se dégagea pas.

« _Regardez-moi, madame. Regardez-moi_*. »

À contrecœur, elle regarda son visage. Après un moment, elle hocha la tête et se détourna.

À l'autre bout de la ville, une salve de feux d'artifice pétarada comme la mitraille. Amy entendit des cris, des meuglements bestiaux, des hurlements de rire, mais ils paraissaient loin. C'était inutile. Elle n'arrivait pas à garder les yeux ouverts.

« Il faut que je... je dois retourner au...

– Vous pouvez dormir ici, répliqua Westbrook. Il y a des tas de chambres. »

La dernière chose qu'elle se rappela avoir vue était Mme Chastain disposant un plateau sur la table. Il y avait une carafe d'eau, un verre, un petit bol de sucre et une bouteille brune et plate où on discernait à peine sur l'étiquette le mot _Laudanum_. Pour Amy, cela ressemblait à un médicament, sauf qu'ils n'étaient pas dans une pharmacie.

« _Soyez prudent, monsieur_*, avertit Mme Chastain. _C'est fort_*. »

Amy ouvrit les yeux sur le silence. Dehors, il faisait jour. Allongée, elle regardait un plafond en plâtre taché, le souffle court, le cœur battant. Les murs de part et d'autre étaient tapissés d'un papier peint fleuri. Elle n'était plus dans le grand salon. À un moment donné elle s'était déplacée – ou avait été déplacée – dans une chambre. Ses bottines se trouvaient à côté du lit.

Elle avait rêvé d'Edward. Elle n'arrivait pas à convoquer d'image, ni de notion de temps ou de lieu ; seulement sa voix, qui l'appelait – pressante, suppliante, mais assourdie, comme souterraine. Soudain elle se souvint : elle traversait un champ de bataille, sauf qu'un vaste champ de blé recouvrait tout, étouffant les tranchées et les fils barbelés, si bien qu'elle ne pouvait ni chercher ni courir. Au loin, un cavalier la regardait.

Elle se redressa. Elle avait la bouche tellement sèche qu'elle avait l'impression que sa langue allait se fendiller. Elle se força à se mettre debout, la tête dans du coton, les membres faibles et tremblants comme si elle luttait contre la fièvre. L'*eau de vie** s'était révélée plus forte que tout ce à quoi elle était habituée. Ç'avait été une erreur de la boire l'estomac vide.

Une horloge sur le manteau de la cheminée indiquait 7 heures. Elle avait été inconsciente pendant douze heures.

Il y avait dans un coin une table de toilette et un broc. Elle versa un peu d'eau et but avec les mains. Après s'être lavée, elle sortit sur le palier.

En face, une porte était entrouverte. De l'autre côté elle trouva Westbrook endormi sur le lit. Avait-il passé la nuit seul ou non, ce n'était pas clair. Il marmonnait dans son sommeil, se plaignait, se disputait. Rien de ce qu'il disait n'avait de sens. Le souvenir lui revint d'une petite bouteille brune, celle que Mme Chastain avait apportée la veille. C'était de l'opium, sous une forme ou une autre. Quoi d'autre, sinon ? Amy ne se serait pas attendue à une chose pareille de la part d'un policier militaire, pourtant elle ne ressentait aucun dégoût, aucune déception. Qu'avait-il subi pour se retrouver avec ces cicatrices ? Qu'avait-il enduré ?

Elle avait hâte de repartir, mais elle pouvait laisser Westbrook dormir encore un peu. Elle attendrait dans le salon.

Comme elle tournait les talons, elle remarqua sa tunique suspendue sur le dossier d'une chaise. De la poche de poitrine dépassait un bout de papier. Elle comprit aussitôt ce que c'était : Westbrook l'avait extrait de la gorge du cadavre, celui qu'ils appelaient CLC Inconnu n° 13.

Dehors, elle entendit des pas sur les pavés. Un verrou métallique fit un bruit de ferraille.

Amy songea au nom du mort sur un registre de l'armée, répertorié comme *Disparu au combat*. Elle songea à une famille quelque part, recevant ces nouvelles, à la lente mort de l'espoir dans les longues semaines qui suivraient.

Elle s'empara du papier et le tint à la lumière.

16 août 1918

Chère maman,

Ce matin ton colis est arrivé avec les chaussettes et le kit de rasage. Pile ce qu'il me fallait, vu que je taxe Collie depuis que j'ai perdu le dernier. Désolé d'écrire des lettres courtes. La compagnie avance en essayant de garder les routes ouvertes – et maintenant une petite voie ferrée – sur ce territoire infernal. Les Boches sont beaucoup plus près que d'habitude. Nous travaillons souvent le soir pour éviter les tirs. La semaine dernière, des obus sont tombés sur le camp à Beaumetz et ont provoqué une sacrée panique. Les coolies se sont dispersés au diable Vauvert, si bien que c'est les casquettes rouges qui ont dû les rassembler.

Il s'est passé des trucs moches, et je sais pas trop comment ça va se finir. Ça me travaille. Je regrette de ne pas avoir le temps de te raconter. Les Chinois sont de braves gars, dans l'ensemble. Il y a quelques moutons noirs, bien sûr. J'ai entendu dire qu'on avait conclu des marchés avec une prison de Shantung, des criminels et des Boxers transférés contre de l'argent, mais globalement ils ne sont pas plus malhonnêtes que le reste des Corps, et tout aussi humains. Hélas ce n'est pas l'avis de tout le monde. Des types de l'armée régulière semblent les considérer comme des animaux, et là je m'inscris en faux. Malheureusement le général Pickering a le courage d'un mollusque quand il s'agit du reste de l'armée. M'est avis qu'il en a plus peur que des Allemands. C'est pour ça que...

Dehors, un cri retentit. Un homme appelait à l'aide d'une voix suraiguë. Westbrook se redressa en clignant des yeux. Il dévisagea Amy, puis sortit laborieusement du lit pour se précipiter à la fenêtre.

Mme Chastain, vêtue d'une chemise de nuit et d'un châle, sortait en courant dans la cour. Un valet d'écurie, de dix-sept ans à peine, devant les box, désignait quelque chose à travers la porte entrouverte. Une des filles était sortie aussi. Elle jeta un œil à l'intérieur et se mit à hurler sans s'arrêter. Le valet d'écurie l'éloigna.

Westbrook dévala l'escalier, Amy sur les talons. Mme Chastain était pétrifiée. Elle marmonnait :

« *Pas encore, pas encore. Il est ici* !* »

Ils la dépassèrent pour se rendre sur le seuil des écuries. Westbrook repoussa la porte.

« *Il est revenu* !* »

Du sang sur les murs. Par terre. Des éclaboussures sur une poutre. Les pavés en étaient glissants, la paille sombre et luisante. Il léchait les pieds de Westbrook à mesure que ce dernier avançait.

Une puanteur fécale se mêlait à une odeur grasse de boucherie. Amy se plaqua une main sur le nez et la bouche. Il y avait des voix derrière elle, d'autres gens qui arrivaient, des appels au secours, mais elle les entendait à peine.

« Que personne n'entre ici ! » cria Westbrook.

Le mort était attaché à une poutre en face des box. Malgré le bâillon dans sa bouche, Amy reconnut le Chinois au teint pâle qui avait pris l'argent de Mme Chastain. Il était nu à présent, et il avait été écorché, comme les trois victimes de Two Storm Wood.

Westbrook posa deux doigts contre la gorge du Chinois, puis le scruta des pieds à la tête.

« Il est mort depuis quelques heures », annonça-t-il.

Tout ce qu'Amy entendait, c'était le hurlement dans sa tête.

Juillet 1918

L'armée commence à mettre en œuvre l'interdiction des pilules de marche forcée. La cocaïne met les nerfs des hommes en pelote et ronge l'esprit, nous dit-on – contrairement à l'artillerie lourde allemande, évidemment, qui ne fait rien de tout cela. Bientôt ils vont nous retirer notre rhum, histoire qu'on puisse affronter l'ennemi sobres comme les pierres, en ayant bien en tête le but suprême qui nous a conduits ici. Et les Boches seront à Paris d'ici Noël.

Surtout n'en parle à personne – je sais que tu ne le feras pas de toute façon. Je ne veux pas donner à ta famille une nouvelle raison de me détester. Pire, je crains ce que Rhodes pourrait penser. Un officier est censé être un exemple pour ses hommes. Bizarrement, le commandant sait se montrer clément vis-à-vis de la faiblesse – je le sais d'expérience –, mais mes propos pourraient compter comme une trahison. S'il est agréable de savoir qu'on nous fait confiance, qu'on nous favorise par-delà nos mérites, c'est aussi un fardeau. Parfois j'ai l'impression qu'il va m'écraser.

Ne t'inquiète pas, Amy. J'arrêterai tous ces poisons à mon retour. Je n'en aurai plus besoin, alors, car la vie sera facile. En attendant il y aura d'autres moyens de me procurer ce dont j'ai besoin. Les Chinois vendent de l'opium sous le manteau. Je suis sûr qu'ils exploiteront ce nouveau filon. Cela dit j'ai entendu que certains d'entre eux rallongeaient leur opium avec de la quinine et d'autres poisons. Que des hommes vomissaient ou devenaient aveugles. Cela se peut-il ? Les Chinetoques se feraient lyncher si ça arrivait. Ils ne sont déjà pas très aimés – comment aimer quelqu'un quand on ne sait pas vraiment de quel côté il est ?

23

Westbrook examina longuement le sol. Quand il eut terminé, il prit un tapis de selle dans un des box, le jeta par terre et chercha un canif dans sa poche. Mme Chastain était retournée dans la maison, mais les autres restaient là, à regarder.

« Aidez-moi à le descendre. »

Westbrook était torse nu, mal rasé, il avait les yeux injectés de sang et un voile de sueur sur la peau.

Du seuil des écuries, le valet considérait fixement le corps suspendu à la poutre. La tête du mort était tournée sur le côté, les yeux clos. Un chiffon ensanglanté avait été fourré dans sa bouche béante.

Le valet secoua la tête.

« *Je ne peux pas, monsieur**.

– Je ne veux pas qu'il tombe. *Aidez-moi**. »

Le garçon secoua de nouveau la tête et se réfugia dans la cour, où l'une des filles de Mme Chastain restait pétrifiée. Amy reconnut les boucles de jade, le visage rond de poupée.

« Bon sang, il faut bien que quelqu'un m'aide. »

La fille s'enfuit. Amy aussi avait envie de fuir. Peut-être qu'en fermant les yeux, en pensant à autre chose, elle pourrait effacer le souvenir de ce qu'elle avait vu.

Les chevaux tapaient du pied et s'ébrouaient dans leur box. Ils attendaient leur nourriture.

Amy s'avança. Elle tremblait.

« Dites-moi quoi faire. »

Elle se força à regarder de nouveau. Les bras du mort avaient été levés. Ses poignets attachés ensemble étaient suspendus à un clou de dix centimètres derrière la poutre, si bien que les coudes pointaient vers l'avant. La façon dont la cage thoracique saillait, poussant contre la peau, lui rappela le Christ torturé – d'atroces représentations en plâtre peint qui, enfant, lui avaient donné des cauchemars.

Westbrook déplia la lame du couteau puis le lui tendit.

« Je vais le tenir. Vous, vous sciez la corde. Vous pouvez faire ça ? »

Amy contourna lentement le corps. D'une main, elle commença à scier, en restant le plus loin possible. Mais les cordes se mirent vite à bouger sous la lame. Elle ne put faire autrement que de les serrer de sa main libre, le bout de ses doigts s'enfonçant dans la chair des poignets du mort. Ils étaient froids.

D'un coup de pied, Westbrook positionna le tapis de sol. Il avait une respiration chevrotante. Le valet continuait à regarder depuis la cour.

« Vous, allez chercher le lieutenant Sloan. À l'hôtel. Dites-lui de venir immédiatement. Et pas un mot. *Ne dites rien à personne**. Compris ? »

Le valet hocha la tête puis s'éloigna d'un pas vif en remontant son col. Enfin les cordes se relâchèrent et cédèrent. Les bras du Chinois glissèrent paresseusement vers le bas et l'avant, comme s'il était somnambule. Puis le corps bascula dans les bras ouverts de Westbrook.

Sloan arriva quelques minutes plus tard, pâle et perplexe, encore en train d'enfiler sa tunique. À peine eut-il jeté un œil au corps qu'il se retira dans un coin des écuries. Après plusieurs haut-le-cœur, il parvint à se redresser et à revenir en traînant des pieds.

« Je suis désolé, général. Je n'étais...

– Connaissez-vous cet homme ? Est-il l'un des vôtres ? »

Un mouchoir plaqué sur la bouche, Sloan regarda le visage du mort.

« Liu. Liu Dianzhen.

– Qui est-ce ?

– Un interprète. Il ne se mêle pas beaucoup aux autres. » Sloan haussa les épaules, impuissant. « J'en sais guère plus. Que s'est-il passé, bon Dieu ? »

Westbrook s'accroupit au-dessus du cadavre.

« Supplice des mille coupures. Sauf qu'ici il n'y en a pas plus d'une douzaine – et bâclées, par-dessus le marché, vu la perte de sang. »

Sloan baissa les yeux. Un morceau de chair, sombre comme du foie, gisait sous la pointe de son godillot. Il bondit. Un instant, Amy crut qu'il allait vomir à nouveau.

« Quand ? Depuis combien… ?

– Quelques heures. Il est froid. Début de *rigor mortis*. Les feux d'artifice ont dû couvrir le bruit.

– Le bruit de… ? Mon Dieu ! »

Amy s'était recroquevillée dans un coin. Il aurait fait meilleur dans la maison, mais elle sentait que Westbrook voulait qu'elle reste auprès de lui.

« C'est ça qui s'est passé à Two Storm Wood ? demanda-t-elle. C'est la même chose ?

– Et par quel miracle ? Nous ne sommes pas derrière des lignes allemandes, ici. Il n'y a pas de lignes allemandes. »

Amy fut décontenancée par le mépris de sa voix – comme s'il n'y avait jamais eu aucun doute quant au coupable.

« Mais vous avez dit…

– Une grossière imitation. Tout le monde est au courant pour Two Storm Wood, malgré les efforts du capitaine Mackenzie. Peut-être est-ce une sorte de message, un avertissement. »

Westbrook couvrit le visage de l'interprète avec un coin du tapis de selle.

« Le tueur a œuvré seul, en tout cas. Il y a une paire d'empreintes bien visibles autour du corps, et une seule. »

Dehors, la pluie giclait sur les pavés. Le tonnerre grondait au loin. Amy se rappela quand elle s'était tenue à la fenêtre du salon de Mme Chastain, le moment où elle s'était rendu compte qu'on l'observait.

« Je crois… je crois peut-être l'avoir vu. »

Sloan leva les yeux.

« Vu qui ? Lui ?

– L'homme qui a fait ça. Il y avait quelqu'un dehors. Il nous a suivis ici. Vous vous souvenez, général ? Quelque chose chez lui…

– Un autre Chinois, c'est ça ? demanda Sloan.

– Non. Je suis sûre qu'il était blanc. »

Westbrook croisa les bras.

« Elle ne sait pas ce qu'elle a vu. Ç'aurait pu être n'importe qui. »

Sloan se pencha plus près du corps, une main en appui sur un genou. Sa révulsion contenue, une certaine fascination le saisissait peu à peu.

« Qu'est-ce qui a donc provoqué ces… ? grimaça-t-il. Ces blessures ? Une hache, ou quoi ?

– Une hachette, peut-être. Mais il aurait fallu qu'elle soit bien affûtée. Je pencherais pour un objet plus cérémoniel.

– Comme quoi ?

– Une épée.

– Une arme de cavalerie ? s'étonna Sloan. Il n'y a pas de cavalerie par ici. Pas depuis des mois.

– Passez-moi votre mouchoir », intima Westbrook.

Sloan le retira à contrecœur de devant sa bouche et le lui tendit. Westbrook tapota la chair du bras droit du cadavre. La peau était couverte d'un tatouage sombre et touffu qui dessinait un motif.

Sloan approcha.

« Ce tatouage ? J'en ai vu quelques-uns, surtout chez les plus âgés. Un combat entre un dragon et un tigre. »

Amy se souvint de Westbrook décrivant exactement le même dessin à Mailly-Maillet, sur le premier corps qu'il avait examiné.

« A-t-il un sens particulier pour vos hommes, lieutenant ? s'enquit Westbrook.

– Je ne sais pas trop. Une rumeur circule mais j'ignore si elle est vraie : on aurait fait venir des taulards de la province de Shantung pour grossir les rangs. Les rangs des Corps. Un lot, quoi. Commission payée.

– Et ces taulards avaient des tatouages comme celui-là ?

– Censément. On raconte que la prison renfermait beaucoup d'hommes issus des *Dádao Hui* – les Grands Couteaux –, une de ces sociétés secrètes qui ont déclenché la révolte. Peut-être était-ce leur façon de rester unis. »

Amy était petite à l'époque de la révolte des Boxers, mais elle se rappelait les histoires : des missionnaires chrétiens massacrés à la campagne, des marchands et des diplomates assiégés à Pékin ; puis une guerre de représailles conduite par des puissances étrangères que son oncle Evelyn avait qualifiée « d'atroce ».

« Ces hommes vous ont-ils posé problème ? demanda Westbrook.

– Pas dans ma compagnie.

– Et le trafic d'opium, alors ?

– Ça, je n'en sais rien, général. En plus, pour être franc...

– Tout le monde ne considère pas l'opium comme un problème ? »

Sloan haussa les épaules.

« Tout est bon pour soulager les hommes, c'est ce qu'on dit. »

Il désigna la maison d'un signe de tête.

« Comme ces lieux. Chez nous, ils seraient fermés en moins de deux. Ici, ma foi, c'est très différent, n'est-ce pas ? »

Amy comprenait bien la logique : l'addiction était le genre de problème dont s'inquiétaient les gens en temps de paix. Cela supposait un avenir qui se comptait en années, pas en semaines.

Westbrook couvrit le corps avec le tapis de selle.

« Pourquoi quelqu'un ferait-il une chose pareille ? Vous avez une idée ? »

Sloan secoua la tête. Il était devenu tout pâle.

« C'est l'œuvre d'un fou. Quoi d'autre, sinon ? »

Westbrook fit verrouiller les écuries, puis posta le valet devant les portes avec l'ordre de ne laisser entrer personne. Sloan fut envoyé rapporter l'affaire à son commandant. La *maison de tolérance** avait beau être un établissement civil, personne ne remettait en question le droit du prévôt de donner des ordres. Il y avait de la sécurité dans l'obéissance, de la protection dans l'autorité – c'est du moins ce que pensait Amy.

Ils retournèrent à la maison. Amy avait envie de partir d'Acheux, mais Westbrook ne semblait nullement pressé de s'en aller. Tandis qu'ils traversaient l'entrée, elle se demanda si ce nouveau meurtre allait compliquer son enquête ou la simplifier.

Westbrook s'arrêta et se toucha les narines. Le bout de ses doigts était rouge.

« Ça va ? »

Il sortit un mouchoir de sa poche et le pressa contre son nez. Il lui fallut une minute pour étancher le saignement. Il finit par s'asseoir au pied des marches. En sueur, il était nerveux. Ce meurtre l'avait éprouvé, à moins qu'une autre maladie soit à l'œuvre. Il lui était difficile de se conduire de manière professionnelle – pour la première fois, Amy le voyait clairement.

« Il y a une chose que j'aimerais que vous fassiez », dit-il.

Elle flancha. Répondre aux requêtes de Westbrook avait toujours un prix.

« Je veux que vous parliez à Mme Chastain. J'ai besoin de savoir ce qu'elle sait.

– Elle a acheté quelque chose au mort. Vous l'avez vu, n'est-ce pas ? »

Westbrook hocha la tête.

« Ça pourrait peut-être aller plus loin que ça.

– Vous ne pourriez pas lui parler vous-même ?

– Elle a peur de moi. Vous aurez plus de chance, de femme à femme.

– J'ai bien peur que vous vous trompiez, général, rétorqua Amy. Je suis la dernière personne à qui elle voudrait parler. Elle pense que je la méprise.

– Et c'est vrai ?

– J'ai pitié de ses filles. Quant à elle, je ne sais pas trop quoi penser.

– Ça ira bien. »

Amy secoua la tête.

« Je suis désolée. Ce n'est pas mon affaire. Je ne veux pas...

– Une chose pareille est l'affaire de tous. Il s'agit d'un meurtre, non ? Voilà ce que dirait votre inspecteur Westbrook. »

Amy resta sans voix. Si les hommes morts à Two Storm Wood méritaient la justice, alors l'interprète aussi.

« J'ai besoin de savoir ce que faisait cet homme, poursuivit Westbrook. J'ai besoin de comprendre pourquoi il est mort, et pourquoi maintenant. »

Amy savait qu'elle n'avait pas le choix.

« Que voulez-vous que je lui demande ? »

24

Amy trouva Mme Chastain dans une chambre tout en haut de la maison. Elle s'attendait à ce que le décor soit luxueux, dissolu, en adéquation avec une pourvoyeuse de vice, or la pièce était exiguë, le plafond bas. Un vase de fleurs fanées trônait sur le rebord de la fenêtre en face d'un lit en fer. Cela devait être l'étage des serviteurs, avant la guerre.

Mme Chastain se leva pour aller à sa rencontre, une arme de poing à la main.

« Qu'est-ce que vous voulez ?

– Je n'avais pas l'intention de... »

Amy avait l'impression qu'un ressort avait été tendu en elle, tendu si fort qu'il risquait de craquer.

« J'ai besoin de vous poser quelques questions. C'est important. »

La pluie tambourinait sur le toit.

« *Des questions sur quoi** ?

– À propos de l'homme dans les écuries. S'il vous plaît, posez ce pistolet, madame. »

La femme hésita, puis posa l'arme sur une coiffeuse, dont les tiroirs étaient ouverts. Il y avait une valise sur le lit.

« Vous allez quelque part ?

– Ma sœur à Abbeville, elle est malade. *Vraiment**, mademoiselle, je n'ai rien à vous dire. »

Elle retourna à ses bagages, jetant des articles sur le lit sans guère se soucier d'ordre.

Amy remarqua plusieurs photos encadrées sur l'étroit manteau de cheminée. L'un des clichés était celui d'une fillette de six ou sept ans coiffée de rubans. La ressemblance avec Mme Chastain était indéniable. La fillette serrait un chat dans ses bras. L'animal avait dû bouger pendant la prise, car sa tête était floue. Où était cette enfant, à présent ? se demanda Amy. Que pensait-elle de l'activité de sa mère ? Où était son père ?

« L'homme mort, je l'ai vu vous parler hier soir. »

Mme Chastain ne répondit pas. Elle se débattait avec un des fermoirs de la valise.

« Il vous a donné quelque chose. Était-ce de l'opium ? Du laudanum, peut-être ? »

Le fermoir céda.

« *Et alors** ? C'était ce qu'il voulait, votre... *beau**. »

Son beau. Ce choix de mot était-il délibérément cruel ?

« Le général Westbrook n'est pas mon beau. Mon *beau** – mon fiancé – a été porté disparu au combat, à quelques kilomètres d'ici. »

La tenancière hésita.

« Il est mort, alors.

– Il semblerait que oui.

– Semblerait ? Vous aviez l'espoir de le trouver vivant ? »

Il fallut un moment à Amy pour répondre, trouver les mots.

« C'est dur d'abandonner l'espoir, madame. Plus dur que tout. »

La femme renifla et continua à faire sa valise.

« Il finira par mourir aussi, n'ayez crainte.

– Peut-être bien.

– En attendant vous devez chercher, *non** ? » Mme Chastain secoua la tête d'un air de pitié. « Mais c'est impossible. Vous ne trouverez rien ici, rien pour votre réconfort. Vos rêves, ils s'assombriront, c'est tout. *Je suis désolée**. »

Des voix se répercutaient dans la cour dehors. Le lieutenant Sloan, aidé de quelques-uns de ses hommes, emportait le corps de l'interprète. Il était déjà emballé dans de la toile, prêt à être enterré.

« Le mort, vous le connaissiez ?

– Liu. Liu Dianzhen.

– Depuis combien de temps lui achetez-vous de l'opium ? »

C'était l'une des questions que Westbrook voulait qu'elle pose.

« *C'est pour les clients**. Comme votre...

– Depuis combien de temps, madame ?

– Un mois ou deux.

– Et avant cela ? À qui l'achetiez-vous, alors ?

– *Les Chinois**, ils ne sont jamais loin. Depuis deux ans. Il y a toujours quelqu'un qui vient, même si c'est plus cher maintenant. *Très cher**. »

Parmi les trafiquants, l'établissement de Mme Chastain avait gagné la réputation d'être un endroit où ils pouvaient faire des affaires. Westbrook s'en était douté.

« Qui l'a tué, madame ?

– Liu Dianzhen ? Je ne sais pas.

– Alors pourquoi partez-vous ?

– Je vous l'ai dit, ma...

– Avez-vous vraiment une sœur à Abbeville ? »

Une des filles les observait du couloir.

Amy ferma la porte.

« Vous avez peur d'être la prochaine, c'est ça ?

– Vous devriez penser à vous, mademoiselle. » Mme Chastain ouvrit un autre tiroir, tout en fouillant frénétiquement dans ses vêtements. « Vous ne savez rien de cet endroit.

– Si vous avez peur, alors aidez-nous. Si quelqu'un peut trouver ce fou, c'est bien le général Westbrook.

– Le trouver ? répéta la femme en secouant pitoyablement la tête. Le *trouver* ne suffirait pas, je crois.

– Vous vous trompez. Le général Westbrook connaît son travail. Il était détective avant la guerre, à Scotland Yard. Les assassins, c'est son affaire.

– Les assassins ? » Mme Chastain se figea un instant. « Alors il va être bien occupé, ici, *n'est-ce pas** ?

– Il peut vous protéger.

– Il est malade. Ne le voyez-vous pas ?

– Peu importe. Qui a tué l'interprète ?

– Je ne peux pas vous aider.

– Vous cachez quelque chose. » Amy lui prit le bras. « Dites-moi ce que vous savez.

– *Je ne sais rien**. Demandez aux *Chinois**.

– Les Chinois ? Que diraient-ils ? »

Mme Chastain dévisagea Amy. Elle avait les yeux pâles, comme de la pierre. Tout à coup, Amy eut envie de la frapper.

« Peut-être qu'ils diront que Liu a été tué par un démon. Parce que ce sont des sauvages, non ? *Des primitifs** ? »

La femme se dégagea.

« Sinon comment expliquer qu'il ne soit pas pris ? Comment expliquer que l'armée britannique n'arrive pas à l'arrêter ? »

Dehors, des pas rapides résonnèrent sur les pavés. La pluie battante secouait le verre mince des fenêtres à meneaux.

Brusquement, Amy comprit.

« Il y en a eu d'autres, c'est ça ? D'autres meurtres ? »

Mme Chastain se tut.

« Quand ? Avant l'armistice ? »

La femme hocha la tête à contrecœur.

« Combien ?

– À Acheux ? Un, sûr. Un autre... *Il a disparu**. Il y en a eu plus, je crois, à d'autres endroits.

– Qui étaient-ils ?

– Il y en a un qui s'appelait Chen Te-shan. Il est venu ici une fois, avec un autre.

– Pour vendre de l'opium ?

– De la soie. Certaines de mes filles achetaient... *des foulards**. On l'a retrouvé dans un bois – ce qui en restait. Il avait été... Comme Liu. Son ami n'a jamais été retrouvé : il s'appelait Zheng Tao. »

Le cerveau d'Amy fonctionnait à toute vitesse. Westbrook ne comprenait pas pourquoi ses supérieurs l'avaient envoyé, mais elle était là, la raison : ils craignaient que ces massacres continuent. Si elle avait vu juste, cela signifiait qu'ils possédaient des informations qu'ils ne voulaient pas partager, même avec le prévôt.

Amy avait la nausée. L'enquête de Westbrook l'entraînait inextricablement, s'enroulait autour d'elle, pareille aux monstres tatoués qu'elle avait vus sur les bras des morts.

« Qu'est-ce qui vous fait croire que Zheng Tao a été tué aussi ? Il s'est peut-être juste enfui. »

Mme Chastain secoua la tête.

« Marie-France, une de mes filles, Zheng et elle étaient amis.

– Amis ?

– Ils avaient le projet de partir à Boulogne, après la fin du contrat de Zheng. Il économisait son argent pour elle. »

La prostituée et le coolie, dont les corps étaient mis au service d'une guerre insatiable. Amy comprenait comment ces deux êtres avaient pu s'unir malgré leurs différences.

« Quand était-ce ?

– Cet été.

– En août ?

– Je crois bien.

– Où est Marie-France à présent ?

– Elle avait peur. Elle est partie. Elle pense que Zheng est mort à cause d'elle.

– À cause d'elle ? Pourquoi ? Pourquoi penserait-elle une chose pareille ? »

Mme Chastain fronça les sourcils, comme si cette question était trop évidente pour nécessiter une réponse.

« Marie-France était de race blanche, mademoiselle. »

25

En descendant l'escalier de la maison, Amy fut frappée par le silence. Les dernières filles étaient parties. Le salon où elle avait passé la soirée de la veille était désert ; à travers les rideaux à moitié tirés une lumière froide se déversait sur des tables nues et des fauteuils vides. Elle se posta à la fenêtre pour regarder le portail. Elle avait vu quelqu'un en bas, mais qui ? Pourquoi ce désir de la suivre, ou de suivre le général Westbrook, d'ailleurs ? Elle essaya de se remémorer son visage, sa posture, sa carrure. Avaient-ils quelque chose de familier ? Tout ce qui lui revenait était la sensation de sa présence, son intention – impressions qui n'avaient peut-être existé que dans sa tête.

Un courant d'air soufflait en provenance du rez-de-chaussée. Quelqu'un avait laissé la porte de service entrouverte. En cognant contre le chambranle, elle faisait tressauter la poignée.

« Général ? »

Il y avait une cuisine qui donnait au fond de l'entrée. Une casserole où avait attaché du lait était posée sur la gazinière. Sur la table trônait une pièce de viande recouverte d'un torchon et flanquée d'un couteau de boucher. Amy souleva le torchon. C'était un jambon, déjà largement entamé, on voyait quelques centimètres d'os jaune à travers la chair sombre.

Impossible de se retenir. Sa faim était aussi soudaine qu'indomptable. Elle s'empara du couteau et tailla la viande, animée d'une seule pensée : manger.

Elle engloutit la tranche. La chair, caoutchouteuse et mal fumée, avait la texture du bacon cru – elle n'aurait certes pas eu l'honneur d'être servie chez ses parents. Mais peu importait. Cette viande allait lui redonner des forces. Elle la maintiendrait en vie.

Amy se coupait une deuxième tranche lorsqu'elle entendit un pas derrière elle – à croire que cet inconnu était sorti tout droit de ses pensées. Elle fit volte-face, le couteau brandi, prête à frapper.

C'était Westbrook. Il était désormais habillé, mais toujours pas rasé. Il ne cilla pas. Se contentant d'un petit claquement de langue, l'air déçu.

« Avec un couteau pareil, vous n'allez couper que vous. »

Il passa une main sous celles d'Amy.

« Pas de garde, ici, vous voyez ? »

Il tapota du bout des doigts le bas de la lame.

« Sans garde, vous perdez la prise sur le manche dès que vous heurtez du cartilage ou de l'os. Et vos doigts glissent sur la lame, à moins de lâcher le couteau. »

Il recula.

« Inutile au combat, à moins de surprendre votre homme par-derrière. »

Amy se représenta le couteau de poing qu'elle avait vu sur le marché à Amiens, la femme qui avait essayé de le lui vendre comme s'il s'agissait du seul choix naturel.

Elle laissa tomber le couteau de boucher sur la table.

« Vous m'avez fait peur. J'ai cru…

– Je suis désolé. On est censé tousser, j'imagine. » Westbrook contempla le jambon écorché. « Heureux de voir que vous n'avez pas perdu l'appétit. »

Amy se détourna en s'essuyant la bouche d'un revers de main. Elle avait honte : voler de la nourriture, la dévorer comme un animal à quelques mètres de l'endroit où un homme avait été massacré. La viande lui avait laissé un goût de charogne grasse sur la langue. Pourvu qu'elle ne vomisse pas.

« Ça va ? »

Elle s'appuya contre l'évier. Ce dont elle avait besoin, c'était de pleurer, de donner de la voix au choc et au dégoût qu'elle avait en elle. Mais aucune larme ne venait.

« Vous vous habituez à ça ? demanda t elle enfin. À toutc cette mort… toute cette… ? Est-ce que ça devient normal, pour vous ?

– Normal ? » Westbrook répéta ce mot comme s'il ne lui était pas familier. « Si c'était normal, je n'aurais sans doute pas été envoyé ici.

– Vous *ignorez* pourquoi vous avez été envoyé. Pourquoi Whitehall se préoccuperait-il de quelques morts chinois ? N'est-ce pas ce que vous avez dit ?

– Ils m'ont envoyé pour rassembler les faits. Mes sentiments n'entrent pas en jeu, si c'est là que vous voulez en venir. »

Westbrook tira une chaise de dessous la table. Amy l'entendit s'emparer du couteau de boucher.

« Vous ne comprenez pas ? fit-elle. Toute cette *tolérance*, cette lutte pour sauver les apparences. Comme si tout cela n'était qu'un jeu. Où est passée l'indignation ? Vous n'en ressentez plus ? »

Westbrook soupira.

« Confrontés à une violence extrême, les hommes deviennent soit déterminés, soit soumis. Ils maîtrisent leur angoisse – s'en repaissent –, sinon elle les brise. L'indignation morale est bien inutile, j'en ai peur. »

Il creusait la viande, suivait le parcours du tendon de la pointe de la lame.

« Et puis il y a certains hommes chez qui la violence apporte de la clarté. Ils en embrassent la force élémentaire. Les règles et autres abstractions… Enfin, vous ne risquez pas de comprendre.

– Je ne comprends pas, non. Et je ne *veux* pas comprendre.

– Pourquoi le devriez-vous ? »

Amy se détourna à nouveau.

« Les choses que j'ai vues… c'est impossible à oublier. Qui pourrait vivre avec une culpabilité pareille ?

– Tous les hommes ne craignent pas le jugement, miss Vanneck. Ni le vôtre ni le mien, et celui de Dieu non plus. »

Amy hocha la tête.

« Vous avez sûrement raison. Leur existence doit être bien solitaire, alors. »

Westbrook posa le couteau et repoussa le plat de viande.

« Et si vous me parliez de Mme Chastain ? »

Amy savait qu'elle n'avait pas le droit de s'en prendre au prévôt. Il n'avait aucune part dans cette violence – il en était victime, bien trop clairement. Et puis ses raisons d'être là n'étaient-elles pas aussi bonnes que les siennes : le désir de comprendre, la répugnance, peut-être, à la simple idée de tourner les talons ? Dans tous les cas, comment cela l'aiderait-il à trouver Edward ? Oui, l'indignation morale ne servait à rien.

« Je suis désolée. Vous devez me trouver très naïve.

– Franche, peut-être. Ce n'est pas une mauvaise qualité, selon moi. Maintenant racontez-moi : qu'a dit cette femme ? »

Assise à la table, Amy confia ce qu'elle avait appris pendant que Westbrook prenait des notes. Elle avait l'impression qu'il était satisfait, et même content de ces informations. Ce n'était pas rien, de savoir qu'elle avait été utile.

« Pensez-vous qu'elle vous a tout dit ? demanda-t-il quand elle eut terminé.

– Je crois bien, oui. Elle a peur, mais je ne vois pas pourquoi elle mentirait. Je l'ai trouvée en train de plier bagage. Elle m'a dit qu'elle partait pour Abbeville.

– Elle n'est qu'une cliente. Je doute qu'elle ait beaucoup à craindre.

– Vous pensez que ce pauvre homme a été tué à cause de l'opium ?

– De l'opium ou de l'argent. Ils ne sont là que pour ça ces Chinois – pas pour le roi ni la patrie, en tout cas. L'interprète a dû empiéter sur le territoire d'un autre, ou voler les mauvaises personnes. Quelque chose dans ce genre. »

La confiance de Westbrook parut particulièrement fragile à Amy. Comme s'il essayait de se convaincre lui-même.

« Vous avez dit que ce meurtre était un message. Et si ce message était destiné à l'un d'entre nous ? »

Westbrook leva la tête.

« Qu'est-ce qui vous fait dire ça ?

– Ça s'est passé ici, pendant notre sommeil. Nous étions sûrs de trouver le corps. C'était peut-être le but. »

L'idée s'était ancrée dans son esprit que la mission de Westbrook, son œuvre de fouine, avait réveillé une méchanceté sans pitié dans les anciens champs de bataille, méchanceté qui s'était désormais focalisée sur lui.

Westbrook referma son calepin.

« Espérons que vous vous trompez. »

Des mouches s'étaient abattues sur la viande découverte. Amy remit le torchon en place.

« Qu'allez-vous faire, à présent ?

– Contacter la base militaire chinoise. En ce qui concerne Two Storm Wood, ils devraient être capables d'identifier les morts, une fois que je leur aurai donné une date. Leurs registres nous apprendront peut-être comment leurs hommes sont tombés entre les mains de l'ennemi. On ne sait pas quelles informations ils peuvent détenir.

– Donc ce qui s'est passé ici ne change rien ?

– Je ne sais pas. Ça devrait ? »

Amy fronça les sourcils.

« Les victimes étaient chinoises dans les deux cas.

– Toutes sauf une.

– Et la façon dont ils sont morts…

– Je vous l'ai dit : c'était une imitation, destinée à exploiter une peur qui existe déjà.

– Vous êtes sûr ?

– Non. » Westbrook se leva. « Mais je ne suis pas venu ici pour rétablir l'ordre au sein du Labour Corps. Mes ordres étaient parfaitement explicites sur ce point. »

Quelque chose clochait. L'inspecteur Westbrook avait été présenté dans les journaux comme un homme tenace, méticuleux, implacable – un homme connu pour retourner la moindre pierre. Et pourtant voilà une pierre qu'il préférait laisser aux autres, sur la simple intuition qu'elle était sans valeur.

Une idée lui vint, une éventualité que Westbrook avait manifestement négligée.

« Hier, à Two Storm Wood, vous avez dit que les indices se contredisaient. Vous n'arriviez pas à discerner l'enchaînement logique qui conduisait au massacre.

– En ce qui concerne les Boches, oui. Je n'arrive pas à assembler le puzzle, et vous ? »

26

Ils trouvèrent le capitaine Mackenzie avec une de ses équipes tout au bout de la crête de Serre. Il les regarda descendre de la charrette et avancer laborieusement sur le sol caillouteux. Rien dans son attitude ne suggérait qu'il était content de les voir, ni que le fait qu'Amy était en compagnie du prévôt eût son approbation.

À ses pieds s'ouvrait une fosse d'au moins vingt mètres de long. Ses hommes se démenaient toujours à coups de pioche et de pelle pour en chercher la fin. En bas, à un mètre de profondeur, gisait un tapis de tissus et d'os. Des mâchoires béantes et des crânes à demi submergés trahissaient l'origine humaine des cadavres.

« Il doit y avoir une cinquantaine d'hommes, là-dedans, commenta Westbrook.

– Plus que ça. » Mackenzie se fendit d'un salut de pure forme : « Miss Vanneck. »

Contrairement à la dernière fois, il ne tenta pas de cacher la nature de son travail, de couvrir les dépouilles avec de la bâche ni de l'éloigner du tombeau. À l'heure qu'il était, il devait avoir entendu parler de Mailly-Maillet et de sa présence aux exhumations. À ses yeux, supposait-elle, son innocence était perdue.

« Allemands ? demanda Westbrook.

– Jusqu'ici, oui. Une inhumation hâtive, à ce qu'on dirait. On cherchait des Kiwis. On a trouvé ceux-là à la place.

– Depuis combien de temps sont-ils ici ?

– Deux ans – presque trois. Il faudra que quelqu'un les déplace. Ils ne peuvent pas rester là. »

Amy avait froid. Westbrook lui avait demandé de ne rien dire pour l'instant à propos du meurtre chez Mme Chastain. Sans expliquer pourquoi.

« Alors, que puis-je faire pour vous, général ? demanda Mackenzie. Je vous ai déjà raconté ce que je savais.

– J'ai besoin de voir les registres d'inhumation qui concernent cette zone.

– Les registres d'inhumation ?

– Une idée de miss Vanneck. Elle pense qu'on a pu rater quelque chose. »

Mackenzie la regarda fraîchement.

« Miss Vanneck est pleine de surprises. Je n'aurais jamais deviné qu'elle pointerait son nez à Two Storm Wood, par exemple, pas après notre dernière conversation. »

À l'évidence, il était irrité qu'Amy ait ignoré ses vives recommandations.

« J'ai expliqué mes raisons, capitaine Mackenzie, répliqua-t-elle.

– Vous pensiez pouvoir trouver votre fiancé sous terre, mort ou vivant.

– Je l'espérais.

– Résultat ?

– Heureusement négatif, intervint Westbrook. L'homme blanc que vous avez enterré – oui, il y en avait un – ne correspond pas à la description du capitaine Haslam. Trop de dents en or. »

Mackenzie s'empourpra.

« Ma foi, voilà ce qui arrive quand... On ne peut pas se fier aux divagations d'un homme à l'agonie. »

Amy leva la tête.

« À l'agonie, avez-vous dit ?

– J'en ai peur. Le caporal Staveley est mort. J'ai pris la liberté de mener mon enquête.

– Pour moi ? »

Amy se remémorait la vague proposition d'aide du capitaine. Elle ne s'était jamais attendue à ce qu'il l'honore.

Mackenzie se racla la gorge.

« Pas exactement. Je pensais que cet homme avait peut-être entendu quelque chose au sujet de l'incident, une rumeur, au moins. Il était trop tard. Il est mort à l'hôpital d'évacuation. On m'a expliqué qu'il avait été grièvement blessé dans un accident.

– De moto. Il a été sévèrement brûlé.

– J'ai cru comprendre. »

La sœur Adams était convaincue que Staveley avait tenté de se suicider. Amy frissonna. Avait-il fait une seconde tentative ? Combien de temps après sa visite cela s'était-il produit ? Un jour ? Une heure ?

« Que cherchez-vous au juste, général ? » demanda Mackenzie.

Westbrook contemplait le fond de la fosse.

« Tout ce qui concerne ce secteur en août de l'année dernière. C'est une affaire de géographie et de chronologie.

– Les dossiers sont toujours à Colincamps.

– Peut-être que l'un de vos hommes pourrait nous accompagner ?

– Le caporal Reid s'y trouve en ce moment.

– Alors il est inutile que nous vous dérangions plus longtemps. »

Westbrook fit volte-face.

« Attendez ! Je viens avec vous. Sergent Farrer ? »

Farrer, quelques mètres plus loin, une pelle à la main, les observait.

« J'escorte nos invités jusqu'au QG de la compagnie, déclara Mackenzie. Comptez les morts une fois que la fosse sera entièrement découverte, puis continuez les recherches sur le secteur.

– Bien, mon capitaine.

– Et ne faites pas cette tête. Je veux qu'on trouve ces Kiwis. »

Le temps d'arriver à Colincamps, il pleuvait de nouveau. Des filets d'eau tombaient du toit de l'écurie, frappant le sol en terre battue et les gamelles disposées un peu partout. Les quartiers de Mackenzie se trouvaient dans l'un des box. En passant devant,

Amy surprit un air gêné sur le visage du capitaine, comme si sa présence à l'endroit où il dormait n'était pas convenable.

Le caporal Reid travaillait à une vaste table plantée au beau milieu de l'aile centrale. Il se leva et salua. Plusieurs cartes des tranchées étaient déployées devant lui, maintenues par des pierres. La flamme de la lanterne jouait à la surface.

« Ce sont les plus récentes que nous ayons, expliqua Mackenzie. Elles datent de juin dernier. Je crois qu'après, on a laissé tomber. »

Westbrook posa sa casquette sur la table et se pencha pour examiner les plans. Les positions allemandes avaient été dessinées à l'ouest de Serre, presque à mi-chemin de Colincamps, même si les tranchées étaient moins élaborées que les anciennes plus à l'est. Certaines, inachevées, se terminaient non pas à une place forte ou au niveau d'une barrière naturelle, mais au beau milieu d'un champ. La plupart ne portaient pas de nom. Les lignes britanniques n'étaient guère mieux organisées. Amy percevait la hâte : des bataillons de nuit – des travailleurs aussi – qui se creusaient le plus d'abris possible à portée des armes ennemies.

Mackenzie tenait une cigarette éteinte. Il l'agita au-dessus de la zone du champ de bataille.

« Les Boches ont pris tout ça en mars, pendant leur grosse offensive. La tranchée-abri à Two Storm Wood s'est retrouvée à deux ou trois cents mètres derrière eux. C'est resté comme ça jusqu'à ce que la division du East Lancashire commence à les repousser en juillet. Ils ont cédé la crête de Serre quelques semaines plus tard. »

Westbrook faisait courir ses doigts sur l'enchevêtrement de lignes bleues et rouges. La longue offensive estivale avait couvert à peu près trois cents mètres. Sur la carte, cela équivalait à un peu plus que la surface de sa main.

« Quand Serre a-t-elle été prise, exactement ? » demanda-t-il.

Mackenzie se tourna vers le caporal Reid. Le secrétaire de la compagnie remonta ses lunettes sur son nez.

« La 42e division est entrée à Serre-lès-Puisieux le 20 août, mon général. Sans rencontrer la moindre résistance. Les Boches étaient partis la veille au soir.

– C'est ce que je vous disais, général, l'ennemi devait savoir qu'il allait céder. Toute cette affaire avec les coolies était un geste de défi à notre intention, typique des Boches, quoi. » Mackenzie alla pêcher une boîte d'allumettes dans sa poche. « À moins que vous ne soupçonniez toujours un gang chinois ?

– Il se trouve que non. »

Mackenzie retira de ses lèvres sa cigarette toujours éteinte.

« Parce que ?

– Disons que rien ne colle. Passons aux registres d'inhumation. »

Reid fut envoyé les chercher. Il revint avec une pile de dossiers bruns.

« C'est à peu près tout ce qu'on a pour l'été dernier, mon capitaine. »

On lisait sur les tampons et les étiquettes : *IV Corps, DGRE* et *SECRET.*

« Merci, caporal. »

Mackenzie frotta une allumette.

« Je ne vois pas bien ce qu'ils sont censés nous apprendre. »

Westbrook avait déjà ouvert le premier fichier. Il renfermait les listes des champs d'inhumation : noms, unités, dates, références de quadrillage ou d'autres indications quant à l'endroit où étaient enterrés les morts. Amy remarqua que très peu étaient qualifiés d'*Inconnus* ou identifiés par leur seul régiment.

« L'un des avantages quand on avance, commenta Westbrook, c'est qu'on récupère aussitôt ses morts. C'est plus facile à identifier. N'est-ce pas, capitaine Mackenzie ? »

Ce dernier acquiesça.

« C'était très différent en 1916. Après la grande offensive, les corps sont restés à l'air libre pendant six mois. Le haut commandement n'a bougé que quand le moral des troupes s'est mis à décliner. À ce moment-là, il ne restait plus grand-chose à identifier. »

Westbrook referma le premier dossier et en ouvrit un autre.

Mackenzie s'impatientait.

« Allez-vous me dire ce que vous cherchez, à la fin ? »

Westbrook posa un doigt sur la carte. Amy le regarda suivre les références du quadrillage qui avançaient de manière erratique, bataille après bataille, chaque jour un peu plus près de la place forte allemande à Two Storm Wood.

Son doigt progressa jusqu'au site de la tranchée-abri, puis passa dessus pour s'arrêter de l'autre côté.

« Tranchée Walter. Vous pourriez trouver ça pour moi, capitaine ?

– *Pourquoi ?* »

Amy n'avait pas besoin de poser la question. Elle savait déjà.

« Vous savez où c'est ? » poursuivit Westbrook.

Reid s'avança.

« C'est l'une des anciennes lignes allemandes, mon général, en dehors de Serre. Une ligne de réserve. Ici. »

Il parcourut du doigt une ligne diagonale en pointillé qui contournait l'ouest du village. À l'extrémité sud, le mot « WALTER » était dissimulé sous une tache de boue. Il se trouvait à deux cents mètres de la tranchée-abri de Two Storm Wood sur la crête.

Westbrook jeta un dernier coup d'œil au registre des tombes. Puis referma le dossier.

« Quelles unités avaient la charge de cette partie de la ligne ?

– Nous ne possédons pas ce genre d'informations, répliqua Mackenzie. Il vous faudra parler au QG de la division.

– C'est bien ce que je craignais.

– Les morts faisaient tous partie du Labour Corps. En quoi la 42e pourrait bien vous aider ?

– Il pourrait y avoir des témoins.

– Des témoins ? Comment... ? »

Mackenzie ouvrit le dossier puis le feuilleta rapidement jusqu'à trouver la page qui avait intéressé Westbrook.

« 14 août. Enterrés : caporal R. E. Callam, soldat T. H. Nicholson, 42e bataillon, compagnie des tireurs. Dans tranchée Walter, références de quadrillage...

– Les hommes de Two Storm Wood sont morts le 16, intervint Amy. Pas avant.

– Comment le savez-vous ?

– L'un des morts avait une lettre. »

Westbrook boutonnait déjà son manteau.

« Il vaudrait mieux que vous gardiez ça pour vous, capitaine, jusqu'à ce que tous les faits soient réunis.

– Le 16. C'est donc ça, dit Mackenzie en secouant la tête. Ces pauvres types n'ont jamais été des prisonniers de guerre. Le bois était à nous quand ils sont morts.

– Il semblerait que miss Vanneck ait eu une bonne intuition. »

Westbrook la regardait, mais pour Amy cette reconnaissance sonnait faux.

« Intuition ? Ce n'était pas une intuition, s'offusqua Mackenzie, qui semblait prendre cette information comme un affront personnel. Vous le saviez depuis le début.

– Absolument pas.

– Quelqu'un devait bien le savoir – quelqu'un à Whitehall. C'est pour ça qu'on vous a envoyé, non ?

– Je n'ai pas pour habitude de questionner mes supérieurs, capitaine, guerre ou pas.

– Si les Chinois ne sont pas coupables, alors il ne reste que nos gars. Voilà le nœud du problème. Rien à voir avec les Boches.

– Il semblerait que non.

– Ça ne pourrait pas juste être un coup des Chinois ? »

Mackenzie n'était pas prêt à en rester là. Il voulait comprendre. Il voulait savoir.

« Les tueurs courent-ils toujours ? Sont-ils toujours une menace ? » Il dut voir quelque chose dans l'expression d'Amy car il parut comprendre. « Ont-ils encore tué ?

– Je ne crois pas, répondit Westbrook.

– Que s'est-il passé ? C'était en Angleterre ? Ou ici ?

– Il ne s'est rien passé.

– Ils sont là en ce moment ?

– Il n'y a aucun lien.

– Ils doivent faire partie des volontaires, non ? Qui d'autre est là ? Est-ce que vous… »

Westbrook tapa du poing sur la table.

« Je vous l'ai dit : *il n'y a aucun lien !* »

Le silence se fit. Amy et Mackenzie échangèrent un regard. La colère de Westbrook semblait jaillir de nulle part.

« Un Chinois a été tué hier soir, expliqua Amy. À Acheux. Chez Mme Chastain. Vous connaissez peut-être cet endroit ?

– L'état du corps était à première vue… similaire aux autres, à Two Storm Wood, précisa Westbrook.

– Les trois qui étaient…

– Oui. Mais c'était l'œuvre d'un seul homme, cette fois-ci.

– Vous êtes sûr ? »

Westbrook hocha la tête.

« La victime trafiquait de l'opium. Dieu sait quoi d'autre encore. Ceci explique sûrement cela. Il a dû faire une mauvaise rencontre.

– Comment le savez-vous ?

– Je ne le sais pas, pas encore. Il faut que je pose des questions au CLC, que j'obtienne les noms des disparus. Ça ne devrait pas être trop difficile, maintenant qu'on connaît la date.

– Je m'en charge », dit Mackenzie. De toute évidence, il ne souffrirait aucune discussion. « Les identifications, c'est mon boulot.

– Fort bien. Vous me tiendrez au courant ?

– Évidemment. »

Westbrook remit sa casquette.

« Encore une chose, capitaine : j'ai besoin d'un revolver.

– D'un revolver ? » Cette requête sembla prendre Mackenzie au dépourvu. « Vous n'en avez pas ?

– J'en avais un, répondit Westbrook, la tête inclinée sur le côté. Lui aussi a été abîmé.

– Oui, bien sûr, bredouilla Mackenzie. Nous en avons récupéré plusieurs. Reid ? »

Le secrétaire de la compagnie rassemblait déjà les dossiers pour les ranger.

« Le général ici présent a besoin d'une arme. Peut-être pourriez-vous lui montrer ce qu'on a. »

Reid sortit immédiatement et revint avec un Webley. Il avait beau avoir été nettoyé, il restait des traces de rouille autour du cran de sûreté et des crans de mire.

« Il fonctionne ? demanda Westbrook.

– Je l'ai essayé moi-même, mon général, répondit Reid.

– Il va vous falloir des munitions. » Mackenzie s'empara de son propre revolver et vida le barillet. « Prenez les miennes. »

Amy regarda Westbrook charger l'arme. Chaque balle entrait avec un cliquetis dans l'ouverture de la chambre. L'une d'elles glissa et tomba au sol.

Amy suivit Westbrook dehors. La pluie avait cessé. Des soldats en ciré conduisaient une procession de charrettes dans la cour, chevaux et hommes éclaboussés par la même argile claire, comme s'ils en étaient façonnés. Les charrettes étaient chargées de ces ballots en toile familiers.

« Ils vont aller au cimetière d'Euston Road, expliqua Mackenzie, qui l'avait rattrapée. Ça va mettre un terme à un gros chantier.

– J'imagine que vous allez me dire de partir. Je me trompe, capitaine ?

– Je vous ai déjà donné mon conseil. Vous êtes manifestement déterminée à l'ignorer.

– Je suis désolée. Je ne veux pas me mettre en travers de votre chemin.

– À quoi jouiez-vous, l'autre jour, à quitter la route, à courir sur un terrain qui n'avait pas été nettoyé ? Vous auriez pu être tuée. »

Son indignation était feinte, Amy le voyait bien. Une chose le perturbait, mais ce n'était pas sa désobéissance.

« Notre mule s'était enfuie. Elle avait eu peur de quelque chose.

– Quelque chose ?

– Un chien errant, probablement. Un instant j'ai cru... »

Mackenzie baissa les yeux au sol.

« Il n'est pas inhabituel d'entendre des bruits, là-bas. Des voix portées par le vent, ce genre de choses. Notre imagination est bien trop nourrie. »

Et quand les cauchemars devenaient trop durs à supporter, songea Amy, il y avait toujours l'opium. Elle était sûre qu'Edward en avait pris. Mackenzie en consommait-il aussi ?

« Vous prévoyez de rester ici ? demanda-t-il.

– À Bertrancourt, oui. »

Ils s'étaient arrêtés devant la charrette. Westbrook attendait pour l'aider à monter.

« Alors si je peux me permettre, il serait peut-être plus commode pour vous de loger à Colincamps, déclara Mackenzie. Il y a ici une ferme qui vient juste d'être libérée. Le toit est endommagé, mais à part ça elle est parfaitement habitable, du moins selon les critères militaires. »

Amy regarda Westbrook. Sa main restait tendue.

« Miss Vanneck y serait plus en sécurité, ajouta Mackenzie. Et elle serait à disposition pour effectuer une éventuelle identification. »

Colincamps était plus près de la crête de Serre, plus près de l'endroit où il lui fallait être. Si Edward gisait dans une tombe anonyme, cette tombe serait ici.

« Merci pour toute votre aide, général », dit-elle.

C'était au tour d'Amy de tendre la main, mais Westbrook grimpait déjà sur le siège du conducteur. Il lui vint à l'esprit que le général risquait de considérer sa décision comme l'expression d'une préférence : Mackenzie plutôt que lui, un homme intègre plutôt qu'une gueule cassée. Elle aurait voulu pouvoir lui assurer qu'il ne s'agissait absolument pas de ça, mais elle savait que les mots ne feraient qu'empirer les choses. De toute façon, il ne l'aurait certainement pas entendue avec le grincement et le bruit de ferraille des roues.

27

La première chose que montra Mackenzie, ce fut le lourd verrou de fer sur le battant intérieur de la porte d'entrée. La ferme était lugubre, la lumière filtrait à travers les volets clos des fenêtres au verre brisé. Des meubles dépareillés avaient été rassemblés dans la cuisine, où une marmite était suspendue au-dessus d'un foyer noirci par la suie. Une odeur âcre de fumée flottait dans l'air, preuve de l'occupation récente.

« Il y a une pompe dans la cour. Elle fonctionne toujours, mais si j'étais vous, je ferais bouillir l'eau. »

Une volée de marches reliait un couloir étroit au premier étage.

« Mieux vaut ne pas monter là-haut. Les tuiles du toit ne sont toujours pas fixées. Elles risquent de tomber à tout moment. »

Amy faisait de son mieux pour paraître reconnaissante, mais la façon dont Westbrook était parti la perturbait. Le prévôt la mettait mal à l'aise : son travail, son apparence – elle ne pouvait pas le nier. Et pourtant elle se sentait en sécurité avec lui, presque intouchable. En comparaison, Mackenzie, malgré tous ses efforts, semblait complètement dépassé. Peut-être que son travail, jour après jour, l'avait vidé de toute énergie.

« Si nous trouvons quoi que ce soit, dit-il, n'importe quel effet qui aurait pu appartenir au capitaine Haslam, au moins nous saurons où vous trouver. Et puis il y a encore des patrouilles dans le village, alors vous pouvez être sûre… »

Ses mots se tarirent, comme s'il manquait de confiance pour terminer sa phrase.

« Merci. »

En face de l'âtre, Amy remarqua la photo d'une jeune femme levant un verre. C'était un calendrier, périmé depuis quatre ans.

« Je vais aller vérifier les cimetières militaires, voir si je peux y trouver quelque chose.

– Je vous fournirai une liste. Ils ne sont pas difficiles à trouver.

– Merci, capitaine. J'essaierai de ne pas être une gêne. »

Mackenzie ouvrit la porte d'entrée.

« Je suis désolé que vous ayez été mêlée à l'affaire du général Westbrook et à ses... devoirs. Il n'avait pas à vous entraîner dans tout ça. »

Amy secoua la tête.

« Je n'ai pas été entraînée. Le général Westbrook... il essayait d'aider, à sa façon.

– Je vois.

– Il m'a demandé si j'avais la moindre raison de croire Edward vivant. Il semblait penser que c'était possible. »

Mackenzie se figea.

« Mais vous n'avez pas la moindre raison, si ? Avec tout mon respect, je me demande bien pourquoi il vous a posé une question pareille.

– Je lui ai raconté ce que le sergent Staveley m'avait dit, au sujet de Two Storm Wood. Il l'a pris au sérieux – suffisamment en tout cas pour vouloir que je sois là lors de l'exhumation des corps. »

Mackenzie enfonça les mains dans ses poches.

« Il n'y a pas de mystère dans cette histoire. Staveley avait dû entendre les rumeurs. L'imagination a fait son œuvre. Si j'ai bien compris, il n'avait plus toute sa tête.

– Choc post-traumatique, d'après la sœur.

– J'espère que vous comprenez pourquoi je n'avais pas fouillé plus avant. Il y a certaines choses qu'il vaut mieux ne pas savoir. »

Amy comprenait parfaitement : elle comprenait que, pour les officiers, on devait à tout prix protéger ces dames de toute vision désagréable par crainte d'une crise de nerfs, même si c'étaient les femmes qui les enfantaient, sanguinolents et vagissants, et qui les soignaient quand ils quittaient ce monde.

« Bien sûr », répondit-elle.

Mackenzie hocha la tête, satisfait, et se tourna vers la porte.

« J'aimerais vous demander encore une chose », l'interpella Amy.

Mackenzie s'arrêta. Elle dut prendre son courage à deux mains.

« Je veux… j'ai besoin de savoir comment se passaient les attaques de tranchée.

– Les attaques de tranchée ? Pourquoi ?

– On m'a dit qu'Edward était bon. On m'a dit… » Amy n'arrivait pas à soutenir le regard de Mackenzie. « On m'a dit qu'il était doué avec un couteau de poing.

– Mais enfin qui diable… ?

– S'il vous plaît, dites-moi la vérité. »

Au bout d'un moment, Mackenzie referma la porte.

« D'accord. Vous l'avez mérité, j'imagine. Que voulez-vous savoir ?

– Tout. »

Mackenzie hocha la tête.

« Peut-être qu'on devrait allumer un feu. J'ai l'impression qu'il y a ce qu'il faut, ici. »

Il s'accroupit devant le foyer et s'affaira à tapisser la grille de petit bois, à attacher les branchettes et la paille en fagots bien serrés.

« Les raids de tranchée ont deux objectifs : démoraliser l'ennemi et obtenir des renseignements, principalement au sujet de l'état des défenses adverses. Ils sont effectués la nuit – les nuits sans lune sont les meilleures –, et ils sont dangereux. Il faut traverser le no man's land sans être repéré, c'est le premier problème. Un bruit, un faux pas, et *paf* une fusée part. On se retrouve éclairé comme en plein jour, à découvert, avec au mieux un trou d'obus pour se planquer. »

Amy s'assit.

« Donc vous avez conduit des attaques ?

– Pas le choix. Les sous-officiers y passent à tour de rôle. Certains en font plus, au vu de leurs résultats. Ils finissent par dépasser leur quota, si j'ose dire.

– Qu'entendez-vous par "résultats" ? »

Mackenzie frotta une allumette qu'il approcha du petit bois.

« Quand on arrive aux lignes adverses sans avoir été repéré, il faut faire vite. On essaie de retenir tout ce qu'on voit : l'état des barbelés, du parapet, de la tranchée, des cratères, des meurtrières – tout ce qui pourrait servir de défense. Ensuite on continue jusqu'à trouver l'ennemi.

– Et que se passe-t-il, alors ? »

Mackenzie souffla sur le feu. Une seule langue de flamme dansait dans l'âtre.

« Tout est question de chance et d'adresse. Il faut en choper un vivant, si possible – un officier, c'est le graal. Et puis des documents, surtout des cartes, s'il y en a qui traînent. Mais pour ça, il faut se retrouver parmi les Boches avant qu'ils le sachent. En général, le mieux qu'on puisse espérer c'est de faire sauter une tranchée-abri et de partir en courant avant d'être encerclé.

– N'y a-t-il pas toujours des postes de guet, des sentinelles ?

– Presque toujours. Il faut les repérer avant qu'ils vous repèrent. C'est là que le couteau de poing entre en scène, ou n'importe quelle arme de votre choix. Mon sergent-chef avait une matraque – un truc méchant, clouté, dur comme la pierre. Faut toujours viser la bouche, qu'il disait. Pas facile de gueuler avec les chicots en vrac. » Mackenzie tendit les mains vers les flammes. « Ce type n'a jamais brillé par sa délicatesse. »

Amy ferma les yeux. Elle n'avait pas envie d'en entendre davantage, mais c'était la vérité de la guerre d'Edward, et elle devait la connaître.

« Et le couteau de poing ? Comment on s'en servait ? »

Mackenzie la dévisagea, l'air de ne pas savoir s'il avait bien entendu, puis se retourna vers le feu.

« Moi-même je ne m'en suis jamais servi. À ce qu'on m'a dit, pour les plus habiles, le mieux c'est de viser la trachée : en un seul coup, cordes vocales sectionnées, artères ouvertes. Pas un bruit. Mais il faut être concentré, déterminé, sans une once d'hésitation ni de sentiment : une vraie machine. Ils ne sont pas nombreux ceux qui y arrivent, pas de si près, pas même quand leur vie est en danger. Ça va à l'encontre d'un instinct profondément enraciné, voilà ce que je pense : un tabou. » Mackenzie jeta d'autres bûchettes dans le feu et les regarda commencer à fumer. « Donc on vise le corps à la place, ou on utilise une balle – dans les deux cas, ça vous trahit. Quand un raid est crucial, quand il y a un gros truc qui couve et qu'on a besoin d'informations, on sait qui sera envoyé : les hommes calmes, ceux qui n'hésiteront pas à...

– Tuer de sang-froid.

– Oui, exactement. La frontière est mince entre un soldat et un assassin, mais vous seriez surprise de voir à quel point les hommes s'y accrochent – les hommes ordinaires, je veux dire. »

Amy se remémora Edward à la sortie du cimetière où était enterrée sa mère. *La mort, je la connais. Je sais ce qu'elle fait à ceux qu'elle laisse derrière elle.* Quel long voyage il avait accompli pour elle, quel long voyage dans l'obscurité.

« Ça va, miss Vanneck ? »

Amy se tenait le visage dans les mains. Elle se redressa.

« Oui. Désolée, continuez. »

Il y avait de la pitié dans le regard de Mackenzie.

« Il faut bien que vous compreniez : ces attaques étaient vitales. Elles nous ont aidés à gagner la guerre. Ce n'étaient pas seulement les renseignements, c'étaient les conséquences sur le moral de l'ennemi. Les tirs de mortier et de gaz, effectués à bonne distance, c'est une chose, mais un ennemi qui arrive sur vous armé d'un couteau ou d'une matraque, c'est un ennemi qui ne cédera jamais, qui n'a pas peur de mourir. C'est le prédateur, et vous êtes la proie. »

Amy se taisait. Elle avait du mal à regarder Mackenzie. Il y avait quelque chose de repoussant dans sa franchise et sa décence. Elle ne savait pas pourquoi.

« Les hommes qui participent à ces attaques, ceux avec les couteaux et les matraques, ceux qui brisent le tabou, se sentent-ils coupables ?

– Sur le moment ? Non. Ils se disent qu'ils font leur devoir, qu'ils servent leur pays, vengent la mort de leurs camarades. Il leur arrive même de se vanter de leurs exploits, du nombre de crânes fracassés, du nombre de gorges tranchées. Parce qu'ils cherchent l'approbation, l'absolution. Mais en général ils sont simplement contents de s'en être sortis vivants.

– Et plus tard ? Que se passe-t-il plus tard ? »

Il fallut un moment à Mackenzie pour répondre.

« On commence sans doute tout juste à le découvrir. »

CINQUIÈME PARTIE

INCONNU N° 12

28

France, juin 1918

Haslam était allongé dans l'obscurité à quarante mètres de la ligne allemande, le corps enfoncé dans la terre humide, sans faire de bruit. Le reste du peloton, tapi derrière lui, caché dans des trous d'obus, attendait le signal pour bouger. Il respirait vite mais régulièrement, presque normalement. Il entendait tout : le cliquetis d'une tasse en métal, les pas lourds des godillots d'une sentinelle au détour d'une traverse, une quinte de toux étouffée deux tranchées plus loin. Il avait l'étrange certitude qu'il allait survivre à cette attaque : la vie lui réservait encore des surprises.

À mi-parcours, une fusée était partie sur leur gauche. Ils avaient entendu des cris dans les tranchées ennemies. Dans la lumière clignotante, on avait vu des rats traîner un truc à travers les fils barbelés, occasionnant le tressautement métallique d'une boîte de conserve suspendue à un piquet. Ils devraient serrer les fesses jusqu'à ce que les choses se calment. Trente minutes suffiraient, d'après Haslam. Il espérait que les effets de la cocaïne ne se seraient pas dissipés avant. Récemment, ils avaient été de plus courte durée. Soit il s'était accoutumé, soit les lots n'étaient plus aussi purs. Ce soir-là, dans l'intimité des latrines des officiers, il s'était injecté une dose plus importante que d'habitude.

Les Boches étaient nerveux. Par les nuits sans lune, les risques d'attaques étaient plus grands. Leurs sentinelles ouvraient le feu sur des fantômes, parfois sur rien du tout. Rhodes voulait qu'il en soit ainsi : l'ennemi dans un état de peur perpétuel, privé de repos et de sommeil. L'objectif de ces raids était de récolter des renseignements, mais leurs conséquences sur le moral étaient tout aussi précieuses. Les tirs de mortier et de gaz, effectués à distance, c'est une chose, mais un appétit pour le combat au corps à corps engendre une angoisse plus insidieuse. Un ennemi qui choisit la baïonnette, le couteau ou la matraque est un ennemi qui a perdu toute notion d'intérêt personnel, l'instinct calculateur de l'autopréservation : un ennemi dévoué à la cause collective, sans peur de mourir.

Par-dessus son épaule, Haslam regarda les formes immobiles de ses hommes. Ils étaient au front depuis un mois, tunique et peau incrustées de terre, les pensées sur la vie après la guerre anéanties par la nécessité de harceler l'ennemi heure après heure, jour après jour. Le champ de bataille était devenu leur habitat. Ils s'en servaient comme le serpent se sert de la jungle, adaptant le corps et l'esprit à ses exigences, à sa logique, avec Rhodes en guise de mentor. C'était écrit dans le manuel de l'officier : *Faites du no man's land notre terre.* Ils avaient fait mieux : ils en avaient fait *sa* terre.

La veille au soir, un éclaireur avait découvert une sape ennemie trente mètres devant le front allemand. Un fossé étroit serpentait sous les barbelés jusqu'à la ligne de tir. De tels postes d'écoute offraient une voie d'accès aux tranchées ennemies si on arrivait à les prendre sans bruit. Sinon, les pistolets Lewis ouvraient le feu pour masquer la retraite, même si dans le noir et à une telle portée on visait au petit bonheur la chance.

Les rafales de vent étaient suffisamment fortes pour couvrir le bruit de leur reptation. Tout ce qui était métallique avait été enlevé ou enveloppé dans du tissu : boucles de ceinture, bouteilles d'eau, pontets. Les soldats Burgess et Salter avaient échangé leurs fusils contre des matraques, de longues sections de frêne vernies, cloutées du côté contondant. Haslam avait opté pour un couteau. Le manche était en cuivre percé de trous pour les doigts, comme un coup-de-poing américain. Les manches simples risquaient de glisser quand ils heurtaient l'os ou le cartilage. Il le tenait à présent tête en bas, l'étroite lame de vingt centimètres reposait à l'intérieur de la manche de son manteau.

À dix mètres de la tranchée d'approche, ils entendirent du mouvement : un godillot frottant le sol, le tintement du métal sur la pierre. Ils s'arrêtèrent. Le Boche au poste d'écoute retournait dans ses lignes. Staveley jeta un regard pressant à Haslam, attendant son signal pour se lancer à la poursuite de l'homme avant qu'il fasse son rapport. Haslam secoua la tête. Peut-être n'avaient-ils pas été repérés. Jusqu'ici, du moins, il n'y avait pas eu de fusée.

Du bout de la sape leur parvint un murmure. Deux voix. C'était le passage de relais. Haslam attendit encore – dix minutes, cette fois. Suffisamment longtemps pour que le nouveau se croie seul, sans rien à surveiller hormis la lente arrivée de l'aube.

Haslam adressa à Staveley un signe de tête. Ils rampèrent à deux côtés opposés de la tranchée, tandis que derrière les hommes prenaient la position de tir. Une lumière jaune clignotait à l'horizon sud – des impacts d'artillerie quinze kilomètres plus loin. Un instant, la silhouette du casque de Staveley se dessina.

Un galet roula en bas de la paroi de la sape. Haslam n'attendit pas le tir. Il se redressa à moitié. Deux longues enjambées et un saut, la forme sombre de Staveley l'imitant comme une ombre.

Il atterrit sur ses deux pieds, trébucha dans la terre meuble. Il vit le fusil pointé sur lui avant de voir le Boche. Il empoigna le canon et le repoussa violemment pour éviter toute pression sur la détente. Staveley descendit derrière l'homme, lui tira la tête en arrière par le rebord du casque. L'Allemand eut à peine le temps de souffler que Haslam plongeait avec son couteau : un seul coup dans le larynx, la lame alla se loger dans la colonne vertébrale. Il sentit le geyser tiède sur ses doigts et son visage. Puis il y eut un violent bruit de succion. Le fusil tomba au sol.

Haslam retira son couteau puis laissa le corps s'avachir dans les bras de Staveley, les épaules encore agitées de convulsions. Le Boche lui paraissait mince, léger, probablement guère plus vieux qu'un garçon. L'ennemi était à court d'hommes d'âge optimal pour le combat.

En silence, Staveley déposa le corps au sol. Ils tendirent l'oreille. Trente mètres plus loin dans la tranchée allemande, quelqu'un toussa.

Le reste du peloton n'eut pas besoin de signal. Le silence en disait assez long. Ils avancèrent lentement pour se mettre à couvert de la sape, Haslam en tête, à quatre pattes. Au loin on entendait le roulement de la mitraille. Une pluie fine se mit à tomber.

Le fossé devint plus profond, passa sous des barbelés à angle droit avant de zigzaguer vers un parapet de sacs de sable. Les derniers mètres étaient recouverts de tôle ondulée. Devant lui, Haslam discerna un vague carré gris qui se découpait dans le noir ambiant. Le gris vira au jaune. Il sentit de la fumée et une sorte d'infusion qui n'était pas du café. La grenade était l'arme la plus sûre, mais elle réduirait le temps qu'ils pourraient passer dans la tranchée. Or, le temps, c'était tout.

Il approcha doucement. Quelques mètres plus loin, deux hommes se tenaient devant un braséro, fusil en bandoulière, baïonnette au canon. Ils faisaient réchauffer une gamelle au-dessus des flammes. La distance entre eux était trop grande pour qu'il puisse les attaquer tous les deux.

Il tendit le bras derrière lui. Sans un bruit, Staveley lui posa une grenade dans la paume. L'un des Allemands s'éloigna nonchalamment, une tasse à la main. L'autre sirotait à même la gamelle.

Haslam redonna la grenade.

« *Hilf mir. Ich bin verletzt* », dit-il péniblement en titubant dans la tranchée.

Aidez-moi, je suis blessé : une phrase utile.

La sentinelle se retourna, la gamelle toujours contre les lèvres. Haslam le tua de la même manière, en l'empoignant par la ceinture pour amortir sa chute et en l'allongeant sur le dos de façon que ses pieds ne heurtent rien. Plus gros que l'autre, on aurait dit un instant qu'il allait arriver à crier, mais alors que Haslam s'apprêtait à lui couvrir la bouche, la mâchoire barbue se relâcha avec un simple gargouillis.

Le peloton se divisa en deux. Le sergent Farrer conduisit un groupe sur la gauche, celui de Haslam partit de l'autre côté. Les tranchées étaient profondes, mais grossières à l'aune de la norme allemande : les parois étaient renflées et irrégulières, les étais en bois bosselés et de différentes tailles. Là où il aurait dû y avoir un caillebottis, leurs godillots s'enfonçaient dans la boue et de petites flaques – preuve supplémentaire que les Boches commençaient à être à court de matériaux et de main-d'œuvre qualifiée, tout comme ils commençaient à être à court de nourriture.

Haslam n'avait pas parcouru cent mètres qu'une explosion assourdie rompit le silence, suivie par une deuxième. Les hommes de Farrer avaient fait sauter une tranchée-abri. L'alarme fut aussitôt donnée. Des voix retentirent dans l'obscurité. Une fusée blanche jaillit de la ligne de soutien tandis que Haslam revenait précipitamment sur ses pas. Les Boches savaient qu'ils se faisaient attaquer, mais ils ne savaient peut-être pas exactement où. Il échangea son couteau contre un revolver. En face de la sape, ses hommes se mirent en position de tir au-dessus de la tranchée.

Haslam repéra l'abri. Deux Allemands, fraîchement passés au fil de la baïonnette, gisaient de tout leur long devant l'entrée. Comme il approchait, un troisième homme sortit péniblement, secoué de haut-le-cœur, aveuglé, une paire de lunettes pendue à une oreille. Burgess lui fendit le crâne d'un coup de matraque ; Farrer lui enfonça sa baïonnette à l'arrière des côtes, dont les os se brisèrent avec un craquement étouffé. Haslam alluma sa lampe de tranchée et enjamba le corps. Staveley le suivit.

À l'intérieur l'air était saturé de poussière. Des confettis de papier flottaient dans le faisceau de la lampe. Des hommes toussaient, gémissaient. Le sol en était jonché, morts ou blessés, des flaques de sang par terre, la partie inférieure d'une jambe, avec le pied en moins, gisait sous une chaise renversée. Haslam regarda autour de lui en quête de cartes, de livres de codes, n'importe quelle bribe de renseignement. Rien. D'une lanterne brisée suspendue à une poutre, de l'huile gouttait lentement au sol.

Il tendit l'oreille, à l'affût d'un tir de fusil, n'en entendit aucun. Il restait encore un peu de temps avant que son peloton fût piégé. Il s'enfonça davantage dans l'abri, scrutant les parois et le sol. Tout au bout, une imposante table de cuisine avait été retournée, mais les pieds étaient à l'opposé du souffle de l'explosion, comme pour former une barricade. Haslam approcha en armant son Webley.

« Mains en l'air ! »

Un homme était recroquevillé derrière le plateau. Haslam vit l'insigne sur ses épaules, se rendit compte qu'il s'agissait d'un officier. Il lui donna un coup de pied. Ce dernier se redressa, paumes des mains ouvertes et tremblantes. Il saignait d'une oreille. À part ça, il semblait indemne.

« *Nicht schiessen.* »

Il claquait des dents.

« Levez-vous. »

L'Allemand se releva en chancelant. C'était un capitaine d'état-major, grand et mince – suffisamment grand pour devoir se baisser sous les poutres. Haslam l'empoigna par le col et lui enfonça son revolver dans la nuque. Staveley l'aida à le traîner en haut des marches de l'abri.

« Prisonnier ! beugla-t-il. Celui-là on le garde. »

Des fusées illuminaient le ciel. Les hommes de Farrer se baissèrent au moment où une grenade explosa à quelques mètres de la tranchée. Quelques secondes plus tard, des tirs de mortier répondirent du côté britannique, atterrissant tout près de la ligne de soutien. Haslam traîna son prisonnier vers la sape, tous deux trébuchèrent sur le corps des hommes tués à la baïonnette, dont les plaies béantes étaient noires dans l'éclat aveuglant du magnésium.

Le capitaine d'état-major regarda par-dessus son épaule. Haslam, en voyant la terreur stupéfaite sur son visage, sut qu'il n'opposerait pas de résistance. L'officier allemand raconterait à Rhodes tout ce qu'il voudrait savoir.

Base militaire
Chinese Labour Corps
Noyelles-sur-Mer
23 mars 1919

Cher Capitaine Mackenzie,

Eu égard à votre requête concernant le personnel disparu au sein du Chinese Labour Corps, j'ai établi qu'un formulaire B 104-83 avait été envoyé le 16 septembre 1918 à la famille du lieutenant G. S. KELVIN de la 125e *compagnie de CLC et précédemment de la Royal Garrison Artillery, pour lui notifier que cet homme avait été déclaré disparu au combat le 17 août. C'est le seul dossier correspondant à vos critères que je suis parvenu à identifier.*

Quant à la main-d'œuvre de couleur durant l'offensive de l'été dernier, le CLC a souffert d'un grand nombre de pertes dues à l'action ennemie, aux maladies et à la désertion. La 125e *compagnie a perdu trente-sept hommes au mois d'août, dont douze ont été portés disparus le même jour que le lieutenant Kelvin. La compagnie, présentement en mission de recouvrement, a établi son camp à l'extérieur de Bapaume, sous le commandement du général Pickering.*

Les noms et les matricules des disparus seront envoyés au DGRE dès qu'ils pourront être déterminés. Les empreintes de toutes les recrues du CLC ont été prises par les détectives de Scotland Yard avant leur embarquement au port de Tsingtao. Cette méthode d'identification pourrait être employée en dernier recours, si l'état des dépouilles le permet.

Je n'ai aucune information quant aux circonstances qui entourent ces rapports. Si cela venait à changer, je vous en aviserais.

Sincères salutations,

Capitaine J. Temple
Adjudant-major du Labour

29

France, mars 1919

La plupart des murs dans la petite ville de Bapaume étaient toujours debout, même si, décapées par les explosifs et les shrapnels, leurs briques étaient à nu. Quelques portions de toit restaient intactes, en revanche les fenêtres et les volets avaient été soufflés, et même les montants avaient disparu. La mairie était la seule structure que les Allemands n'avaient pas dévastée durant leur retraite derrière la ligne Hindenburg. En lieu et place, ils avaient enfoui dans la cave une mine à retardement, qui avait fini par exploser neuf jours après l'arrivée des troupes alliées, tuant trente soldats. En conduisant au milieu des ruines, Mackenzie se demanda comment cette ville pourrait jamais être reconstruite : s'il ne serait pas plus simple – plus facile – de recommencer à zéro quelque part ailleurs, dans un lieu nouveau, vierge des souvenirs de la guerre.

Le camp chinois, au nord de la ville, était facile à trouver grâce à la fumée des feux qui s'élevait haut dans l'air. Des centaines de tentes coniques, à la toile marbrée et crasseuse, étaient agglutinées sur une pente au-dessus de la route d'Arras. Sur un panneau planté dans le bas-côté, on lisait :

CAMP DE SHANTUNG
125/150 CLC

Mackenzie avait décidé que ce serait lui qui s'occuperait des travailleurs chinois. Il voulait découvrir par lui-même le nom des victimes et la manière dont elles avaient disparu, plutôt que de compter sur les bons offices du général Westbrook. Pourquoi se trouvait-il encore en France, si ce n'était pour identifier les morts, leur offrir dignité et reconnaissance – pas en tant que masse anonyme, mais en tant qu'individus ? Sans compter qu'il ne faisait pas confiance au prévôt pour partager ses informations. Westbrook n'avait jamais expliqué pourquoi Whitehall s'intéressait à Two Storm Wood. Son enquête avait peut-être autant pour objectif de cacher la vérité que de la révéler, même si Mackenzie ne pouvait que deviner les raisons d'État en jeu.

Et puis il y avait Amy Vanneck. Son arrivée à Two Storm Wood n'était-elle due à rien d'autre qu'à la malveillance ou à un malentendu ? En son for intérieur, Mackenzie n'était pas encore convaincu. Elle prétendait que le nom de ce lieu lui avait été communiqué par un caporal du bataillon de Haslam – un homme qui s'était révélé à l'agonie. Mais ce qu'avait voulu dire le caporal était loin d'être clair. Avait-il entendu parler, depuis son lit d'hôpital, de la découverte du massacre ? Ou sa connaissance avait-elle de fait préexisté à cette découverte ? Dans tous les cas, le fait qu'il avait placé Haslam à cet endroit, même de façon ambiguë, ne pouvait être écarté d'un revers de main. Westbrook avait dû penser la même chose. L'intérêt qu'il portait à miss Vanneck semblait aller au-delà de la tentative d'identification d'un corps. Percevait-il, à l'instar de Mackenzie, qu'il y avait plus à apprendre d'elle, que derrière ces yeux sombres et cet objectif inflexible se cachaient des secrets ?

Il fit bifurquer la charrette sur une piste pavée de traverses de chemin de fer. Les chevaux s'arrêtèrent, leurs sabots glissant sur le bois lisse. Il dut les cajoler pour qu'ils avancent presque pas à pas. Trente mètres plus loin se dressait un *paifang* chinois de fortune – un portail traditionnel –, confectionné à partir de vieux poteaux télégraphiques et de morceaux de tôle ondulée. L'entretoise était décorée de caractères chinois formés à l'aide de clous de quinze centimètres, pareils à ceux utilisés à Two Storm

Wood. Aucune sentinelle n'interpella Mackenzie lorsqu'il passa dessous.

La fumée était plus épaisse là-haut, teintée d'une odeur de viande bouillie. Un grand Chinois sortit d'une tente, une baïonnette dans une main et une carcasse dépecée dans l'autre – un lapin peut-être, ou quelque chose de moins savoureux.

Il trouva d'autres Chinois plus loin, de toutes les tailles et de toutes les carrures, tous avec la même peau sombre et tannée. Vêtus de tuniques en lambeaux ou de longs pardessus noirs, accroupis devant leur tente, ils faisaient infuser du thé sur des braséros bricolés. Certains lisaient des journaux, beaucoup fumaient. Ils regardèrent en silence la charrette s'arrêter et Mackenzie descendre. Derrière ce silence, il sentait de la complicité. Les hommes ici *savaient*. Peut-être que le tueur lui-même se trouvait parmi eux – l'observait à l'instant même. Un filet de sueur lui dégoulina dans la nuque. On pourrait les interroger, mais parmi tant d'hommes, par qui commencer ? Et puis, les Chinois parleraient-ils ? Prendraient-ils le parti des hommes blancs contre leur propre race ? Les représailles les poursuivraient jusque chez eux, bien au-delà du point où l'armée britannique pouvait les protéger – si elles ne survenaient pas avant.

Mackenzie palpa le revolver à sa ceinture. Il était cerné, pas un officier ni de sous-officier en vue. C'était le territoire du fou, son domaine. Il serait facile de se débarrasser d'un gradé peu armé. Il disparaîtrait, énième tombe anonyme parmi des milliers d'autres.

Une piste sinuait vers le sommet de la pente, où un mât s'élevait au-dessus des cônes de toile. Quelques mètres plus loin, un Chinois jouait du violon à une corde, en tenant le petit bol rond entre ses genoux. Aux oreilles de Mackenzie, sa musique était d'une grossièreté désagréable, pourtant une douzaine de coolies écoutaient. Les travailleurs chinois signaient pour un service de cinq ans. Cinq ans c'était long sans l'influence civilisatrice de la famille. La dernière fois qu'il avait vu la sienne remontait à un an, et c'était déjà trop.

Un petit champ de manœuvre était délimité par des pierres blanchies à la chaux. À un coin du champ, un chef d'équipe au visage aigre, une verge à la main, haranguait une section d'hommes armés de pelles.

« Je cherche votre commandant, dit Mackenzie, tandis que les hommes s'éloignaient en traînant les pieds. Le général Pickering. »

Le contremaître ne salua pas. Il étudia le visage de Mackenzie, l'air ouvertement désapprobateur, puis leva sa baguette en direction du coin opposé du champ de manœuvre.

Le QG de la compagnie était situé dans un préfabriqué du côté nord du camp. En l'absence de garde, Mackenzie ouvrit la porte. Il n'avait pas posé un pied à l'intérieur qu'un chien bondit sur lui en grognant. Mackenzie recula précipitamment. Le chien, un bullmastiff, était retenu par la chaîne autour de son cou. L'autre bout était attaché à un anneau dans le sol.

« Jasper ! Couché ! »

Au fond de la pièce, un officier était debout derrière son bureau. Le chien gémit, effectua un cercle devant Mackenzie puis s'affaissa, la queue tapotant contre le plancher.

« Il est d'usage de frapper, déclara l'officier. Et c'est en général recommandé. Qui êtes-vous ? »

Mackenzie se présenta.

« Je cherche le commandant de la compagnie. »

L'attitude studieuse de l'officier dissonait avec le statut militaire. Il avait la quarantaine, des cheveux clairsemés, une moustache grise et des lunettes à la monture épaisse.

« Pickering, pour vous servir, fit ce dernier en désignant une chaise droite au dossier en osier cassé. Asseyez-vous. Ne vous inquiétez pas pour Jasper. Il ne tue que sur commande. »

L'humour de Pickering devait être un moyen de défense préventif contre ceux qui auraient voulu le rabaisser, un maigre substitut d'autorité.

Mackenzie s'assit.

« Je cherche des informations. La prévôté mène une enquête sur un incident, et j'ai besoin d'aide pour identifier...

– Que s'est-il passé ? »

Mackenzie ignorait la quantité d'informations dont disposait son interlocuteur.

« Cela concerne certains membres de votre compagnie. »

Pickering glissa une pipe éteinte entre ses dents.

« Et qui donc ? Ils n'ont pas attrapé ce Chang Ju Chih, tout de même ?

– Qui est-ce ? Un déserteur ?

– Un assassin. Il a tué une *fille de joie** à Amiens, et ses trois enfants. Ça s'est passé en novembre dernier. Belle façon de célébrer l'armistice.

– Je suis ici au sujet d'un certain lieutenant Kelvin et de douze travailleurs chinois. »

Pickering mit un moment à répondre.

« Le lieutenant Kelvin est disparu, présumé mort. Et ce depuis l'été dernier.

– Il est probable que son corps ait été retrouvé.

– Probable ?

– Il n'a pas été possible d'effectuer une identification formelle. C'est la raison de ma présence ici. Aucune plaque n'a été retrouvée.

– Alors comment savez-vous qu'il s'agit du lieutenant Kelvin, si vous me permettez cette question ? »

Mackenzie se racla la gorge.

« D'après le commandant du bureau du Labour, la 125e est la seule compagnie du CLC à avoir perdu le même jour une section entière et un officier, du moins dans la zone concernée.

– Cette zone étant ? »

Mackenzie montra à Pickering le message du capitaine Temple.

« À l'ouest de Serre. Une ancienne place forte allemande connue sous le nom de...

– Two Storm Wood. Je m'en doutais.

– Donc vous avez été informé ?

– Officiellement, pas un mot. Mais des rumeurs ont couru. » Pickering redonna la lettre. « Je ne savais pas qu'ils étaient douze. Ni qu'il y avait un officier – sinon, bien sûr, j'aurais, vous savez… »

Sinon il se serait renseigné pour savoir si ces morts appartenaient à sa compagnie. En l'occurrence, il n'avait rien fait.

« Est-ce que… ? » Pickering regardait le fourneau de sa pipe. « Est-ce que c'était aussi moche qu'on le dit ? Ont-ils été… ?

– La plupart des hommes ont été fusillés. »

Pickering leva les yeux, plein d'espoir.

« Kelvin n'en faisait pas partie, poursuivit Mackenzie. Il a eu un sort à part, ainsi que deux des Chinois. On ignore pourquoi.

– Des histoires de ce genre circulent au sujet de la Chine. Gangs, sociétés secrètes. C'était leur façon de tuer, avant : lentement, comme si c'était un art, dit Pickering en secouant la tête. C'est écœurant. La famille de Kelvin va-t-elle être informée ? Peut-être vaudrait-il mieux…

– Cela ne relève pas de ma responsabilité, général, mais de la vôtre. »

Pickering suivit du bout des doigts les rides de son front.

« C'était un journaliste, vous savez, avant la guerre. À Shanghai. Il voulait s'enrôler dans l'infanterie. Il a échoué à l'épreuve physique. C'était le seul homme de la compagnie qui savait parler mandarin convenablement. Il était plus proche des coolies que la plupart des officiers, ce qui était tout à son honneur, je dois dire. »

Il retira ses lunettes, dont il se mit à nettoyer les verres avec un mouchoir.

« Vous avez les noms des autres disparus ?

– Bien sûr. »

Pickering passa en revue une pile de papiers qui devaient constituer le journal de bord de la compagnie. Après avoir feuilleté quelques pages, il tourna la pile de façon que Mackenzie puisse lire par lui-même.

« Là, le 17 août. »

Mackenzie sortit un calepin et un crayon et recopia la liste de treize noms. Celui de Kelvin était en tête, suivi par un sous-officier dénommé Niu Yun-huei. Il transmettrait l'information au DGRE, mais il restait toujours à déterminer qui était qui. Étant donné la situation, à part pour le lieutenant Kelvin, leurs noms seraient gravés sur une tombe commune.

« Il est peut-être encore possible d'identifier chacun des morts, déclara Mackenzie. Du moins certains. Je vais avoir besoin de volontaires de votre compagnie, des hommes qui les connaissaient bien – des hommes à l'estomac bien accroché, il va sans dire. »

Pickering fronça les sourcils.

« Je ne suis pas sûr d'aimer ce que j'entends. Au vu de la situation ici, il serait peut-être préférable de ne pas jeter de l'huile sur le feu. On se passerait bien de grabuge. »

Les morts avaient été dépossédés de leurs plaques d'identité. La fosse commune, voilà à quoi les destinaient leurs bourreaux – ou pas de fosse du tout. Il était hors de question que Mackenzie laisse faire.

« Les hommes morts au combat méritent des tombes avec leur nom, s'il existe un moyen de pouvoir leur fournir. Il en a toujours été ainsi à l'armée. C'est la raison de ma présence ici. »

Pickering referma le carnet de bord et le remisa.

« Je doute que l'armée ait pensé aux coolies quand elle vous a missionné, capitaine. Ils ne sont là que pour l'argent, après tout. N'est-ce pas ?

– Peut-être. Mais c'est sans importance.

– Sans importance, vraiment ?

– Si tous les Anglais avaient fait preuve de zèle pour servir leur pays, on n'aurait pas eu besoin de la conscription. »

Pickering soupira.

« Très bien, je demanderai à mes hommes. Il y aura sûrement quelques volontaires. Une prime devrait faire l'affaire. »

Mackenzie regardait fixement la liste de noms. Pickering n'avait manifestement pas idée que ses hommes puissent avoir été tués du côté britannique du front. Cette possibilité ne semblait pas lui avoir traversé l'esprit. Et pourtant la main-d'œuvre travaillait rarement suffisamment près de l'ennemi pour risquer d'être capturée.

« Où opérait votre compagnie le jour où le lieutenant Kelvin a été porté disparu ?

– Si je me souviens bien, toute la compagnie s'affairait à construire une voie de chemin de fer légère au départ d'Acheux, une mission prioritaire. Le terrain à l'est était complètement pulvérisé, il ne restait pas une route digne de ce nom sur des dizaines de kilomètres, et la 3e armée menait une offensive. Sans ce chemin de fer, la majorité du matériel aurait dû être transportée à dos de mule.

– Mais vous deviez être loin derrière la ligne de front. Où, précisément ? »

Pickering rechaussa ses lunettes, ses lèvres minces étaient agitées de tics.

« Depuis l'arrivée du CLC en France, nous avons perdu près de deux mille hommes. Si nous avions toujours été *loin derrière la ligne de front*, nous en aurions perdu largement moitié moins.

– Excusez mon hypothèse, général. Alors où étiez-vous ?

– Au nord-est de Mailly-Maillet. Assez près des Boches pour perdre des hommes sous les bombes. On travaillait la nuit, quand la configuration du terrain le permettait.

– Kelvin et les autres ont été retrouvés près de quatre kilomètres plus à l'est. Avez-vous la moindre idée de ce qu'ils faisaient là ? S'étaient-ils perdus ? »

Les lunettes de Pickering, qui venaient pourtant juste d'être astiquées, ne l'étaient manifestement pas assez. Il les retira et recommença l'opération.

« Je n'ai appris cette affaire qu'après l'événement, comprenez-vous. Je n'étais pas sur les lieux ce jour-là. Mais un rapport annonçait qu'une gigantesque réserve d'obus avait été découverte, des obus à gaz moutarde. Ils se trouvaient dans de vieux bunkers allemands que nos gars avaient pris un jour ou deux plus tôt. Frappée directement, cette réserve aurait pu dézinguer la moitié de la brigade. On redoutait que les Boches la visent avec leurs armes lourdes. D'où l'urgence de la situation.

– En général, le gaz moutarde n'était pas stocké dans les postes avancés.

– Bien sûr que non. Mais Serre n'a pas toujours été une position avancée. Il y a un an, elle était loin derrière les lignes allemandes, ne serait-ce que l'espace d'un mois ou deux. »

Pickering rechaussa ses lunettes. Ses yeux rougis étaient grossis par les verres.

« Quoi qu'il en soit, le lieutenant Kelvin est allé jauger la situation et voir ce qui pouvait être fait.

– En prenant douze hommes avec lui.

– Exact.

– Pourquoi, s'il prévoyait simplement de jeter un œil ?

– L'histoire ne le dit pas. Peut-être pensait-il que des mesures temporaires étaient envisageables. Des sacs de sable et ainsi de suite. »

Ou peut-être que ce rapport était faux. En tout cas, il sonnait faux aux oreilles de Mackenzie. Kelvin s'était-il montré suspicieux ? Avait-il pris des hommes avec lui en guise de protection ? Si oui, contre qui ? S'il avait eu vraiment peur, il aurait pu rester où il était. Cela dit, un refus d'aller à l'avant, surtout de la part d'un officier du Labour Corps, aurait pu être interprété comme de la lâcheté.

« Ce rapport, d'où venait-il ?

– Quelqu'un est arrivé des lignes de front pour demander de l'aide, je crois – un officier, d'ailleurs. »

Mackenzie leva la tête.

« Donc ce n'était pas un ordre. Le QG des Corps n'était pas au courant ?

– Non, c'était très ponctuel. Les événements allaient à toute vitesse, à l'époque.

– Et les obus ?

– Les obus ?

– Ceux avec le gaz moutarde. Ont-ils été enlevés ? »

Pickering fronça les sourcils.

« Pas que je sache. » De toute évidence, cette question ne l'avait jamais effleuré. « Pas par sa compagnie.

– Mais ont-ils été *trouvés* ?

– Je ne saurais vous dire. Comme le front avançait, j'imagine qu'ils ont cessé d'être une menace. Serre a été prise quelques jours plus tard. » Pickering dut lire l'impatience sur le visage de son interlocuteur. « Notre objectif était de terminer la voie de chemin de fer, capitaine. Le sauvetage n'était pas de notre ressort. »

Une rigole de sueur se forma sur la tempe de Mackenzie. Il était près de la vérité, près de comprendre – avant Westbrook, avant Whitehall. Encore quelques pas, et il la tiendrait. Et il ferait tout pour la révéler au monde, quelle que soit la laideur de son visage.

« Général, savez-vous qui a apporté ce rapport au lieutenant Kelvin ? Avez-vous un nom ?

– Non. Quelle importance ?

– S'il vous plaît, général. Cela pourrait s'avérer capital. »

Pickering secoua la tête.

« Je vous l'ai dit, je n'étais pas là. C'est le lieutenant Collins qui était responsable, ajouta-t-il en sortant une montre à gousset. Il devrait encore se trouver à la décharge, si vous voulez le voir. Kelvin et lui étaient amis. Si quelqu'un sait ce qui s'est passé, c'est lui. »

La décharge de récupération se trouvait à quelques centaines de mètres du camp de Shantung, à côté de la voie de chemin de fer légère que les Chinois eux-mêmes avaient aidé à construire. Mackenzie aurait préféré s'y rendre seul, mais Pickering avait insisté pour qu'ils y aillent ensemble, flanqués du mastiff. Le site était entouré par des barbelés et surveillé par des sentinelles.

« Une regrettable nécessité, expliqua Pickering. Nous avons eu beaucoup de vols depuis le retour des civils. Nous soupçonnons quelques coolies d'être également impliqués. »

À l'intérieur de la clôture se dressaient trois piles de fusils, chacune plus grande qu'un homme, les armes se comptant par milliers. Les soldats démobilisés de l'infanterie rendaient leur armement dans un dépôt. Ici se trouvaient les fusils des morts et des blessés retrouvés sur les champs de bataille. Beaucoup avaient été utilisés pour signaler leur tombe.

« Je croyais que les Chinois étaient censés rester à l'écart de la population civile, remarqua Mackenzie. N'est-ce pas la politique militaire ? »

Pickering ricana.

« En théorie. En pratique, il est impossible de faire respecter une interdiction. À certains endroits, les locaux sont hostiles – surtout les Belges –, ce qui facilite les choses. En France le coolie jouit d'une meilleure réputation. Il y a eu pléthore de fraternisations, un bon paquet de femmes impliquées et un nombre non négligeable de transactions.

– Qu'ont les Chinois à vendre, hormis leurs bras ?

– Vous seriez surpris. Ils ont commencé à fabriquer des paniers en se servant des paillasses en roseau qu'on leur donnait pour dormir. Ensuite de la broderie en soie et des fleurs artificielles. Des babioles, mais ça leur rapporte de l'argent.

– Et l'opium ? »

Pickering tira sur la chaîne pour mettre le chien au pied.

« L'opium ?

– Les Chinois n'en connaissent-ils pas un rayon sur le sujet ?

– Les coolies sont issus des strates les plus basses de la société chinoise, capitaine. Il faut s'attendre à une certaine criminalité latente. Ce qui compte, eu égard à l'effort de guerre, c'est de limiter les opportunités que le latent devienne patent. »

Ils s'arrêtèrent devant un rempart de caisses d'obus. Haut de trois mètres, il s'étendait en un arc d'une centaine de mètres, le cuivre parfois jaune, parfois bruni par la rouille ou recouvert de boue. Contrairement aux morts, cette moisson de champ de bataille trouverait le chemin de l'Angleterre. Sa valeur se mesurait en espèces sonnantes et trébuchantes.

« Le lieutenant Kelvin se montrait très protecteur avec ses hommes, expliqua Pickering tandis qu'ils parcouraient la décharge. Plus que nécessaire. Il avait tendance à mettre leurs défauts sur le compte de quelques brebis galeuses, et à accorder trop de liberté aux autres. Il refusait de voir le coolie typique pour ce qu'il était : essentiellement simplet et amoral.

– Avez-vous eu des raisons de le réprimander ?

– Une fois ou deux, peut-être. » Pickering tira de nouveau sur la chaîne. « Viens, Jasper.

– Y avait-il des disputes ?

– Le CLC fait partie intégrante de l'armée britannique, capitaine. En général, les sous-officiers ne se querellent pas avec leurs supérieurs.

– Qu'est-ce qui inquiétait Kelvin ? Quelque chose en particulier ? »

Pickering se baissa pour flatter le mastiff, qui haletait en passant tranquillement devant la masse de cartouches brûlées.

« Kelvin s'était mis à se préoccuper d'affaires secondaires. Il avait tendance à oublier que le but du CLC est de soutenir l'armée et de l'aider à combattre. Ce n'est pas une œuvre de bienfaisance.

– Quelles affaires secondaires ?

– Je ne comprends toujours pas en quoi ça vous aide. »

Ils tournèrent à un coin. Un peloton de travailleurs chinois revenait de la tête de ligne en traînant la jambe. Un contremaître tapotait sa casquette avec une verge. Pickering salua tout en rapprochant son chien. Désormais les caisses d'obus avaient cédé la place à des tas de ferraille rouillée : bouts de machines, bobines de fil barbelé, panneaux brûlés d'une carcasse de char.

« Général Pickering ? Quelles affaires secondaires ? »

Pickering soupira.

« Certains coolies avaient été portés disparus. Il était plus qu'évident qu'ils avaient fait le mur. On les avait vus à Acheux, en train de fricoter avec les locaux. Le camp n'était pas loin à l'époque, et les autochtones étaient… disons amicaux.

– Les femmes, vous voulez dire ? »

Pickering grogna.

« Et puis ce n'est pas comme si nous n'avions jamais eu de déserteurs. Il y a des nuées de Chinetoques en France en ce moment, donc il y a plein d'endroits où se cacher. Mais malgré tout, Kelvin était persuadé qu'il y avait eu homicide.

– Il se basait sur quelle preuve ?

– Aucune, à part sa supposée connaissance des hommes en question. Ils n'étaient pas du genre à déserter, qu'il disait. Il avait enregistré diverses allégations de maltraitance avant – rarement étayées et impliquant souvent d'autres compagnies de travailleurs.

– Maltraitance de la part des troupes britanniques ?

– Je ne me rappelle pas les détails, mais c'était l'idée. Ensuite, un certain temps après, un corps a été retrouvé, celui d'un des coolies disparus. C'est à ce moment-là que Kelvin est allé trop loin.

– Trop loin ?

– Il m'a évincé, si vous voulez savoir. J'ai appris – officieusement, s'entend –, qu'il avait même court-circuité le commandant du Labour. Il a été porter ses allégations abracadabrantes jusqu'au bureau de l'adjudant-général de la 3e armée – où elles ont sans nul doute été vertement expédiées. Reste que la réputation de la compagnie s'en est forcément ressentie. »

Ou celle de son commandant, songea Mackenzie. Comme si le statut subalterne du Labour Corps n'était pas déjà assez pénible en l'état.

« Est-il ressorti quelque chose de ces allégations ? »

Pickering haussa les épaules.

« Difficile à dire. Mais j'en doute. À l'époque, la 3e armée était lourdement engagée, elle progressait enfin. Ce n'était pas franchement le moment de faire le ménage.

– Et ensuite Kelvin a été assassiné à son tour.

– Apparemment. Cela dit, je ne vois toujours pas en quoi tout ça...

– À qui Kelvin imputait-il ces disparitions ? Quelqu'un en particulier ? »

Pickering haussa les épaules.

« Une partie de la division de l'East Lancashire se trouvait dans la zone. Il l'a donc naturellement pointée du doigt. »

Une locomotive en attente sur la voie fit retentir son sifflet, une douzaine de wagons vides derrière elle. Une pluie légère s'était mise à tomber, les gouttes se muaient en vapeur au contact du moteur.

« Voilà votre homme. Lieutenant Collins ! »

Un officier vêtu d'un trench-coat descendit de la cabine du conducteur et salua. Petit, il avait une moustache couleur sable et le teint rougeaud.

« Lieutenant Collins, je vous présente le capitaine Mackenzie, attaché au DGRE. »

Ils se serrèrent la main.

« Le capitaine a quelques questions concernant le lieutenant Kelvin.

– George ? A-t-il...

– Il semblerait que l'on ait retrouvé sa dépouille.

– Sa dépouille ? » Collins cligna des yeux, puis regarda ses godillots. « Je vois.

– Vous étiez amis, si j'ai bien compris, commença Mackenzie.

– Oui, capitaine, c'était un... » Collins jeta un œil à son commandant. « Un homme bien. Je caressais l'espoir qu'il avait été capturé.

– Il l'a été, intervint Pickering. Malheureusement, les Boches... »

Mackenzie l'interrompit.

« On m'a dit que le lieutenant Kelvin avait conduit une section à l'avant, la nuit où il a été porté disparu. Pouvez-vous me le confirmer ?

– Oui, capitaine. Je les ai vus partir. Nos pelotons travaillaient côte à côte sur le chemin de fer pour poser les traverses. C'est là qu'on a entendu parler de ce problème sur la crête de Serre : un gros stock de gaz moutarde qui n'attendait que de péter. »

Le mastiff de Pickering repéra quelque chose derrière eux. Il grogna et se mit à tirer sur sa chaîne.

« Qui vous a parlé de ces bombes de gaz ? Qui a sollicité votre aide ?

– Un de leurs gars de la division de l'East Lancashire. Vu qu'ils avaient envoyé un officier, on savait que c'était grave.

– Qui, exactement ?

– Eh bien, c'était… je ne suis pas sûr, je… » Pickering tira sur la chaîne. « Qu'est-ce que ça change ?

– Réfléchissez, s'il vous plaît.

– C'était un lieutenant d'une compagnie de Manchester. »

Collins remonta son col. La pluie tombait plus fort.

« Oui, c'est ça. Je me rappelle qu'on l'avait déjà vu avant.

– Comment s'appelait-il ?

– Haldane ou…

– Haldane ? » Mackenzie sortit son calepin. « Vous êtes sûr ? »

Collins secoua la tête.

« Non, pardon, c'était pas ça. Le lieutenant s'appelait Haslam. »

30

Mackenzie revint l'après-midi à Colincamps, où il trouva une lettre de sa sœur. Il remisa ses pensées au sujet d'Edward Haslam – des pensées qui lui pesaient – et s'assit pour lire.

Pendant la majeure partie de la guerre, Hannah avait écrit ponctuellement, mais depuis la perte de ses autres frères, ses lettres étaient devenues plus fréquentes. Pourtant elle n'avait pas grand-chose à dire. Le sujet récurrent, c'était l'épidémie de grippe : ceux du quartier qui l'avaient attrapée et ceux qui en étaient morts. Elle décrivait essentiellement sa vie quotidienne sans histoires, avant de passer aux nouvelles de leurs voisins et de leurs amis. Peut-être que s'attarder sur l'ordinaire l'aidait à tenir son chagrin à distance, songeait Mackenzie. À moins que l'acte même d'écrire lui procurât un répit dans la tristesse suffocante d'un foyer en deuil.

À la fin de sa lettre, Hannah lui demandait quand il allait rentrer à la maison.

Vas-tu être bientôt démobilisé ? Ça changerait tout de t'avoir ici, sain et sauf. Parfois j'ai l'impression que la vie s'est arrêtée. Personne ne songe plus à l'avenir. Échafauder des projets semble vain. Une nuit, j'ai rêvé que j'allais participer à un voyage palpitant. J'arrivais à la gare avec armes et bagages, et là je découvrais que la plupart de mes compagnons ne venaient pas. Alors je me rendais compte que je n'avais plus vraiment envie de partir. Voilà à quoi ressemble la vie, maintenant, pour ceux d'entre nous qui restent. Il y a trop de chambres vides, de chaises vides, de lieux vides. Comment sommes-nous censés les remplir ?

Mackenzie s'assit pour écrire sa réponse. Il essaya de paraître guilleret : il était en parfaite santé, mangeait largement à sa faim, avait un cantonnement douillet et une brave équipe de gars sous ses ordres. Quant à son retour à la maison, il lui assurait que ça ne tarderait pas : un mois ou deux tout au plus.

Il déchira cette lettre et en recommença une autre. Il avait encore besoin de temps, écrivit-il, pour terminer le travail qu'il avait entamé. Les hommes qui avaient tout donné – des hommes comme leurs frères, Alan et Robert – méritaient une tombe à leur nom s'il y avait la moindre chance de leur en procurer une. L'idée de laisser ces corps sur place lui était insupportable.

Il déchira aussi cette lettre. Il ne pouvait pas s'attendre à ce que sa sœur comprenne. Et puis était-ce seulement la vérité ?

Il laissa le papier sur la table et sortit. Le ciel s'assombrissait, des traînées de pluie étaient suspendues au-dessus de l'horizon. À l'heure qu'il était, les équipes devaient s'en retourner à Colincamps, et aux cuves de ragoût gras qui les attendaient. Le QG de la compagnie allait devoir se déplacer dans un jour ou deux, étant donné que les zones de recherches qui leur étaient imparties se déportaient à l'est. Cela impliquerait de monter le camp sur le champ de bataille lui-même, un terrain dangereux et malsain. Il n'était pas sûr de la façon dont ses hommes s'y adapteraient, ni s'ils s'y adapteraient tout court.

Il alla au bout de la cour, s'alluma une cigarette, et remarqua en jetant son allumette que la cheminée de la ferme fumait. Miss Vanneck partait tôt presque chaque matin, elle arpentait les cimetières de regroupement à mesure qu'ils grandissaient, tombe après tombe, rang après rang ; elle se rendait dans un territoire travaillé par d'autres unités, allait jusqu'à Gommecourt au nord et Achiet à l'est. Rien n'était apparu, évidemment, aucun reste portant le rang et l'insigne de Haslam, aucune tombe avec son nom. Parmi les anonymes, seule une dizaine avait été des officiers, et chaque fois il avait été possible d'établir au moins leur nationalité, si ce n'était leur régiment. Jamais dans aucun de ces cas les informations ne concordaient avec Haslam. Et il en resterait ainsi. La zone dans laquelle il avait été porté disparu avait déjà été nettoyée. Et pourtant sa fiancée continuait à chercher, en faisant abstraction du raisonnable. Mackenzie s'était surpris à attendre le jour où elle finirait par abandonner et rentrer chez elle, où Edward Haslam – son souvenir, son fantôme – la libérerait enfin.

Ce jour viendrait-il plus tôt, se demandait-il, si elle en savait autant que lui sur sa dernière journée ? Elle finirait peut-être par entendre les rumeurs, de toute façon – nul doute plus sombres et moins ambiguës que les faits à proprement parler –, mais devait-il être celui qui salirait le nom de son fiancé, qui suggérerait, sur la base de preuves loin d'être concluantes, qu'il était complice de l'atrocité de Two Storm Wood ? S'il le faisait, elle le détesterait. Il ne pouvait pas s'attendre à moins. En même temps, Mackenzie brûlait de savoir si c'était vrai. Que resterait-il, alors, de l'amour de miss Vanneck ? Combien de bouleversements pourrait-il supporter ?

La prochaine étape était évidente. Le lieutenant Kelvin, l'officier du CLC assassiné, avait fait remonter ses plaintes jusqu'au bureau de l'adjudant-général de la 3e armée : des accusations de maltraitance et pire encore. Elles devaient avoir été enregistrées quelque part dans les quartiers généraux à Péronne : noms, dates, lieux – le tout couché sur papier, le tout dans des dossiers. Haslam figurait-il dans ces accusations ? Si oui, de quelle manière ? Le général Westbrook le découvrirait. Il effectuerait le trajet jusqu'à la 3e armée et ouvrirait ces dossiers. Et après ? Qui profiterait de ses découvertes ? À qui serait confiée la vérité ? Au public, au ministère de la Guerre, au secrétaire d'État ? Malgré tout ce qui s'était passé, Mackenzie avait le sentiment qu'il ne jouirait pas du même privilège, pas plus qu'Amy Vanneck.

La fumée de la cheminée lui disait qu'elle était rentrée plus tôt que d'habitude. Il se dirigea vers la porte et frappa.

« Bonsoir ? Il y a quelqu'un ? »

Personne ne répondit. Il poussa la porte qui n'était pas verrouillée. Dans la cuisine, une couverture de voyage avait été étendue sur les dalles devant le foyer. Dessus se trouvait la valisette d'Amy, et à côté un sac en toile dont débordaient des papiers. C'étaient des lettres, toutes écrites de la même main. Certaines étaient encore dans leur enveloppe.

Il s'accroupit et prit la plus proche, curieux de voir qui les avait écrites. La lettre était signée *Edward*. Edward Haslam, bien sûr : l'amant, le professeur de musique, l'expert en meurtre à bout portant. Mackenzie retourna la feuille. La lettre, écrite dans un lieu appelé Madingley, était datée de l'été 1916. À l'époque, Haslam était encore un civil.

> *Tu occupes toutes mes pensées : la douceur de ta peau, le parfum de tes cheveux, ton sourire, ta chaleur lorsqu'on s'allonge ensemble. Un bateau passe sur la rivière, ses rames giflent l'eau, et me voilà qui te donne un bain, qui étale de la mousse sur tes épaules, sur ton ventre. Une femme me double dans la rue, toute saucissonnée dans ses dentelles et ses baleines, et me voilà qui t'imagine avec tes seins laiteux parfaits, libres d'être touchés, caressés, cédant sous mes doigts. Au simple souvenir de mon désir pour toi… il me faut détaler, là, au beau milieu de la rue, de peur d'exploser. Est-ce de la folie ? Je m'en fiche. Si c'est de la folie, qui voudrait être sain d'esprit ?*

Malgré la situation, Mackenzie ne s'était jamais représenté Haslam autrement qu'en soldat, énième jeune officier britannique parmi des milliers. Ses mots adressés à Amy, même surgis du passé, le ramenaient à la vie, ne serait-ce qu'un instant. Il semblait à Mackenzie que c'était une existence plus fertile et plus passionnée que la sienne.

La pluie rentrait par un trou du toit, gouttant sur le plancher. Mackenzie replia vite la lettre. Il n'avait pas à s'immiscer dans les amours d'un autre.

Il jeta son mégot de cigarette dans l'âtre et se leva. Comme il faisait volte-face, une autre missive attira son regard : elle était datée du mois d'août de l'année précédente, le mois où Haslam avait été porté disparu, le mois de l'atrocité à Two Storm Wood. Une page, au papier froissé, avait été plus souvent lue que les autres. Il la ramassa.

... Je suis assis à l'abri d'un tertre, invisible de l'ennemi. J'ai une bonne vue à l'ouest, sur la majeure partie du territoire que nous avons gagné, en direction d'une pile de décombres que nous continuons à appeler la ferme de La Signy. Malgré les combats, une belle moisson de blé pousse sur l'ensemble. Il sera bientôt mûr, hélas personne ne le récoltera. Là où il cache le champ de tir, il sera écrasé au rouleau. Le reste moisira sur pied. Cette pensée me rend bêtement triste. La première fois que je l'ai vu, j'ai versé de vraies larmes, j'ai sangloté comme un enfant.

Jour et nuit nous menons des attaques de tranchée. En deux semaines, notre brigade a fait progresser le front d'une centaine de mètres. Nous sommes en lisière des anciens champs de bataille de la Somme, à présent. Bientôt nous serons dans les tranchées que nous possédions deux étés plus tôt – je dis « nous », mais évidemment j'étais en Angleterre à cette époque. Il est étrange de penser que les hommes qui se sont battus sur ces champs de bataille sont toujours là, pour la plupart, dans la terre. C'est idiot de ma part, mais je ne peux pas m'empêcher d'y songer. Dans mes rêves, je les sens qui essaient de m'attraper avec leurs bras de squelette, suppliant, implorant – j'ignore pourquoi : une tombe décente, peut-être. Je t'ai dit que mon vieil ami Bill Egerton était ici, dans le corps médical ? Je pourrais toujours lui parler. Peut-être qu'il arriverait à trouver ce qui cloche chez moi, qu'il m'aiderait à dormir sans ces cauchemars atroces.

Hier soir j'ai rêvé que j'avais vu le diable dans cet endroit – un banal soldat en kaki avec de la boue sur les godillots et du sang sur le visage. Je l'ai regardé dans les yeux et j'ai vu le vide à l'intérieur. Ce souvenir me fait frémir. Il se riait de moi, même s'il souriait à peine, un rire triomphal. Maintenant je sais pourquoi j'étais si farouchement opposé à la guerre quand j'étais en Angleterre. J'avais peur, bien sûr, mais pas seulement de mourir. J'avais peur que ça me convienne trop bien. Il devait y avoir plus de colère chez moi que je ne le soupçonnais.

Promets-moi, Amy, que quoi qu'il arrive, tu ne les laisseras pas m'abandonner ici. C'est la seule chose que je te demande, mon amour, la toute dernière chose – ce n'est pas rien, je sais. Cette terre est sa terre, et si j'y laisse mes os, ce sera comme si je lui appartenais pour l'éternité. C'est le cauchemar que je sens grandir dans ma tête, celui qui m'étouffe dans mon sommeil, comme si j'étais déjà là sous ce sol putride.

Mackenzie sentit un courant d'air sur sa nuque. Il se retourna, Amy était sur le seuil. Elle avait les yeux rouges, comme après avoir pleuré.

Il n'essaya pas de dissimuler ses agissements.

« Je voulais comprendre, dit-il.

– Comprendre quoi ? »

Elle s'accroupit et se mit à rassembler ses lettres.

« Pourquoi vous êtes ici. Pourquoi vous faites ça.

– Ne l'ai-je pas expliqué ? »

Mackenzie lui rendit la lettre.

« Lui avez-vous fait cette promesse – la promesse de le ramener chez lui ? »

Amy plia la page.

« C'est la dernière lettre que j'ai. Je n'ai plus jamais eu de nouvelles après. Je ne pense pas qu'il ait reçu ma réponse.

– Je vois. J'espère que vous me pardonnerez ce… Ici, il est facile d'oublier… difficile de croire en quoi que ce soit de beau – que l'amour existe, ou subsiste. »

Il secoua la tête. À quoi bon parler ainsi ?

« Je ferais mieux d'y aller. »

Il se dirigea vers la porte. Il avait été tenté de lui raconter les interactions entre Haslam et les Chinois le jour du massacre, mais il s'était ravisé.

« Il y a autre chose, capitaine.

– Autre chose ?

– J'ai eu des nouvelles de Kitty Page, ce matin.

– J'ai vu la lettre arriver. Elle va bien ? »

Amy hocha la tête.

« On a retrouvé la tombe de son frère. Elle a été contactée par le DGRE à Péronne. John va être déplacé dans un cimetière militaire à l'extérieur de Rosières.

– C'est une bonne nouvelle.

– Dans laquelle vous n'êtes pas pour rien, semble-t-il. »

Mackenzie secoua la tête.

« Je n'ai fait que transmettre sa requête et les faits connus. On l'aurait retrouvé tôt ou tard, j'en suis sûr.

– En tout cas, Kitty m'a demandé de vous remercier. Elle a prévu de se rendre au cimetière, et ensuite elle rentrera chez elle.

– Tant mieux. »

Mackenzie hésita. Amy était peut-être heureuse pour son amie, mais elle allait certainement se sentir encore plus isolée, encore plus seule, une fois que Kitty Page serait partie.

« J'espère que vous vous sentirez capable de faire la même chose, d'une façon ou d'une autre, miss Vanneck. Bientôt. »

Il ouvrit la porte. Le soleil avait plongé sous les nuages. Il ferait bientôt nuit.

« Et vous ? demanda Amy.

– Moi ?

– Pourquoi n'êtes-vous pas rentré chez vous ? Vous vous êtes porté volontaire, n'est-ce pas ? »

Mackenzie songea à sa sœur, qui le suppliait de rentrer ; à sa difficulté à s'expliquer.

« J'ai peur de ne jamais arriver à vraiment quitter cet endroit si je le quitte maintenant. C'est juste une impression, mais... je crois que l'idée de ce qui m'attend – je ne suis pas prêt à l'affronter. J'avais deux frères, tous les deux plus jeunes. Tous les deux disparus au combat.

– Et vous espérez les retrouver ?

– Il y a peu de chance. Ils ont disparu à des dizaines de kilomètres d'ici, de toute façon.

– Alors ? »

Mackenzie regarda la cour. La pluie tombait plus fort. Le sergent Farrer conduisait un groupe de mules à l'abri.

« Ç'a toujours été mon boulot de veiller sur eux, quand nous étions petits. C'était comme ça. Et au moment crucial, j'ai échoué.

– Ce n'était pas votre faute.

– C'est ce que je me dis, mais ça ne change rien.

– Vous vous sentez quand même coupable. »

Mackenzie hocha la tête.

« Sauf quand je suis ici, à faire ce que je fais. Je me sens coupable quand je suis heureux, quand c'est bon d'être vivant. Ça doit être difficile à saisir. »

Amy secoua la tête.

« Je comprends très bien.

– Mais comment ? »

Elle rangea ses dernières lettres dans son sac en toile, dont elle actionna ensuite le fermoir.

« C'est moi qui suis responsable de la mort d'Edward. Sans moi, il ne serait jamais venu ici. »

Elle se leva. Ils étaient très proches dans la pièce qui s'assombrissait. Il aurait suffi à Mackenzie de lever un bras pour la toucher, caresser la douce peau de sa joue. Elle était épuisée, le chagrin était gravé sur son visage, comme une maladie.

Il laissa la porte se refermer avec un claquement.

« Vous n'êtes pas plus responsable de la guerre que moi. Encore moins.

– Mais j'aurais pu épargner la guerre à Edward, si j'avais été courageuse, si je l'avais épousé quand il me l'avait demandé. Seulement j'avais peur de ma famille, peur de leur rejet.

– Ils ne l'approuvaient pas ? »

Amy secoua la tête.

« Pire que ça. Les Vanneck avaient été des bienfaiteurs de l'école où il travaillait. Quelques semaines après mon refus de l'épouser, ma mère a contacté les directeurs, elle les a travaillés au corps.

– Il a été renvoyé ? »

Amy hocha la tête.

« Je ne l'ai découvert que le mois dernier, le jour où la lettre du général de division est arrivée. J'ai entendu ma mère et mon père se disputer. Ce qu'avait fait ma mère était très clair. »

Cette lady Vanneck ne plaisait guère à Mackenzie, mais il aurait été déplacé de le dire.

« Ça a dû être difficile à entendre.

– Edward avait toujours été contre la guerre. Il avait juré que jamais il ne prendrait de vie. Il savait ce qu'une seule mort pouvait engendrer. »

Amy serrait compulsivement les mains, les yeux embués. Elle avait besoin de se confier. Peu importait à qui, finalement.

« Il arrive que les gens changent d'avis, déclara Mackenzie.

– C'est ce qu'il a dit. Il m'a raconté qu'il devait faire sa part, comme les autres. Que ça lui semblait mal de rester à l'arrière, pendant que d'autres risquaient leur vie. Un moment, j'ai failli le croire.

– Qu'il n'ait pas eu le choix n'amoindrit en rien son sacrifice. Sinon, je serais déjà parti.

– Mais il l'avait, le choix : il aurait pu refuser de partir, devenir objecteur de conscience.

– Et aller en prison, très certainement. »

Amy considéra Mackenzie.

« Ça, il l'aurait supporté, mais à cause de moi, c'était impossible.

– Parce que vous auriez partagé ce stigmate, cette disgrâce ?

– Cela m'aurait obligée à choisir entre lui et ma famille : lui et le monde que je connaissais, le monde que j'avais toujours dit vouloir changer. » Amy baissa la tête. « Il pensait que je ne l'aimais pas assez pour ça. Il avait peur de mon choix. »

31

Le contremaître était assis sur un tabouret au milieu des écuries, à un ou deux mètres de l'endroit où son camarade avait été tué, même si la paille ensanglantée avait été brûlée et le sol en ciment récuré. Le sergent Shen Xinfeng, riveteur, avait la réputation d'être le plus vieux de la compagnie – ses papiers disaient trente-sept ans, mais personne n'y croyait. À la lueur de la lanterne on lui en donnait au moins cinquante, avec ses rides profondes et sombres comme des plaies. D'après ce qu'avait compris le lieutenant Sloan, il incarnait la figure du père parmi les sans grades. Il les aidait à envoyer des lettres chez eux, ceux qui ne savaient pas écrire. Et il connaissait Liu Dianzhen. C'était grâce à Liu que Shen avait appris des rudiments d'anglais. Cela ne faisait pas d'eux des confidents ni des amis, mais Sloan ne pouvait pas mieux faire : l'interprète était un homme solitaire, comme tous les coolies. Le commandant avait réagi à sa mort en ordonnant un couvre-feu et en fouillant le camp à la recherche d'armes illicites : rien n'avait été trouvé hormis des outils du quotidien et des couteaux de poche.

Sloan attendait que l'interrogatoire commence. La maison de Mme Chastain était bien le dernier endroit où il avait envie de retourner, mais le général Westbrook avait insisté. Il fallait que le contremaître soit interrogé dans un lieu privé, disait-il, ce qui éliminait le camp. Il n'était pas facile de dire non au prévôt. Sloan aurait obtempéré même si on ne lui avait pas expliqué en toute confidentialité la mission de Westbrook : une mission secrète confiée par les hautes sphères de Londres.

Westbrook faisait les cent pas dans la pénombre. De temps à autre, il se touchait l'épaule. Le sergent Shen le toisait d'un air méfiant en se roulant une cigarette. Il savait où il était et ce qui s'y était passé. Cela aurait suffi à rendre nerveux n'importe qui.

« Racontez juste au général ce que vous savez, commença Sloan, et il n'y aura aucun problème. »

Shen léchait son papier à cigarette, les yeux toujours rivés sur l'officier le plus gradé. Sloan avait des bouffées de chaleur. Il n'avait pas envie de faire mauvaise figure devant le général, même s'il ne pouvait pas s'empêcher de remarquer que lui aussi semblait sur les nerfs. Son col était crasseux, et depuis leur dernière rencontre il s'était procuré un Webley, qu'il gardait non pas dans un étui, mais dans la poche de son pardessus, d'où il pouvait dégainer plus vite.

Westbrook cessa ses allées et venues et s'avança dans la lumière.

« Liu Dianzhen et vous, comment vous êtes-vous rencontrés ? »

Shen recommença à passer sa langue sur le bord du papier à cigarette.

« L'impératrice.

– L'impératrice. Qu'est-ce que vous… ?

– *L'Impératrice d'Asie*, expliqua Sloan. C'est un paquebot. Il fait la traversée du Pacifique jusqu'à Vancouver. Toute notre compagnie était à bord. Dix semaines en mer.

– Donc vous n'aviez jamais rencontré Liu avant, en Chine ? »

Shen écarta cette suggestion d'un geste.

« Liu, de Weifang.

– C'est à trois cents kilomètres au sud de Tianjin, précisa Sloan. Shen est originaire de Tianjin, c'est bien ça ? »

Shen porta la cigarette à sa bouche puis se mit à palper ses poches. À contrecœur, Sloan lui procura du feu.

« Tianjin, répéta enfin Shen. Liu de Weifang.

– Savez-vous qui l'a tué ? »

Shen fit rouler ses épaules comme si cette question était un fardeau, le dernier en date après beaucoup d'autres, et plus lourd que la plupart.

« Il a été tué ici même, dans les écuries », dit Westbrook en se tournant vers l'endroit où l'interprète avait été retrouvé. La seule trace du meurtre était une tache sombre sur la poutre verticale. « Une mort lente, très lente. » Shen baissait les yeux au sol. « Qui aurait pu vouloir faire ça ? Vous avez dû y réfléchir. Vous devez avoir une idée. »

Shen tira sur sa cigarette – la main légèrement tremblante, nota Sloan.

« Non.

– Avait-il des ennemis ? demanda Sloan. Il a bien dû faire une mauvaise rencontre. »

Shen plissa les yeux à travers la fumée, l'air surpris de voir que Sloan était encore là.

« Dans ce pays... beaucoup d'hommes tués par des inconnus.

– C'est différent, protesta Sloan. Ça c'est la guerre, or la guerre est finie. Là il s'agit d'un meurtre. »

Westbrook semblait vouloir couper court au débat.

« Liu a-t-il dit quelque chose ? Avait-il peur ? Vous seriez bien avisé de nous répondre.

– Vous pourriez être le prochain, ajouta Sloan. N'importe lequel d'entre vous. »

Shen secoua de nouveau la tête.

« Liu pas peur. Liu triste. Il a une femme à Weifang, jeune femme. Et une fille, quatre ans. Liu reçoit des nouvelles le mois avant : sa fille morte avec la fièvre. »

Shen tira de nouveau sur sa cigarette.

« Seule fois je le vois pleurer. »

Sloan regardait ses pieds. Il n'était pas au courant pour la fille de Liu, mais cela dit il n'était pas dans ses habitudes de s'inquiéter de la vie privée des coolies. C'était déjà suffisamment compliqué d'arriver à les nourrir correctement et de les préserver de la maladie pour qu'ils puissent travailler.

« Vous saviez que Liu vendait de l'opium, bien sûr, reprit Westbrook.

– Quand il peut. Affaires pas bonnes, il dit.

– Des problèmes avec la concurrence, j'imagine. »

Shen fronça les sourcils.

« Problèmes ?

– Avec ceux du même négoce. L'armée rentre chez elle. Ça doit devenir difficile de trouver des acheteurs. Des clients comme Mme Chastain doivent valoir la peine de se battre. »

Cette explication n'était pas complètement absurde, mais le lieutenant Sloan n'était pas convaincu. La violence semblait totalement démesurée par rapport au gain. Liu n'était guère plus qu'un revendeur. Sa marchandise, s'il en avait une, ne devait pas avoir une grande valeur.

Shen fuma un moment en silence, comme pour déterminer si le prévôt valait la peine d'être éclairé.

« Liu ne se bat pas. Pour l'opium ? Non. Pas beaucoup d'acheteurs maintenant, argent maigre. Pas de quoi se battre. Liu dit qu'il va bientôt arrêter.

– Est-ce qu'il volait ? intervint Sloan. Peut-être qu'il vendait des marchandises volées ?

– Non. » Shen cracha un brin de tabac. « Pensez comme vous voulez : les Chinois tuent Liu Dianzhen. L'homme blanc pas coupable.

– Ça suffit », s'agaça Sloan.

Il était perdu. Ils n'allaient nulle part. Pour lui, ce meurtre ne pouvait être que le geste aléatoire d'un fou, peut-être induit par une haine profonde de la race chinoise, mais ni Shen ni personne n'était en mesure de l'expliquer.

Westbrook se dirigea vers la porte pour regarder la maison. Il commençait à faire sombre, pourtant il n'y avait pas de lumière derrière les volets.

« Liu appartenait à une société secrète, en Chine, non ? C'est pour cela qu'il avait ce tatouage sur le bras. »

Shen soupira.

« Très vieux. Il y a très longtemps. Liu est jeune alors, garçon.

– Mais un garçon qui a participé à la rébellion. »

Shen secoua la tête.

« Il ne parle jamais de ça. Tout ça passé. Pas de Boxers maintenant, pas de gangs.

– Boxer un jour, Boxer toujours. Leurs victimes n'ont pas ressuscité, si ?

– La rébellion a eu lieu il y a vingt ans, général, intervint Sloan. Et c'était du pipi de chat comparé à ce dernier grand guignol, de toute façon. »

Le prévôt leur tournait toujours le dos. Sloan voyait qu'il avait désormais la main dans sa poche, sur la crosse du Webley. De l'autre, il s'appuyait contre le mur.

« Les autres hommes de votre compagnie, que disent-ils ? demanda Westbrook. Qui accusent-ils ?

– Vous voulez des noms, pour cour martiale. Ils n'ont pas de noms.

– Ce n'est pas ce que j'ai demandé, bon sang ! »

Au bout d'un moment, Shen posa délicatement son mégot par terre, puis l'écrasa sous son talon.

« Ils disent qu'il y a le mal ici. Dans le sol. Des hommes morts sans tombe, pas de repos pour les esprits. Trop nombreux. » Il se frappa doucement la poitrine avec le poing. « Ça va dans le cœur des hommes, ça prend leur âme.

– Démons et diables, commenta Sloan. C'est comme ça que les coolies expliquent tous les maux, général, j'en ai peur. Le raisonnement déductif n'est pas leur fort. »

Westbrook ne parut pas l'entendre.

« Et ensuite ? Ensuite ça ? Cette... boucherie ? »

Shen ne répondit pas, il se contenta de froncer les sourcils, comme si cette question trahissait un défaut de compréhension assez pitoyable.

« Le général veut savoir pourquoi Liu a été tué d'une façon aussi... particulière, clarifia Sloan, qui allait dans le sens de Westbrook pour sauver les apparences. Pourquoi notre meurtrier ferait-il une chose pareille ?

– Pour montrer ce qu'il *peut* faire, répondit Shen, la tête inclinée sur le côté. Pour montrer ce qu'il est devenu.

– Montrer à qui, bon Dieu ? » s'emporta Sloan.

32

Allongée sur le sol de la cuisine, la tête sur son sac de lettres, Amy attendait que la nuit s'achève.

Elle avait trouvé un lit en fer dans la pièce d'à côté, mais il valait mieux rester près du feu. La chaleur l'assoupissait, et pourtant elle avait à peine fermé l'œil. Elle essayait de penser à Edward, le jeune homme qu'elle avait rencontré dans la chapelle d'un *college*, l'amateur de musique et d'idées ; elle essayait de penser à lui au lit, à leurs ébats secrets dans une maisonnette tranquille qui donnait sur un verger, mais ses souvenirs étaient lacérés par l'image d'un couteau de poing. Elle était de retour dans la cuisine de Mme Chastain, à écouter le général Westbrook expliquer les défauts du couteau de boucher : *Pas de garde, ici, vous voyez ? Vous perdriez la prise sur le manche dès que vous toucheriez du cartilage ou de l'os.* Aucun doute, c'était l'expérience qui parlait. Elle pensa à l'interprète massacré, et un frisson de dégoût la parcourut. Les quelques jours qu'elle avait passés en compagnie du général Westbrook lui avaient laissé une sensation de souillure. La violence était au cœur de tout – la violence constatée et la violence infligée. Et Edward, alors ? Qu'aurait-elle ressenti si elle l'avait vu au combat, lors de l'une de ces attaques de tranchée décrites par Mackenzie ? Ses sentiments – son amour – auraient-ils perduré, intacts ?

Lorsque Amy s'endormit enfin, une pâle lumière bleue filtrait sous la porte de la cuisine. À son réveil, la lumière était blanche. Un bout de papier avait été glissé sur le seuil. Elle pensa d'abord qu'il s'agissait d'un mot du capitaine Mackenzie, mais en voyant ensuite l'écriture gauche, pareille à celle d'un écolier, elle comprit qu'elle s'était trompée.

Miss,

On dit que vous êtes venue ici pour votre amoureux, pour trouver sa carcasse et lui donner une tombe décente. Il fallait un sacré cran pour venir. C'est pour ça que vous avez été épargnée. Mais ce n'est pas un endroit pour les gens comme vous. C'est un endroit pour Jezebel et ses prostituées. Je ne voudrais pas que l'on use de vous comme d'eux.

Le capitaine H vous a-t-il envoyée pour couvrir sa piste ? C'est ça votre plan ? De planter une croix gravée à son nom au-dessus d'un corps qui correspond ? Histoire que ceux à qui il a causé du tort ne songent pas à se lancer à ses trousses ?

Sinon, vous avez été dupée. Vous ne trouverez pas votre amoureux ici. Le serpent est bien au chaud à Whitehall ou dans quelque bordel* *de la gaie Paris, où il a attendu la fin du gros de la bataille pendant que ses camarades se faisaient faucher. C'étaient ses dix pièces d'argent, le prix de son âme damnée. On nous avait prévenus qu'un Judas arriverait parmi nous, et c'était vrai.*

Rentrez donc chez vous, miss. Laissez-nous ce chien. Nous le trouverons. Et là vous aurez quelque chose à enterrer, une fois que nous en aurons terminé.

Sincèrement vôtre,

Un frère d'armes

Après une demi-heure de pause, on ordonna aux prisonniers de guerre de former les rangs, avant de les faire sortir de Colincamps par la rue du Bois. Mackenzie regarda passer, le pas traînant, cette compagnie disparate de trois cents hommes aux yeux creux, à mi-chemin entre des soldats et des vagabonds. Ils avaient été amenés par bateau pour réenterrer les morts allemands. Les nouveaux appels à volontaires n'avaient pas attiré grand monde, même lorsqu'ils étaient adoucis par la promesse d'un rapatriement rapide. Ainsi donc avait-on affecté contre leur gré les prisonniers à la mission cimetière. Les troupes irlandaises les escortaient, baïonnette au canon.

Mackenzie tourna les talons. L'odeur alléchante du petit déjeuner d'œufs au plat qui mijotaient dans les écuries lui parvenait de l'autre côté de la cour. Il avait l'intention d'inviter miss Vanneck à le partager avec lui. Il était à mi-parcours, casquette à la main, lorsqu'elle apparut à la porte. Elle le rejoignit en hâte, le souffle court, le visage rouge. L'espace d'un instant grisant, Mackenzie songea qu'il était peut-être lui-même la cause de cette émotion. Mais il vit alors le bout de papier qu'elle tenait. Elle avait lu quelque chose, bien qu'il fût impossible qu'elle ait reçu une autre lettre. Le courrier militaire n'était pas encore arrivé, et le bureau de poste civil le plus proche se trouvait à Doullens, à plusieurs kilomètres à l'ouest.

« Capitaine Mackenzie ?

– Bonjour, miss Vanneck.

– J'ai trouvé ça. C'était sous ma porte, ce matin. Quelqu'un l'a laissé là. » Elle lui avait posé la main sur l'avant-bras. « Il est écrit qu'Edward est encore vivant.

– Vivant ?

– Ici. »

Il prit le mot. Le papier, rêche, était de mauvaise qualité, à peine plus épais que du papier journal. L'écriture était large et lourde, chaque lettre détachée, comme celle d'un écolier. Il lut en silence.

« Brûlez-le. C'est un tissu de mensonges.

– Comment le savez-vous ? Comment pouvez-vous…

– Quelqu'un ne veut pas de vous ici. La place d'une femme, et tout le baratin. C'est vil, j'en suis vraiment navré, mais vous ne devriez pas y accorder d'attention. Si j'ai bien compris, le capitaine Haslam était un officier exceptionnel. Il n'aurait jamais abandonné ses hommes. »

Amy s'empara du papier. Sa main tremblait.

« Pourquoi quelqu'un... » Elle le toisait d'un air sévère, comme abasourdie par sa volonté de la blesser. « Pourquoi quelqu'un irait-il écrire ces choses si elles sont fausses ?

– J'ai un petit déjeuner qui m'attend. Joignez-vous à moi, s'il vous plaît. Vous devez avoir faim.

– Je n'ai pas faim. » Elle plissa les yeux en les plongeant dans les siens. « Capitaine ? Que me cachez-vous ?

– Je ne vois pas ce que vous voulez dire.

– Avez-vous déjà entendu ces choses ?

– Certainement pas. Je vous l'ai dit, j'ai mené l'enquête dans le bataillon de votre fiancé. Ses frères officiers m'ont clairement affirmé qu'il avait servi avec honneur et distinction.

– Ses frères officiers sont tous morts. »

Mackenzie secoua la tête. Pour miss Vanneck, les accusations du message n'avaient pas grand sens. Si elles transmettaient quoi que ce soit, c'était de l'espoir. L'honneur de son fiancé importait peu. Malgré tout, Mackenzie se sentait obligé de le défendre.

« L'armée ne prend pas la désertion à la légère. Il y aurait eu un tollé dans les heures qui auraient suivi. »

Amy le dévisageait, le visage fermé.

« Vous devez comprendre une chose : le commandant du capitaine Haslam jouissait d'une réputation remarquable parmi ses hommes. Ils semblaient considérer qu'il était invincible, porteur d'un destin. Quand il a été blessé, ils ont certainement préféré croire qu'il avait été victime d'un complot plutôt que d'un sort plus rationnel. Voilà tout.

– Vous parlez du colonel Rhodes ?

– Vous ne rendriez pas service au capitaine Haslam en accordant du crédit à ces mensonges. Quelle plus grande insulte à sa mémoire pourrait-il y avoir que de songer à lui comme à un lâche ? »

Les doigts rouges et calleux d'Amy se crispèrent sur le papier ; un instant, Mackenzie crut qu'elle allait le réduire en boule. En lieu et place, elle le fourra dans son chemisier.

« Je sais qu'Edward n'était pas un lâche, murmura-t-elle d'une voix posée. S'il a abandonné son bataillon, il devait y avoir une raison – une bonne raison. Peut-être le colonel Rhodes pourra-t-il me dire laquelle. »

Mackenzie secoua la tête.

« Il y a toujours cent raisons de fuir. Un officier reste parce que c'est son devoir, et parce que ses hommes comptent sur lui. »

Le vent agitait les cheveux dénoués d'Amy. Elle fit volte-face.

« Miss Vanneck, attendez. »

Elle croisa les bras sur sa poitrine. Frigorifiée, recroquevillée, elle cédait sous le poids des espoirs fracassés.

Au bout de quelques pas elle s'arrêta, comme si le simple fait de marcher était insurmontable.

« Vous avez lu la dernière lettre d'Edward, celle où il rêvait du diable. Pensez-vous qu'il commençait à perdre la tête ?

– Rien ne laisse supposer que le capitaine Haslam n'ait pas été un officier dévoué et efficace jusqu'au bout.

– Le caporal Staveley disait qu'Edward vivait sous terre, dans le no man's land, dans les anciens tunnels et les tranchées-abris.

– Je vous l'ai déjà dit : il ne s'est jamais rien passé de tel. Et quand bien même, pourquoi quelqu'un irait-il se terrer là-bas maintenant ? »

Amy considéra le paysage, les sillons tortueux pommelés par l'ombre des nuages.

« Ne pourrait-il pas se cacher ? Les prévôts seraient à sa poursuite, n'est-ce pas, s'il s'était enfui ? Peut-être qu'il existe bel et bien des endroits, là-bas, sous terre – des endroits où pourrait vivre un homme. »

Mackenzie baissait la tête. Quand abandonnerait-elle tout espoir ? La vague possibilité de trouver Haslam vivant allait-elle la garder ici indéfiniment ? Si elle trouvait son corps et qu'elle lui donnait une tombe décente, alors elle pourrait être libre, mais il y avait très peu de chance que ça arrive à présent.

« Si le capitaine Haslam était un fugitif, nous le saurions. Il a été répertorié disparu, présumé mort. Fin de l'affaire. Personne n'est à sa recherche. À part vous. »

Il lui saisit la main. Elle reposa, froide et immobile, dans la sienne.

« Il faut que j'écrive une lettre, dit-elle en se dégageant. Je n'ai pas de temps à perdre.

– Une lettre ?

– À Amiens. Vous voudrez bien la poster pour moi ?

– Bien sûr, mais ne comprenez-vous pas, cela ne peut que... »

Elle ne voulait rien entendre.

« Peut-être qu'Edward s'est bel et bien enfui. Ce message pourrait dire vrai. Peut-être n'avait-il pas le choix. Mon oncle disait souvent qu'il y a tellement de secrets à Whitehall que ça suffit à vous rendre fou. Peut-être cela fait-il partie de ces secrets. »

Amy retourna précipitamment à la ferme. Mackenzie la regarda partir. Son petit déjeuner l'attendait, mais il avait perdu l'appétit.

33

Il dut frapper violemment quatre ou cinq fois avant que Mme Chastain vienne à la porte. Il commençait à faire sombre.

« *Qu'est-ce que vous voulez* ?*

– C'est moi.

– Monsieur Westbrook ? »

La chaînette resta en place.

« J'ai vu de la lumière. » Son souffle se condensait dans l'air humide. « Je croyais que vous deviez partir ?

– Bientôt. Ils disent qu'on est en sécurité, maintenant que tous les *Chinois** restent dans leur camp.

– Qui a dit ça ?

– C'est vrai ?

– Je ne sais pas. J'ai besoin d'entrer. »

Il frissonnait. Sa peau lui semblait chaude et tendue, peut-être les prémices de la fièvre.

« Il n'y a rien ici, monsieur. Les filles sont parties. »

Il resserra les revers de son manteau autour de son cou.

« Je ne suis pas venu pour une fille. »

Elle alluma un feu dans le salon à l'étage, agenouillée devant le foyer tandis qu'il était affalé sur le sofa, toujours vêtu de son manteau, serrant un verre à deux mains. Les dernières gouttes d'*eau de vie** avaient été bues. Tout ce qu'il restait désormais, c'était un peu de vin rouge trop jeune et trop clair pour pouvoir réchauffer. Les volets restaient clos.

« Liu Dianzhen, avez-vous appris qui l'a tué ?

– Pas encore. L'homme n'avait pas d'ennemis, à ce qu'on dit.

– Alors pourquoi est-il mort ? »

Il considéra son verre.

« À cause d'un tatouage, ou à cause de sa race. Surtout à cause de sa malchance.

– Donc vous savez. Vous savez qui est coupable.

– Non, je l'ignore. Mais je pense… j'ai bien peur que…

– *Oui* ?* »

Quelques flammes pâles s'élevaient dans l'âtre. Elles projetaient des ombres vacillantes sur les murs.

« Je connais ce genre d'homme. Il est prisonnier ici. À cause de ce qui s'est passé. Il ne peut pas s'échapper, sinon il l'aurait déjà fait. Il ne peut pas revenir en arrière.

– *Alors, il est fou**.

– Non, pas fou, madame. L'assassin de Liu pense qu'il est maudit, qu'on l'a poussé à la damnation, à dessein. »

Mme Chastain lança un fagot de petit bois dans le feu.

« Vous allez le trouver ? Vous allez l'arrêter ?

– Ou bien c'est lui qui va me trouver. Dans tous les cas, ce ne sera pas long. »

Il but une lampée de vin puis regarda par la fenêtre. Avait-il entendu un bruit dehors ou n'était-ce que la pluie ? S'il regardait au fond de la cour, verrait-il une silhouette plantée là, comme cette première nuit ?

Dans l'âtre, les flammes, chétives, se recroquevillaient. Mme Chastain les attisa avec un soufflet, en s'interrompant pour se tapoter le front du dos de la main. Elle avait des épaules puissantes et des mains gracieuses dont les ongles paraissaient pâles sur sa peau tannée. À l'annulaire, elle ne portait pas de bague.

« Vous ne vous êtes jamais mariée, madame ? »

Elle hésita.

« Il y a très longtemps.

– Vous ne portez pas d'alliance. »

Elle regarda furtivement sa main gauche, comme pour s'en assurer.

« *Non**. Mon mari, il nous a quittées.

– Nous ? »

Elle hésita. C'étaient des choses dont elle n'avait pas l'habitude de parler, surtout pas avec des clients, il le sentait.

« Nous avons eu un enfant, une fille : Louise.

– Où est-elle à présent ?

– Elle est morte, monsieur. *La scarlatine**. Elle avait trois ans.

– Je suis désolé. »

Elle hocha la tête. À l'évidence, la blessure n'avait pas cicatrisé. Peut-être ne cicatriserait-elle jamais. Peut-être que le mieux à espérer était de s'habituer à la douleur. Elle s'empara à nouveau du soufflet.

« Le Chinois, l'interprète, lui aussi il a perdu une fille. Elle avait à peu près le même âge, m'a dit son ami. La fièvre, aussi.

– *La scarlatine** emporte beaucoup d'enfants, monsieur. C'est un fléau. »

Le bois était humide. Il se mit à siffler et à éclater.

« Vous voulez bien m'en parler ? J'aimerais savoir.

– Vous parler de cette maladie ?

– De la perte d'un enfant. »

Mme Chastain ne répondit pas.

« Je suppose que c'est mal de vous demander ça. »

Elle secoua la tête.

« Non. Ce n'est pas *habituel*, mais ce n'est pas mal.

– Pardonnez-moi, madame.

– Je vous en prie, appelez-moi Suzanne.

– S-Suzanne. » Il trébucha sur ce mot, comme s'il était difficile ou inconnu, alors que ce n'était que le prénom d'une femme. « Pouvez-vous me dire ? »

Elle reposa le soufflet.

« Avant Louise, je vivais, mais j'ignorais à quoi elle servait, ma vie. Je rêvais d'être heureuse, mais je ne savais pas comment ce serait, comment le découvrir. Vous comprenez ?

– Je crois, oui.

– Après Louise, je ne me posais plus ces questions. Ma vie était la sienne. Elle était pour elle.

– Et ensuite ? Quand elle est partie ?

– Je n'avais plus ni les questions ni les réponses. Je n'avais rien, que l'existence – le poids de l'existence. Je crois que c'est la même chose pour beaucoup de gens, quand on perd ce qu'on aime le plus. »

Il resta silencieux un moment.

« Et donc vous êtes ici.

– Oui, je suis ici. » Elle s'essuya les mains sur son tablier. « Vous êtes marié, monsieur ?

– Non.

– Quelqu'un vous attend, en Angleterre ?

– Non plus. Il y avait une fille. Elle a rompu nos fiançailles. » Il désigna son visage. « C'est compréhensible, au vu des blessures. Elle a été assez patriote pour attendre la fin de la guerre.

– Je suis désolée, monsieur. Vous l'aimiez ?

– Bien sûr que je... » Il retomba dans le silence. « Je ne me rappelle plus. Je me rappelle la désirer – dès l'instant où j'ai posé les yeux sur elle : robe d'été légère, une ombrelle tournoyant sur son épaule, trop gâtée, mourant d'ennui.

– En Angleterre ?

– Non. Nous étions sur un bateau parti du Caire : sa famille en première classe, bien sûr, et moi en train de suer dans la seconde. Nous nous voyions en secret – pas le choix, vu que je n'avais pas de titre. C'est deux ans plus tard qu'elle a accepté de m'épouser. À ce moment-là, je devais l'avoir mérité. »

Il se souvenait de la dernière lettre qu'elle lui avait écrite : elle craignait qu'il ne soit allé dans des bordels en France, des bordels comme celui-ci, et ne pouvait supporter cette idée – comme si c'était la vraie raison pour laquelle elle l'abandonnait.

« Bon sang, qu'est-ce que c'est que cette pisse ? »

Il jeta son verre dans le feu. Il se brisa avec un sifflement. Westbrook se prit le visage à deux mains.

Mme Chastain se leva.

« *J'apporte la teinture, tout de suite**. »

Elle s'empressa de sortir de la pièce et revint avec un plateau chargé du même attirail que précédemment, sauf que la bouteille était plus grosse. Il la regarda verser l'eau puis mélanger le sucre, avant d'ajouter au goutte à goutte le liquide orange foncé. C'était une dose plus forte que la dernière fois. Elle comprenait ses besoins sans qu'on lui demande rien.

« Je suis désolé, dit-il. Je ne voulais pas vous faire peur.

– *Ce n'est rien, monsieur**.

– Je vous en prie, appelez-moi John. »

Elle hocha la tête.

« Qui vous fournira, demanda-t-il, maintenant que les Chinois sont partis ?

– Personne. C'est fini pour moi, ici.

– Où irez-vous ? À Abbeville ?

– Non. Loin. Je ne sais pas où. Mais j'irai. » Mme Chastain lui tendit le verre. « *Santé**. »

Elle le regarda boire. Une fois le verre vide, elle lui toucha le visage. Ils restèrent un moment immobiles, en silence.

« Reposez-vous, maintenant, *mon ami**. Oubliez. »

34

Londres, mars 1919

Un instant, sir Evelyn Vanneck crut que son taxi était arrivé devant la mauvaise maison. Une jeune femme se tenait là, sa silhouette encadrée par la fenêtre de la bibliothèque – une pièce dans laquelle il pénétrait rarement ces derniers temps. Il n'attendait pas de visite, et certainement pas à cette heure. Le temps qu'il paie le chauffeur et qu'il descende dans la rue brumeuse, les rideaux avaient été tirés, on ne voyait plus l'inconnue.

Sa gouvernante ouvrit la porte.

« Une jeune femme, monsieur. Elle a tenu à attendre.

– Comment s'appelle-t-elle ?

– Page, monsieur. Une amie de votre nièce, a-t-elle dit. »

Sir Evelyn retira son manteau et par réflexe toucha sa cravate, se rappelant alors seulement le récent échange de lettres qu'il avait eu avec la mère d'Amy. À son retour d'Italie, il lui avait écrit pour savoir si ses actions auprès du colonel de la compagnie de Manchester avaient porté leurs fruits – si Amy avait reçu de plus amples nouvelles au sujet de la disparition de son fiancé. Connie Vanneck avait répondu que sa fille n'était pas à la maison : elle était partie en vacances à Paris avec une amie. Connie n'ayant ajouté ni explication ni commentaire, cela signifiait assurément qu'elle n'approuvait pas. Cette annonce l'avait surpris. Il semblait quelque peu déplacé – et en décalage avec la personnalité de sa nièce, d'ailleurs – qu'Amy fasse du tourisme et boive dans des cafés alors qu'on était toujours sans nouvelle d'Edward Haslam. D'un autre côté, si cela pouvait l'aider à surmonter cette perte, s'était dit sir Evelyn, ce n'était pas plus mal. Quoi qu'il en soit, qui pouvait se permettre de juger ?

Il se racla la gorge et entra dans la bibliothèque.

« Miss Page ? »

Il ne s'attendait pas à une femme aussi jeune – à peine plus qu'une enfant. Elle avait des membres longs et sveltes, ses cheveux roux négligés étaient noués en une simple tresse. Elle avait des taches de rousseur sur les joues. Debout à côté de la cheminée éteinte, elle serrait les mains devant elle.

« Merci de me recevoir, sir Evelyn. Je suis désolée d'être venue sans prévenir. »

Ses vêtements étaient visiblement froissés, comme si elle les portait depuis trop longtemps.

« Avez-vous des nouvelles de ma nièce ? Est-elle encore à Paris ?

– Paris ?

– Sa famille m'a informé qu'elle avait décidé de prendre l'air. De faire du tourisme, le Louvre – de se changer les idées ?

– Ni l'une ni l'autre n'étions à Paris, sir Evelyn. » Miss Page baissa les yeux sur le tapis persan. « Nous n'étions pas en France pour le plaisir.

– Pour rendre visite à des amis, alors ? »

La fille répondit doucement :

« Je suis partie chercher la tombe de mon frère, près d'Amiens. Son emplacement avait été perdu par l'armée. Cependant j'ai eu de la chance : on a fini par la retrouver, sa dépouille a été identifiée. J'ai assisté à la nouvelle inhumation. J'ai bien peur qu'Amy n'ait pas eu la même chance. »

Sir Evelyn se sentit pâlir.

« C'est *là* qu'elle a été ? À Amiens ?

– Et sur les champs de bataille, où Edward a été porté disparu.

– Les champs de bataille ? Grand Dieu, où est-elle à présent ?

– Toujours là-bas. Dans un petit village du nom de Colincamps, près de la rivière Ancre, juste derrière les anciennes lignes de front.

– Elle n'est pas seule ?

– Il y a des volontaires, une compagnie de travail – pour l'instant, du moins. »

Sir Evelyn secoua la tête. La mère d'Amy n'aurait pas pu se tromper plus lourdement. Il s'était imaginé la Ville des lumières, des journées de gaieté et de culture ; pas les terrains en friche ravagés de la Picardie. Comment Connie avait-elle pu se méprendre à ce point ?

« Asseyez-vous, je vous en prie, miss Page. Laissez-moi vous offrir un rafraîchissement.

– Non, merci. Je ne dois pas trop tarder. »

Sir Evelyn se laissa choir dans un fauteuil.

« Je n'avais pas idée qu'Amy était en France pour *cette* raison. Quel imbécile je fais – j'aurais dû m'en douter. »

Kitty s'assit sur le bord du canapé.

« Elle voulait vous voir avant de partir, mais vous n'étiez pas à Londres.

– Non, en effet.

– Elle ne pouvait pas attendre, hélas. Elle redoutait que ses parents essaient de l'arrêter. »

Sir Evelyn secoua la tête.

« Je vais malgré tout devoir les informer. Il ne serait pas juste de les laisser dans l'ignorance. »

Les joues de Kitty s'étaient légèrement empourprées.

« Je suis sûre qu'ils ont déjà deviné, sir Evelyn. Voyez-vous, Amy a reçu une lettre du commandant du régiment d'Edward.

– Le général de division Barnard ? »

Kitty hocha la tête.

« Elle expliquait où était posté le bataillon d'Edward lors de sa disparition. Amy a dit qu'elle allait s'y rendre. Vous comprenez, elle avait promis de le retrouver, quoi qu'il arrive.

– Sa dépouille, vous voulez dire ? »

Kitty hocha la tête.

« Lady Constance y était fermement opposée, malheureusement. Elle n'a jamais apprécié Edward. J'imagine que vous le saviez. »

Sir Evelyn acquiesça. L'attitude de Connie avait été tristement prévisible : elle s'était convaincue qu'Amy n'était pour Haslam qu'un vecteur d'ascension sociale, que sa fille se faisait duper. Il y avait un parfum de scandale dans cette liaison, un soupçon de malséance, mais quoi qu'il en soit, le jeune homme n'avait jamais eu la moindre chance. Sir Evelyn avait envisagé de prendre sa défense – la seule fois où ils s'étaient rencontrés, il lui avait paru convenable, bien qu'un peu gauche –, puis s'était ravisé, se disant que ça n'apporterait rien de bon. De fait, il n'avait jamais été en excellents termes avec sa belle-sœur. Connie était belle et élégante. En Europe, il avait rencontré des têtes couronnées moins majestueuses. Tout le monde avait pensé que son frère Charles, au mieux un soupirant maladroit, avait eu beaucoup de chance lorsqu'il avait enfin gagné la main de Connie, pourtant ce qui avait frappé sir Evelyn depuis le début, c'était son manque de chaleur. Le temps n'avait pas changé sa perception. Il arrivait à la nouvelle lady Vanneck d'être courtoise, mais à un moment donné de sa jeune existence, toute émotion et toute spontanéité avaient été aspirées, remplacées par une obsession du statut et des apparences. À cet égard, Amy n'avait aucun espoir d'être à la hauteur. Avec du recul, c'était ça que sir Evelyn avait trouvé intéressant : non seulement que sa nièce était intelligente, mais qu'elle était complètement éclipsée, pareille à une plante rare qui lutte pour survivre dans l'obscurité.

Malgré tout, il était surprenant, voire désagréable, de découvrir que Connie lui avait menti. De toute évidence, Amy n'était pas à Paris. Le mensonge n'était pas si énorme, mais cela l'avait tenu à l'écart quand il aurait pu être utile. Il ne put retenir un sentiment d'admiration pour Amy. Elle faisait ce qui était juste vis-à-vis de l'homme qu'elle aimait. Et cette fois-ci, il se démènerait pour l'aider.

« Est-ce la raison de votre venue, miss Page, me dire où se trouve Amy ?

– Non, sir Evelyn. Je suis venue parce qu'Amy a besoin d'une faveur. D'après elle, vous êtes peut-être en Angleterre la seule personne en mesure de l'aider. »

35

France, mars 1919

Il connaissait le nom des morts, désormais, mais cela n'aidait pas. Mackenzie s'était occupé de l'administratif, avait envoyé les informations au DGRE et au général Westbrook à Acheux, il avait même recopié les idéogrammes mandarins correspondants pour les inscriptions sur les pierres tombales. Rien de tout cela ne l'aidait à laisser Two Storm Wood derrière lui. Il avait accompli son devoir, identifié les victimes et veillé à leur inhumation, mais ça ne suffisait plus. Le crime, la folie et la barbarie de ce massacre semblaient s'attacher à lui comme une souillure. Si justice était rendue – les faits découverts, les coupables punis –, alors il pourrait s'en libérer. Mais quelle chance avait-il d'y parvenir ? Ces morts, ou sa conscience, refusaient toujours de le laisser en paix. Quant à miss Vanneck, sa présence et ses espoirs rendaient tout départ encore plus difficile.

Mackenzie, seul, observait la ferme depuis l'abri des écuries lorsqu'un message arriva en provenance du DGRE à Péronne. On lui demandait un rapport sur l'avancée de la situation. Sa compagnie devait achever ses recherches le long de l'Ancre le plus vite possible pour passer ensuite à une portion du front Hindenburg située une trentaine de kilomètres plus à l'est. Mackenzie perçut immédiatement l'impatience officielle dans le langage, une insatisfaction, peut-être, vis-à-vis du rythme de son travail. Cette impression fut confirmée par la conclusion de la missive : une convocation aux quartiers généraux pour un « briefing supplémentaire ».

Il n'aimait pas l'idée de partir, pas quand il restait encore du travail à effectuer – d'autres tombes à trouver, un terrain marécageux qu'il aurait fallu fouiller une deuxième fois –, mais il savait que ses hommes ne se plaindraient pas. Plus à l'est, le terrain serait de nouveau vivant, ou du moins reconnaissable. Il y aurait des arbres en bourgeons, des cultures printanières en fleurs, des villages endommagés peut-être, mais habitables. Les champs de bataille – la Somme et l'Ancre – seraient enfin derrière eux, et leurs fantômes aussi. Mais Amy Vanneck, alors ? Il lui conseillerait à nouveau de partir, pour sa propre sécurité. Il lui donnerait toutes les assurances qu'elle voudrait quant aux informations. Mais il savait que ça ne changerait rien.

Le matin même, une lettre du lieutenant Aldridge arriva. C'était la première fois que Mackenzie avait de ses nouvelles depuis l'incident à Miraumont et la chausse-trape qui avait tué le caporal Hughes. Il s'attendait à apprendre qu'Aldridge était désormais en Angleterre, mais le lieutenant écrivait depuis le château de Naours, un hôpital militaire français au nord d'Amiens.

J'ai eu de la chance d'être envoyé ici. Les chirurgiens comptent parmi les meilleurs en matière de blessures faciales. Les Français ont mis au point de nouvelles techniques formidables, et ils s'améliorent chaque jour. N'importe où ailleurs, j'aurais perdu l'œil droit, mais eux m'ont opéré deux heures durant pour le sauver, et à présent j'ai presque recouvré une vue normale. Il y a des blessures vraiment moches ici, des choses qu'aucun chirurgien ne pourrait complètement rétablir – les Français les appellent les gueules cassées*. *Ils disent que pour cacher les plaies, certains porteront des masques en fer peints pour ressembler à de la vraie chair. Les autres iront vivre dans des endroits spéciaux où ils n'auront pas à craindre le regard des gens.*

La majorité du personnel sont des nonnes. Il y a un côté ermitage – terriblement calme. Personne ne vient ici, à part des médecins. Heureusement il y a aussi une poignée d'Anglais, notamment un fort aimable médecin militaire du nom de Bill Egerton. Il a servi dans la division du East Lancashire et a lui-même été blessé l'an dernier. Il est revenu pour étudier les nouvelles techniques chirurgicales.

Comme mes côtes sont quasiment remises, ils vont enfin me renvoyer à la maison. J'avais prévu de passer vous dire adieu, à la compagnie et à vous. J'étais foutrement désolé d'apprendre pour Hughes. Mais les docteurs me l'ont interdit. Ils m'ordonnent de rentrer directement en Angleterre, à cause de mes nerfs. Je fais des cauchemars, voyez-vous, et parfois je ne suis pas tout à fait moi-même. Tout ça.

Vous allez sûrement poursuivre le travail de nettoyage encore un moment. Il y a deux gigantesques cimetières alliés en périphérie d'Amiens. Je suis passé devant en venant ici. Très ordonnés et bien entretenus, des jardiniers qui travaillent à la pelouse et aux fleurs. On dit que les croix en bois seront remplacées par de la pierre blanche, toutes alignées en rangs serrés. Ce sera paisible et élégant. Quelle importance que les combats eux-mêmes aient été très différents ? La réalité doit être cachée, je suppose, comme les gueules cassées* *sous les masques, sinon ça devient trop dur à supporter.*

Alors que Mackenzie lisait, une goutte de pluie tomba sur la feuille. Au sud-ouest, le tonnerre grondait. Il pensa à Amy : il l'avait vue quelques heures plus tôt partir dans la direction de Bucquoy. Le sol était plus dangereux quand il ramollissait. Les obus et les cartouches de mortier, en se déplaçant, devenaient plus sensibles à la pression. Il espérait qu'elle resterait sur la route.

Bill Egerton : il se rappela soudain où il avait déjà lu ce nom. Il l'avait aperçu dans l'une des lettres du capitaine Haslam – celles qu'il avait été surpris en train de lire sans permission : *Bill*

Egerton est ici, dans le corps médical. Je pourrais toujours lui parler. Il devait s'agir du même homme.

Mackenzie replia la lettre. Avaient-ils discuté, le capitaine Haslam et le chirurgien ? Si oui, de quoi avaient-ils parlé ? Quelles confidences avaient-ils échangées ? C'était un coup de chance, le premier à frapper sur le chemin d'Amy. Faute de mieux, elle pourrait peut-être au moins trouver du réconfort à rencontrer quelqu'un d'autre qui souffrait de la perte de son fiancé.

Mackenzie regarda une de ses escouades retourner au camp, où de la vapeur et une odeur de pommes de terre bouillies s'élevaient de la cuisine temporaire, et il commença à douter. Les faux espoirs étaient une drogue, comme l'opium : ils écartaient la douleur un moment, puis la redoublaient une fois les effets dissipés. Amy Vanneck était déjà accro. Devait-il alimenter sa mauvaise habitude ? Ou serait-il préférable de se taire au sujet d'Egerton ?

SIXIÈME PARTIE

LE CHIRURGIEN

36

France, juin 1918

Ils revinrent du raid avec quatre blessés. Le soldat Mottram fut emmené sur un brancard au poste de secours, les épaules et les bras grêlés de fragments de grenade. Les autres marchaient. Personne n'était jamais abandonné, mort ou vivant.

Haslam s'assit pour rédiger son rapport. Le moindre détail de l'attaque devait être consigné : la condition et l'agencement des défenses ennemies, l'état des barbelés, le nombre et la disposition des troupes, les actions des hommes de Haslam. Rhodes faisait souvent subir à ses officiers un contre-interrogatoire sur leur version des événements. Les anomalies et les omissions le contrariaient. Il lui arrivait de simplement écouter, immobile, les yeux dans le vague, comme s'il avait la tête ailleurs. Il avait fallu un moment à Haslam pour comprendre que le colonel était dans le combat, au point de contact avec l'ennemi, à la collision de la chair contre l'acier. Et puis ne rien omettre, noter tous les actes de violence, les inscrire dans un contexte et une logique militaires aidait Haslam. La tentation de ressasser était alors plus facile à ignorer. Il parvenait même à dormir sans opium – ce qui était aussi bien, car Rhodes ne tolérait pas qu'on en consomme sur les lignes de front. Même ses hommes considéraient avec dédain ce vice dispendieux des riches, des décadents et des faibles.

L'aube était presque levée quand il quitta enfin la tranchée-abri pour se rendre au QG du bataillon, croisant une corvée de barbelés qui retournait vite se mettre en sécurité dans les boyaux.

L'ennemi avait dressé un barrage après le raid, espérant ainsi déjouer une attaque de plus grande ampleur. Les armes s'étaient tues à présent, mais la poussière que faisait tourbillonner le vent continuait à flotter au-dessus du front. Haslam avait envie de rendre son rapport pour en finir.

Il atteignit le bunker au moment où le sergent-chef du régiment en sortait. Le prisonnier allemand était derrière lui, suivi par le soldat Ingham et le caporal Staveley. Malgré l'obscurité, Haslam voyait bien que le visage de l'Allemand était tuméfié et qu'il saignait de la bouche. Il était plus jeune que dans son souvenir – probablement du même âge que lui, vêtu d'un uniforme trop grand et crasseux. Il avait une respiration sifflante, comme s'il souffrait.

« Qu'est-ce qu'il fait encore là ? demanda Haslam. Il devrait être à l'arrière à l'heure qu'il est.

– Y a des noix qui sont dures à casser, lieutenant, répondit le sergent. Difficile de savoir à l'avance. Il a fini par lâcher le morceau, cela dit. »

Le caporal Staveley poussa l'Allemand dans le dos.

« On va s'occuper de toi. »

En voyant Haslam, l'Allemand s'approcha en chancelant.

« Je m'appelle Haffner. Capitaine Georg Haffner », chevrota-t-il.

Quand il parlait, du sang lui éclaboussait le menton.

« Haffner ? »

Le soldat Ingham l'empoigna par l'épaule.

« Le lieutenant se fout de ton putain de matricule. »

Le prisonnier avait dû voir une lueur d'intérêt sur le visage de Haslam.

« Haffner, Haffner. Comme la symphonie, *ja* ?

– D'accord.

– Mozart, *ja* ? Wolfgang Amadeus…

– D'accord. Je sais. »

La seconde d'après le prisonnier lui fourrait sous le nez une photographie : une fillette de quatre ou cinq ans, assise sur les genoux de sa mère.

« *Bitte, bitte.* »

Haslam repoussa le cliché.

« Ressaisissez-vous. Ces hommes vont vous escorter à l'arrière. Il ne va rien vous arriver.

– Bouge ! » hurla le caporal Staveley, le fusil pointé.

L'Allemand leva les mains et avança péniblement. À l'angle du boyau de communication, il se retourna. Haslam fit volte-face en marmonnant dans sa barbe. Qu'est-ce que Mozart venait faire là-dedans ? Qu'est-ce que Mozart venait faire tout court ?

Il alluma une cigarette et resta là à fumer. Pareille à la cocaïne, la tension du raid commençait seulement à s'épancher. À sa place venaient des images qu'il n'avait pas envie de voir, des bruits qu'il n'avait pas envie d'entendre. Il aurait dû aller se reposer dans sa cagna. Les inspections allaient commencer dans moins d'une heure, le travail sans fin d'amélioration des défenses. Il avait fumé la moitié de sa cigarette lorsqu'il se rendit compte que la photo de l'officier allemand gisait à terre. Cet imbécile devait l'avoir laissé tomber.

Il la ramassa et l'étudia. Il perçut un soupçon de ressemblance sur le visage de la fillette. Dans les yeux et la largeur du front. Son père devait lui manquer, elle devait l'attendre, paupières closes en prière chaque soir.

Haslam jeta sa cigarette. Peut-être n'était-ce pas trop compliqué de rendre cette photo.

Tout au bout du boyau de communication, il croisa le caporal Staveley.

« Où est le prisonnier ?

– Je l'ai laissé avec Ingham, lieutenant, répondit l'autre, la voix teintée d'impatience, comme si cette question était malvenue.

– Seul ?

– Je me suis dit qu'il s'en sortirait, lieutenant. »

Haslam poursuivit son chemin, accéléra le pas. Arrivé au bout de la tranchée, il courait.

Devant lui s'ouvrait un sentier sinueux entre les ruines d'une ferme. Là, une grange avait servi de poste de premiers secours jusqu'à ce qu'un obus fasse s'écrouler le toit. Deux charrettes de service le doublèrent à fond de train dans un bruit de ferraille, en provenance du QG de division, mais il n'y avait pas signe d'Ingham ni du prisonnier. Le point de transfert devait se trouver à près d'un kilomètre. Ingham était un habitué des attaques de tranchée. Il s'était porté volontaire plus d'une fois. Quand il s'agissait de nettoyer des tranchées-abris, personne n'était plus courageux. On racontait que pour chaque homme tué, il traçait une encoche sur le manche de sa matraque.

Haslam se fraya un passage au milieu des bâtiments bombardés. Au bout de l'enceinte, des rangs désordonnés de tombes se succédaient là où étaient enterrés les hommes morts des suites de leurs blessures. Derrière, un cimetière plus ancien, endommagé par les bombardements. À l'abri de ce qui avait jadis été le corps de ferme, Haslam trouva le capitaine Haffner allongé. Son visage et la moitié de son corps étaient cachés sous son trench-coat. C'était exactement ce qu'il redoutait : le prisonnier avait été égorgé.

« Pourquoi êtes-vous si sûr qu'il s'agit du soldat Ingham ? Vous lui avez parlé ? »

Le commandant Blomfield, au QG du bataillon, était assis bien droit derrière une table, où il notait des références de quadrillage sur une carte. La lueur vacillante d'une lampe à kérosène projetait des ombres sur les murs crayeux grossiers.

« Je ne veux pas lui parler, mon commandant. Je veux qu'il soit inculpé. »

Blomfield ne leva pas les yeux.

« Avez-vous assisté au meurtre ?

– Pas besoin. Ingham était le seul responsable du prisonnier. Qui d'autre aurait pu le faire ? »

Blomfield était un bon commandant en second : énergique et d'une loyauté aveugle. Sa stupidité n'était pas un grand handicap. Rhodes avait suffisamment de jugeote pour deux.

« Il a dû y avoir un problème, insista Blomfield. Le Boche aura sorti une arme. Faut qu'on entende la version de notre gars. Ce n'est que justice, après tout. »

Haslam se sentait fiévreux, il avait de la bile dans la gorge. Ingham mentirait – le prisonnier s'était débattu, ou enfui –, mensonges que Blomfield croirait avec plaisir. S'il n'avait pas rapporté l'affaire, c'était par crainte des punitions, se justifierait Ingham : la « crucifixion », ou la perte de sa permission. Et ensuite tout serait oublié. Un Boche de moins à craindre.

Tout à coup, Haslam eut une vision d'Amy qui lui caressait ses épaules nues : *Reste comme tu es.*

« Ingham est un gars foutrement utile, ajouta Blomfield. Je voudrais pas le perdre pour une histoire d'intuition.

– Ce n'est pas une intuition, commandant. C'est une infraction flagrante des… » Haslam avait du mal à contrôler les tremblements de sa voix. « … des lois et des usages martiaux. Je vais aller en informer le colonel. »

Blomfield jeta son crayon sur la table.

« Pas dans cette tenue, j'espère. »

Haslam baissa les yeux. Le devant de son uniforme était d'un noir luisant du col jusqu'à la ceinture. Une odeur crue et grasse lui frappa les narines : l'odeur du sang. Il y en avait aussi sous ses ongles et sur les poignets de sa chemise. Incrusté dans les lignes de ses paumes.

Blomfield s'adoucit :

« Allez vous laver, reposez-vous. Je me charge d'Ingham. Je vais m'occuper de cette affaire, d'accord ?

– Non, commandant. Ça ne peut pas attendre. Ce prisonnier a été torturé et tué illégalement. Le colonel doit en être informé sur-le-champ. »

Le regard de Blomfield se durcit.

« Je lui transmettrai, alors. Vous pouvez disposer. »

Haslam tourna les talons et découvrit Rhodes au pied des marches. Il ne l'avait pas entendu arriver. Ses bottes brillaient et son uniforme était aussi immaculé que le sien était crasseux. Il semblait rasé de frais. Était-il possible qu'il ait dormi pendant l'attaque, pendant l'interrogatoire, tout ?

Haslam le salua.

« Occupez-vous des inspections, voulez-vous, commandant ? demanda Rhodes. Je veux entendre ce que le lieutenant Haslam a à dire. »

Blomfield parut surprit et franchement vexé.

« Très bien, colonel. »

Il se leva et partit. Rhodes prit sa place derrière la table. Il se frotta brièvement les yeux. Ils étaient injectés de sang.

« Bien, allons-y.

– Nous avons capturé un prisonnier, commandant. Un certain capitaine Haffner. Il...

– Votre rapport, lieutenant. Je voulais parler de votre rapport. Sur l'attaque. »

Haslam se rendit compte qu'il le serrait toujours dans sa main. Il le posa sur la table. Rhodes le lut attentivement, puis jeta un œil à la carte des tranchées et à une série de photographies aériennes posées à côté.

« Félicitations, finit-il par dire. Votre prisonnier nous a donné la position de tous les nids de mitrailleuses entre ici et Grévillers, et nous avons une excellente idée de leur force d'attaque. Une bonne nuit de travail, sans perte, qui plus est. Je vous avouerai que je me suis inquiété, un moment.

– Inquiété, commandant ?

– Vous êtes partis longtemps. Je commençais à me dire que les Boches avaient tendu une embuscade. »

Rhodes avait observé et attendu toute la nuit. Haslam aurait dû le savoir. Reste qu'il y avait quelque chose de presque touchant dans l'inquiétude de Rhodes.

« On attendait le bon moment, commandant.

– Bien sûr. Le moment juste, c'est capital. »

Rhodes détacha sa ceinture d'arme et la suspendit à la table. L'étui en cuir renfermait un pistolet allemand, un Mauser à canon long récupéré lors d'un raid. On disait qu'il avait une portée plus grande que ses équivalents britanniques, en revanche Rhodes devait s'acheter ses munitions lui-même.

« Vous avez entendu parler du capitainc Holt, j'imagine ?

– Non, mon commandant.

– Sa fièvre a empiré. Direction l'hôpital de campagne – un mois, je dirais, au moins. Vous allez devoir prendre la tête de la compagnie C. »

Haslam n'était pas préparé à ça. Officier ou pas, il n'avait jamais pensé être fait pour commander. Les hiérarchies lui répugnaient, cette notion inhérente qu'un homme est meilleur qu'un autre. Il avait supposé que Rhodes le savait. Il semblait savoir tout le reste.

« Oui, mon commandant. Merci, mon commandant. »

Le regard de Rhodes tomba sur la veste souillée de Haslam.

« Mieux vaudrait enlever ça, en revanche. Le nouveau chef ne peut pas sentir comme un garçon boucher. Donnez-la à Burgess. »

On envoya chercher l'ordonnance de Rhodes. Il emporta la tunique. Le colonel désigna une cagette de vivres qui servait de siège.

« Bon, vous disiez ? »

Haslam s'assit. Il ne pouvait pas s'empêcher de penser aux hommes qu'il avait tués pendant l'attaque, au bruit de son couteau qui transperçait la chair.

« Le prisonnier a été tué. J'ai trouvé son corps. Il a été maltraité aussi, torturé. » Il se força à redresser le dos. « Le règlement royal exige le traitement humain des prisonniers. Or le soldat Ingham...

– Le soldat Ingham était à Nieuport pendant la bataille des Dunes, avec les gars de Northampton. Vous le saviez ? »

Haslam secoua la tête.

« Les Boches ont nettoyé les tranchées de première ligne au lance-flamme, du liquide en feu. Les camarades d'Ingham ont eu beau essayer de se rendre, ils ont été tués quand même, brûlés vifs, les mains au-dessus de la tête. On ne peut pas lui en vouloir d'avoir tendance à se montrer sans pitié.

– Sans pitié ? Le capitaine Haffner était un prisonnier de guerre.

– En effet. Nos prisonniers de guerre, nous les affamons, nous les frappons, et nous nous en servons comme main-d'œuvre esclave au front. Les officiers s'en sortent en général un petit peu mieux, mais qu'est-ce que ça peut leur faire, aux gars comme le soldat Ingham ? Il va en penser quoi, lui, de nos officiers qui défendent les officiers ennemis ? »

Haslam avait la tête qui tournait. Dehors, au-dessus du sol, le soleil devait être en train de se lever, mais en bas, sous terre, il faisait toujours nuit.

« Il existe des règles, commandant. La décence. N'est-ce pas pour ça qu'on se bat ? »

Rhodes plongea la main dans sa poche de poitrine, d'où il sortit un livret relié en toile jaune. Haslam reconnut le manuel de l'officier de la 42e division. Il était neuf. Des copies avaient été distribuées quelques semaines plus tôt. La sienne était dans son abri.

« Cinquante pages de notre commandant divisionnaire sur les devoirs d'un officier, déclara Rhodes. Pas un mot sur les prisonniers. Ce qu'on a, en revanche, c'est l'article 7 dans *Maximes pour le dirigeant.* » Rhodes poussa le livret en travers de la table. « Et si vous le lisiez à haute voix ?

– Je sais ce qui est écrit, commandant.

– Lisez. Page 8. »

Haslam s'empara du livret et trouva la page. Il lut tout haut :

« *Ayez soif de sang, et ne cessez jamais de réfléchir à la meilleure manière de tuer l'ennemi ou d'aider vos hommes à le faire.*

– Edward ? »

Haslam leva la tête. C'était la première fois que Rhodes l'appelait par son prénom.

« Regardez autour de vous. Ce n'est pas une guerre de gentlemen. Les gentlemen, ils sont tous à l'arrière. »

Haslam secoua la tête.

« Nous ne sommes pas des sauvages. »

Rhodes éclata de rire.

« Des sauvages ? Voilà un mot qu'emploient les puissants pour parler des faibles. Justifier leur asservissement, ou pire. Ici il ne veut pas dire grand-chose. Vous le savez très bien. Vous l'avez compris par vous-même. »

Haslam reposa le manuel sur la table. Jusque-là il ne l'avait pas remarqué, mais le sang sur sa tunique avait pénétré jusqu'à son maillot de corps. Une mince tache rouge colorait le tissu au-dessus de son sternum, on aurait cru l'emballage d'une pièce de viande.

« Cette guerre finira un jour, répliqua Haslam. Nous emporterons ça avec nous, en Angleterre, auprès des gens que nous… Ça restera avec nous pour toujours. »

Rhodes soupira – pas un soupir d'impatience, mais d'admission et de regret.

« Si nous devons être jugés, qui le fera ? Qui aurait le droit ? Les Vanneck de ce monde ? Il me semble qu'ils vous ont déjà jugé, Edward. Et c'est leur jugement qui vous a conduit ici. Je me trompe ? »

Edward secoua la tête. Il n'avait pas la force d'en vouloir à Rhodes de s'immiscer dans sa vie privée.

Celui-ci sortit une flasque de sa poche et dévissa le bouchon.

« Leur opinion vous importe-t-elle encore ?

– Non.

– Alors la guerre aura au moins réussi une chose. Tenez. » Rhodes tendit la flasque. « Il est tôt, mais vous l'avez mérité. »

Haslam s'en empara, la porta à ses lèvres, mais il ne put se résoudre à boire. Boire aurait scellé le marché, coupé les derniers liens avec le monde d'avant, la vie d'avant.

On frappa. Burgess était de retour, chargé d'une veste d'officier. Elle était propre.

« Ça devrait vous aller à peu près, capitaine », dit-il en la plaçant à hauteur des épaules de Haslam.

Celui-ci considéra les rayures sur la manche.

« Ce n'est pas pour moi. C'est pour un capitaine. »

Burgess regarda Rhodes.

« Il n'y a pas d'erreur, je ne crois pas, lieutenant.

– La paperasse devrait arriver d'ici une semaine ou deux, confirma Rhodes. Inutile d'attendre.

– Félicitations, capitaine », déclara Burgess.

Haslam enfila la veste. Elle avait l'air neuve. Mais si tel était le cas, qui l'avait payée ? Ça ne pouvait qu'être Rhodes. Ce n'était pas le geste d'un colonel ; c'était le geste d'un ami.

« Qu'en pensez-vous, Burgess ? Le capitaine Haslam a-t-il l'air d'un commandant de compagnie ? demanda Rhodes.

– Je dirais que oui, mon commandant. Tout à fait. »

Quelque part au-dessus du sol un obus explosa, suivi par un deuxième. Des ordres lointains leur parvinrent jusque dans l'abri. Burgess fut congédié.

« La compagnie C est désormais la vôtre, déclara Rhodes. Deux cent quarante hommes. Peuvent-ils compter sur vous ?

– Oui, mon commandant. »

Rhodes se leva.

« Je suis désolé pour le Boche, vraiment. Mais les informations qu'il nous a livrées épargneront la vie de vos hommes quand viendra le moment d'attaquer, et il viendra, j'en suis convaincu. Seriez-vous prêt à renoncer à cet avantage pour le bien d'un règlement pondu par Whitehall ? Plus exactement, voudriez-vous que vos hommes le sachent ?

– Non, mon commandant.

– Ils ont besoin de savoir qu'il n'est nul sacrifice que vous ne soyez prêt à accomplir pour les maintenir en vie. Et si c'est le cas, ils vous rendront la pareille, croyez-moi – pas seulement maintenant, mais pour toujours. » Rhodes coiffa sa casquette. « Ce sont les liens du sang, Edward. Ils sont encore plus forts que les liens familiaux. » Il lui passa un bras autour des épaules. « Je vous dis ça parce que je sais que vous n'en avez jamais vraiment eu jusqu'à maintenant – de famille, je veux dire, sourit-il. Bon, au boulot, d'accord ? »

La flasque était sur la table. Haslam la rendit.

« Finissez-la », intima Rhodes.

Une minute plus tard, Haslam sortait dans la lumière du jour. D'un bout à l'autre de la ligne, les inspections étaient en cours, les équipes de travail organisées, les rations distribuées. Sa compagnie l'attendait dans la ligne de soutien : des vétérans et de nouvelles recrues, des maris, des frères, des fils. Après l'évacuation du capitaine Holt, ils devaient se demander où il était.

Comme il se mettait en route, sa main caressa quelque chose dans la poche de son pantalon. C'était la photographie de la femme et de la fille de l'officier allemand. Il la déchira et laissa tomber les morceaux par terre.

Juillet 1918

… Chaque fois qu'une lettre de toi arrive – la voir, l'enveloppe, ton écriture, savoir qu'elle est de toi –, mon euphorie est difficile à décrire. En un instant l'angoisse s'envole, et c'est comme si je pouvais de nouveau respirer. Parce que je sais que tu es sain et sauf, et le restant de la journée je m'affaire gaiement, habitée par l'espoir que la fin de cette sombre période soit en vue.

Mais ta dernière lettre m'inquiète. Je ne peux que deviner ce qui l'a fait naître, la pression que tu subis. Ces cauchemars : le diable et les morts. Que peuvent-ils vouloir dire hormis que tu as désespérément besoin de repos ? Tu as dû te pousser à bout au service de tes hommes. Tu n'as jamais été du genre à faire les choses à moitié – j'ai toujours aimé ce trait chez toi, mais aujourd'hui, il me fait peur.

Quant à ce que tu me demandes, j'ai beau le redouter, je te l'accorde de tout mon cœur. Si le pire arrive, le champ de bataille ne sera pas ton lieu de repos, pas tant que je serai là pour l'empêcher. C'est promis, c'est décidé, inutile d'y revenir. D'après ce que j'ai entendu – ça ne peut pas être qu'un tissu de mensonges, si ? –, l'armée allemande s'effrite. Si c'est vrai, il faut juste que notre chance tienne encore un peu et ce tourment sera terminé.

Quand la guerre sera finie, nous mettrons sous clé notre séparation et tout ce qui s'y est passé, et nous l'enfouirons comme une tombe dans le désert, que personne ne trouvera jamais. Nous vivrons comme si la guerre n'avait jamais existé, et personne ne pourra nous en empêcher. Le champ de bataille ne nous suivra pas. Il restera en France. Un matin, nous nous réveillerons dans les bras l'un de l'autre et nous entendrons les bruits d'un doux été anglais – le vent dans les blés et le pépiement des oiseaux –, et ce sera comme si notre éloignement n'avait été qu'un mauvais rêve.

37

France, mars 1919

« Passez un par un. »

Le policier militaire, une main plaquée sur le toit en toile, parlait à chaque conducteur à tour de rôle.

« Vitesse escargot, compris ? »

À trois heures d'Amiens, la colonne d'approvisionnement s'était arrêtée. À l'horizon, à travers la fumée d'échappement, Mackenzie apercevait les ruines de bâtiments majestueux. À gauche et à droite, une étendue d'eau boueuse divisait la masse informe des décombres.

« Pourquoi s'arrête-t-on ?

– Le pont. » Un sourire tordu se forma sur les lèvres du conducteur. « J'espère que vous savez nager, capitaine. »

Par-dessus un bras étroit de la Somme, les sapeurs avaient construit une passerelle à l'aide de traverses de chemin de fer, et un viaduc étroit en bois pour les troupes à pied. À côté de ce dernier, on lisait sur un panneau : « RALENTISSEZ ». Sur l'autre rive, où se dressait jadis un grand moulin, il y avait désormais une portion de mur rectangulaire de trois étages, dont les fenêtres soufflées offraient une vue sur le ciel. Mackenzie avait traversé Péronne pour la première fois deux ans plus tôt. À l'époque, le moulin était encore debout, sans toit et brûlé, mais avec les murs extérieurs intacts. Un bureau de poste de la cavalerie indienne se trouvait en face. Mais depuis, l'endroit avait changé de mains à deux reprises, chaque fois à l'issue d'un violent combat.

Le pont s'enfonçait et se balançait à mesure de la lente progression du camion. Ils négocièrent un virage puis empruntèrent une longue avenue bordée de piles de débris, longeant les vestiges fracassés de la grandeur provinciale. Aux étages supérieurs de maisons à tourelle, Mackenzie apercevait du papier peint à rayures, des cadres de lit métalliques, des armoires, un lavabo suspendu dans le vide, tenu par ses seuls tuyaux – le tout à ciel ouvert. Là où il restait des murs, des équipes de civils travaillaient à les consolider ou à fouiller dans les gravats. Leurs vieilles charrettes, garées selon des angles bizarres, semblaient incongrues à côté des files de voitures et de motos de l'état-major : on aurait dit des étrangers fraîchement débarqués, ignorant tout des coutumes locales. Des vieillards s'arrêtaient pour regarder passer la colonne. Il flottait dans l'air une odeur de roussi écœurante.

Sur la place principale, en face d'une statue sur laquelle plusieurs bataillons britanniques avaient gravé la date de leur arrivée, se dressait un hangar en préfabriqué avec les mots « TOWN MAJOR » peints sur la porte. Mackenzie descendit du camion et s'approcha. À l'intérieur, deux officiers subalternes jouaient au backgammon dans un brouillard de tabac. Un autre, allongé sous une couverture, toussait. Personne ne leva la tête.

« Où puis-je trouver l'adjudant-général adjoint ? »

Mackenzie devait se rendre au DGRE, mais le « briefing supplémentaire » pouvait attendre.

Un jeune lieutenant se leva.

« Vous voulez dire le général de division Crompton, capitaine ? Il n'est plus avec nous.

– Démobilisé ?

– Mort, capitaine. La fièvre l'a emporté la semaine dernière. On l'a transporté à Étaples, mais il n'a duré que quelques jours. Vous cherchez un cantonnement ?

– Pas tout de suite. Qui le remplace ?

– Le colonel Ormsby. Il est installé en face de la citadelle. » Le lieutenant désigna la porte. « Au bout de Piccadilly, tournez à droite dans Park Lane, c'est une centaine de mètres plus bas. »

Mackenzie ressortit. La fumée bleue des camions montait toujours en spirale sur la place. Il se rappelait une ruelle qui avait été rebaptisée Oxford Street. Pas très loin dans cette rue se trouvait jadis une belle demeure en brique rouge avec une cour devant. À peine endommagée, elle servait de club des officiers. Il la chercha. Il voulait boire un verre pour se calmer les nerfs. Le club se targuait d'une cave honorable et plus encore : un capitaine australien du nom de Perry lui avait proposé de la cocaïne et du chanvre indien.

Mackenzie parcourut la rue dans les deux sens, mais la demeure avait disparu. L'artillerie – de quel camp, impossible de savoir – lui avait réglé son compte une bonne fois pour toutes. Il n'arrivait même pas à identifier l'endroit où elle s'était dressée.

Le bureau de l'adjudant était logé dans une ancienne tannerie, rendue habitable par l'ajout d'un toit en tôle ondulée. Le colonel Ormsby, lunettes sur le nez, flanqué de deux officiers assistants d'état-major, était assis derrière une table à tréteaux. Une tasse à café chinoise décorée, sans nul doute récupérée dans les décombres, servait de cendrier. Des motards allaient et venaient, des enveloppes à la main, ou chargés de sacoches.

Mackenzie se présenta. Le colonel ne leva pas les yeux.

« Que puis-je faire pour vous ? Je suis un peu pressé, comme vous le voyez. »

Ormsby était vieux, même pour un homme de son rang : au moins soixante ans, exténué, la poitrine étroite – un vétéran sans doute de guerres coloniales lointaines, de conflits qui avaient jadis fasciné l'imaginaire populaire, mais qui semblaient à présent n'avoir été que de simples escarmouches, des expéditions punitives contre des primitifs armés de lances, sans l'interposition de mortiers ni de mitraillettes.

« Je cherche des informations au sujet d'accusations de mauvaise conduite, expliqua Mackenzie.

– Vos hommes font joujou, c'est ça, capitaine ?

– Non, mon colonel. Ces accusations auraient plutôt concerné des hommes de la 42e division. »

Le colonel lui lança un regard sceptique.

« Je crois savoir que la 42e est en Belgique – ce qu'il en reste.

– Les faits remonteraient à l'été dernier, mon colonel.

– L'été dernier ? » Ormsby interrompit sa tâche. « Mais de quoi s'agit-il ? »

Mackenzie avait espéré que sa requête passerait comme une lettre à la poste, qu'on lui indiquerait les dossiers concernés sans qu'il ait besoin de s'expliquer. Il comprenait à présent que ce n'était pas le genre d'Ormsby.

« J'espère faire la lumière sur des meurtres, colonel. Vous vous rappelez peut-être cet incident. J'avais envoyé un rapport à votre bureau.

– Ce bureau-là ? J'ai bien peur de ne pas me rappeler...

– Les morts ont été découverts dans le secteur du 4e Corps, à l'ouest de la crête de Serre. Un endroit appelé Two Storm Wood. »

Ormsby avait cessé d'écrire. L'un des officiers d'état-major regarda Mackenzie, puis détourna les yeux.

« Et pourquoi cet intérêt, capitaine ?

– Je me suis porté volontaire pour aider à l'enquête. »

Mackenzie avait répété son mensonge. Il ne lui serait d'aucune utilité de se montrer franc, d'admettre qu'il voulait savoir la vérité au sujet d'Edward Haslam et du lieutenant-colonel Rhodes avant qu'elle soit enterrée, pour le bien d'Amy et pour le sien – car il était persuadé qu'elle serait bel et bien enterrée dès qu'elle verrait le jour, ne serait-ce que pour protéger la réputation de l'armée.

« Quelle enquête ?

– Le ministère de la Guerre a missionné un prévôt : le général Westbrook.

– Première nouvelle. Nous aurions dû en être avertis, mais enfin... » Le regard d'Ormsby se porta sur les piles de documents et de lettres devant lui. « Il est parfaitement possible que mon prédécesseur ait omis de m'en informer.

– Vous venez juste de prendre le poste, colonel ?

– Exact. Action d'arrière-garde, en réalité. D'ici quelques mois, la 3e armée aura cessé d'exister. Et qu'adviendra-t-il de nous, alors ? » Ormsby tapota ses papiers sur la table puis les tendit à un de ses hommes. « Ça ira pour le moment, messieurs. Nous reprendrons plus tard. » Les officiers d'état-major quittèrent la pièce. « Alors, qu'avez-vous appris ? Ça m'intéresse.

– Nous avons réussi à identifier les morts. Il est peut-être possible de découvrir qui les a tués.

– Je vois. Et qu'attendez-vous de moi, au juste ?

– J'aimerais voir les rapports sur des agressions perpétrées à l'encontre de travailleurs chinois – des incidents qui ont été mis à jour l'an dernier. »

Ormsby s'empara d'un dossier rebondi qu'il emporta vers une pile de meubles en bois. Pendant quelques instants, cette activité de classement sembla l'absorber entièrement.

« Continuez, dit-il enfin.

– Vous rappelez-vous un certain lieutenant Kelvin, du 125e Chinese Labour Corps ? »

Cette mention des Chinois sembla vaguement amuser Ormsby.

« Je devrais ?

– Il a signalé la disparition de deux hommes au bureau de l'adjudant-général. J'aimerais voir ces rapports.

– Ces dossiers doivent être en route pour Londres, à l'heure qu'il est. Il va falloir vous adresser au ministère de la Guerre.

– J'ai bien peur qu'il n'y ait pas le temps, colonel.

– Le temps ? Vous êtes pressé, capitaine ?

– Oui, colonel, je le suis. »

Ormsby haussa les épaules.

« Alors pourquoi ne parlez-vous pas à Kelvin ?

– Il est mort. Son corps a été retrouvé à Two Storm Wood. »

Ormsby se figea un instant. Puis il repoussa le tiroir et le ferma à clé.

« Un verre ne vous ferait pas de mal, on dirait, capitaine. Il reste un endroit qui n'a pas fermé boutique. On trouvera peut-être notre bonheur. »

Il n'attendit pas l'assentiment de Mackenzie. Un instant plus tard, ils avaient quitté le bâtiment et empruntaient une ruelle en face de l'ancienne forteresse. Cinquante mètres plus loin, ils franchirent un portail qui donnait sur une cour balayée de frais. Les bâtiments autour étaient gravement endommagés, mais la maison principale avait conservé la majeure partie de son toit. Un sous-officier les accueillit à la porte.

« Un pour la route, sergent, si vous pouvez m'arranger ça, lança Ormsby en tendant son manteau et son parapluie.

– Bien sûr, mon colonel.

– Pour moi, comme d'habitude. Pour le capitaine, du brandy. Nous serons ici. »

Ormsby guida Mackenzie dans ce qui avait été jadis une salle à manger. La table était toujours là, même si un mur de livres de quinze centimètres de haut en barrait le milieu, suggérant ainsi qu'elle n'avait été conservée par les officiers britanniques que pour jouer au ping-pong. Un feu brûlait doucement dans l'âtre.

« Je ne serai pas fâché de partir d'ici. Personne ne le sera, je crois. »

Ormsby s'assit et fit signe à Mackenzie de l'imiter. Le rembourrage des fauteuils débordait, comme s'ils avaient été lacérés par des éclats d'obus.

« Cependant, la perspective de vivre parmi les civils est presque aussi angoissante. Une fois que la guerre a ouvert les yeux d'un homme, il ne peut plus jamais les refermer, quoi qu'il fasse. »

Mackenzie s'assit à contrecœur.

« Le lieutenant Kelvin : vous rappelez-vous les détails de son rapport ?

– Plus ou moins. Deux coolies avaient disparu. L'un d'eux a été retrouvé mort, un certain Chen, si je me souviens bien.

– Chen ? »

Ormsby haussa les épaules.

« Une femme était impliquée. C'étaient des rapports de seconde main, très indirects. Je ne suis pas sûr de comprendre l'intérêt.

– Kelvin pensait que ces hommes avaient été assassinés par les troupes britanniques.

– Des on-dit.

– Vous a-t-il donné des noms ?

– Certainement pas. Il tenait pour responsable le 7e régiment de Manchester – notamment leur commandant, le lieutenant-colonel Rhodes. »

Mackenzie connaissait ce nom, il se rappelait un cavalier, le sabre brandi : une photo retouchée dans un journal, avec en légende, *Le héros de la crête de Bazentin*. Il avait été le commandant de bataillon d'Edward Haslam, un homme courageux, un homme à craindre – la meilleure espèce en temps de guerre.

« Mais il ne proposait aucun témoin crédible, poursuivit Ormsby. Rien de plus que ses propres soupçons, en réalité. Il est notable que nous n'ayons pas eu un mot de son commandant en guise de soutien. Bien au contraire. »

Mackenzie revoyait le général Pickering tirant sur la laisse de son molosse. *Il refusait de voir le coolie typique pour ce qu'il était.*

« Votre bureau a-t-il pris des mesures pour mener l'enquête ?

– Capitaine Mackenzie, la 3e armée n'a jamais compté moins de quatre-vingt-cinq mille hommes – l'équivalent d'une grande ville. Quoi qu'il en soit, une enquête aurait davantage relevé de la compétence divisionnaire, surtout quand elle est instiguée par une source on ne peut moins fiable. »

On frappa à la porte. Le sergent du mess entra avec leurs verres sur un plateau. Mackenzie fut tenté de vider le sien d'un trait. Comme il le portait à ses lèvres, il se rendit soudain compte que, de fait, Ormsby n'avait pas répondu à sa question.

Le colonel l'observait.

« J'ai l'impression que vous brassez du vent, capitaine. Où tout cela vous mène-t-il ?

– Two Storm Wood était aux mains des Britanniques à l'époque des meurtres. Vous le saviez ?

– Non, je l'ignorais. Je l'ai deviné au travers de vos questions.

– Vous êtes surpris ? »

Ormsby but une gorgée de whisky.

« Déçu. Dans l'ensemble, j'ai perdu toute notion de surprise, quand il s'agit de la guerre.

– Sur quoi s'appuyait Kelvin pour accuser le colonel Rhodes ? »

Ormsby alluma une cigarette. Mackenzie reconnaissait ces gestes nerveux, précis : l'inhalation brève, le claquement sec de l'étui qui se referme. Un homme qui lutte contre sa propre insignifiance.

« Voilà ce qui s'est passé : une Française – une prostituée, je crois – a été agressée par un Chinois. Je ne me rappelle plus si elle a été violée ou non. Franchement, si une pute… »

Sa voix s'éteignit progressivement, en proie à l'hésitation.

« Continuez.

– Eh bien, en guise de représailles, quelques hommes de Rhodes ont enlevé un groupe de coolies dans la rue – sauf que l'un d'eux s'est échappé. C'est comme ça que le lieutenant Kelvin a pu savoir que les coupables appartenaient à l'unité de Rhodes. Il en a parlé à Rhodes, et il est ressorti on ne peut moins satisfait de cette confrontation. Apparemment, Rhodes était persuadé que le Chinese Labour Corps était truffé de criminels, et que seules des mesures fermes pouvaient les contenir.

– Donc Kelvin pensait que Rhodes était complice ? »

Ormsby cilla, se renversant du whisky sur la main.

« Kelvin s'était mis en tête que ces Chinetoques avaient été enlevés pour complaire à Rhodes. Une sorte d'offrande sacrificielle, en somme. Ridicule ! »

Mackenzie regardait l'alcool couler sur les articulations d'Ormsby. Ce dernier ne semblait rien remarquer.

« Qu'est-il arrivé à l'autre homme ?

– Nul ne le sait. Et certainement pas Kelvin.

– Il soupçonnait qu'il avait été tué. Ensuite le corps de Chen a été retrouvé, et là il a compris.

– Il a *cru* comprendre, capitaine. Pure conjecture.

– Une mort, une disparition suspecte. Cela aurait dû suffire pour ouvrir une enquête.

– Pas dans ces circonstances. C'était l'opinion du général de division Crompton.

– Donc vous n'avez rien fait. La prévôté non plus.

– Réfléchissez, capitaine : aucune preuve solide, uniquement le témoignage d'un coolie, certainement monté de toutes pièces pour excuser son absence sans permission. Aucune perspective crédible d'une cour martiale couronnée de succès. Toutes les chances de perturber un bataillon d'une efficacité redoutable au beau milieu d'opérations offensives – sans parler de la panique suscitée qui aurait risqué de compromette la rentabilité du Chinese Labour Corps, voire de provoquer son retrait pur et simple.

– Pourquoi Rhodes n'a pas tout bonnement été convoqué pour s'expliquer, ne serait-ce que pour réfuter ces allégations ? Ne serait-ce que pour laver son nom ? N'est-ce pas la procédure habituelle ? »

Ormsby secoua la tête.

« Trop grand risque pour le moral. Il l'aurait inévitablement mal pris. Il avait un amour-propre extrêmement développé – nous savions au moins ça. Ce n'était probablement pas le genre de type qu'on aurait aimé avoir comme copain, pour être sincère, mais son dossier militaire était exemplaire. À l'instar de celui de son bataillon. Dans une période moins critique, les choses auraient pu être différentes. Mais à l'époque, les priorités... »

Mackenzie considéra son verre vide.

« Un autre Chinois a été tué à Acheux il y a quelques jours. Massacré, de façon assez similaire aux autres. J'ignore comment cette affaire a commencé, mais elle n'est pas terminée. »

Ormsby inspirait, expirait, le souffle marqué par un léger sifflement à peine audible.

« Eh bien, c'est... ça ne fait que montrer...

– Montrer quoi, colonel ?

– Rhodes a été blessé il y a plusieurs mois, gravement. Évacué en Angleterre. Ses chances de survie étaient maigres.

– Peut-être s'est-il rétabli.

– Vous ne le croyez tout de même pas sérieusement mêlé à tout ça ?

– Et pourquoi pas ?

– Le simple fait que le lieutenant Kelvin soit mort, le simple fait qu'il ait... *souffert*, n'accrédite pas ces soupçons. Kelvin était journaliste de métier. Il écrivait des articles pour gagner sa vie. Si j'ai bien compris, on lui a refusé un poste de commandement dans l'infanterie, il en a sans nul doute éprouvé de l'aigreur. Ajoutez à cela une vision quelque peu romantique des Chinois sous ses ordres et vous avez la recette pour...

– Pour quoi, colonel ?

– Le mythe. Le mythe dangereux. Agir dans le dos de son commandant était scandaleux. Il a eu de la chance de ne pas avoir été inculpé. »

Mackenzie leva les yeux. Une pensée atroce venait de lui traverser l'esprit : si Rhodes s'était vengé du lieutenant Kelvin, il devait être au courant de ses allégations. Quelqu'un, très probablement au QG de la 3e armée, avait fait fuiter l'information. Si tel était le cas, cette brèche du protocole militaire s'était traduite en peine de mort pour treize hommes.

« Vous admiriez Rhodes, n'est-ce pas, colonel ?

– Je n'ai jamais rencontré le bonhomme. J'admirais son dossier. Physiquement courageux, tactiquement astucieux, exemplaire dans sa façon de rassembler des renseignements et de s'en servir. Le genre d'homme qu'on veut de son côté quand on est au front. Il avait ses détracteurs, évidemment. Les chefs puissants en ont toujours. Mais ses hommes lui étaient dévoués – or laissez-moi vous dire que la dévotion ne se gagne pas facilement. Quand sa chance a tourné, la leur a tourné aussi.

– L'avez-vous informé au sujet de Kelvin, colonel ? Est-ce vous qui l'avez tuyauté ?

– Voilà qui aurait été fort déplacé, capitaine. Je n'ai jamais fait une chose pareille. »

Mackenzie n'était pas convaincu. Mais une fois encore, c'était peut-être le prédécesseur d'Ormsby le responsable, ou n'importe quel membre de l'état-major – voire le commandant de Kelvin, piqué d'avoir été contourné par un subalterne.

« Vous avez dit que Rhodes avait des détracteurs. Qui étaient-ils ? »

Ormsby s'enfonça dans son fauteuil. Son regard se tourna vers les fenêtres. La pluie fouettait les carreaux.

« Savez-vous, capitaine, que j'avais dix-neuf ans quand j'ai vu ma première bataille ? Enfin, ça tenait davantage de l'escarmouche, pourrait-on dire. C'était il y a plus de quarante ans. Mais cela ne m'a laissé aucun doute sur la nature sordide de la guerre, et depuis lors je n'ai jamais eu aucune raison de réviser mon jugement. Le métier de soldat suscite l'admiration parce qu'il est dangereux. Mais imaginons qu'il ne le soit pas. Comment serions-nous perçus, alors, nous les soldats ? Nécessaires, peut-être – comme le sont les bouchers. Mais je doute qu'on nous épinglerait des médailles. La guerre est un concours de violence, pas de vertu. Pareille à une force de la nature, elle édicte ses propres lois. À l'état-major, tous ne le comprennent pas. On définit l'officier idéal comme celui qui suit les règles royales en permanence.

– Et Rhodes ne les suivait pas ? »

Ormsby sourit.

« Les ordres irréfléchis avaient pour habitude de ne pas arriver, disait-on. Il y avait également des histoires plus perturbantes, je le reconnais.

– Quel genre d'histoires ?

– Concernant le traitement des prisonniers. Et puis on laissait entendre que Rhodes cultivait une cohorte d'adeptes, substituant la loyauté envers le roi et la patrie à la loyauté envers lui-même.

– Ce qui serait une trahison, si c'était vrai.

– Peut-être bien.

– Comment l'avez-vous appris ?

– Des rumeurs, et la correspondance des soldats, bien sûr. Il semblerait que l'un de ses commandants de compagnie avait développé une addiction à l'opium. Il n'était guère discret sur le genre de dirigeant qu'était Rhodes. »

Mackenzie fronça les sourcils.

« Quel commandant de compagnie ? Vous ne parlez pas du capitaine Haslam ?

– Si, Haslam. C'était bien son nom. »

Mackenzie se leva. Il avait le tournis. Un instant, il crut qu'il allait tomber.

« Ça va, capitaine ? Vous n'avez pas très bonne mine. »

La voix d'Ormsby semblait lointaine, un caquètement oppressant. Mackenzie aurait voulu lui fermer le clapet une bonne fois pour toutes. Il y avait tellement d'honnêtes hommes morts, et pourtant ce vieux menteur, lui, était en vie. Évidemment, si Rhodes était au courant pour Kelvin, il était plus que probable qu'il était au courant pour Haslam et son addiction à l'opium. Pourquoi le sympathique colonel Ormsby n'aurait-il pas transmis cette information aussi ?

38

Le lendemain, au coin de la rue d'Albert, Mackenzie passait en revue les listes d'inhumation avec le lieutenant Harding. L'escouade de Harding s'étirait sur la route, de retour au camp après avoir travaillé au cimetière n° 2 de la route de Serre. À la fin de la guerre, l'enceinte avait renfermé quatre cent soixante-quinze tombes ; et depuis, le nombre avait enflé jusqu'à sept mille. Parmi elles, près de cinq mille n'avaient pas de nom. Voilà qui allait faire un cimetière étrange, songea Mackenzie, si impressionnant et pourtant si lacunaire.

L'une des charrettes transportait un passager.

« Général Westbrook ? »

Le prévôt descendit. Mackenzie fut aussitôt frappé par son allure négligée : on aurait dit qu'il ne s'était pas rasé correctement depuis leur dernière rencontre. Découpées dans l'ombre grise, ses cicatrices ressortaient encore plus crûment. Il avait les yeux gonflés et injectés de sang, comme s'il n'avait pas dormi.

« Je dois parler à miss Vanneck.

– Elle n'est pas là. » Mackenzie tendit les listes au lieutenant Harding. « Donnez-les au caporal Reid, voulez-vous ? »

Harding salua et partit. Les derniers soldats de l'escouade passèrent en silence, le pas traînant.

« Alors où est-elle ?

– Je ne saurais vous dire. »

Amy Vanneck se rendait à ce moment même au château de Naours, où Bill Egerton, l'ami de son fiancé, travaillait comme chirurgien, mais le ton sec du prévôt rendait Mackenzie méfiant.

Il considérait qu'il avait pour ainsi dire offert sa protection à Amy, et il n'était pas près de revenir sur son engagement, le temps que sa compagnie resterait sur place.

« Elle va revenir ?

– Je ne sais pas trop. Nous avons reçu l'ordre de nous déplacer à l'est. On ne peut plus faire grand-chose pour elle.

– Vous n'avez pas retrouvé son fiancé, je présume ?

– Je vous en aurais informé, sinon. Vous avez eu mon message ? »

Après son entretien avec le général Pickering, Mackenzie s'était senti obligé de partager ses découvertes avec le prévôt. Il se demandait déjà s'il n'avait pas agi trop précipitamment.

« C'est la raison de ma présence ici. Vos renseignements changent tout. Vous avez fait du bon travail. »

Mackenzie n'était pas rassuré. Le fait qu'Edward Haslam avait joué un rôle dans le massacre avait replacé Amy Vanneck dans le viseur du prévôt. Or, avait-elle envie de s'y trouver ?

Westbrook regarda dans la direction d'où il était venu. Le soleil saignait à l'horizon. Le prévôt frémissait. Mackenzie songea soudain qu'il avait peut-être attrapé la grippe espagnole, sauf que les victimes de cette maladie devenaient bleues en l'espace de quelques heures après l'apparition des premiers symptômes, or Westbrook était pâle comme la mort.

« Auriez-vous quelque chose à manger ? demanda le prévôt.

– Bien sûr. Suivez-moi. »

Ils retournèrent dans le village. La route étroite était défoncée et noyée sous la boue. S'il pleuvait encore, elle serait complètement inondée.

Westbrook remonta son col.

« Vous lui avez parlé ?

– À miss Vanneck ? Nous avons échangé quelques mots.

– Que disait-elle ? »

Mackenzie avait envie de rétorquer à Westbrook de s'occuper de ses affaires – sauf que c'étaient aussi les siennes à présent.

« Elle avait des questions au sujet de la guerre, de ce qui s'y passait. Elle m'a parlé de son fiancé. Elle lui était clairement dévouée.

– Était ?

– Que voulez-vous dire ?

– Êtes-vous sûr que c'est tout ce qui l'a conduite ici ? La dévotion ? »

C'était l'amour et la culpabilité, un mélange plus puissant que chacun des deux pris séparément. Mais Westbrook n'avait pas besoin de le savoir.

« Quoi d'autre ?

– Peut-être a-t-elle des raisons particulières de penser qu'il est vivant.

– Vous êtes sérieux ? »

Westbrook se frotta le menton du dos de la main. Mackenzie n'aimait pas la menace dans sa voix.

« Si elle pensait qu'il y avait une possibilité qu'il ait déserté, qu'il se cache là quelque part, elle aurait pu venir dans l'espoir qu'il retrouve sa piste.

– C'est ridicule. Vous pensez qu'elle s'est jouée de nous ? s'indigna Mackenzie en secouant la tête. D'après ce que je sais, Haslam était un officier honorable. Certainement pas du genre à prendre la tangente. C'est une rumeur malveillante, rien de plus, une rumeur que miss Vanneck a entendue, malheureusement, mais il y a très peu de temps.

– Comment lui est-elle venue aux oreilles ?

– Elle a reçu un message anonyme rancunier. Il lui a donné de l'espoir un moment, mais ce n'est que du vent.

– Disait-il qu'il était vivant ?

– Quelque chose au sujet d'un lupanar à Paris, ou à Whitehall. Pures chimères.

– J'aimerais le voir.

– Le message ? Je lui ai dit de le détruire. Et j'imagine qu'elle l'a fait. »

L'esquisse d'un sourire se forma sur les lèvres de Westbrook.

« Vous devez beaucoup l'aimer.

– Je ne suis certainement pas...

– Peu importe. Ce qui compte, c'est de le trouver.

– Hélas, les chances sont maigres. Sa brigade subissait une attaque quand il a été porté disparu. Les dossiers sont clairs. Des bombardements des deux côtés. Il a dû être réduit en confettis.

– Peut-être, ou peut-être pas.

– Je crois que vous ne comprenez pas. »

C'était exaspérant cette réticence de Westbrook à accepter le seul point de vue rationnel.

« L'idée qu'il ne reste rien d'un homme – rien à trouver, rien à enterrer – est très difficile à accepter pour un civil. Cela ne veut pas dire qu'elle *sait* quelque chose. Cela ne veut pas dire que Haslam est vivant. De toute façon, s'il était vivant, pourquoi resterait-il ici au risque d'être reconnu ? Il faudrait qu'il soit fou pour... »

Westbrook s'était arrêté. Il regardait à nouveau derrière lui, au bout de la route. De part et d'autre se dressaient les bâtisses nues de granges et d'écuries. Mackenzie avait parlé tout seul.

« Un problème, général ?

– Vous avez entendu ?

– Entendu quoi ?

– Un cavalier. Là-bas. »

Mackenzie regarda en lisière du village. Il ne voyait rien.

« Nous devrions y aller.

– Je l'ai aperçu, sur la route. Je n'ai pas vu son visage, en revanche. Pour l'instant, il garde ses distances. »

Mackenzie ne fit pas de commentaire. Il ne savait plus ce qu'il devait croire. Il avait passé trop de temps sur les anciens champs de bataille, il lui devenait de plus en plus difficile de discerner l'imaginaire de la réalité. N'avait-il pas lui-même mis en garde miss Vanneck et son amie contre ce danger ? Et puis il y avait la paranoïa. Elle allait souvent de pair avec le choc post-traumatique. Certains hommes en montraient les premiers symptômes plusieurs semaines, voire plusieurs mois, après leur départ du front : signe avant-coureur d'un effondrement mental absolu. Peut-être que Two Storm Wood avait rouvert de vieilles plaies, comme ç'avait été le cas pour le sergent Cotterell – Cotterell qui avait fini par se recroqueviller dans les coins en suppliant les ombres.

« Pensez-vous vraiment que Haslam soit votre homme ? demanda Mackenzie. C'est lui le boucher que vous recherchez ? »

Westbrook lui toucha l'épaule.

« Vos informations le lient aux victimes le jour de leur mort. Il est la raison pour laquelle elles sont allées à Two Storm Wood. Qu'en concluez-vous ?

– Oui, Haslam était le messager, mais...

– Il est le seul nom que nous ayons.

– Non, il y en a un autre. Qu'en est-il de son commandant, le lieutenant-colonel Rhodes ? »

Westbrook s'arrêta.

« Rhodes ?

– Je suis allé vérifier à la 3e armée les allégations du lieutenant Kelvin. Je vous l'ai déjà dit, il se faisait du souci pour le traitement de ses hommes, il soupçonnait même des meurtres.

– Vous êtes allé à Péronne ? À qui avez-vous parlé ?

– À l'adjudant-général adjoint, le colonel Ormsby. Apparemment, Kelvin avait montré du doigt le 7e régiment de Manchester et le colonel Rhodes en particulier. Il pensait que ces meurtres constituaient une sorte d'offrande – que Rhodes les avait inspirés, d'une certaine manière. À l'évidence, ce n'était pas un commandant conventionnel.

– Ce qui pour vous joue contre lui ?

– Je n'ai pas dit ça. Mais Rhodes avait la réputation d'être cruel et d'exiger une loyauté personnelle de la part de ses hommes.

– Peut-être était-il loyal en retour. Peut-être est-ce la raison pour laquelle ses hommes l'aimaient. Qu'avait vu Kelvin exactement ?

– En personne ? De l'avis général, rien.

– Alors ce n'est que pure spéculation.

– Cela donne à Rhodes un mobile pour Two Storm Wood. Quel mobile Haslam avait-il ? »

Westbrook fit rouler son épaule en grimaçant. Mackenzie entendit un craquement.

« Qui pourrait le dire ? Le besoin de protéger l'honneur de son bataillon ? Peut-être entretenait-il une vengeance personnelle. Kelvin était du genre combatif, semblerait-il. Dans tous les cas, nous savons que Haslam était sur les lieux. Nous devrions diffuser son nom, à présent. Peut-être y a-t-il quelque part un témoin de ses actes. »

Il commençait à faire sombre. Le bout de la ruelle se perdait dans une brume bleue. Un instant, Mackenzie crut entendre le bruit lointain de sabots.

« Rhodes devrait être interrogé. Il le faut. »

Westbrook secoua la tête.

« Le colonel Rhodes est mort. Il est décédé en Angleterre il y a quelques semaines à la suite de ses blessures. Haslam est tout ce qu'il nous reste. Sans lui, nous ne saurons jamais la vérité. »

Ils se trouvaient devant le cantonnement de Mackenzie. Une poignée de sous-officiers faisaient infuser du thé au-dessus d'un braséro, de la fumée s'échappait en volutes dans la cour. Mackenzie percevait une attente dans leurs murmures, le tintement des timbales et le sifflement du charbon. Combien d'entre eux partageaient la conviction de Westbrook ? Combien voyaient en Haslam un sadique, un fou, un fantôme ?

« Haslam est mort, répliqua Mackenzie. Je vous en fiche mon billet. Comment pourriez-vous le trouver, de toute façon ? Il s'est passé trop de temps. »

Westbrook considéra la cour.

« Des milliers d'hommes travaillent encore ici, capitaine, des hommes de tous les régiments, toutes les brigades. Expliquons-leur qui nous cherchons, et pourquoi. Cela pourrait le faire sortir du bois. Peut-être n'aimera-t-il pas l'idée d'être accusé d'avoir commis Two Storm Wood. »

Charmant cadeau de départ pour Amy Vanneck, songea Mackenzie : salir le nom de son fiancé auprès de ce qu'il restait de l'armée britannique – et ce alors que quelques jours plus tôt seulement, il avait affirmé que cet homme n'avait rien à se reprocher.

« Pour ça, il faudra vous débrouiller par vous-même. Nous avons des ordres à exécuter. Maintenant, si vous voulez bien m'excuser. Vous trouverez de quoi manger dans la cuisine temporaire. »

Westbrook empoigna Mackenzie par le bras et le scruta de son regard asymétrique.

« Je veux quand même parler à miss Vanneck. Je crois que vous savez où je peux la trouver.

– Je vous l'ai déjà dit, je l'ignore. »

Westbrook desserra les doigts.

« Inutile d'essayer de la protéger, vous savez. Vous ne feriez que perdre votre temps. Le capitaine Haslam est soit un renégat, soit un homme mort. Dans tous les cas, je ne vois pas de fin heureuse, et vous ? »

39

Le château de Naours était difficile à trouver. Un long bâtiment bas de deux étages situé à l'ouest du village et entouré par des bois. De la rue, Amy ne distinguait qu'une rangée de platanes au bout de laquelle se dressaient deux portes métalliques sises dans un vieux mur en brique.

Le portail n'était pas fermé à clé. Dans la cour d'une écurie attendait une ambulance militaire française. Amy se trouvait à mi-chemin du bâtiment principal lorsqu'un homme aux cheveux blancs coupés très court déboula à un angle en enfilant sa veste.

« *Attendez, attendez. Que voulez-vous, madame* ? »

Ce devait être le gardien. Amy avait conscience de la pauvreté de son allure : les cheveux emmêlés, la robe boueuse, les ongles cassés et les mains enflées. Elle expliqua qu'elle était venue voir le capitaine Egerton.

Le gardien resta de marbre.

« *Vous êtes au mauvais endroit, madame*. »

Sa façon de dire *madame** était chargée d'ironie. Il la prit par le bras et la reconduisit sans ménagement vers le portail.

« S'il vous plaît. C'était un ami de mon fiancé. Il est médecin, ici. »

Le capitaine Mackenzie lui avait donné tous les détails. Egerton et elle pourraient peut-être partager des réminiscences, avait-il suggéré. C'était le mieux qu'elle pouvait espérer.

« *Vous voulez un médecin ? Allez à Amiens*. »

Amy se dégagea.

« J'ai besoin de voir le capitaine Egerton. Je suis venue d'Angleterre. Je m'appelle Vanneck. »

Le gardien fronça les sourcils. Puis sa moue disparut.

« *Ah, M. Bill. Le médecin anglais**. »

Il fit volte-face, acceptant désormais qu'elle le suive.

« *Je vais vous le chercher**. »

Des marches conduisaient aux portes du château. Ils furent accueillis par une vieille femme vêtue d'un habit de nonne. L'un de ses yeux, d'un blanc violacé pareil à l'intérieur d'une coquille d'huître, n'avait pas de pupille. Elle et le gardien s'entretinrent brièvement sur le seuil. Au bout de quelques instants, elle referma la porte.

« *Vous devez attendre ici** », déclara l'homme.

Amy patienta au pied des marches. Des rangées de hautes fenêtres à guillotine la surplombaient, volets ouverts mais rideaux à demi tirés. Le capitaine Mackenzie lui avait expliqué que l'hôpital soignait des hommes atteints de plaies faciales, des hommes qui préféraient souvent ne pas être vus. Elle se demanda combien ils étaient, et si certains la regardaient en ce moment.

Le vent agitait les arbres. Le château, tout comme le village, avait été épargné par la guerre, sauf que le domaine n'était pas entretenu : la pelouse était trop haute, des touffes d'herbe poussaient dans les allées, du chienlit envahissait les rosiers. Quelques minutes plus tard, un homme portant une blouse blanche déboutonnée sur un uniforme kaki sortit. Il était grand, et ses yeux enfoncés étaient profondément cernés. La vieille nonne les observait sur le pas de la porte.

« Bonjour, lança-t-il, perplexe. Je suis le capitaine Egerton. Excusez-moi, on ne m'a pas dit votre nom. »

Amy monta rapidement les marches.

« Amy Vanneck. Edward Haslam, je suis sa... » Elle s'interrompit. « Je ne sais pas s'il a jamais...

– Miss Vanneck. Oui, bien sûr. » L'inconnu la dévisageait, sans nul doute désarçonné par son apparence. « Je suis désolé, je ne me serais jamais attendu...

– Je vous en prie, appelez-moi Amy. »

Ils se serrèrent la main. Avec un grognement, le gardien retourna à l'écurie.

« Je suis désolée de débarquer ainsi. J'aurais dû vous écrire. Mais je viens juste d'apprendre que vous étiez ici. Je peux revenir, si vous êtes occupé.

– Inutile, répondit Egerton. Que puis-je… ? »

Elle essaya d'expliquer calmement la raison de sa venue : son espoir qu'il puisse lui raconter les derniers jours ou les dernières semaines d'Edward, qu'il puisse un tant soit peu faire la lumière sur sa disparition.

« Vous êtes le seul officier que j'ai trouvé qui se souvient de lui. Son bataillon, la plupart…

– Oui, je sais. Le 7e a essuyé de grosses pertes sur le front Hindenburg. » Egerton regarda par-dessus son épaule. « Ma sœur, pouvez-vous informer le Dr Fabian qu'il me faudra le consulter plus tard ? Expliquez-lui que j'ai une visite d'Angleterre. »

La vieille femme partit.

« Cela vous convient-il si nous nous promenons dans le domaine, miss Vanneck ? J'ai bien peur que les sœurs n'aiment pas trop les visites. »

Ils empruntèrent un sentier gravillonné qui longeait le bâtiment. L'attitude d'Egerton semblait particulièrement gauche à Amy, comme s'il ne savait pas trop quoi faire d'elle, ni s'il devait lui parler tout court.

« Veuillez excuser mon apparence, dit Amy. Je suis restée assez longtemps sur les champs de bataille, près de l'endroit où Edward a été porté disparu. »

Egerton lui jeta un regard incrédule.

« Les distances sont trop grandes pour retourner en ville chaque jour, ajouta-t-elle.

– Vous n'étiez pas seule ?

– Une amie m'accompagnait, mais elle… elle avait d'autres obligations en Angleterre.

– Je vois, parvint seulement à répondre Egerton.

– En lisant les lettres d'Edward, j'avais l'impression que vous vous étiez beaucoup vus. L'été dernier, avant…

– Je ne dirais pas "beaucoup". Nous appartenions à la même division, mais à différentes brigades. Nous ne nous croisions que de temps à autre, en général quand nous étions en réserve, pour boire un verre, ce genre de chose.

– N'étiez-vous pas un de ses plus vieux amis ?

– On peut le dire comme ça. Nous nous sommes perdus de vue après l'école, mais c'était bon de se retrouver, en dépit des circonstances.

– Edward m'a écrit une fois que peu importait ce qu'il avait sur le cœur, il pouvait toujours compter sur vous pour comprendre.

– C'était gentil de sa part.

– Je ne suis pas sûre qu'il ait toujours pensé ça de moi. »

Une expression peinée se dessina sur le visage d'Egerton. Peut-être que, comme tant d'hommes de sa classe, toute démonstration d'émotion le rendait mal à l'aise et qu'il en redoutait ne serait-ce que la suggestion.

« Edward semblait différent vers la fin, voyez-vous. Il écrivait des choses dans ses lettres… des choses étranges. »

Amy sortit de son sac la dernière missive d'Edward.

« Tenez, voyez vous-même. »

Egerton refusa d'une main.

« Non, vraiment, ce ne serait pas correct.

– S'il vous plaît. Peut-être pourriez-vous m'aider à comprendre. »

Il prit cette dernière lettre et la lut, sourcils froncés. Ils se trouvaient au coin le plus éloigné du bâtiment, où les branches d'un grand cèdre balayaient les murs. Au-dessus d'eux, au dernier étage, une des fenêtres à croisée s'entrouvrit. Des pigeons s'envolèrent bruyamment dans le ciel.

« Vous en a-t-il jamais parlé ? demanda Amy. De ces terribles cauchemars ? Je ne peux pas m'empêcher de penser que tout espoir l'avait quitté, que d'une certaine façon il cherchait à me dire au revoir.

– Vraiment, il ne faut… » Egerton replia bien vite la lettre. « Il ne faut pas prendre ce genre de propos pour argent comptant. Edward sortait tout juste d'un affrontement quand il a écrit ces lignes. Il devait être très éprouvé. Ça nous est tous arrivé. Simplement on n'a pas l'habitude de le voir écrit.

– Il allait bien, alors, quand vous l'avez vu ? Ses lettres devenaient… Je sentais que la guerre l'accablait, qu'il n'arrivait plus à faire face.

– Il montrait quelques signes de tension – rien d'étonnant à cela. On trouve toujours des moyens pour les surmonter. Il avait les siens.

– D'après sa dernière lettre, il pensait que vous pourriez l'aider à dormir. Qu'entendait-il par là ? »

Egerton hésita.

« Si je me souviens bien, il cherchait des sédatifs : des genres de calmants. Assez banal. »

Il lui rendit la lettre d'un geste brusque, comme un point final.

« Le fait est que pour les hommes cérébraux – les hommes comme Edward – c'était plus difficile… les réalités du combat. Si vous voyez ce que je veux dire. »

Amy replaça soigneusement la lettre dans son enveloppe. Elle sentait les larmes lui picoter les yeux. On ne l'aiderait pas. Egerton était déjà assez mal à l'aise comme ça.

« Quand je lis ces lignes, je vois bien qu'il a honte. Dans son rêve, le diable se moque de lui. Il rit parce qu'il a gagné. »

Egerton gardait les mains enfoncées dans les poches. On avait l'impression qu'il voulait la réconforter, mais qu'il ne pouvait pas.

« Qu'importe ce qu'il traversait, ne doutez pas qu'Edward… qu'il vous aimait. Cela je me le rappelle très bien. Vous occupiez sans cesse ses pensées. Je crois… je crois qu'il essayait de se situer par rapport à vous dans tout ce qu'il faisait. Et ça n'a jamais changé.

– C'est le dernier courrier que j'ai reçu. J'ignore ce qu'il traversait, mais il ne s'est pas senti capable de le partager, pas avec moi. »

Amy baissait les yeux au sol. Si elle regardait Egerton en face, les larmes reviendraient. Elle s'affaira à ranger la lettre dans son sac. Quand elle releva la tête, elle découvrit le capitaine, le regard absorbé par le toit du château. Il semblait consterné, déçu. Ça ne pouvait être qu'à cause de ses questions, de la douleur qu'elle n'était pas parvenue à dissimuler.

« C'était une époque particulièrement violente, dit-il. L'ensemble du front bougeait. Et la division était restée longtemps en première ligne. La pression était… J'imagine que dans ses lettres, il s'égarait. Ou peut-être… »

Ils retournaient vers l'entrée. Leur conversation prendrait bientôt fin.

« Peut-être que quoi ?

– Parfois, penser à la maison, à ceux qu'on aime, tout se remémorer, c'est trop. Trop difficile. Comme essayer de vivre dans deux mondes à la fois. Cela peut rendre la tâche plus ardue pour un soldat. »

Amy s'arrêta.

« Capitaine Egerton, Edward vous avait-il parlé de déserter ? J'ai entendu des rumeurs. »

Egerton se tourna.

« Quelles rumeurs ?

– Aucune importance, je…

– À qui avez-vous parlé ?

– Personne. J'ai reçu un message. Regardez. »

Elle sortit une autre feuille de papier de son sac. Cette fois, Egerton la lut sans protester.

« C'est scandaleux ! Vous devriez détruire ce message immédiatement.

– C'est aussi ce que m'a dit le capitaine Mackenzie.

– Le capitaine Mackenzie ?

– Il commande une compagnie de travail pour nettoyer les champs de bataille. Il dit que c'est une calomnie destinée à me faire partir.

– Il a sans doute raison. S'il vous plaît, permettez-moi de… »

Avant qu'Amy puisse s'y opposer, Egerton avait déchiré le message et fourré les fragments dans sa poche. Puis il reprit sa route vers la porte du château et la sécurité de ses patients.

Amy le suivit.

« Mais il doit bien y avoir une chance...

– Il n'y en a pas, je suis désolé. »

Egerton prit une profonde inspiration. C'était difficile, pour lui.

« Je n'étais pas loin quand c'est arrivé, quand Edward a été blessé. Une attaque surprise allemande, de nuit, à l'ouest de Serre. Nos bataillons étaient tous les deux dans les lignes de réserve, côte à côte. Nous avons envoyé des compagnies à l'avant pour reprendre les tranchées de première ligne. J'ai entendu un rapport qui disait qu'Edward avait été touché – assez fiable, hélas. Un tir de mortier. Quelqu'un d'autre a dû prendre la tête de sa compagnie.

– Mais... »

Amy avait la tête qui tournait. Ses jambes ne la portaient plus.

« On m'a dit qu'il avait été porté *disparu*.

– S'il n'a pas été retrouvé plus tard ce jour-là, il a dû être classé disparu. Ou si son identité a été perdue pour une raison x ou y. Ou s'il a été mal identifié. C'était une époque chaotique : tout bougeait – même les postes d'évacuation et les hôpitaux. La tenue des registres n'était pas la priorité, malheureusement, et quand il y en avait, ils s'égaraient facilement.

– Donc vous ne savez pas où il est. Vous ne savez pas à quel endroit il est mort.

– Personne ne le sait. Et en toute probabilité, personne ne le saura jamais. » Egerton se racla la gorge. « Il n'y a vraiment rien à gagner – ni rien à apprendre – en restant ici, en France. Je regrette de ne pas pouvoir vous en dire plus. »

Ils avaient atteint le bas des marches. Amy s'évertuait à respirer, à rester calme. Depuis le début on lui disait de renoncer. Que c'était sans espoir. Que représentait une voix supplémentaire, parmi tant d'autres ?

« Merci de m'avoir reçue, parvint-elle à articuler. Je ne vais pas vous retenir plus longtemps. »

Elle lui tendit la main. Il la serra.

« Au revoir, miss Vanneck. J'espère que l'avenir sera plus riant pour vous. »

Amy s'éloigna vers le portail, mais à peine avait-elle fait quelques pas qu'Egerton la héla.

« Peut-être pourriez-vous me dire où vous joindre, au cas où j'apprendrais plus de détails. Au cas où… au cas où quelque chose ferait surface. »

Amy lui donna l'adresse de la poste restante à Amiens ainsi que celle de sa tante à Cambridge, avec l'impression, en le voyant les noter à la hâte, que cette requête avait été impulsive, et en se demandant quelles nouvelles informations pourraient bien refaire surface après ce qu'il venait de lui révéler.

40

Mme Chastain ouvrit la porte puis s'effaça pour le laisser passer. Il chercha sur son visage un signe de mécontentement – d'effroi, peut-être –, mais ne vit pas la moindre émotion.

« Vous souffrez ? » demanda-t-elle alors qu'il pénétrait dans l'entrée.

Il hocha la tête, bien que ce jour-là la douleur fût supportable. Il était venu parce qu'il n'avait nulle part ailleurs où aller. Son hôtel était froid et sans gaieté, et les inconnus qui le croisaient dans l'escalier ou les couloirs prenaient toujours soin d'éviter son regard. Or, même sans les *filles de joie**, la maison au bord du chemin de Varennes paraissait plus distante de la désolation des champs de bataille – plus semblable à un foyer, même si ce n'était pas le sien.

Cependant, les choses avaient changé. D'un côté de l'entrée s'empilaient des objets domestiques prêts à être déménagés : fauteuils, tapis roulés, piles de draps et de livres ficelées. Il n'avait jamais remarqué les livres avant.

« Qu'est-ce que c'est que tout ça ? Vous partez ? »

Mme Chastain hocha la tête.

« Il est temps. »

Il n'essaya pas d'argumenter. Même si elle parvenait à trouver d'autres filles, sans la présence de l'armée il serait difficile de gagner sa croûte. Et encore, si les autorités civiles ne l'obligeaient pas à fermer.

« Où allez-vous ?

– En Normandie. Ce n'est pas si loin. Mais ça suffit. »

Ils gravirent l'escalier. Sur le premier palier se trouvaient un meuble de toilette et un broc ainsi qu'une pile de photos en appui contre le mur. Ses pas claquaient sur les lattes nues. Il avait beau s'être déjà trouvé dans de nombreuses maisons en ruine, soufflées par des explosions et criblées de balles, il n'avait jamais rien ressenti de comparable à ce sentiment de perte.

« Comment allez-vous déménager tout ça ? »

Mme Chastain soupira.

« *Je ne sais pas**. Il faut que je trouve une charrette, et un cheval.

– Vous partez seule ? »

Elle ouvrit la porte du salon et, d'un geste, l'invita à entrer. Cette légère formalité résonnait en lui tel l'écho d'une époque lointaine.

« Je n'ai pas le choix. »

Le mobilier du salon était resté à sa place habituelle, comme pour l'accueillir. Seuls les rideaux manquaient. Il se dirigea vers la fenêtre : une tache de lumière pâle traversait la cour, mais il n'y avait pas de cavalier, aucun signe qu'il avait été suivi.

Une bourrasque siffla sur les murs croulants.

Peut-être n'y avait-il jamais eu de cavalier, hormis dans sa tête. Sommeil, veille – il devenait difficile de les distinguer. Parfois la réalité se brouillait, pellicule étirée sur des profondeurs mouvantes, quand soudain le présent faisait claquer son fouet, cru et implacable. À l'hôpital les médecins lui avaient décrit les effets secondaires des opiacés. Il risquait d'avoir des hallucinations, avaient-ils prévenu. Il risquait de passer par des humeurs extrêmes : panique, euphorie, angoisse. À bien y réfléchir, il n'était donc pas étonnant qu'il souffre de désorientation et d'amnésie partielles. Cela ne voulait pas dire qu'il perdait la tête.

Mais il avait peur, à présent : peur du cavalier, de sa propre force déclinante, de ce qui l'attendait à la fin de sa mission. La peur était une pierre dans ses tripes, chaque jour un peu plus froide, chaque jour un peu plus lourde. La nuit, il se voyait s'enfoncer dans la terre au milieu des corps ensevelis et des tombes anonymes. Il entendait les cris des fantômes. Pourquoi maintenant, alors que les Boches étaient partis depuis longtemps, alors qu'il avait un seul ennemi au lieu de milliers ? Pendant la guerre, à la portée des fusils allemands, il n'avait jamais fait de cauchemars pareils. De jour, l'ancien champ de bataille agissait sur lui différemment, avec sa vacuité, son silence impitoyable. C'était le silence de la désertion, des hommes qu'on avait abandonnés – les morts et les cassés.

Mme Chastain apporta la teinture, le sucre et l'eau. Cette fois-ci se trouvait également sur le plateau une bouteille grise poussiéreuse.

« Du cognac ? Je croyais que vous aviez épuisé le stock ?

– Cette bouteille, je l'ai depuis longtemps. Je l'avais oubliée. » Elle servit deux verres. « En revanche, le laudanum, c'est tout ce qu'il me reste. Si vous avez besoin de plus…

– Je n'en ai pas *besoin.* »

Il croisa les bras. Sans feu dans la cheminée, la pièce était glaciale.

« Ça aide, c'est tout. »

Mme Chastain ne fit aucun commentaire. Il aimait cela chez elle. Les peurs, les besoins, les désirs humains – ce n'étaient que des aléas de la vie, comme le paysage ou la météo. La honte n'avait pas de place chez elle, pas d'emprise.

Elle lui tendit un verre. Le cognac était riche et puissant, un vieux millésime. Westbrook était venu tard dans la vie à de tels plaisirs.

« Quand en aurez-vous terminé, ici ? demanda Mme Chastain. Quand vous laisseront-ils partir ?

– Ils ?

– L'armée. »

Il eut un sourire fugace.

« Quand j'en aurai terminé.

– Quand les coupables seront punis ?

– Quand les faits seront découverts. Ça ne devrait plus tarder. Je suis plus clairvoyant que lorsque j'étais fort. Je vois la haine, fit-il en secouant la tête. Je ne m'occupe pas de jugement. »

Elle baissa ses yeux sombres. D'où venait-elle ? se demanda-t-il. Chastain était-il seulement son véritable nom ? Il la regarda remplir un verre d'eau et ouvrir la teinture d'opium, qu'elle versa au goutte à goutte. Bientôt l'eau prit une teinte brun doré. Il avala l'alcool.

« Cet endroit en Normandie, vous y avez de la famille ?

– J'y suis allée une fois, enfant. En vacances. J'étais heureuse.

– Donc vous n'y connaissez personne ?

– C'est ce que je veux. » Elle fit tomber du sucre dans le verre et mélangea avec une longue cuillère en argent. « Les gens ne pourront pas me haïr pour ce qu'ils ne connaîtront pas.

– Je suppose que non. Dans ce cas, de quoi vivrez-vous ?

– J'achèterai des bêtes. Je les élèverai. J'aurai la terre et le ciel. Je prendrai un nouveau départ. Comment dit-on, déjà : effacer le tableau ?

– Effacer l'ardoise. Vous pensez que ce sera facile ?

– Non. Ce sera dur. Mais je n'ai pas peur du travail, et vous ?

– Non, je n'ai pas peur du travail non plus, du travail honnête. Il n'y a rien que je souhaiterais plus au monde.

– Alors faites-le. »

Mme Chastain leva le verre. Une vague odeur de goudron émanait de la teinture.

« Qu'est-ce qui vous retient ici ? »

Il avait dû dormir un moment. À travers ses yeux mi-clos, il vit une pièce bondée : des hommes en kaki et des jeunes femmes entraient et sortaient de son champ de vision. Il entendait des bribes de conversations, des rires cristallins, un gémissement. Dans un rêve, il vit Eleanor sur un canapé, à califourchon sur un Chinois, sa robe et ses jupons remontés autour de la taille. C'était la véritable raison pour laquelle elle l'avait quitté, évidemment. Il avait été trop naïf pour le comprendre à l'époque. Les Orientaux avaient des stratagèmes quand il s'agissait de séduire les femmes, d'après ce qu'il avait entendu : des astuces et des appâts. C'était la clé de leur fécondité. Et les femmes blanches ne constituaient-elles pas leur choix de prédilection ? Qu'avait dit Eleanor au sujet de jouer le jeu ? Il reconnaissait la musique sur le gramophone : c'était « Le Temps des cerises ». Le Chinois le regarda et s'esclaffa, puis Eleanor s'esclaffa à son tour. La pièce entière riait. Il tenait un revolver à la main, mais l'arme était lourde, il n'arrivait pas à rassembler la force nécessaire pour appuyer sur la détente.

Il ouvrit les yeux et le bordel était devenu un bateau, tanguant lentement de droite à gauche. Il se rendit à la fenêtre. La ville avait disparu. À sa place ne restaient que de la boue et des barbelés à perte de vue. Même les caillebottis avaient disparu.

Il parvint à se redresser. Ses yeux refusaient de faire la mise au point, il avait un goût amer dans la bouche. Il lui fallait quelque chose pour le faire passer. Il appela Mme Chastain, elle ne répondit pas. Il entendit sa voix au rez-de-chaussée : pas de filles, pas d'alcool, disait-elle. Sa *maison de tolérance** était fermée. Mais pour l'interlocuteur, le non n'était pas une option. La porte claqua. Quelque chose de lourd – un paquetage ou une valise – frappa le sol pavé.

Il vit le sucre. Saupoudré sur le plateau. Il tomba à genoux et le lapa comme un chien. Assoiffé, il but de grandes goulées d'eau à même la carafe.

Des pas dans l'escalier : un autre client, ou un autre rêve. Il espérait que ce ne fût pas un médecin. Il en avait vu trop. L'un d'eux lui avait conseillé de ne pas « se fier à ses sentiments » pendant un temps. Il n'avait compris que plus tard, en se regardant dans un miroir, que ce médecin redoutait le suicide. Comment s'appelait-il ? Price, non ?

Il se rallongea sur le canapé, et se rendit alors compte qu'il n'était plus seul. Un homme se tenait à côté de lui, dos à la lumière. Il songea soudain qu'il ferait mieux de cacher la bouteille de teinture. Il tendit le bras, mais la bouteille n'était plus là.

L'homme la faisait tourner dans sa main.

« Il faut faire attention avec ce genre de produit, général. »

Il avait l'accent du Nord. Son visage était une ombre floue.

« Ça va vous bousiller le cerveau. »

C'était une blague, non ? Un éclat de shrapnel aussi pouvait vous bousiller le cerveau. Il en avait la preuve juste en face de lui.

« Que ton cœur ne se détourne pas vers les voies d'une telle femme, disait l'homme. Ils sont nombreux, tous ceux qu'elle a tués.

– Proverbes, chapitre… chapitre…

– 7. »

L'homme du Nord s'approcha. De ses vêtements émanait une odeur grasse et ferreuse. Qui se mêlait à un parfum vicié de cuir et de paille humide. Il y avait une plaque sur l'épaule de sa tunique, lettres blanches sur fond rouge. Lire demandait un effort. Il était écrit : « MANCHESTER ».

Il roula sur le côté, loin de cet homme et de ses satanées Écritures. Il n'était pas d'humeur à sociabiliser.

« Vous êtes venu ici pour trouver quelqu'un. C'est bien ça, général ? »

Inutile de répondre. C'était encore un rêve. L'homme du Nord, tout comme le cavalier, n'existait pas. Inutile de craindre d'offenser qui que ce soit.

« Vous ne le trouverez pas ici, je ne crois pas, général.

– Trouver qui ? »

Il ne voulait pas de son opinion. Que faudrait-il pour le faire taire ? Une balle, peut-être ? Une balle pouvait-elle tuer un homme imaginaire ?

« De quoi parlez-vous ?

– Nous vous attendions. Le moment est venu. »

Il regarda autour de lui, dans l'espoir que l'homme du Nord ait disparu, à l'instar d'Eleanor et de son amant chinois et de tous les gens qu'il avait vus. Mais la silhouette grise était toujours là, plus tangible que n'importe quoi d'autre dans la pièce.

« Que voulez-vous ?

– Nous voulons commencer, mon général. Il y a du travail à faire, des promesses à tenir. Fini l'opium. »

La bouteille était toujours dans la main de l'homme. Elle n'avait rien à faire là. Ce n'était pas lui qui l'avait payée.

« Bon sang, donnez-moi cette... je vous ordonne de... »

Il tendit le bras. Il lui parut lourd. La pièce entière chavira. Il effleura le verre du bout des doigts.

« Vous vous souvenez de moi, n'est-ce pas, général ? » disait l'homme, mais sa voix était déjà loin.

Lorsqu'il rouvrit les yeux, il était seul. Il consulta sa montre, mais les aiguilles étaient trop fines, il n'arrivait pas à lire. Sur le manteau de la cheminée, l'horloge était large et stable. *Tic-tac*, faisait-elle avec insistance dans sa tête, suffisamment fort pour qu'il veuille qu'elle s'arrête. 16 heures.

La bouteille de teinture était sur le plateau, là où Mme Chastain l'avait laissée. Tout autour, les coussins et les couvertures n'avaient pas été dérangés. À son réveil, il avait eu la sensation de sortir d'une foule. En réalité il avait été seul tout l'après-midi dans une pièce vide – le dernier client de Mme Chastain.

Où était-elle passée ? Il espérait qu'elle était sortie acheter de la nourriture. La faim lui rongeait les entrailles. Une dose supplémentaire de cognac serait bienvenue aussi.

Il vida d'un trait le reste d'eau. Une pensée, un souvenir, se forçait un passage dans sa conscience confuse, comme une voix qui crie à travers un mur. Était-ce une chose dont il était censé se rappeler ? Il ferma les yeux et ce fut devant lui : la tunique, la plaque sur l'épaule, le mot « MANCHESTER ».

Il s'empara de la bouteille de teinture. Elle n'était *pas* comme Mme Chastain l'avait laissée. Il la déboucha, la renversa. Il ne restait plus une goutte.

Il se leva en prenant appui contre le bras d'un fauteuil. Ses membres étaient lourds. Il se dirigea vers la fenêtre. La pluie mouchetait la vitre noire de suie.

Le soldat se tenait à l'autre bout de la cour, dos à la maison. Quelques nuits auparavant – la nuit où l'interprète avait été tué – il y avait eu quelqu'un exactement au même endroit : le même homme, ou un autre ? Il sembla sentir qu'il était observé. Après avoir relevé son col, il franchit le portail.

« Eh, vous ! Vous, là-bas ! »

La fenêtre refusait de s'ouvrir.

La tête vaseuse, Westbrook empoigna son manteau et se précipita sur le palier. Il dut se tenir à deux mains à la rampe pour ne pas tomber dans l'escalier. Il était presque en bas quand il sentit que ses paumes étaient poisseuses. Elles étaient maculées de sang. Le sien ? Il chercha les signes d'une plaie, mais il faisait trop sombre pour voir. Il n'avait mal nulle part.

Il ouvrit la porte d'entrée, vit une giclure de sang sur le mur du hall.

« Suzanne ? »

Il y en avait aussi sur la plinthe et le papier peint. Encore frais.

Trois portes donnaient sur le couloir, toutes fermées. Sur la dernière, il y avait une tache rouge trente centimètres au-dessus de la poignée. C'était la porte de la cuisine. Il l'ouvrit.

Elle gisait sur le flanc, les yeux ouverts. Un large tablier pourpre se déployait sur les dalles. Le sang avait parcouru toute la longueur et la largeur de la pièce en suivant la rigole des joints.

Westbrook s'agenouilla. On lui avait tranché la gorge, une incision – une seule – juste assez large et profonde pour sectionner l'artère. Un meurtre parfait de raid de tranchée, plus difficile à exécuter que le coup habituel sous la cage thoracique, vite fait bien fait.

Que ton cœur ne se détourne pas vers les voies d'une telle femme.

C'était ce sang qu'il avait senti sur l'homme du Nord, le sang de Mme Chastain. Il tendit la main pour lui fermer les yeux.

La drogue le lestait, luttait pour l'empêcher d'être dans l'ici et le maintenant. Il se força à traverser la cour puis à retourner sur le chemin de Varennes. De part et d'autre les maisons enflaient, se contorsionnaient, comme étirées sur un cadre. Acheux était une petite ville. Le tueur ne pouvait pas être loin.

Le Webley pesait lourd dans sa poche. Le poids du métal aidait à lui éclaircir l'esprit. Une balle dans le crâne – simple, propre, définitif. Le revolver était un faible compromis en matière d'arme, mais Westbrook avait toujours fait preuve d'une adresse remarquable.

Mme Chastain avait été son amie. Contre toute attente, elle avait pris soin de lui. Il comprenait désormais qu'il s'était agi d'une sorte de miracle – inattendu, non mérité. Et maintenant elle était morte à cause de lui : parce qu'il n'avait pas le droit de partir, de prendre ce qu'elle lui avait proposé. L'image de ses yeux sans vie l'emplissait de rage, et cette rage lui donnait de la force. Pour la première fois depuis des jours, il ne ressentait aucune douleur.

La rue était déserte. Il resserra les doigts autour du Webley, son pouce jouant sur le chien. Il aspirait à tirer, à sentir le choc de l'énergie, son pouvoir sur la vie. Il lui avait manqué, ce pouvoir. Le lot du soldat était d'être plus fort que les autres hommes, et plus circonspect. Il sortit l'arme, la laissa reposer contre son flanc. Ce que l'on attend du soldat idéal, c'est que la pulsion meurtrière soit plus forte que la pulsion de vie.

Il regarda par-dessus son épaule. Son cœur fit un bond. Il vit un éclair kaki. Deux cents mètres plus loin, vers la sortie de la ville, sur la route qui s'incurvait légèrement vers l'est. Après quelques pas, il avait disparu.

Westbrook se mit à courir. Il franchit le virage. La pluie couvrait le bruit de sa course. Arbres et buissons lui cachaient la vue. L'eau montait haut dans les fossés étranglés.

La route convergea vers le sud, droite au milieu des champs vides balafrés par des réseaux de tranchées et des fragments de barbelés. Aucun signe, personne. Il s'arrêta, le souffle court. La pluie lui dégoulinait dans les yeux. Il les essuya d'un revers de manche.

Un peu plus loin, il aperçut un trou dans la haie. Une sente enjambait le fossé. Le revolver brandi à deux mains, il avança. Le chemin était envahi par la végétation. De longues tiges d'herbe s'amassaient sur les côtés et poussaient au milieu. Comme il approchait, il distingua des empreintes de sabots dans la boue.

Au bout du sentier, à quarante mètres de la route, se dressaient les ruines d'une ferme. Des arbres se blottissaient contre les murs. Les branches d'un frêne s'insinuaient dans une ouverture où jadis était encastrée une fenêtre. Voilà des années que personne n'habitait là.

Il progressait, l'herbe amortissait le bruit de ses pas. Il fut accueilli par une odeur âcre de feu de bois, mais elle ne venait pas de la maison.

Les écuries se trouvaient sur un côté. Elles paraissaient habitables. Une volée de marches en bois montait à une porte au premier étage : le logis du palefrenier, à l'époque. Sur la façade latérale, une lucarne encore vitrée. La porte se balançait sans bruit sur ses gonds.

Nous vous attendions. Le moment est venu.

Il arma le revolver puis monta les marches. Elles avaient beau être branlantes et pourries, elles ne gémissaient pas sous le pied. Il s'arrêta sur l'avant-dernière, en essayant de ralentir sa respiration. *Ouvre la porte, vise, tire.* Après, il n'y aurait plus le temps de penser. C'était comme atterrir dans une tranchée boche, pas de place pour l'analyse ni les sentiments. L'action, rien que l'action.

Il perçut un mouvement, un changement subtil de poids quelque part de l'autre côté du mur en bardeaux. Il devait faire sombre là-dedans, sombre comme dans une cagna – il aurait mieux valu l'éclaircir à la grenade. Mais il n'avait que son Webley.

Une profonde inspiration. Il ouvrit violemment la porte, entra.

Vise, tire.

Des tables. Des chaises debout. Un poêle. Sur l'une des tables un étrange appareil métallique semblable à une machine à coudre géante. Il baissa son arme. Personne.

Il fit deux ou trois pas. La machine était flanquée d'un grand volant en fer. Ce n'est que lorsqu'il vit les pots d'encre et les piles de papier qu'il comprit de quoi il s'agissait. Certaines feuilles avaient déjà été imprimées. Des copies froissées jonchaient le sol. Dans la lumière falote, il lut : *Tous les hommes loyaux et sincères devraient se rallier à son drapeau. SOLDATS ! TENEZ-VOUS PRÊTS !*

Son regard fut attiré par un objet suspendu au mur : une épée de cavalerie, protégée par un simple fourreau métallique. Il posa son revolver et dégaina l'arme. La lame était droite et d'aplomb, polie à la perfection : une arme conçue non pas pour trancher, mais pour transpercer. Il tata la pointe. Une perle de sang se forma à l'extrémité de son doigt.

Il tendit le bras. L'épée était parfaitement équilibrée, une extension du corps aussi naturelle qu'un membre. La lumière dansait sur le métal ondoyant. En la tenant, il se sentit revigoré.

Des coupures de journaux étaient placardées sur le mur : des photos, des trophées. Des légendes à moitié effacées criaient dans l'ombre : *UNE CAVALERIE COURAGEUSE CHANGE LE COURS DES CHOSES.*

Il approcha. Des groupes d'officiers et de sous-officiers posaient comme des écoliers en rangs ordonnés. *LES HÉROS DE LA CRÊTE DE BAZENTIN.* Des cavaliers en turban, les lances accrochées à la selle, adressaient un grand sourire à l'objectif. Une casquette d'officier allemand était suspendue à un clou, un trou ensanglanté au milieu. *CORPS À CORPS À BUCQUOY, DES HOMMES DU LANCASHIRE CASSENT DU BOCHE.* Dans chaque article il lisait le nom de Rhodes : le capitaine Rhodes de la cavalerie Decan, le lieutenant Rhodes du régiment de Manchester, le lieutenant-colonel Rhodes, commandant de bataillon de la courageuse 7e compagnie.

Quelque chose remua sous ses pieds. Un coup discret.

Une photo était plus grande que les autres. Elle avait été découpée dans le *Pictorial Review*. Un officier était monté sur un cheval noir avec une étoile blanche sur le front. Il regardait l'objectif, épée à la main : un bel homme rasé de frais, les yeux enfoncés, l'esquisse d'un sourire sur les lèvres. Pas trace de pose, pas de simulation. Il était parfaitement à sa place. Le photographe, le cliché, les lecteurs du *Pictorial Review* : tous lui appartenaient. C'était sa guerre, sa scène, créées pour lui.

De sous ses pieds monta un autre coup – plus fort, plus colérique. Il dévala les marches, l'épée toujours à la main. La porte de l'écurie était fermée. De l'autre côté, le bruit se fit plus insistant : quelqu'un essayait de sortir ou d'entrer de force.

Il ouvrit. Un cheval était attaché dans un box un peu plus loin. L'animal ruait pour s'échapper, les pattes arrière frappant contre les parois. Une selle attendait sur un râtelier, cirée, immaculée.

Le cheval était puissant, grand : un mètre soixante-dix au garrot. Même dans l'obscurité orageuse, sur son front, l'étoile blanche brillait.

41

À Sailly-au-Bois l'un des chevaux s'arrêta, boiteux, et le charretier ne voulut pas risquer l'autre animal en allant plus loin. Amy finit à pied les trois derniers kilomètres qui la séparaient de Colincamps, son châle sur la tête, ses vêtements humides et lourds. Elle ne croisa personne en chemin.

Elle avait envisagé de passer une autre nuit à Naours, où une petite auberge à colombages avait rouvert pour les hôtes civils, mais après sa rencontre avec Bill Egerton, elle avait ressenti le besoin de rentrer.

L'histoire d'Egerton n'aurait pas dû la surprendre : Edward était tombé sur la crête de Serre, tué par un tir de mortier. Ce récit était conforme à ce qu'on lui avait déjà dit, à une différence près : Egerton avait parlé à des témoins, à des camarades d'Edward. On ne pouvait pas mettre en doute leurs rapports, même s'ils n'étaient plus en vie pour les confirmer. Cette certitude inébranlable ramenait Amy vers les champs de bataille, comme si Edward était toujours là, à l'attendre. Elle ressentait le besoin de lui assurer qu'elle n'allait pas l'abandonner, pas même maintenant.

Colincamps était désertée. Là où avait été monté le camp, il ne restait désormais que des traces de roues, des mégots de cigarettes et des déchets. Le cantonnement de Mackenzie et le QG de la compagnie étaient vides. Seul signe de vie, deux civils qui essayaient de réparer un toit de l'autre côté de la route.

Amy hocha la tête. Elle avait espéré une présence, l'opportunité de partager ce qu'elle avait appris, un modeste repas chaud

– même si elle savait qu'elle n'avait pas le droit d'y prétendre. Mais elle était seule. Et il en serait toujours ainsi dorénavant. Elle avait dépassé le point où elle pouvait s'attendre à une aide quelconque. On connaissait l'essentiel des faits. Poursuivre cette recherche, de cimetière en cimetière, de tombe en tombe, signifiait franchir la frontière entre la dévotion et la folie – or les fous, on les évite, comme si leur affliction était contagieuse, ou leur décrépitude intérieure trop perturbante à regarder.

La pluie lui dégoulinait sur les joues, charriant la crasse et la terre dans sa bouche. Là, devant l'ancien cantonnement du capitaine Mackenzie, avec sa jupe humide qui lui fouettait les tibias, elle se demanda combien de temps elle pourrait tenir, et comment viendrait la fin. Arriverait-elle simplement à court d'argent ? Sa famille viendrait-elle la chercher pour l'enfermer ? Ou finirait-elle un jour par céder à l'indifférence, cesser de ressentir quoi que ce soit quand elle penserait à Edward, à son sourire, à ses caresses, à son amour ? Auquel cas, quels sentiments lui resteraient-ils ?

À la porte de la ferme, quelque chose attira son regard. Une enveloppe blanche était punaisée sur le battant, juste au-dessus de la poignée : *Miss Amy Vanneck*. En bas il était inscrit : *En cas de non-réception, prière de la renvoyer à POSTE RESTANTE, AMIENS.*

Elle retira ses gants puis ouvrit l'enveloppe.

Chère miss Vanneck,

Comme vous le savez, on a attribué à ma compagnie un nouveau secteur sur le front Hindenburg. J'ai reçu l'ordre de lever immédiatement le camp. Notre travail dans la vallée de l'Ancre n'est pas terminé, mais avec le passage du temps et la pénurie de main-d'œuvre, il est essentiel que d'autres champs de bataille soient soumis sans plus attendre à une fouille préliminaire. Je suis sûr que des recherches plus approfondies sur la crête de Serre auront lieu plus tard, et je veillerai personnellement à vous informer si quoi que ce soit de significatif venait à être découvert. En attendant, il me faut à nouveau vous enjoindre de quitter les anciens champs de bataille et de trouver un logement à Amiens ou dans une autre ville où vous serez en sécurité. Je suis vraiment navré que nous devions couper court à notre relation, et que notre départ soudain m'empêche de vous dire au revoir en personne.

Il me faut vous dire autre chose. En votre absence, le général Westbrook a demandé après vous. Il possède de nouvelles informations concernant le capitaine Haslam dont il aimerait discuter avec vous. Je ne lui ai pas dit où vous étiez, et il n'en saura rien, si vous refusez de le voir. Personnellement, je ne vois pas l'intérêt de ressasser des rumeurs et des conjectures que votre fiancé ne peut ni infirmer ni confirmer. Mais la décision vous appartient. Le général Westbrook loge toujours à l'hôtel du Grand Cerf à Acheux.

J'ai pris la liberté de laisser dans mon cantonnement vacant certaines provisions superflues, dans l'espoir qu'elles puissent vous être utiles. J'espère que vous vous sentirez vite capable de rentrer en Angleterre, et que là-bas vous attendra une partie de la tranquillité que vous avez connue jadis. J'espère aussi que nous nous recroiserons un jour dans des circonstances plus heureuses.

Bien à vous,

Capitaine James Mackenzie

Amy pénétra dans l'écurie. Elle trouva sur une table une pile soignée de couvertures, sous lesquelles se trouvaient plusieurs conserves de corned-beef, une autre de jambon, une miche de pain et une bouteille de vin rouge. Tout son corps implorait du repos, mais l'idée qu'il lui restait quelque chose à apprendre – que le général Westbrook avait des informations à partager – brillait comme une étincelle dans l'obscurité, une flammèche glacée d'espoir. Impossible de l'ignorer.

Cependant, le fait que le général Westbrook était venu la chercher la mettait mal à l'aise. Au début, elle avait pensé que seule son apparence le rendait effrayant, que son aversion pour lui était aussi indigne que méchante. Mais il s'agissait d'autre chose. L'attitude d'expert du général, si pragmatique et directe, masquait une âme bouleversée – un conflit qu'elle percevait sans le comprendre. Par moments, elle s'était demandé s'il avait vraiment toute sa tête. Et puis la façon dont, ce fameux jour, il était parti en charrette, sans un mot, avait réduit à néant la possibilité qu'ils puissent un jour être amis. Elle se demandait comment étaient survenues ses blessures, dans quel combat violent. Elle se demandait comment il s'était adapté à la guerre, et son instinct lui disait : *Ne t'approche pas.*

Elle resta debout un moment, scrutant la ferme par-delà la cour vide, abandonnée, inerte. Puis elle mit le pain et le vin dans son sac et sortit du village pour se rendre à Acheux.

42

Kent, Angleterre, mars 1919

L'opératrice téléphonique ne parvint pas à établir la communication. Au lieu d'attendre un échange de lettres, sir Evelyn se rendit à Farningham en voiture, en comptant sur la chance pour être reçu. Non pas qu'il fût impatient de rencontrer le lieutenant-colonel Rhodes. La seule idée de cet homme, de son courage légendaire et de son caractère impitoyable, était dérangeante. C'était un homme né pour commander, et pourtant profondément différent de ceux qui commandaient vraiment, comme sir Evelyn lui-même – ce qui leur sauterait aux yeux à tous deux. Seulement une promesse avait été faite, et sir Evelyn n'avait pas l'intention de revenir sur sa parole.

D'après miss Page, on – elle n'avait pas précisé qui – avait dit à Amy qu'Edward Haslam, toujours en vie, se cachait. On suggérait même qu'il avait reçu des ordres secrets de la part de Whitehall avant de disparaître. Amy voulait que sir Evelyn cherche à savoir s'il y avait du vrai dans ces rumeurs, le moindre brin d'espoir. Elle se raccrochait à n'importe quelle branche, très certainement, mais l'opinion personnelle de sir Evelyn sur la question importait peu. Sans compter que le commandant de Haslam s'était montré, aux dires de tous, particulièrement peu conventionnel : arrogant, brillant, délirant, ou un mélange des trois. Était-il possible que les deux hommes soient entrés en conflit – un conflit si violent que Haslam avait bel et bien envisagé de déserter ? La situation avait-elle pu dégénérer à ce point ? Cependant, si Edward Haslam était réellement vivant, quel genre d'existence pouvait-il bien mener ? Quel avenir possible pouvait-il offrir à Amy ?

Sir Evelyn avait écrit au ministère de la Guerre pour demander de l'aide : y avait-il eu, l'été précédent, des soucis dans le 7e régiment de Manchester, la moindre allusion à une désertion ou à une mutinerie – tout ce qui pouvait sortir de l'ordinaire ? Il avait été surpris de recevoir une réponse. Le message expliquait que les dossiers concernés étant « confidentiels pour le moment », il serait impossible de répondre à sa requête. Sir Evelyn avait de nouveau écrit, cette fois à une connaissance personnelle au sein du secrétariat des Finances. Cela donna lieu à un seul et unique renseignement : le commandant de Haslam, le lieutenant-colonel Rhodes, toujours en vie, suivait un traitement médical dans un hôpital militaire du Kent. C'était la seule piste qu'il restait.

L'hôpital était un vaste manoir en brique rouge, bien caché derrière de hauts murs recouverts de lierre. Un lac se déployait au sud. Sir Evelyn repéra une procession d'hommes en fauteuil roulant qu'on promenait dans le domaine, à la faveur d'une éclaircie. Ils portaient l'uniforme, avec de temps à autre l'ajout civil d'une écharpe ou d'une paire de moufles. Un peu plus loin nichaient des corbeaux, dont les croassements résonnaient dans toute la vallée. Malgré sa taille, l'endroit respirait la solitude.

Le général Richardson, directeur de l'hôpital, était un chauve à lunettes d'une soixantaine d'années. Il descendit à la hâte les marches du perron en bataillant pour fermer le dernier bouton de sa tunique.

« Sir Evelyn ? fit-il, main tendue. Le ministère de la Guerre m'avait prévenu de votre possible visite, mais sans m'en donner la date.

– Je suis désolé. J'ai essayé de téléphoner.

– Ah, un problème avec les communications locales, je le crains. En quoi puis-je vous aider ?

– Le ministère ne vous a pas expliqué ?

– On m'a seulement dit que vous vous intéressiez à l'un de nos patients.

– En effet : le lieutenant-colonel John Rhodes. »

Richardson hésita.

« Rhodes. » Ce nom semblait le perturber. « Oui, je vois. Peut-être serait-il préférable... Seriez-vous de sa famille, par hasard ?

– Non. Ce qui m'occupe est une affaire d'archives militaires.

– Je vois. Mon bureau est par là. »

En silence, le directeur conduisit sir Evelyn à travers une série de couloirs étroits jusqu'à une pièce où un sous-officier tapait à un bureau. Il régnait dans le bâtiment une odeur peu ragoûtante de légumes bouillis et de javel, mais au moins les patients étaient cachés. Il n'avait aucune envie de croiser leurs regards pitoyables.

Le bureau du général Richardson était une pièce lambrissée qui donnait sur un jardin clos. Des rangs de légumes bien nets poussaient là où jadis il devait y avoir eu des roses et de la lavande.

« J'imagine que vous désirez voir le dossier du colonel ? » demanda Richardson.

Sir Evelyn fut surpris. Il avait présumé que les dossiers médicaux étaient confidentiels, comme dans le civil. Cependant, cet hôpital était un établissement militaire, or aucun soldat n'avait le droit d'avoir des secrets vis-à-vis du ministère de la Guerre.

« Je suis sûr que ce ne sera pas nécessaire. J'aimerais simplement lui parler, avec votre permission. »

La perplexité se dessina sur le visage de Richardson.

« Je suis navré, mais j'ai bien peur que ce soit impossible.

– Est-il... ? A-t-il succombé à ses blessures ?

– Pas à ma connaissance.

– Dans ce cas... ?

– Il n'est pas là, sir Evelyn. On ne vous l'a pas dit ? Nous en avons informé le ministère de la Guerre il y a un bout de temps.

– Alors où est-il ?

– Je ne saurais vous dire. Asseyez-vous, je vous en prie. Laissez-moi prendre votre manteau. »

Deux fauteuils en cuir faisaient face à la fenêtre. Sir Evelyn s'assit. Le portrait d'une grande dame vêtue d'une robe de bal verte le dévisageait du haut de la cheminée.

« Il est parti il y a plusieurs semaines, expliqua Richardson. De son propre gré. Il a tout bonnement disparu. Depuis, nous n'avons plus eu de nouvelles.

– Je le croyais gravement blessé. Proche de la mort.

– Il l'était. Il a été frappé de très près par une grenade. Mais c'était à l'automne dernier. Il a subi plusieurs opérations, toutes très réussies. J'ai participé à certaines, d'ailleurs. »

Sir Evelyn hocha aussitôt la tête.

« J'ai entendu dire que vous faisiez un travail remarquable », commenta-t-il, même si, en réalité, il n'avait rien entendu de tel.

Richardson errait autour de son bureau, comme s'il hésitait à s'asseoir. Le compliment de sir Evelyn sembla le décider.

« Sur le plan physique, sa convalescence était excellente.

– Sur le plan physique ? »

Richardson tira une chaise.

« Son état mental était plus difficile à jauger.

– Souffrait-il d'une commotion cérébrale ?

– Nous nous attachions à le déterminer quand il a disparu. Ses fonctions cérébrales essentielles semblaient intactes. Il y avait certainement une perte de mémoire – ce qui est totalement normal avec des blessures à la tête –, mais au-delà de ça… Disons simplement qu'il y avait des raisons de s'inquiéter. En tout cas, nous n'avions pas prévu de le laisser sortir avant un bon moment. Il semblerait qu'il ait décidé de prendre la situation en main. »

Sir Evelyn réprima un frisson. Le colonel Rhodes en convalescence dans un hôpital, c'était une chose ; le colonel Rhodes dans la nature, sans qu'on connaisse ni son adresse ni ses intentions, c'était très différent.

« Si je parvenais à le trouver, accepterait-il de me parler ?

– Je ne vois pas pourquoi... » Le regard de Richardson s'assombrit. « Il était parfois rétif à coopérer. Il affichait aussi un certain degré de suspicion envers le ministère de la Guerre et l'autorité en général. Donc... je ne promets rien.

– Vous avez évoqué une perte de mémoire. Concernant la guerre, ses souvenirs sont-ils clairs ?

– En grande partie. Il peinait à se rappeler les noms, si je me souviens bien, répondit Richardson, sourcils froncés. Je crois que vous feriez mieux de vous entretenir avec le capitaine Price. Les problématiques psychiatriques, c'est sa partie. Moi je suis chirurgien, comme vous le savez – travail crânien. Price pourra vous renseigner. »

Avant que sir Evelyn puisse l'en empêcher, Richardson avait envoyé le sous-officier trouver son collègue. Quand il revint au bureau, il avait un mince classeur vert sous le bras. Sir Evelyn était à deux doigts de s'excuser. Si on ignorait où se trouvait Rhodes, enquêter sur son état mental n'apporterait rien.

« C'est ça, paranoïa, dit Richardson en examinant le dossier. C'était le premier signal d'alarme. Rhodes racontait aux infirmières que ses blessures lui avaient été infligées par un traître.

– Un traître ? Pourquoi irait-il penser une chose pareille ? »

Richardson fronça les sourcils.

« Sans raison, à mon avis.

– Personne ne lui a posé la question ?

– Nous nous prêtions à son jeu, bien sûr : nous lui demandions pourquoi quiconque aurait voulu le tuer à part les Allemands, évidemment.

– Et ?

– Il répondait qu'il comptait bien le découvrir. Nous en sommes restés là. »

Sir Evelyn se rappelait ce qu'Amy avait entendu en France : des rumeurs selon lesquelles Edward Haslam avait reçu des ordres secrets en provenance de Londres. Si ces rumeurs étaient fondées, qu'auraient impliqué ces ordres, exactement ? Haslam avait prospéré sous le commandement de Rhodes. Il avait vite pris lui-même le commandement d'une compagnie, un avancement qui avait certainement été mérité. Il ne pouvait pas exister plus grande marque de confiance.

Richardson s'adossa.

« Un sentiment irrationnel de persécution n'est pas rare dans des cas comme celui-ci, surtout quand il est combiné à un choc post-traumatique. Nous avons fini par décider de le déplacer dans un service plus animé, de lui donner des compagnons à qui parler – une idée du capitaine Price, et ça semblait fonctionner, d'une certaine manière. Il s'était lié d'amitié avec un autre patient, même s'il s'agissait davantage d'écouter que de parler. »

Le regard de sir Evelyn se porta sur la fenêtre. Plus il entendait parler de Rhodes, plus il peinait à se le représenter, à le mettre dans une case. Rien n'était ordinaire chez cet homme. Si la même singularité s'était étendue à ses subordonnés – à Edward Haslam –, alors tout était possible.

« La situation a recommencé à se dégrader après sa dernière opération, poursuivit Richardson. Le choc dû à l'altération de son apparence, je crois, était profond. Malheureusement, il semblerait que sa fiancée ait eu à peu près la même réaction.

– Rhodes était fiancé ? Je n'en savais rien.

– Manifestement, ils étaient restés discrets. Des problématiques de classe sociale, je crois, sans parler...

– D'héritage ? »

Richardson hocha la tête, reconnaissant. Sir Evelyn avait entendu circuler l'expression « sang-mêlé » au ministère, même si, autant qu'il pouvait en juger, il n'y avait aucune preuve que Rhodes fût métis.

« Quoi qu'il en soit, la jeune femme a rompu, reprit Richardson en reniflant, le nez plissé. Bien sûr, il ne faut pas juger.

– C'est malheureux. Le colonel Rhodes était-il très... ?

– Difficile à dire. Il ne parlait jamais de cette fille, jamais de l'Angleterre non plus – ni de l'Inde, d'ailleurs. Tout ce dont il parlait, quand il le voulait bien, c'était du champ de bataille, du front. Dans sa tête, c'est là qu'il était. C'est compréhensible, j'imagine, après si longtemps.

– Il devait s'inquiéter pour ses hommes.

– Oui, répondit Richardson avec un manque de conviction patent.

– Pourquoi est-il parti ? Avez-vous une idée de sa destination ?

– Hélas non. C'est lié à quelque crise intérieure, sans aucun doute. Comme je le disais, il y a eu ce contretemps avec sa fiancée. Et ensuite son camarade dans le service, celui dont je vous ai parlé, est mort très brusquement. Ç'a pu être le déclencheur.

– Est-il possible qu'il soit retourné en France ? »

Richardson ôta ses lunettes. Cette idée ne lui avait manifestement jamais traversé l'esprit.

« Ma foi, on ne peut pas l'exclure. Rhodes a très peu de famille en Angleterre. Il a débuté dans l'armée indienne. Il se voyait déjà dans la brigade des gardes, je suppose, mais il n'a pas réussi à décrocher de commandement. »

On frappa à la porte.

« Ah, ce doit être le capitaine Price. »

Le collègue de Richardson, de dix ans son cadet, était un homme de petite taille, la poitrine creuse, dont l'uniforme lui pendait sur les épaules, tel un habit qu'on hérite de son frère aîné. Il serra la main de sir Evelyn avec un sourire, tout en frottant l'ourlet de sa tunique comme pour essayer d'en repasser les plis.

« Sir Evelyn est venu au sujet du colonel Rhodes, expliqua Richardson.

– Vous l'avez trouvé ? demanda Price en s'asseyant dans le deuxième fauteuil.

– Jusqu'à aujourd'hui, j'ignorais qu'il avait disparu.

– Nous en avons informé le ministère de la Guerre, ainsi que son régiment et la police, au cas où.

– Au cas où quoi ? Pourquoi cette inquiétude ? »

Richardson croisa les bras.

« Le capitaine Price pense que le colonel Rhodes est atteint d'une névrose depuis longtemps. Toute notion ordinaire de retenue et de scrupule lui est étrangère. C'est bien cela, Arthur ? »

Price hocha la tête.

« C'est un homme insensible à la violence, or, dans son état d'esprit actuel – paranoïa, propos sur la trahison –, je pense qu'il pourrait y avoir recours. »

Sir Evelyn se renfrogna.

« Un soldat, recourir à la violence ? À quoi servirait-il, sinon ?

– Là, c'est différent. Il pourrait employer la violence parce qu'il en a besoin.

– Besoin ?

– Comme une forme d'affirmation. Dans certains cas, la violence devient intimement liée à l'estime de soi – une expression de puissance, si vous voulez. Or, à cause de ses blessures, il est probable que l'estime du colonel Rhodes soit au plus bas. »

Le vocabulaire de Price n'était pas familier à sir Evelyn, mais son message douteux était clair : le héros de la crête de Bazentin était un déséquilibré – et dangereux, avec ça.

« Si vous en étiez si sûr, pourquoi ne l'avez-vous pas placé sous surveillance ? Pourquoi a-t-il été tout simplement autorisé...

– Il ne montrait aucun signe de vouloir partir, se défendit Richardson. Sans compter qu'à ce stade, les idées du capitaine Price relevaient entièrement de la conjecture.

– Et maintenant ? »

Les deux médecins échangèrent un regard. Richardson finit par prendre la parole.

« On nous a récemment transmis la correspondance de l'ancien tuteur de Rhodes, un certain Dr Blake. Il semblerait qu'il ait écrit au ministère de la Guerre il y a plusieurs années.

– Sans résultat, ajouta Price.

– Rhodes a eu un précepteur pendant la majeure partie de son éducation, à l'extérieur de Calcutta. Nous connaissions un peu son passé, évidemment, mais beaucoup de choses nous échappaient. Ce n'est pas ce qu'on peut appeler une histoire heureuse.

– Continuez. »

Il commençait à faire sombre. Richardson alluma une lampe de bureau. La table fut baignée d'une lumière jaune.

« Les parents de John Rhodes étaient des missionnaires. Vous le saviez ?

– Ils ont été tués tous les deux, d'après ce que j'ai entendu, quand ils vivaient en Inde. »

Richardson secoua la tête.

« Pas en Inde, sir Evelyn. Ils sont morts en Chine. C'était quelques années avant la révolte des Boxers à proprement parler – l'une des premières attaques contre des chrétiens.

– Ils ont été hachés menu, ajouta Price, littéralement. Par la suite, les gens évitaient d'en parler, mais apparemment l'oncle de Rhodes a expliqué que c'était particulièrement atroce.

– Le genre de choses dans lesquelles les Chinois excellent, commenta Richardson. Quelle bande de sauvages.

– Et ce n'est même pas le pire.

– Que pourrait-il y avoir de pire ? » demanda sir Evelyn.

Price s'appuya à deux mains sur ses genoux, comme si ces souvenirs douloureux étaient les siens.

« Du point de vue de Rhodes, une seule chose : c'est peut-être lui qui a tué son père, en réalité. D'après certaines informations, quand les Chinois ont pénétré dans le domaine, le père de Rhodes lui a demandé de courir chercher son revolver. Dans la panique, Rhodes a ouvert le feu sur les rebelles. Onze ans. Fou de peur. La main loin d'être sûre. »

Sir Evelyn ferma les yeux.

« Il a touché son père.

– Oui, et personne d'autre. D'après son tuteur, les rebelles n'avaient manifestement jamais rien vu d'aussi drôle. Ils se sont tapés le cul par terre. »

Sir Evelyn se racla la gorge. Il aurait voulu être de retour à Londres, bien en sécurité chez lui ou à son club, loin de cette noirceur gluante. Il aurait voulu que sa nièce soit là aussi.

« Au moins, ils ne l'ont pas tué », fit-il.

Price secoua la tête.

« Non, ils l'ont laissé se réveiller face à leurs exactions, face à leur œuvre. C'était peut-être encore pire. Le Dr Blake, sans rentrer dans les détails, a évoqué certaines pratiques barbares en Chine, des tortures réservées aux traîtres et assimilés : écorchement vivant, démembrement partiel. Rhodes a peut-être vu les résultats, voire l'exécution. Après cet épisode, il a été placé sous la garde de son oncle à Delhi, avec son frère nourrisson. »

Sir Evelyn déglutit.

« Quelle histoire atroce. Et j'imagine que ça ne s'arrête pas là. »

Price hocha la tête.

« Chez son oncle, le comportement du garçon a pris un tour étrange : torture d'animaux, fascination particulièrement malsaine pour la vivisection. L'internat était hors de question. De toute façon, après ce qui s'était passé, l'oncle de John était déterminé à le garder près de lui. C'est pourquoi ce tuteur a été envoyé, missionné depuis Oxford. Pour le reste de ses années de formation, il semblerait que Rhodes ait été entre de bonnes mains. Malheureusement, le mal avait déjà été fait. »

Richardson sortit quelques pages du dossier pour les tendre à sir Evelyn.

« Le Dr Blake – à cette époque il était de retour en Angleterre – a écrit au ministère de la Guerre pour les prévenir que John était mentalement instable et qu'il serait mieux, dans tous les cas, qu'il n'intègre pas l'armée. »

Il y avait trois lettres, plus d'une dizaine de feuilles d'un papier bleu ciel, dont le recto et le verso étaient recouverts d'une écriture particulièrement soignée.

« Évidemment, de telles affirmations ne peuvent se faire sans preuves. Le Dr Blake n'a donc pas été avare de détails.

– Ce qui n'a pas servi à grand-chose, commenta Price.

– Rhodes s'est révélé un officier remarquable, intervint sir Evelyn. Il a fini par commander un bataillon et était probablement destiné à intégrer l'état-major. Manifestement, ce Dr Blake s'est inquiété pour rien. »

Richardson leva les mains.

« Le capitaine Price parlait d'un point de vue médical, sir Evelyn – du point de vue du patient, pas de la guerre. »

Cette fois-ci, Price n'appuya pas les propos du directeur.

« Rhodes était encore un enfant, en Inde, quand il a commencé à manifester ce qu'on pourrait qualifier de comportement psychotique. Une jeune servante a failli perdre un œil. Tout est dans les lettres. S'il n'avait pas été en Inde, il est plus que probable qu'il aurait eu des ennuis avec la loi. À mon avis, il se jouait en lui une lutte entre l'enfant élevé par des chrétiens dévots et l'enfant traumatisé par son exposition à la violence la plus extrême.

– Le Dr Blake était de toute évidence un très brave homme, dit Richardson. Très attaché à son ancien élève. Je crois qu'il essayait de le protéger quand il a écrit ces lettres. Il était persuadé qu'au fond, Rhodes était un être moral. Mais les événements en Chine ont libéré chez lui des forces qu'aucune distance ni quiétude ne pouvait abolir. »

Sir Evelyn se surprit à en vouloir à ces hommes de médecine qui se prononçaient avec un tel dégagement sur les mécanismes internes de leur patient.

« Je ne suis pas surpris que le ministère de la Guerre ait pris toutes ces spéculations avec des pincettes, si je puis me permettre.

– Je crois qu'il ne s'agissait malheureusement pas de simples spéculations, sir Evelyn, rétorqua Price avec un soupir. À l'âge de quatorze ans, John Rhodes a commencé à recevoir des lettres en provenance de l'un des territoires britanniques en Chine. Ses serviteurs les ont retrouvées cachées sous son matelas. Elles étaient écrites en anglais, mais pas signées. Elles se moquaient du garçon pour sa lâcheté, pour ne pas avoir vengé la mort de ses parents – elles décrivaient leur sort en des termes particulièrement macabres, avant d'énoncer les représailles adéquates.

– Les représailles ?

– Torture, mutilation. Un vrai cauchemar. Le tuteur de Rhodes l'a questionné sur ces lettres, sur la personne qui aurait pu les envoyer. Il était choqué que le garçon ait pu être exposé à une telle haine. Mais Rhodes ne semblait rien savoir.

– Il ne savait pas qui les avait envoyées ?

– Non, il affirmait ne jamais les avoir *vues*. Il ignorait leur existence même. Et il disait la vérité, la sienne. Son tuteur en était persuadé. Pourquoi aurait-il menti quand il n'avait rien à se reprocher ?

– Troublant, assurément, déclara sir Evelyn. Mais je ne vois pas ce que ça prouve.

– Rien. Mais l'histoire ne s'arrête pas là. Quelque temps après, les enveloppes ont été examinées plus attentivement. Il s'est révélé que les cachets de la poste ne provenaient absolument pas de Chine. Ils venaient du bureau de poste local à Calcutta.

– Je ne comprends pas.

– C'est Rhodes qui écrivait ces lettres, expliqua Price. Il écrivait les lettres, puis se les postait. Une telle fragmentation de la conscience est le signe d'une profonde perturbation, une perturbation qui ne disparaît pas en deux coups de cuillère à pot.

– Pourtant Rhodes a servi avec distinction et courage, pendant la guerre.

– La guerre lui a peut-être convenu, sir Evelyn, rétorqua Price. En temps de guerre, la violence et les représailles sont récompensées, à condition d'être dirigées contre l'ennemi. En revanche la paix lui offre très peu, surtout maintenant : défiguré et sans doute souffrant. »

Sir Evelyn se leva.

« Dans ce cas, il faut le retrouver. Il devait bien avoir une idée de l'endroit où il allait. À moins qu'il batte la campagne.

– Nous avons mené des recherches dans les alentours avec l'aide de la gendarmerie locale, déclara Richardson.

– Vous avez parlé d'un frère. Avez-vous…

– Nous ne connaissons même pas son nom. Ce qui est sûr c'est que le ministère de la Guerre ne possède aucune information. Mais nous, nous pensons que Rhodes avait un plan en tête.

– En général, les gens parlent de leurs plans. Et cet ami qu'il avait dans le service ? Vous disiez qu'ils discutaient des heures durant.

– En effet. Il est fort possible qu'il ait partagé ses pensées avec le général Westbrook, lequel aurait pu nous être très utile. C'était un détective de Scotland Yard avant son enrôlement, il nous a tous divertis avec de superbes récits d'enquête. Malheureusement, comme je le disais, le général Westbrook n'est plus parmi nous. Il est mort d'une attaque.

– Rhodes a disparu peu après, ajouta Price. Il est possible qu'il ait volé l'uniforme de Westbrook et ses effets personnels, car nous ne les avons jamais retrouvés. »

SEPTIÈME PARTIE

VORTEX

43

France, août 1918

Edward Haslam sentit quelque chose sur le dos de sa main : une fourmi lui rampait sur les articulations. Il baissa les yeux : d'autres fourmis, grasses et noires, escaladaient le bol à raser. Une poignée se noyait déjà dans l'eau savonneuse. Du coin de l'œil, il distingua un mouvement, se retourna : à côté de lui la paroi de la tranchée prenait vie. Des milliers d'insectes s'en écoulaient. Ils grouillaient autour de ses pieds, luisants comme de l'huile. Il frémit. Il avait vu des choses pareilles dans ses rêves : des champs de bataille infestés, houleux, repus de chair. Sauf que là, il ne dormait pas. Il laissa tomber le rasoir. Les créatures se pressaient sur sa peau, sous son uniforme, sur ses jambes, ses bras, son cou, tâtant et frappant de leurs pinces affamées. Elles étaient dans ses oreilles et dans son nez. Il s'empoigna le visage, arracha sa veste, essaya de dégager sa peau – voyant, comprenant au même instant que ces insectes n'étaient pas là. Quelques-uns flottaient, morts, dans le bol à raser, c'était tout. Et pourtant, quand il fermait les yeux il les sentait encore, armée de fourmis voraces qui lui arrachaient la chair des os. Il regarda fixement ses bras nus en essayant d'évacuer cette illusion de son esprit.

Sans ce manque de sommeil, il aurait pu être plus stable. Mais voilà dix semaines qu'ils étaient sur le front – bien plus longtemps que d'habitude –, et sa réserve de laudanum était complètement épuisée. Quant aux pilules de marche forcée qu'il prenait toujours avant les raids et les patrouilles, il en était à sa dernière poignée. Cocaïne pour l'action, opium pour le calme : il avait appris à équilibrer les deux, en espaçant les hauts et les bas, en établissant un rythme auquel son corps et son esprit en étaient venus à se fier, un bouclier narcotique qui lui permettait de fonctionner. Avec l'aide adéquate, il pouvait sembler tout en contrôle, normal – autant qu'on pouvait en attendre d'un officier avec sa réputation, un officier doté d'un appétit inhabituel pour le meurtre.

Mais à présent il était à court, et tant qu'ils ne seraient pas relevés – tant que l'ensemble de la brigade ne se déplacerait pas vers l'arrière, où les vendeurs opéraient dans les bordels, les estaminets et les clubs d'officiers –, les chances de réapprovisionnement seraient maigres. S'il se pensait capable de dissimuler le manque, en revanche, il n'était pas préparé à ce qui avait suivi : yeux qui brûlaient, crampes d'estomac, vagues de nausée, douleur si aiguë dans les articulations qu'il lui arrivait d'avoir du mal à se lever. Parkes, son ordonnance, lui avait demandé s'il était malade. Haslam avait répondu que c'était une petite grippe d'été, que le pire était passé. Même si Parkes le croyait, ce n'était qu'une question de temps avant que son secret soit éventé. Et ensuite, quoi ? Rhodes ne verrait pas d'un bon œil un officier qui recourait à de tels artefacts. Il le jugerait de la même manière que les soldats : comme un signe de faiblesse, une trahison. Haslam avait écrit à Bill Egerton, lui avait fait une allusion grosse comme une maison, mais à l'instar des Chinois qui travaillaient dans les bourgs à l'ouest, lui et ses réserves de morphine seraient hors de portée tant que ne viendrait pas l'ordre de se retirer.

Haslam s'aspergea le visage et le cou afin de s'éclaircir les idées. L'après-midi était humide, de hauts nuages se regroupaient à l'horizon, l'atmosphère était chargée, lourde. Dans deux jours, ce serait à leur tour de tenir à nouveau les lignes de front et de continuer à pousser – une nouvelle chance d'accomplir la devise de la division, *se surpasser*, une nouvelle chance d'augmenter son score de meurtres. Il laissa l'eau lui dégouliner sur le visage tandis que cette pensée l'envahissait : dans son état actuel, il ne survivrait pas à une autre attaque – à moins qu'il reste en retrait, qu'il se mette en sécurité, qu'il laisse ses hommes se charger de la mort. Il pensa à Amy recevant la nouvelle, et il fut parcouru des affres de la culpabilité, encore plus douloureuses que la perspective de mourir.

À l'intérieur de l'abri, son ordonnance était prêt avec son revolver et sa ceinture d'arme.

« Exercice antigaz dans dix minutes, capitaine. »

Haslam prit une profonde inspiration.

« Merci, Parkes.

– Ce sera tout, capitaine ?

– Oui, merci.

– C'est que j'ai promis à un des gars de l'aider à écrire une lettre, mon capitaine. »

Haslam fronça les sourcils. Parkes n'avait pas besoin de se justifier.

« Très bien. Rompez. »

Parkes salua et partit. Après avoir boutonné sa tunique, Haslam alla prendre son casque. Il trouva, coincé derrière le bandeau intérieur, un bout de papier porteur d'un message. Il s'approcha de la lanterne. L'écriture était nette mais trop grande, comme celle d'un enfant. Haslam reconnut les mots. Ils provenaient de l'Épître de saint Pierre :

Soyez sobres, veillez : votre adversaire, le DIABLE,
comme un lion rugissant, rôde, cherchant qui DÉVORER.

Il quitta l'abri, le papier à la main. Les coups sourds et lointains des armes émaillaient l'air. Son estomac se vrilla. Son secret était éventé. Forcément.

« Parkes ! »

Peut-être son ordonnance pourrait-il lui dire qui avait laissé ce message. Mais Parkes ne répondit pas.

« Bon sang, où êtes-vous ? »

S'il laissait l'affaire s'ébruiter – défi patent à son autorité –, il était fini. Tout le monde saurait que cette histoire était vraie : le capitaine Haslam était un inutile toxicomane.

Il se dirigea à grands pas vers le QG du bataillon, ignorant les hommes qui se rassemblaient derrière Mark Copse pour l'exercice. Il arriva au moment où Rhodes revenait à la tête d'une mission de repérage. Ce dernier mettait un point d'honneur à explorer en personne la campagne environnante, même quand il était en réserve, comme s'il s'agissait de son domaine personnel. C'était une caractéristique de son commandement, une facette de son génie – du moins Haslam l'avait-il toujours cru. Mais dans son état présent, avec ses besoins présents, il trouvait difficile de conserver foi en quoi que ce soit.

« Capitaine Haslam, pile l'homme qu'il me faut. »

Rhodes avait les yeux rouges et le souffle court, mais cela n'atténuait en rien son attitude déterminée qui transformait instantanément les hommes ordinaires en fidèles partisans. Haslam fut soulagé de ne remarquer aucun dédain manifeste.

« Les Boches nous ont laissé un cadeau dans une ancienne ligne de soutien. »

Rhodes sortit une carte des tranchées de la poche de son manteau. Un carré noir avait été tracé sur l'une des lignes rouges en pointillé qui indiquaient les boyaux obsolètes.

« C'est ici. Un abri à Two Storm Wood.

– Farci de chausse-trapes, mon colonel ?

– Un énorme stock de gaz moutarde. Une frappe directe et nous pourrions avoir un nuage de gaz de la taille de Paris. »

Il y avait quelque chose de théâtral dans la façon dont s'exprimait Rhodes, on aurait dit qu'il jouait le rôle d'un commandant britannique. Cependant, ce n'était pas son genre d'exagérer. L'Épître de saint Pierre devrait attendre.

« Je vais organiser une équipe de travail, mon colonel.

– Non. Ces obus pourraient fuir ou être instables. Je veux que ce soit le Labour Corps qui s'en charge. »

Les combattants avaient toujours une plus grande valeur que les autres. Rhodes était prêt à les risquer au combat, mais nulle part ailleurs.

« Il y a une compagnie chinoise qui restaure une ligne de chemin de fer au départ d'Acheux, la 125ᵉ. Nous n'avons pas le temps de passer par le commandant du Labour. Il faut que ces obus soient évacués ce soir, avant que nous progressions sur le front.

– Vous avez dit la 125ᵉ, mon colonel ?

– Oui. Leur commandant est un certain général Pickering. Un bureaucrate du Labour Corps, mieux vaut l'ignorer. C'est à un autre homme que nous devrions parler, un Australien. Il nous aidera, j'en suis sûr. »

Haslam n'écoutait plus. Dans la 125ᵉ il y avait un cuisinier chinois prénommé Chang. Haslam lui avait acheté de la teinture d'opium à Contay sur le trajet du retour au front. Chang Ju Chih. Il notait dans sa tête toutes les transactions de ce genre : nom, heure, lieu. Ce n'était pas vraiment rationnel, simplement il lui paraissait plus sûr d'avoir les listes des fournisseurs dans sa tête.

« Il s'appelle Kelvin… lieutenant Kelvin.

– Kelvin, mon colonel ?

– Vous le connaissez ?

– Non, mon colonel.

– C'est leur meilleur élément, à ce qu'on dit. Il devrait être dans l'infanterie. » Rhodes semblait en savoir beaucoup sur la 125ᵉ ; il est vrai que sa soif de connaissances locales ne s'était jamais limitée au terrain. « Un officier comme on les aime. Envoyez votre meilleur homme lui parler, ramenez-le pour qu'il jette un œil, qu'il nous donne son avis. Le lieutenant Hadfield pourrait assurer cette mission. »

Haslam vit là sa chance.

« Peut-être devrais-je m'en charger moi-même, mon colonel.

– Vous ?

– La compagnie pourra se passer de moi une heure ou deux. Un grade supérieur aura peut-être un peu plus de poids, mon colonel. »

Rhodes étudia Haslam un moment.

« Oui, vous devez avoir raison. »

Il lui tendit la carte des tranchées.

« Rappelez-vous : prenez Kelvin. Pas de refus qui tienne. Il faut faire ce boulot. »

Haslam trouva les Chinois au sud de Colincamps. On entendait le bruit sec de leurs instruments métalliques à près d'un kilomètre. Six cents hommes suaient par équipes, terrassant le sol, déchargeant traverses et rails qu'ils positionnaient en faisant levier avant de les clouer. Une petite locomotive était garée au bout de la voie terminée, la cheminée fumante, les wagons chargés à bloc.

Il longea les rails en espérant apercevoir Chang, mais ses souvenirs étaient flous, il n'était même pas sûr de le reconnaître, même s'il le trouvait. Haslam avançait lentement, scrutant les visages les uns après les autres, en espérant pouvoir être reconnu, lui, que Chang pourrait le repérer et comprendre la raison de sa venue. Le manque le rongeait un peu plus à chaque pas.

Deux cents mètres plus loin, une petite foule s'était amassée. Haslam ne vit l'officier que lorsqu'il se retrouva presque à côté. Il organisait l'évacuation de deux hommes sur des brancards. Il y avait eu un accident : des os cassés, des membres écrasés. Un des Chinois sanglotait comme un enfant tandis qu'on le chargeait à l'arrière d'une charrette. L'officier donna des ordres en mandarin et la charrette s'éloigna. Haslam aurait voulu continuer à traquer Chang, mais il était trop tard.

« Je peux vous aider, capitaine ? »

À contrecœur, Haslam retourna son salut à l'officier.

« Je cherche le lieutenant Kelvin.

– C'est moi. »

Haslam s'était attendu à une silhouette imposante, mais Kelvin avait la carrure d'un moineau. Il avait des joues creuses, portait des lunettes.

« Capitaine Haslam, du 7e régiment de Manchester. Nous sommes en réserve en dessous de la crête de Serre.

– Oui, je sais, capitaine. »

L'Australien parlait d'un ton méfiant, presque hostile. Cela n'augurait rien de bon.

« Nous avons trouvé un stock gigantesque de gaz moutarde dans un ancien abri allemand. Nous avons besoin de l'évacuer. »

Kelvin ne réagit pas.

« Alors, pouvez-vous nous aider ?

– Nous sommes à notre maximum sur la ligne de chemin de fer. Nos ordres sont de la terminer le plus vite possible, capitaine. Il va vous falloir parler au général Pickering. Il est revenu au camp. »

Haslam se remémora les ordres de Rhodes : *Pas de refus qui tienne.*

« Écoutez, les Boches risquent de viser cette décharge à tout moment. » Il sortit la carte des tranchées. « Il y aura bientôt des milliers d'hommes qui se déplaceront dans cette zone, nuit et jour. Si…

– Si ces obus sont tout au fond d'un abri, capitaine, c'est encore là qu'ils sont le moins dangereux.

– Tout dépend de l'état de l'abri. Celui-ci est vieux. Pourriez-vous au moins venir jeter un d'œil ? Établir ce dont nous aurions besoin ? Ensuite nous pourrions l'évacuer avec votre commandant. »

Un kilomètre plus loin, une batterie de canons britanniques ouvrit le feu. Tout le long de la voie, les Chinois levèrent les yeux de leur travail.

« Je suis bien conscient que c'est un peu dangereux.

– Là n'est pas le problème », rétorqua Kelvin. Haslam avait touché une corde sensible, comme prévu. « Nous avons nos ordres : le chemin de fer est la priorité n° 1. »

L'Australien n'était pas inflexible, il était terrifié. Comment Rhodes avait-il pu se tromper à ce point ? Haslam regarda de nouveau le bout de la ligne : au loin, en contrebas, en partie cachées, il discernait les tentes coniques du camp chinois. Des volutes de fumée blanche montaient d'un feu.

« Vos hommes ne travaillent pas dans le noir, j'imagine, lieutenant ?

– Non, capitaine. Bien sûr que non.

– Dans ce cas, vous pourrez m'accompagner quand ils auront terminé leur journée. » Il tendit la carte à Kelvin, comme pour sceller le marché. « Le général Pickering ne devrait pas y voir d'objection, si ? »

Le soir venu, Haslam retourna en tête de ligne. Dans sa poche, deux bouteilles de laudanum. Du moins c'était ce que disaient les étiquettes. Les deux sceaux en papier ayant été brisés, il était fort possible que Chang ait dilué les contenus – avec quoi, Haslam préférait ne pas y penser. Le cuisinier était un homme rusé au visage dur, le genre qu'on n'a pas envie de fâcher. Sous prétexte que ces bouteilles étaient ses dernières, il lui avait facturé cent francs chacune – trois fois l'ancien prix. Haslam avait payé sans broncher. À présent les flasques reposaient dans la poche de son trench-coat, ses doigts serrés autour.

Kelvin l'attendait avec douze travailleurs chinois. Costauds, basanés, ils portaient des outils et avaient leur manteau passé par-dessus l'épaule. Plusieurs affichaient des tatouages sur leurs avant-bras musclés.

« Ça fait beaucoup d'hommes pour un coup d'œil, lieutenant. »

L'Australien haussa les épaules.

« Nous pourrions arriver à prendre quelques mesures temporaires, s'il le faut, capitaine.

– Bonne idée. »

Haslam était soulagé de ne pas avoir à persuader davantage l'Australien. Plus vite le boulot serait fait, plus vite il pourrait donner à son corps ce dont il avait besoin.

À l'horizon, l'éclair des armes clignotait faiblement dans la brume. Des deux côtés, des tirs d'obus sporadiques dissuadaient tout apport de matériel ou de renforts, leur intensité allait en augmentant. Rhodes avait dit que les Boches n'étaient pas en mesure d'effectuer une contre-attaque majeure, or, sur ces choses-là, il ne se trompait jamais.

« Allons-y, alors. »

Ils parcoururent un peu plus d'un kilomètre sur l'ancienne route avant de bifurquer au nord en direction de la ferme de La Signy, où une butte les cacherait de n'importe quel guetteur posté sur la crête de Serre. Haslam observait les Chinois, en quête de signes de peur ou de protestation, mais n'en vit aucun. Ils marchaient en silence, le pas traînant, tête basse, apparemment soucieux de l'endroit où ils posaient les pieds. Dans sa poche les flasques étaient denses, lourdes, impatientes d'être utilisées. Il se surprit à essayer de calculer combien de temps le séparait du moment où il pourrait s'administrer sa dose ; combien de temps il faudrait pour atteindre Two Storm Wood à pied, évaluer la situation, puis revenir à son bataillon. Si l'opération d'évacuation débutait le soir même, il pourrait s'écouler des heures avant qu'il puisse s'échapper. Or chaque heure paraîtrait une semaine.

Ses membres se mirent à trembler, puis vinrent des crampes. Il était en nage, la sueur lui dégoulinait dans les yeux, sur les joues. Il ne pouvait pas s'empêcher de penser au laudanum. Quelques gouttes dans une tasse d'eau et toute la douleur s'évanouirait. Le manque lui brassait les entrailles. Il lui enserrait la poitrine et la compressait au point qu'il avait du mal à respirer. Les bouteilles s'entrechoquaient au rythme de sa pénible progression, promesse de sa libération.

Au bout de Southern Avenue, à quelques mètres de la ligne de réserve, il se rendit compte qu'il ne pouvait pas tenir plus longtemps.

Il se tourna vers Kelvin. Heureusement que c'était le crépuscule.

« Il faut que j'aille faire le point avec ma compagnie. Attendez ici. Je n'en ai pas pour longtemps. »

Avant que l'Australien puisse protester, Haslam, après avoir contourné une traverse, courut vers sa cagna. Au loin il entendait qu'on faisait l'appel. Autrement dit l'abri serait vide – il n'aurait même pas à s'inquiéter de Parkes.

Sous terre, une poignée de lanternes, allumées au plus bas, luisaient dans l'obscurité à l'odeur de renfermé. Il trouva une tasse en porcelaine, voulut la remplir avec sa gourde, mais celle-ci était vide. Il la jeta, trouva un gobelet avec un fond de thé. Il faudrait s'en contenter.

Son lit était une pile de palettes le long du mur le plus éloigné. Il s'y assit, déboucha une flasque de laudanum et s'en versa une dose généreuse. L'amertume faillit le faire vomir, mais il continua à boire, éteignant son manque, vidant le gobelet en cinq longues goulées.

Les yeux fermés, il attendit que le calme monte en lui. Au bout de quelques instants, ses entrailles commencèrent à se détendre. Une vague de chaleur se diffusait depuis son estomac. Il ne tremblait plus. Quand il respirait, il sentait l'air frais pénétrer profondément dans ses poumons. Il retira son casque et s'allongea, étendit les jambes. Ses muscles se relâchèrent. Il était plus fort, plus léger – presque à l'aise. Il pensa à Amy. Il arrivait à se représenter son visage plus clairement, cette fois-ci : son sourire, sa voix. Il entendait son rire doux. Qu'est-ce qui avait bien pu la faire rire ? Une chose qu'il avait dite ? Il s'autorisa à rêvasser, à goûter un instant ce qui jadis lui avait appartenu.

Il ferma les yeux.

Dans un rêve, il entendit Amy crier. Agenouillée au sol, elle creusait la terre à mains nues. Il se réveilla brusquement et regarda sa montre, les yeux plissés. Il s'était passé une heure depuis qu'il avait laissé le lieutenant Kelvin et les autres au bout de Southern Avenue.

Empoignant son casque, il s'élança hors de son abri, ignorant Parkes et deux sous-officiers qui jouaient aux cartes à la table. Il trouva Southern Avenue désertée. Kelvin et ses hommes étaient partis.

En face, depuis la marche de tir, une sentinelle l'observait. La pleine lune pesait lourd dans le ciel oriental.

« Douze coolies et un officier. Je les ai laissés là. Vous les avez vus ?

– J'ai bien failli les arroser, capitaine, répondit la sentinelle. Ils connaissaient pas le mot de passe.

– Et donc ? Où sont-ils maintenant ? »

Du pouce, la sentinelle désigna les lignes de front.

« Ils sont allés vers l'avant, capitaine. Y a plus d'une demi-heure. L'officier a parlé de gaz moutarde. Tu parles d'une histoire, je me suis dit, mais après il a expliqué que c'était votre idée, capitaine. »

Haslam se tourna de nouveau vers Serre. Flag Avenue traversait l'ancien champ de bataille par le nord-est. Profonde de près de deux mètres, elle ne laissait passer en largeur qu'un seul homme. Cela faisait des jours qu'il n'avait pas eu les idées aussi claires. Le laudanum lui avait fait gagner du temps. Achever sa mission lui en ferait gagner davantage – mais voilà que tout à coup, il avait des doutes. *Tu parles d'une histoire, je me suis dit*, avait déclaré la sentinelle, et pour cause. Pourquoi les Boches auraient-ils conservé du gaz moutarde si près de leur ligne de front ? L'artillerie qui envoyait ce type d'obus devait se trouver au moins à sept mille mètres en arrière. Et puis d'ailleurs, pourquoi ça devait être au lieutenant Kelvin de s'en occuper ? Cet Australien n'avait rien d'exceptionnel. Comment Rhodes connaissait-il son nom, déjà ? Peut-être était-ce le laudanum, ou le mot dans son casque, mais toute cette affaire semblait étrange. Haslam en était sûr à présent, Rhodes ne lui avait pas tout dit.

Le boyau de communication déboucha dans le ventre d'un vaste cratère. Il y avait des cartouches rouillées partout : une mitrailleuse avait dû être positionnée ici. Haslam gravit la pente opposée et se déplaça lestement en terrain découvert. Le sol crayeux était pâle au clair de lune, ponctué par les vestiges de vieux fils barbelés d'un noir ombrageux. Sa torche éteinte, il se fiait à la lumière du ciel. Au loin, une rangée d'arbres soufflés par des obus se découpait en noir sur le ciel nocturne.

Une fois parvenu à l'ancienne ligne de tir allemande, il la contourna à la hâte en suivant un sentier d'herbe et de brins d'orge piétinés. La ligne de soutien n'était plus qu'à vingt-cinq mètres, plus profonde, mais tout aussi négligée. Il y descendit et s'arrêta pour tendre l'oreille, guettant le frottement d'une pelle ou le claquement d'un ordre. Rien. Où étaient donc Kelvin et ses hommes ? Se pouvait-il qu'il les ait ratés ? Étaient-ils déjà rentrés par un chemin différent ?

Il alluma sa torche puis continua vers le nord dans la tranchée défoncée. Il y avait des débris partout : caillebottis cassés, enchevêtrement de câbles téléphoniques, plaques de tôle ondulée tordues. Au détour d'une traverse, il faillit trébucher sur une boîte de munitions renversée, à côté de laquelle une grenade bâton allemande était à moitié enfoncée dans la terre meuble. En face, une poignée de pelles étaient alignées contre la paroi. Sur les manches étaient gravées les lettres CLC.

« Kelvin ? Lieutenant Kelvin ! »

C'était contraire à son instinct de crier, de trahir sa position sans savoir qui pouvait l'entendre. Son regard se posa sur le cadre en bois d'un abri, un rideau antigaz, brun et crasseux, pendait du linteau. Ça devait être ici. Lentement, il écarta le rideau. De l'autre côté régnait l'obscurité et le silence.

Rhodes l'avait prévenu : les obus risquaient de fuir. Normalement il fallait une détonation pour transformer l'ypérite liquide en un nuage de vapeur toxique. Mais dans un espace confiné, sans ventilation, les produits chimiques qui s'échappaient risquaient de s'évaporer lentement et leur concentration d'augmenter avec le temps. Peut-être Kelvin et ses hommes n'avaient-ils compris le danger que lorsqu'il était déjà trop tard.

Haslam enfila son masque à gaz puis descendit les marches. Même à travers le filtre il sentait la poudre – et autre chose derrière : une puanteur crue, fécale. Le faisceau de sa torche balayait l'obscurité ; l'intérieur de l'abri était flou à travers les ouvertures poussiéreuses du masque. Il faisait très chaud. La sueur lui coulait sur le front et dans les yeux. Où étaient les obus ? Il n'en voyait pas le moindre indice.

Il atteignit la dernière marche.

« Lieutenant Kel... »

Du sang. Sur le mur d'en face, rouge, luisant – du sang frais. Haslam s'approcha. Le faisceau de sa lampe se promena, chevrotant, sur la surface en béton. Il y avait du sang partout : projections, traces, taches – du sang et des fragments plus clairs de chair et d'os, pareils à des grains de café. Son souffle rugissait à ses oreilles. Il baissa la lampe, sachant ce qu'il allait trouver, mais malgré tout il avait peur de le voir, peur de comprendre.

Ils gisaient en tas au pied du mur, recroquevillés. Il aperçut une paire de mains, poussiéreuses, bronzées, attachées ensemble au niveau des poignets, tellement immobiles qu'on aurait dit de l'argile. Il se força à compter les corps, à guetter tout signe de vie. Il n'y en avait pas. Les blessures de sortie avaient fracassé des dents, des pommettes, des yeux. Dix hommes, tous chinois, abattus à bout portant. Où étaient les autres ? Où était Kelvin ?

Il n'arrivait pas à respirer. Le masque l'étouffait. Il l'arracha, inspira deux fois profondément.

Il sentit le sol vibrer dans la plante de ses pieds. Un filet de terre tomba sur la table de la cuisine. Quelque part à la surface, un obus avait explosé. Puis il entendit autre chose, derrière lui. Il fit volte-face, chercha à tâtons son revolver.

À sa droite se trouvait l'entrée d'une autre pièce. Une lumière pâle jouait au sol avec des ombres. Il entendit un giclement d'eau et un son âpre, abrasif – frénétique et irrégulier, comme un animal qui creuse le sol.

Il éteignit la lumière et resta dans l'obscurité, à écouter. Un semblant de mélodie monta, quelqu'un fredonnait. *Un hymne.* Le revolver brandi, il avança lentement en direction du bruit.

Deux lanternes à terre. Un seau. Deux hommes à quatre pattes. Ils récuraient le sol en ciment avec des brosses, avançant progressivement vers le fond de la pièce. De l'eau rouge mousseuse s'écoulait dans une canalisation peu profonde. Au-dessus d'eux, cachées dans l'ombre, étaient suspendues des carcasses d'animaux fraîchement abattus.

C'est alors que Haslam vit les visages, vit Kelvin. Ce n'étaient pas des animaux.

Entendant des pas, le soldat Ingham se retourna.

« Putain, c'était qui ça ? »

Le sergent Farrer posa sa brosse et scruta l'espace obscur où Haslam s'était tenu. Il plongea la main sous sa ceinture pour dégainer son couteau de poing.

Haslam se rua vers la sortie. Il ne savait pas où il allait. Il savait seulement qu'il fallait qu'il sorte, qu'il s'enfuie. Car c'était sa faute. Il aurait dû le voir venir. L'opium lui avait endormi le cerveau – pas seulement ce jour-là, mais depuis des mois. Il n'avait pas compris qui il fréquentait, ce que cela impliquait de faire partie de la « famille » de Rhodes. Mais il aurait dû. Dorénavant il était trop tard – trop tard pour se racheter, trop tard pour ne pas voir ce qu'il avait vu.

Rhodes se tenait quelques mètres plus loin. Les yeux levés vers la lune et les étoiles, casquette à la main, le souffle court.

Haslam entendit une voix dans sa tête : *Tue-le.* Il leva son Webley.

Rhodes se retourna. Au clair de lune sa chair semblait morte, comme du marbre, ses yeux perdus dans l'obscurité.

« Edward ?

– Qu'avez-vous fait ?

– Fait ? » Rhodes soupira. « Ce que j'avais juré de faire il y a des années. Une dette d'honneur. Je vous expliquerai le moment venu.

– Expliquer ? Treize hommes, bon sang… Et ces trois…

– Je l'ai fait pour nous, Edward. »

Haslam secoua la tête. Qu'entendait Rhodes par *nous* ? Le régiment ? L'armée ? La race blanche ? Il ne voulait pas écouter la réponse.

« N'ayez pas pitié d'eux, bon Dieu, s'emporta Rhodes. Une bande de gangsters qui revendent de la morphine et de l'opium volés – cet opium qui vous bouffe tout cru. »

Alors il savait. Quand l'avait-il découvert ? Depuis quand était-il au courant ?

« Si je prends de l'opium, c'est pour pouvoir me regarder dans la glace. C'est pour pouvoir vivre avec ce que j'ai fait, grâce à vous. »

Rhodes remit sa casquette.

« Ne soyez pas faible, Edward. Vous l'aviez en vous depuis le début, je l'ai toujours su. Et heureusement. Maintenant baissez ce revolver avant que quelqu'un vous voie. »

La crosse du Webley paraissait grasse. Haslam resserra sa poigne.

« Et Kelvin ?

– Kelvin ? Il était l'un des leurs, ou c'était tout comme. Il a essayé de me faire passer devant la cour martiale. De faire le boulot des Boches à leur place, en somme, ce qui faisait de lui un traître. » La voix de Rhodes s'adoucit. « Il risquait de tout faire capoter : tout ce pour quoi nous avons travaillé, ce pour quoi nous sommes morts. Les gens comme lui se mettront toujours en travers de notre chemin si nous les laissons faire. »

Tue-le.

« Lieutenant-colonel Rhodes, vous êtes en état d'arrestation. Par le présent acte, je vous décharge de votre commandement sur-le-champ. »

Rhodes approcha d'un pas.

« À quoi jouez-vous, Edward ? C'est l'opium qui parle, ou la cocaïne ? » Sa tête bascula lentement sur le côté, l'air de ne pas trop savoir ce qu'il regardait. « Vous arrive-t-il de voir des choses qui n'existent pas ? Dites-moi. Vous entendez des fantômes, dans le noir ? Est-ce qu'ils vous parlent, vous donnent des ordres ?

– Vous êtes fou.

– Ce genre de chose arrive, ici, Edward. Il n'y a pas de honte à avoir. Cela trahit une sorte de réceptivité, une capacité à percevoir les courants sous nos pieds, les vérités encore invisibles. »

Haslam arma le pistolet.

« En route. Vite !

– Ne nous sommes-nous pas toujours compris ? Ne l'avez-vous pas perçue : cette vision du monde que nous partageons ? Ce n'était pas un hasard. C'était le destin. Vous ne pouvez pas vous retourner contre moi maintenant. »

Haslam avait cessé d'écouter. Rhodes ne voyait pas, ne comprenait pas. Pourquoi ces morts importaient-ils ? Ils n'avaient aucune valeur, à moins d'en avoir pour lui. Rhodes ne faisait qu'un avec le champ de bataille, où les scrupules et les sentiments n'avaient pas lieu d'être – seul existait l'objectif de la victoire. Il prenait son étroitesse d'esprit pour de la clairvoyance.

Haslam leva le revolver. Il se fichait que sa main tremble.

« C'est votre dernière chance. »

Rhodes se figea, pareil à quelque créature mythique muée en pierre. Il vint à l'esprit de Haslam qu'une balle ne suffirait peut-être pas à l'arrêter.

« Où allons-nous, capitaine ? demanda Rhodes. Vous n'irez pas loin avec cette chose dans mon dos. Pensez-vous que les hommes vous laisseront passer ? »

Il secoua la tête.

« Non. Votre seule chance serait de courir, de vous éclipser et de disparaître. En espérant qu'aucun d'eux ne vous retrouve. »

Haslam réfléchissait à toute vitesse. S'ils le trouvaient, il finirait comme Kelvin : c'était ça le message.

« Avancez. »

Rhodes haussa les épaules.

« J'imagine que c'est ce que lady Vanneck a toujours voulu, votre disparition. Alors ça fera une heureuse. Et sa fille le sera certainement aussi, quand elle découvrira ce que vous êtes devenu.

– Un meurtrier, vous voulez dire ?

– Non, un traître. »

Rhodes hocha la tête, un mouvement si infime que Haslam comprit qu'il était destiné à quelqu'un d'autre. Il se jeta contre la paroi de la tranchée au moment où le sergent Farrer plongeait sur lui. La lame du couteau de poing lacéra son trench-coat quelques centimètres au-dessus de la poche, entaillant la chair molle du flanc, butant sur les fibres serrées. Haslam répliqua d'un coup de coude qui atteignit violemment Farrer à la gorge.

Ce dernier chancela, son couteau lui échappa. Haslam en profita pour lui asséner un coup de crosse à l'arrière du crâne. Farrer s'écroula en gémissant, mais la force du choc avait éjecté le revolver.

Avant que Haslam puisse le ramasser, Rhodes posa son godillot dessus et l'enfonça profondément dans le sol.

« Vous avez perdu la main, capitaine, dit-il en secouant la tête. Quel dommage. »

Il croisa un bras sur sa hanche pour empoigner le Mauser en détachant l'étui suspendu à sa ceinture.

Haslam recula en trébuchant. À sa gauche béait la gueule noire de l'abri. *Pas là-dessous.* Il fit volte-face pour s'enfuir. Son pied buta sur un objet dur. Il tituba, baissa les yeux, vit la boîte de munitions renversée. La grenade bâton était toujours à côté, à peine visible dans l'obscurité.

En un clin d'œil, tous les moyens d'action possibles défilèrent dans sa tête pour se muer en un seul : il saisit la grenade par le manche et détacha d'un geste sec le capuchon à sa base. De l'autre main, il tira sur la mèche.

Rhodes arma le Mauser.

« Edward ? Ne m'obligez pas à vous tirer dans le dos. On peut encore arranger les choses, vous savez. »

Il ment. Haslam sentit une très légère vibration dans sa main. La grenade était vivante, ce n'était pas un pétard mouillé, comme il l'avait craint. En son sein, une mèche brûlait, montait vers la charge, un trajet de quatre secondes et demie.

Il compta jusqu'à trois, puis se retourna.

« *Hilf mir. Ich bin verletzt.*

– Qu'est-ce que vous avez dit ? »

La grenade bâton volait déjà, décrivant un arc de cercle pour couvrir le peu de distance qui la séparait de la poitrine de Rhodes. Haslam eut juste le temps de baisser la tête avant d'être frappé par le souffle.

Un éclat se ficha dans son casque, métal contre métal. Il tomba à genoux, puis à plat ventre, un grondement dans les oreilles, une douleur au-dessus du genou gauche qui lui arracha un cri.

La tranchée était saturée de poussière. À la place de Rhodes ne subsistait qu'un pâle nuage. Haslam se força à se lever. Il y avait du sang sur son pantalon et ses bottes. Il lui dégoulinait sur la figure.

« Colonel ? »

Sa voix lui semblait distante, comme scellée derrière une vitre. Soudain il vit Rhodes : allongé sur le dos, immobile.

La voix dans sa tête lui disait : *Finis-le.*

Il inspira plusieurs fois, profondément, puis se traîna jusqu'à lui. Le Mauser gisait au sol un mètre plus loin. Il voulut s'en saisir, et c'est alors seulement qu'il vit ce que la grenade avait infligé au visage de Rhodes. Il ne passerait pas la nuit, s'il n'était pas déjà mort. Haslam lâcha le Mauser et partit en rampant.

À peine avait-il parcouru vingt mètres dans la tranchée qu'il entendit le pilonnage sourd de l'artillerie.

« Deux dizaines », marmonna-t-il dans sa barbe – un réflexe, l'exemple de Rhodes. *Apprenez le bruit des armes ennemies. Ça peut être utile.* Une sensation de nausée s'empara de lui.

Une note perçante, un tintement de clochette. Puis derrière le parapet, une éruption de fumée et de flammes. L'impact lui coupa le souffle. Partout à l'horizon, des obus crevaient la terre.

Il retourna en rampant à son point de départ, avec une seule idée en tête : s'échapper. Il parvint à atteindre Flag Avenue avant que sa vue se brouille et que les ténèbres se referment sur lui.

44

France, mars 1919

La lumière faiblissait. Tout autour la campagne était plate et nue : pas de bois ni de colline pour jalonner sa progression, aucun moyen de savoir combien de distance il lui restait à parcourir. Dans son dos, le village de Bertrancourt avait depuis longtemps disparu derrière un rideau de pluie.

Amy avait les membres engourdis de fatigue. Ses bottines prenaient l'eau, mais elle continuait à avancer, bien décidée à rejoindre le prévôt pour apprendre ce qu'il savait. La chaussée, boueuse, était semée de cratères. Au crépuscule, il serait facile de se perdre. Elle aurait aimé que Kitty soit encore avec elle. Sur cette route dégagée elle se sentait vulnérable, comme les soldats qui l'avaient jadis empruntée sans bruit pour se rendre au front. Mais les soldats étaient partis depuis longtemps.

La pluie la rattrapa. Elle se couvrit la tête avec son châle et pressa le pas, attendant avec impatience d'apercevoir Acheux. Au loin, le tonnerre grondait si doucement qu'elle n'était pas sûre de le discerner vraiment. En sillonnant les anciens champs de bataille, elle avait vu et entendu beaucoup de choses, possibles et impossibles, comme si ce vide aspirait les chimères de son esprit pour les rendre réelles.

Un cheval hennit. Elle s'arrêta, scruta la pluie, yeux plissés. À en juger par le son, ça devait être une belle bête, pareille au Cleveland Bay que montait son père, avec son mètre soixante-dix au garrot. Des sabots martelaient la terre, l'allure passant du trot au petit galop – sauf que maintenant le bruit était derrière elle. Ce cheval avait-il un cavalier ? S'était-il emballé ? Elle ne voyait rien. Elle s'apprêtait à appeler quand un souvenir lui revint : Kitty dans le hameau de Beaussart, hélant un homme qui ne répondait pas, un homme qui tenait les rênes d'un cheval. Elle avait la même sensation – la sensation nette d'être en danger.

Le silence se fit. Elle n'entendait que la pluie et son propre souffle saccadé.

La route se mit à monter. Des peupliers couronnaient le sommet de la côte. Sous les arbres était stationnée une charrette de service de l'armée. Elle penchait, en déséquilibre, une de ses roues arrière suspendue dans le vide à un mètre du sol. Elle avait roulé dans un cratère d'obus. Les chevaux, face à Amy, se débattaient contre leur harnais et le brancard tordu de la charrette.

Le conducteur retirait des objets à l'arrière en grognant sous l'effort, de la buée s'échappait de sa bouche. Il essayait d'alléger le chargement de façon que les chevaux puissent extraire la charrette. Il ne remarqua pas Amy qui approchait. Elle se trouvait à moins d'un mètre lorsqu'elle se rendit compte qu'elle le connaissait.

« Sergent Farrer ? »

Il leva les yeux, surpris.

« Vous vous souvenez de moi, n'est-ce pas ? »

Le soldat la dévisageait de ses grands yeux sans joie comme si elle était une inconnue, ou une vision. Avait-il peur ? Peut-être, à l'instar de Bill Egerton, était-il choqué de la voir si dépenaillée.

« Je vous croyais rentrée chez vous, miss, comme votre amie. Vous ne devriez pas être là toute seule. »

Amy se demandait pourquoi le sergent n'était pas parti sur le front Hindenburg avec le reste des volontaires du capitaine Mackenzie. Elle jeta un œil à l'arrière du wagon : à la place des longs paquets en toile qu'elle avait vus si souvent se trouvaient des piles de boîtes grises en bois.

« Je vais à Acheux. Je peux vous aider ? On dirait que vous êtes coincé. »

Elle n'avait pas envie de continuer seule si elle pouvait faire autrement.

Farrer s'essuya le nez et la bouche d'un revers de manche, puis désigna les chevaux d'un signe de tête.

« Guidez-les. Moi je vais pousser. »

Amy s'empara des rênes et essaya d'amadouer les chevaux pour les faire avancer pendant que Farrer, de l'eau jusqu'aux genoux, l'épaule calée derrière une des roues, poussait. Il était fort. À la troisième tentative, la charrette s'ébranla, se redressant au moment où elle franchissait la lèvre du cratère.

Farrer inspecta les chevaux en passant délicatement les mains sur leurs jambes et leurs boulets. Lorsqu'il fut certain qu'ils n'étaient pas blessés, il s'affaira à recharger la charrette.

« Montez donc, miss. Je peux vous conduire à Acheux.

– C'est encore loin ?

– Un peu moins de deux kilomètres. »

Elle monta, acceptant sa main tendue, même si les moufles coupées étaient maculées de boue et collantes au toucher. Il fit faire demi-tour à la charrette.

Ils gardèrent un moment le silence. Puis Farrer demanda :

« Vous avez eu des nouvelles de votre amoureux, miss ?

– On m'a dit qu'il était mort ici. »

Farrer la dévisagea. Il pensait, présumait-elle, que c'était évident depuis le début et se demandait comment elle avait pu s'imaginer qu'il pouvait en être autrement.

Elle ressentit le besoin de s'expliquer.

« On peut avoir de l'espoir sans le savoir. On peut espérer contre sa volonté. Ce mot, *disparu*, laisse ouvertes trop de possibilités. »

La route descendait à nouveau. Des tranchées avaient été creusées de part et d'autre, les parapets rebondis et les parados ressemblaient aux boursouflures autour d'une lésion.

« Comment l'avez-vous appris ? »

Amy expliqua pour Bill Egerton, l'ami d'Edward dans le régiment du East Lancashire. Elle raconta à Farrer sa visite à l'hôpital à l'extérieur de Naours. Cela avait un peu atténué sa douleur, de pouvoir mettre des mots sur la situation.

« Le capitaine Egerton a soigné certains de nos gars, commenta Farrer. Il faisait partie des bons. Que vous a-t-il dit ?

– Il était tout près à l'époque, quand les Allemands ont attaqué, la nuit du 16. Il a entendu des rapports de la compagnie d'Edward. Ils expliquaient qu'il avait été tué par un tir de mortier.

– Egerton a été blessé.

– Exactement. Cela a dû avoir lieu peu de temps après, j'imagine. »

Farrer secoua la tête.

« Non, il s'était fait amocher à la ferme de La Signy, quand on l'avait reprise. Le poste de secours avait été mitraillé, répliqua-t-il avec une étrange insistance. C'est drôle qu'il ait dit ça. Pourquoi mentir ?

– Mentir ?

– Haslam et lui étaient de vieux copains. Tout concorde, quand on y pense.

– Concorde ? Qu'est-ce qui concorde ?

– Où avez-vous dit qu'il était ? Naours ?

– Dans un hôpital militaire français. »

Farrer hocha la tête. Bizarrement, ces nouvelles du capitaine Egerton l'avaient égayé.

« Ça concorde, mais oui. J'ai hâte de le raconter au colonel. »

Amy ne comprenait pas. Rien de ce que disait Farrer n'avait de sens.

« Au colonel ?

– Rhodes. Le commandant. M'a sauvé la vie. Il en aurait sauvé d'autres, si on l'avait laissé faire. Sur le front Hindenburg, par exemple. Il nous a manqué, à ce moment-là.

– On m'a dit que le colonel Rhodes était gravement blessé. N'est-il pas en Angleterre ? »

Farrer secoua la tête.

« Il est revenu parmi nous, comme promis. Pour nous sortir d'ici, et continuer à nous guider. »

Amy se sentait mal à l'aise.

« Que vouliez-vous dire au sujet du capitaine Egerton ? Pourquoi ne devrais-je pas le croire ? Pourquoi mentirait-il ? »

Farrer rentra les épaules, se tortillant dans son épais manteau, l'air d'un écolier chargé d'un secret.

« Telle est la question, pas vrai ? Telle est la question.

– Pour que j'arrête de chercher, c'est ça ? Pour épargner mes sentiments ?

– Oh non, miss, pas du tout. Il a menti pour sauver la peau de son vieux copain.

– Son vieux... ? Vous parlez d'Edward ? »

Farrer fit claquer les rênes. Les chevaux bondirent. Devant, la route descendait en pente raide.

« Vous n'êtes pas la première à vous être fait avoir, miss. »

Il criait pour couvrir le bruit des roues. Amy le vit plonger la main dans son manteau.

« Le colonel lui faisait confiance. Le somptueux serpent prend de multiples apparences. »

Le serpent est bien au chaud à Whitehall ou dans quelque bordel*.

Amy frémit de tout son corps, le choc de la compréhension : c'était Farrer qui avait écrit cette lettre, celle que Bill Egerton avait déchirée devant elle.

Elle regarda ses mains. Les moufles du sergent avaient laissé des taches rouge sombre sur ses paumes.

« Laissez-moi descendre. Laissez-moi descendre, s'il vous plaît. Je peux marcher à partir d'ici.

– On est presque arrivés, miss.

– Laissez-moi descendre ! »

La route était floue sous ses pieds, les sabots des chevaux frappaient la boue et les gravillons.

« Qu'est-ce que vous voulez faire à Acheux ? demanda Farrer. Y a que des Chinois et des putains, là-bas.

– Je vais aller voir un prévôt, le général Westbrook. Il m'attend. »

Un instant, Farrer eut l'air impressionné. Puis il éclata de rire et secoua la tête.

« Vous savez ce que c'est, le général Westbrook, miss ? Vous avez une idée ?

– De quoi parlez-vous ? »

Amy se décala à l'extrémité du banc. La chute ne la tuerait pas, si elle arrivait à éviter les roues. Mais ses jupons mouillés étaient lourds. Et si elle se cassait la cheville, alors quoi ?

« Le prévôt n'est qu'un fantôme. *N'était* qu'un fantôme. Il s'est évaporé comme la brume. C'est le colonel que vous allez voir à présent. »

Amy n'essaya pas de comprendre. Elle se leva. Son sac tomba de ses genoux et s'ouvrit brutalement sur la route, la bouteille de vin vola en éclats. Elle posa les deux mains à plat sur le bord du banc, tous les muscles tendus pour sauter loin.

Farrer l'empoigna par les cheveux.

« Vous croyez aller où comme ça ? »

Il la força à se rasseoir plus près. Il avait une poigne de fer. Amy se contorsionna. Ses poings et ses ongles ne suffiraient pas.

Elle lui asséna un coup de coude, le toucha au menton. La tête de Farrer partit violemment en arrière avec un bruit étranglé. Elle plongea la main dans le manteau du soldat, trouva un couteau de poing : des trous en cuivre sur le manche, une lame étroite et effilée de quinze centimètres. Mais les doigts de Farrer s'étaient refermés sur son bras. Il le lui tordit dans le dos. En un éclair, la lame pointa par-dessus son épaule. Elle scruta son visage, ne vit ni effort, ni peur, ni haine. Il était calme, déterminé, tout à sa tâche. Elle ne pouvait pas le combattre. Elle ne pouvait pas gagner.

Une idée, une chance. Elle détendit complètement son corps. Le couteau de poing lui échappa.

« Avez-vous oublié ? fit-elle. Le colonel m'attend. »

Farrer cligna des yeux. Sa poigne se relâcha. Ce fut suffisant. Elle lui planta un talon dans le tibia et se jeta de la charrette.

Son corps gifla le sol. Elle avait des gravillons et du sang dans la bouche. Une douleur atroce lui broyait les côtes.

Elle se força à se mettre à genoux. Le monde tournait. Elle ne voyait pas Farrer. La charrette continuait à rouler devant elle en ralentissant, les rênes lâches. Elle chercha une pierre à tâtons et la lança vers les chevaux. Elle parcourut l'air en un lent arc de cercle horizontal. L'un des animaux fit un écart sur la gauche, puis les deux chevaux partirent au galop.

Amy se releva tant bien que mal. *Sors de la route.* Elle grimpa le petit talus. Il lui fallait se mettre à couvert : un trou d'obus, une tranchée, une portion de terrain vallonnée. Il ferait bientôt nuit. Dans le noir, il n'arriverait pas à la trouver.

Un enchevêtrement de barbelés effondrés et de piquets rouillés se dessina à sa gauche. Barbelé voulait dire positions de défense, tranchées. Elle s'élança à la recherche d'une brèche, les épaules voûtées, l'ourlet de sa robe se déchirant sur les obstacles. Elle risqua un œil derrière elle : la charrette s'était arrêtée. Il n'y avait toujours pas signe de Farrer.

Elle se laissa glisser sur une banquette de tir en s'accrochant à des touffes d'herbe. Le fond de la tranchée était noyé sous quinze centimètres d'eau. Il l'entendrait courir.

Elle longea la paroi en marchant là où l'eau était la moins profonde, s'arrêta à un angle, tendit l'oreille : rien.

Elle passa une traverse, puis une autre. Un boyau de communication s'ouvrit à sa gauche, dans la direction d'Acheux. Elle s'y précipita, s'arrêta de nouveau. La tranchée allait certainement devenir de moins en moins profonde, or sans les traverses pour se cacher elle risquait d'être repérée à cinquante mètres de distance. Elle fit demi-tour, continua à avancer le long de la ligne de feu, n'entendant que son souffle et le tambour de son cœur.

Elle contourna encore une traverse. L'eau ne formait plus que des flaques. Le sol de la tranchée s'élevait. Quelques mètres plus loin elle se terminait sur une pile de sacs de sable éventrés et des rouleaux de barbelé. Faire demi-tour, ou remonter et partir en courant ? Peut-être Farrer était-il trop loin à présent pour la voir. Peut-être ne la cherchait-il pas du tout, d'ailleurs.

Elle ne voulait pas revenir sur ses pas.

Après une profonde inspiration, elle se hissa sur la paroi arrière de la tranchée. Devant elle, il y avait des bâtiments, la lisière du village. Plus que quelques centaines de mètres.

Un coup étouffé l'arrêta net. Une fusée éclairante fendit l'air. Elle resta en suspens au-dessus d'Amy, verdâtre, aveuglante, un panache de fumée tournoyait en dessous. Sa trajectoire indiquait un endroit juste avant Acheux, directement sur le chemin d'Amy.

La jeune femme retourna dans la tranchée et s'élança de nouveau vers la route sans plus se soucier du bruit. Une brèche étroite s'ouvrit dans la paroi avant : ce que les soldats appelaient une sape. Elle l'avait ratée la première fois. Elle conduirait à un poste d'écoute entre les deux lignes de front. Elle pourrait s'y cacher. Ces endroits étaient faits pour ça.

Un mouvement derrière elle : des éclaboussures, des bottes dans la boue. Pas le temps de réfléchir.

Elle se jeta dans la sape. C'était un boyau étroit, peu profond, avec des plaques de tôle ondulée en guise de toit. Elle progressait à quatre pattes : dix mètres, vingt. La sape s'ouvrit sur une fosse d'un mètre cinquante de profondeur aux parois tapissées d'orties. Elle s'arrêta, tendit l'oreille : rien que le martèlement régulier de la pluie. Farrer l'avait perdue, il était reparti le long de la ligne de feu. Elle s'autorisa à respirer.

Mais soudain : un grattement sur la terre humide, un vague grognement d'effort, puis un autre. Elle jeta un œil dans la sape. Dix mètres plus loin, de la lumière tombait d'un espace entre deux plaques de tôle ondulée. Nouveau grognement. Le visage pâle de Farrer apparut dans l'obscurité, ses grands yeux d'enfant rivés sur elle, vides. Une journée de boulot comme une autre. Il serrait le couteau de poing entre ses dents.

Elle sortit par le poste d'écoute en escaladant, s'agrippant aux orties, frappant des pieds le sol pierreux pour trouver un appui.

Elle avait besoin d'une arme : une pierre, un bout de bois. Lui fracasser le crâne avant qu'il puisse grimper à sa poursuite – si elle pouvait s'y résoudre.

Un piquet métallique dépassait. Elle tira une fois, il se libéra du sol, mais le barbelé était toujours attaché. Elle tira encore pour essayer de le dégager. Le fil était raide et rouillé. Il lui cisaillait les doigts. *Vite !*

L'ébrouement d'un animal lui fit lever la tête. Sur le terrain bosselé, un cavalier se dirigeait vers elle.

Amy n'arrivait plus à bouger, à réfléchir à une issue possible. Le cheval était plus gros que ce qu'elle avait imaginé, gigantesque, noir, avec une étoile sur le front. Il avait des mouvements fluides, sûrs. Il avançait comme un bateau sur l'eau. Le cavalier portait l'uniforme d'un officier britannique, une épée au côté. C'est alors qu'elle vit la joue enfoncée et les tempes mangées de cicatrices. C'était le général Westbrook – sauf qu'il était différent désormais : droit, fort, on aurait dit une renaissance.

Il s'approcha, puis s'arrêta à l'extrémité des barbelés, lui barrant le passage. La dernière fois qu'elle l'avait vu, à Colincamps, il était parti sans un mot – parti loin d'une femme ingrate qui l'avait rejeté.

Elle lâcha le piquet et s'apprêta à courir. Farrer était là, il gravissait le poste d'écoute. Elle était piégée : impossible de passer à côté d'eux, impossible de franchir les barbelés.

« Colonel Rhodes, commandant ! » lança Farrer.

Le cheval massif souffla. Le cavalier ne prononçait pas un mot.

Amy ne comprenait pas.

« Général Westbrook ? »

Farrer empoigna Amy par les cheveux.

« La femme de Haslam, mon commandant. Elle l'a trouvé pour nous. Planqué à Naours dans un hôpital militaire français. »

Le cheval avança d'un pas.

« Elle fera l'affaire pour le ménage. »

Le disciple, soucieux de plaire.

« Farrer.

– Mon commandant.

– Sergent Farrer.

– Sergent-chef, mon commandant. Je me suis occupé du cheval. Je savais que vous le voudriez.

– C'est bien. »

Le cavalier dégaina son épée. Elle était étroite et grise.

« Maintenant, lâchez-la.

– Mon commandant ?

– Miss Vanneck. Lâchez-la. »

Farrer desserra les doigts.

« On ne peut pas la laisser partir. Elle va l'avertir.

– Je sais. Reculez. »

Farrer s'exécuta, s'écarta, excité par la perspective de ce qui allait suivre.

« Votre fiancé a essayé de me tuer. »

Westbrook s'adressait-il à Amy ou à lui-même ?

« Je n'ai jamais compris pourquoi. Nous étions faits du même bois. Je pensais qu'il resterait avec moi jusqu'au bout. »

Amy recula.

« Je vous en prie. »

Une ombre tomba sur le visage du cavalier, comme s'il avait été frappé par un souvenir insupportablement douloureux.

« Je vois désormais ce que je n'avais pas réussi à voir. Vous m'avez ouvert les yeux, miss Vanneck, et je vous en remercie. » Il regarda alors le sergent Farrer. « C'était une brave femme, à Acheux.

– Mon commandant ?

– Vous l'avez égorgée.

– L'éleveuse de putains ? » Pour la première fois, Farrer semblait nerveux. « Elle fourguait ses filles aux Chinetoques – des blanches. Elle vous vendait son poison.

– Vous n'auriez pas dû la tuer. »

Farrer le regardait fixement.

« Je vous ai ramené à vous-même, mon commandant. Je vous ai libéré. »

Il ouvrit grand les bras.

« Et maintenant allons vers ce nouveau départ : celui que vous nous aviez promis. »

Rhodes secoua la tête.

« Regardez cet endroit. Rien de bon ne peut jaillir d'un sol empoisonné – aucun monde nouveau. Vous devez trouver le chemin pour rentrer chez vous. »

Amy tenta de s'enfuir. En une seconde, Farrer l'avait saisie par le cou, couteau appuyé contre la trachée.

« Lâchez-la.

– On ne peut pas faire ça, commandant. Elle va nous dénoncer. Il nous faut plus de temps. Pour rassembler nos forces.

– Tout cela est terminé.

– Non, mon commandant. Vous ne pouvez pas nous laisser ici. Nous avons tout abandonné.

– C'est vrai. Moi aussi.

– On a un boulot à terminer : la cause. Vous êtes revenu.

– Pour le capitaine Haslam, pas pour vous.

– C'était une promesse. *Vous aviez promis.* »

Le cavalier approcha. Son cheval piaffait. Farrer tremblait. Amy le sentait à la pointe de la lame. Sa peau fut transpercée.

« Avez-vous oublié ce qu'ils sont ? Les gens comme elle ? Ceux qui ont créé la guerre et qui nous ont regardés la faire ? hurlait le sergent. Avez-vous oublié ce qu'ils nous doivent ? »

Farrer tordit le bras d'Amy dans le dos, lui colla le couteau sous le menton.

« Il faut que je la saigne, elle aussi ? Ça vous remettrait les idées en place ? »

Amy essaya de se libérer. Farrer lui tira la tête en arrière afin de dégager son cou pour la lame. Au même instant, elle vit le cheval gigantesque se cabrer, franchir d'un bond la ceinture de barbelés. Lorsque les énormes sabots atterrirent, la terre trembla sous ses pieds. Rhodes était penché sur le bord de la selle, l'épée pointée comme une lance, pointée sur *elle*. Elle ferma les yeux.

Une giclée de sang chaud lui frappa la joue. Farrer poussa un cri aigu, puis s'écroula. Amy était libre.

Elle courut. Quand elle se retourna, Farrer agitait les bras au sol en s'efforçant de rejoindre l'abri de la sape, la moitié du visage luisant de sang. Le cheval tournait bride, se préparant à un nouvel assaut. Farrer tira quelque chose de sa ceinture et visa.

Amy trébucha. Un trou d'obus s'ouvrit à ses pieds. Elle perdit l'équilibre, tomba. Derrière elle, un coup sourd, métallique. La lumière vive d'une fusée balayait l'air. Un grognement guttural. Le cheval hennissait de terreur ou de douleur. Elle se recroquevilla à côté de la lèvre du cratère, le visage dans la terre.

Immobilité, pluie, lumière vacillante d'une fusée toujours incandescente au sol. Bruits de sabots, maintenant réguliers, à l'approche. Le sergent Farrer devait être mort. À présent c'était Rhodes qui la cherchait. Devait-elle le laisser la trouver ? Pouvait-elle lui faire confiance ?

Le cheval passa à côté d'elle, puis s'arrêta. La selle était vide.

Amy rampa jusqu'au bord du trou d'obus. Rhodes était allongé sur le dos un peu plus loin, la tête tournée à angle droit, la bouche ouverte. Elle posa une main tremblante contre sa gorge. Il n'y avait pas de pouls.

Le cheval renifla le sol puis se mit à brouter une touffe d'herbe, comme si de rien n'était. Amy se leva. Elle tremblait de tout son corps.

« Tout doux », murmura-t-elle en avançant pas à pas vers la bête.

45

Une lune loqueteuse éclairait la route de vingt kilomètres jusqu'à Naours : des ornières inondées se déployaient tels des rubans argentés dans le paysage. Les mains raides et ensanglantées d'Amy tremblaient sur les rênes, mais c'était autant à cause du froid que du choc, à présent. L'espoir la poussait, l'espoir qui lui avait été donné par un meurtrier, et qui se basait sur la découverte d'un mensonge – si c'en était un. Il n'y avait rien d'autre à quoi s'accrocher, rien d'autre qui importait. La lutte avec Farrer, l'apparition du colonel Rhodes se dissipaient déjà comme un mauvais rêve. S'il y avait qui que ce soit derrière elle, elle ne le voyait pas.

Elle avait beau être épuisée, son esprit refusait de lâcher prise : Bill Egerton lui avait menti. Le chirurgien cachait quelque chose : était-ce Edward en personne ? Il lui semblait impossible d'avoir pu se trouver si près de lui sans le sentir. Elle était passée devant tant de tombes anonymes. Était-elle passée devant la sienne ? Ou avait-il été là, au château de Naours, à la regarder depuis une fenêtre du dernier étage ? Faisait-il partie de ces hommes si atrocement défigurés qu'ils craignaient d'être vus ?

Ses pensées tournaient en boucle : Egerton s'était fait tirer dessus pendant la bataille de la ferme de La Signy, Farrer en était certain. Amy avait vu cet endroit sur les cartes de tranchées de Mackenzie : un site entre Bertrancourt et Serre. Edward l'avait mentionné dans sa dernière missive, en juillet : un monceau de décombres, ainsi l'avait-il qualifié. Elle avait beau avoir lu cette lettre mille fois, quand il s'agissait de la ferme de La Signy, elle n'était plus sûre des termes exacts. Avait-elle déjà été prise ? N'était-ce pas ça qu'il avait écrit ? Elle aurait voulu pouvoir vérifier. Mais les lettres étaient maintenant perdues. Elles gisaient à l'endroit de leur chute, sur la route d'Acheux. Elle n'osait pas revenir en arrière pour aller les chercher.

Si Egerton avait été blessé en juillet, comment avait-il pu être présent sur le front en août ? D'après le capitaine Mackenzie, il avait été renvoyé en Angleterre pour se faire soigner. La ferme de La Signy avait-elle encore changé de mains plus tard ? Y avait-il eu une autre bataille pour ce même monceau de décombres ? Comment Farrer pouvait-il être sûr de quoi que ce soit ? Et elle ?

Les rues de Naours étaient désertes. Des bandeaux de nuages glissaient devant la lune, se regroupant, de plus en plus épais. Le temps de laisser l'église derrière elle, elle ne voyait presque plus la route.

Une lumière jaune clignotait derrière les haies. Ce devait être le château. La pluie lui fouettait le visage quand enfin Amy reconnut l'allée de platanes dressés de toute leur hauteur dans l'obscurité. Elle descendit de cheval puis le conduisit vers le portail.

L'animal s'ébrouait et tirait sur les rênes. Amy scruta la cour. La lumière était cachée, désormais. L'ambulance militaire qu'elle avait vue auparavant était partie. Elle essaya d'ouvrir : le portail était fermé à clé, attaché par une chaîne. Impossible d'entrer. Elle chercha une cloche sur laquelle tirer, en vain. Elle appela dans l'obscurité. Personne ne répondit.

Une bourrasque lui balaya le visage. Le cheval fit un bond en arrière, apeuré, et faillit la faire tomber à genoux. Elle lâcha les rênes, empoigna les barreaux en fer et secoua le portail avec tout ce qu'il lui restait de forces. Elle appela Edward, elle appela Egerton, cria pour que quelqu'un la laisse entrer. L'eau de pluie qui dégoulinait des toits de l'écurie giclait dans la cour.

Elle hurla au point de ne plus pouvoir que sangloter.

« Pourquoi ne répondez-vous pas ? Pourquoi vous ne me répondez pas ? »

Ses jambes flanchèrent. Elle n'avait plus de force, comme la corde d'un arc devenue lâche. Elle baissa les yeux, ne vit que de l'eau, tourbillonnante et noire, des rouleaux de barbelé, la chair blanche d'hommes noyés. Agrippée aux barreaux, elle se cramponnait à la conscience, puis s'effondra.

De l'obscurité tournoyante lui parvenaient des voix, des murmures inquiets. Un homme, une femme. Elle était de retour dans l'abri à Two Storm Wood, écoutait les morts revenus à la vie. Si elle ne voulait pas devenir comme eux, il fallait qu'elle sorte.

Elle frémit, s'efforça de se réveiller. Un œil blanc sans pupille la dévisageait. Elle avait des hallucinations. À moins qu'elle n'eût perdu la tête.

« *Dépêche-toi ! La fille ne doit pas être vue ici**. »

L'œil appartenait à une vieille femme. Amy l'avait déjà vue, à la porte de l'hôpital militaire : une des sœurs, borgne. Que voulait-elle ? Qu'est-ce qu'elle complotait ?

Deux bras puissants la relevèrent. C'était le gardien, il semblait réel. Elle sentait le tabac de sa pipe, l'odeur poussiéreuse et rance de ses vêtements.

« Qu'est-ce que vous faites ? Lâchez-moi !

– *Venez, vite** ! »

L'homme la traînait. Elle était réveillée, maintenant, mais ses membres étaient trop faibles pour résister.

« *Et le cheval aussi** », dit la nonne.

Ils voulaient aussi le cheval, la fille et le cheval : butin de champ de bataille – leur propriété, leur dû. Charognards. Ami ou ennemi, bien ou mal, peu leur importait. Ils prenaient ce qui leur passait sous la main – l'empoignaient et s'en repaissaient, pareils à des chiens affamés.

Amy essaya de hurler, le gardien lui plaqua aussitôt une main sur la bouche.

La sœur porta un doigt à ses lèvres.

« *Taisez-vous ! Nous savons pourquoi vous êtes ici, mademoiselle. Nous savons** ! »

L'homme la relâcha. Puis la vieille fit signe à Amy de la suivre – pas vers l'hôpital, à l'opposé. Ce n'était ni un rêve ni une hallucination. C'était réel.

« Capitaine Egerton, je veux voir le capitaine Egerton », supplia Amy.

La nonne secoua la tête et lui fit de nouveau signe. Le gardien, qui s'impatientait, lui donna un petit coup dans les reins, puis s'empara des rênes du cheval. L'animal s'ébroua, mais se laissa conduire au bout de l'allée.

De l'autre côté de la route se trouvait un hameau de bâtiments agricoles de plain-pied. Amy pouvait suivre, ou elle pouvait s'enfuir. On aurait dit qu'ils avaient lu dans ses pensées et connaissaient déjà son choix.

L'homme attacha le cheval tout au fond d'une courette. La sœur se tenait sur le pas d'une porte découpée sur le côté d'une ancienne écurie à colombages. Une pâle lumière jaune se déversait sur les pavés. Au-dessus, une fenêtre aux volets clos. Tout comme à Bertrancourt, des gens vivaient dans ces écuries – serviteurs, palefreniers –, du moins en temps de paix, même si celles-ci paraissaient plus anciennes et plus solides.

« Où m'emmenez-vous ? »

Ils lui firent gravir une volée de marches en bois. Au bout d'un petit passage une porte vermoulue était entrouverte. La lueur d'une bougie vacillait sur un plafond en plâtre fissuré. Amy franchit le seuil. Il y avait un lit simple, une table de toilette, un petit poêle en fer. Une unique bougie brûlait dans une soucoupe. Au-dessus, une guirlande de fleurs séchées était clouée à une poutre grossièrement taillée.

« *Attendez**. »

La porte se referma. Elle était seule. Amy s'assit sur le lit.

Dehors, il pleuvait encore. Une pâle lumière bleue saignait à travers les volets. Derrière, elle distinguait le toit en tuiles d'une grange. Qui logeait dans ce cantonnement ? Qui dormait dans ce lit ? Son regard se posa sur une petite pile de livres. Au-dessus, sur une étagère, étaient disposés un blaireau, un peigne, un petit miroir carré avec un coin cassé, un coupe-chou.

Il y eut un mouvement de l'autre côté de la porte. Elle se releva. Elle avait les idées plus claires, à présent. Des pas sur le plancher nu. Un crissement familier : du métal qu'on aiguisait sur une pierre. Charognards. Pourquoi leur avait-elle fait confiance ?

Elle empoigna le rasoir. Les pas se rapprochaient, lents, déterminés.

Elle essaya de l'ouvrir, mais ses doigts, entaillés de partout à cause du barbelé, n'arrivaient pas à se refermer sur le dos de la lame.

D'autres pas. Sous la porte, une ombre tomba. Elle porta le rasoir à sa bouche, prit la lame entre les dents et tira.

Le cran céda. De loin, cette arme serait inutile – inutile contre un couteau de tranchée ou une baïonnette. Elle devrait frapper de près avant d'être repérée par l'ennemi. Il fallait l'égorger.

Elle se glissa derrière le battant juste au moment où il s'ouvrait. Un homme entra dans la pièce, le pas traînant : ni kaki ni uniforme. Il portait un gilet froissé sur une chemise blanche. Elle aperçut une barbe mouchetée de gris. Il tenait quelque chose devant lui. *Maintenant !*

Elle avança, rasoir brandi. Un coup leste avant qu'il puisse la planter. Il ne portait pas de col. La cible n'en serait que plus aisée à atteindre.

L'homme se retourna. À la main, il tenait une timbale. Il avait beau tourner le dos à la lumière, elle le reconnut, reconnut ces yeux, ce front, cette bouche.

Le rasoir tomba au sol.

« Bonjour, Amy. »

Un court instant, les lèvres d'Amy refusèrent de former le mot.

« *Edward ?* »

Il hocha la tête, comme s'il se confessait à regret.

« On m'a dit que tu t'étais évanouie. Je t'ai apporté du thé. Tu devrais t'asseoir. »

Elle n'entendait rien, sensible à sa seule présence devant elle, changé, mais vivant. Cette présence l'oppressait, l'étouffait, l'électrifiait, tant et si bien qu'elle peinait à respirer.

« Allez, viens. »

La voix d'Edward, un murmure grave, un tremblement presque imperceptible.

Sans croiser son regard, il posa la tasse puis s'approcha. Elle sentit sa main sur son bras. Aussitôt, la tension en elle s'allégea. Un grand souffle la parcourut. Elle se jeta à son cou, l'enlaça, juste pour savoir s'il était vraiment là – que ce n'était pas un énième rêve vide.

« Amy ? »

Elle s'écarta. Et ne put pas se retenir : sa main droite percuta son visage, une gifle si violente qu'il faillit perdre l'équilibre. Il la dévisagea, abasourdi, une trace de sang sur les lèvres. Puis il resta les bras ballants, menton baissé, l'air d'attendre un deuxième coup. Elle se jeta sur lui, poings serrés, mais sa colère s'était déjà brisée.

Cramponnée à lui, elle était incapable de parler.

« Je suis désolé », murmura-t-il en la serrant dans ses bras.

Elle l'entendit soupirer, sentit tout son corps frémir, ses larmes lui dégouliner sur la joue et dans le cou. Puis il se mit à sangloter, pestant et luttant contre ses pleurs, mais ne parvenant à s'arrêter que lorsqu'elle lui prit la tête à deux mains, immobilisa son visage et l'embrassa.

Ils restèrent ainsi longtemps, jusqu'à ce que l'aube colore la pièce et que le sifflement régulier de la pluie ait cédé la place au lent martèlement de l'eau qui gouttait des toits. Quelque part au loin, une charrette roulait sur la route.

« J'ai rêvé que tu viendrais, finit par dire Edward. Mais jamais je n'ai cru que tu le ferais.

– J'avais promis. Tu pensais que j'avais oublié ?

– C'était mal de te demander ça, très mal. Je n'avais pas... toute ma tête. »

Il la regarda. Il avait des rides autour des yeux et des cernes. Il semblait deux fois plus vieux que l'homme qu'elle avait connu.

« C'était insupportable, de te voir en bas avec Bill.

– Devant l'hôpital ? Quand je suis venue la première fois ? »

Il hocha la tête.

« Je regardais, depuis le grenier. » Il s'essuya le nez sur sa manche. « J'avais envie de hurler ton nom.

– Pourquoi ne l'as-tu pas fait ? »

Il secoua lentement la tête. Il semblait ne pas avoir de réponse, à moins que ce ne fût pas le bon moment pour la délivrer.

« Qu'est-ce que c'est que ça, Amy ? Que s'est-il passé ? demanda-t-il en voyant les plaies sur ses mains.

– Ce n'est rien. De simples égratignures. Ça va cicatriser.

– Et tu es si maigre.

– Toi aussi.

– Il fait froid, ici. Tu trembles. Allonge-toi. Je vais nettoyer ces coupures. Et ensuite j'irai te chercher un médecin. »

Elle s'assit sur le lit. Edward lui passa une couverture autour des épaules. Elle avait l'impression étrange de ne rien peser, d'avoir le corps creux et fragile, comme au sortir d'une fièvre.

« Tu vas arriver à tenir ça ? »

Il lui apporta le thé, même s'il était tout juste tiède, et le lui plaça délicatement entre les mains – elle le sentait soulagé qu'ils aient une occupation en dehors de toutes leurs questions.

Sans un mot, elle le regarda s'affairer à chercher de l'eau, du savon et un linge. Son histoire pouvait attendre. Que représentaient ses moments de peur et de danger à côté de ceux d'Edward, de toute façon ? Avoir vécu une part infime de ce qu'il avait vécu pendant près de deux ans faisait une différence en moins, une barrière de moins entre eux.

Elle cligna des yeux. Le doute planait encore dans son esprit que rien de tout cela n'était réel, qu'à tout moment elle se réveillerait chez Mme Chastain et se rendrait compte qu'il avait disparu.

« Tu viens avec moi maintenant, n'est-ce pas ? demanda-t-elle. Tu rentres à la maison ? »

Il posa une cuvette d'eau à ses pieds.

« Tu ne bois pas. »

Elle avala une gorgée de thé. La timbale cogna contre ses dents. Thé et timbale étaient bel et bien réels.

« Tu te caches ici, c'est ça ? »

Edward hocha la tête.

« Voilà comment ça a commencé. Bill s'est occupé de la paperasse. À l'hôpital je suis Edouard Lébèque, aide-soignant. C'est une couverture. Personne ne vient ici à part des médecins. »

Sa voix n'était plus la même qu'avant : plus grave, plus rauque. Tout chez lui paraissait plus vieux. Même sa peau était tendue à l'extrême sur les os de son crâne. Toute douceur avait disparu. Amy aperçut son propre reflet dans le petit miroir. Elle aussi devait sembler plus âgée.

« Egerton a été un bon ami pour toi – meilleur que ce qu'il essayait de faire croire. »

Edward secoua la tête.

« Tu ne connais pas la moitié de l'histoire. J'étais mal en point quand il m'a trouvé. Mes blessures étaient superficielles, mais il n'y avait pas que ça.

– Tu veux parler de l'opium ? »

Il hocha la tête.

« Comment le sais-tu ?

– Tu me l'as dit, ou c'était tout comme. Tu avais écrit avoir besoin des Chinois, qu'ils fournissaient des choses dont tu ne pouvais pas te passer.

– J'ai dit ça ? s'étonna-t-il en secouant la tête. Quelle imprudence.

– C'était dans l'une des dernières lettres que j'ai reçues. À l'époque, je n'avais pas tout compris, mais c'est devenu plus clair ici. Comme beaucoup de choses, d'ailleurs. »

Edward s'accroupit devant elle, trempa un bout de tissu dans l'eau puis se mit à nettoyer ses plaies.

« Tout a commencé avec des pilules de marche forcée – de la cocaïne. Je me suis rendu compte que je n'arrivais pas à faire face aux combats sans elle, et surtout pas aux…

– Aux raids ? »

Il leva les yeux vers elle.

« C'est ça. Aux raids. Mais après je n'arrivais plus à me reposer, ni à dormir. Je me suis mis à prendre du laudanum quand on était en réserve. Au début, j'avais l'impression d'une échappatoire. C'est parti de là.

– Bill Egerton te fournissait aussi ?

– Bill ? Non. C'est lui qui m'a sevré. De petites injections de morphine – il y en a plein ici pour les patients. Un peu moins chaque fois. Ça n'a pas été facile. J'ai eu des rechutes, mais maintenant j'ai complètement arrêté. Le fait que je n'osais pas attirer l'attention sur moi, pour son bien comme pour le mien, a aidé.

– Personne n'est à ta recherche, Edward. Tout le monde te croit mort.

– Évidemment. Un officier n'abandonne pas ses hommes. Mais je n'avais pas le choix.

– Quand bien même, je m'en fiche. Tu pensais que je te jugerais, Edward ? »

Il ne semblait pas écouter. Amy avait le sentiment qu'il s'adressait autant à lui-même qu'à elle.

« Ils m'auraient tué, réduit en miettes. Je leur ai retiré ce qui les unissait et leur donnait de l'espoir. J'ai eu de la chance d'être blessé ; de la chance d'être ramassé par des brancardiers avant que quiconque sache ce qui s'était passé. Je me suis réveillé dans un poste de secours. Et je me suis rendu compte que personne n'avait pris mon nom. Si j'arrivais à m'enfuir, je serais classé disparu. Alors je suis parti le soir même. Plus tard, Bill m'a aidé à entrer ici. Ça ressemblait plus à la providence qu'à la chance. Comme si j'étais destiné à faire ce que j'ai fait, et destiné à atterrir ici – pour me racheter, peut-être. »

Amy lui posa une main sur la joue.

« Peu importe, à présent. Tu es vivant. C'est tout ce qui compte. »

Il lui sécha les mains en les tapotant avec une serviette.

« Il faudrait désinfecter un peu. J'ai des bandages. »

Il emporta la cuvette. Pourquoi Edward ne lui disait-il pas combien elle lui avait manqué ? Pourquoi ne lui disait-il pas ce que ça signifiait pour lui de la revoir ? Était-ce pour la même raison qu'elle s'en abstenait, elle : parce qu'il y avait trop à dire, trop à raconter ?

Après avoir vidé la cuvette, il revint avec un kit de premiers secours dans une sacoche en toile.

« Pourquoi ne m'as-tu pas écrit ? demanda-t-elle. Pensais-tu que je ne garderais pas ton secret ?

– Tends les mains. »

Il déposa un carré de gaze sur une paume et l'entoura ensuite d'un bandage qu'il coupa et fixa à l'aide d'une épingle avec une grande dextérité.

« Pensais-tu que j'aurais honte de toi ?

– Pour avoir fui ? Non.

– Alors pourquoi... ?

– Parce que... » Il leva les yeux vers elle avant de reprendre sa tâche. « Parce que je savais que tu m'aurais attendu. J'avais peur que tu attendes pour toujours. Et... je ne pouvais pas t'infliger ça en plus.

– Il y a pire que d'attendre. J'aurais su que tu étais vivant. »

Edward prit un deuxième bandage, lui saisit l'autre main. Les coupures n'étaient pas si graves. Il les caressa d'un doigt, comme pour en jauger la profondeur. À ce contact, elle frémit, tout comme lors de leur première rencontre. Le choc de l'avoir retrouvé la parcourait encore.

« Et tu serais restée avec moi, reprit-il. Criminel et drogué. Tu m'aurais suivi jusqu'au fond : quelle que soit la disgrâce, quelle que soit l'épreuve. » Il laissa tomber sa tête sur les genoux d'Amy. « Je n'en vaux pas la peine, Amy. Je ne l'ai jamais value.

– C'était la guerre, Edward. Edward ? Qu'importe ce qu'il s'est passé, tu n'es pas responsable – ou nous le sommes tous les deux. Tu es venu ici à cause de moi, je le sais. C'est ma faute. »

Il ne parut pas l'entendre.

« À une époque, je pensais aux moments que nous avions partagés. Je pensais qu'en m'accrochant à ces souvenirs, je pourrais m'accrocher à ma personnalité d'avant. Mais à la fin, je n'avais plus l'impression qu'ils m'appartenaient. Quand je t'ai écrit… au sujet des champs et du blé, c'était de ça qu'il s'agissait. Je savais que tout était perdu – perdu pour moi, aucune raison de revenir. »

Un instant, Amy crut qu'il allait s'effondrer en larmes, mais elle n'eut pas le temps de le toucher qu'il était debout. Il s'était déjà joué cette scène dans sa tête, elle en était sûre. Il savait que les larmes ne seraient d'aucune aide. Elles ne feraient qu'accroître son impuissance à lui rendre sa liberté.

« Rentre avec moi à la maison, dit-elle. Rentre à la maison. Je ne te décevrai plus. J'ai fait mon choix.

– Mais tu ne me connais pas, Amy. Avant de venir ici, je ne me connaissais pas moi-même. C'est au moins un avantage du champ de bataille : on y découvre de quel bois on est fait. On découvre ce qui se cache en dessous. »

Les larmes piquaient les yeux d'Amy.

« Mais j'y ai été moi aussi, et je sais, je comprends – suffisamment en tout cas. Suffisamment pour savoir que ce n'était pas ta faute. »

Elle le vit fermer les yeux.

« Partons d'ici et ne revenons jamais.

Edward ne répondit pas. Le dos tourné, il remballait la sacoche de premiers secours.

« Tu ne m'as pas expliqué comment tu m'avais retrouvé. »

Amy avait la tête qui tournait, le souffle court : elle se sentait trop faible pour lui faire entendre raison.

« Bill Egerton. Il m'a dit qu'il était au front quand tu avais été tué. Or j'ai découvert que c'était impossible. »

Edward secoua la tête.

« Il n'aurait pas dû essayer de te duper. Je lui avais dit que tu étais intelligente. »

Elle baissa la tête.

« J'ai bien été dupée. Mais pas le sergent Farrer. Edward, je t'en prie... »

Il se retourna.

« Farrer ? Tu l'as vu ? Il sait qui tu es ? »

La peur dans sa voix envoya une décharge dans le cœur d'Amy. Elle hocha la tête.

« C'est grâce à lui que je suis revenue. »

Edward laissa tomber la sacoche et alla droit vers une malle posée dans un coin. Il repoussa brutalement le couvercle et sortit un revolver. Il ouvrit le barillet : chargé.

« Si Farrer sait... »

Mouvement. Grincement d'une latte de parquet. Ils l'entendirent tous les deux : des pas montaient discrètement les marches en bois.

La porte qui donnait sur le seuil était entrouverte. Edward referma le barillet d'un coup sec et visa. Les pas s'arrêtèrent. Cliquetis métallique. Un objet dur et lourd roula sur le plancher.

« Amy, va... »

La grenade percuta l'arrière du poêle et explosa.

Amy sentit le souffle la balayer, fureur de feu et de fer. Le tuyau au-dessus du poêle se décrocha, la fumée et la suie tournoyaient. Edward, au sol, se tenait la jambe. Il lui criait quelque chose, mais elle n'entendait rien. La pièce entière dérivait : elle s'étirait et tanguait, semblable à un bateau sur l'océan. Amy se laissa tomber à genoux.

Farrer se tenait sur le pas de la porte. Le côté droit de son visage était maculé de sang, son oreille coupée en deux dans le sens de la largeur. La lame de Rhodes l'avait raté de quelques centimètres. Il sortit le couteau de poing de sa ceinture.

Amy heurta un objet dur avec le genou. Elle baissa les yeux, vit le revolver. Edward, rongé par la douleur, continuait à lui hurler quelque chose en agitant un bras tendu. Farrer entra dans la pièce.

Soudain le son déferla.

« Lance-le-moi ! Lance-moi le pistolet ! »

Amy s'en saisit. Ses doigts bandés n'arrivaient pas à crocheter la détente. Elle le fit passer dans sa main gauche, tira sur le chien avec un *clic* retentissant.

Ce bruit attira l'attention de Farrer. Il la regarda avec ces mêmes yeux vides, comme si elle était une fenêtre qu'on aurait oublié de fermer.

L'arme dansait dans ses mains. Tout son corps tremblait. Elle essaya de viser.

« Amy, lance-moi ce pistolet, bon Dieu ! »

Son doigt se referma sur la détente.

Farrer secoua la tête.

« Vous ne me tuerez pas, miss. Un peu de boue, ça fait pas de vous un soldat.

– Amy ! »

Elle appuya sur la détente. L'arme lui sauta dans les mains. Farrer chancela en arrière. Son couteau tomba au sol. Elle l'avait touché, mais elle ne voyait pas où. Farrer s'étreignait le cou.

Il alla s'appuyer contre le montant de la porte. Il semblait perdu, à bout de souffle, la tête ballante. D'un geste machinal, il plongea la main droite dans la poche de son pardessus. Il en sortit une nouvelle grenade, mit la goupille entre ses dents.

La deuxième balle d'Amy le toucha à la poitrine. Son corps vrilla brutalement. La main à hauteur de la taille, il tenait toujours la grenade. Il la considéra d'un air un peu ivre, comme surpris de la voir là. Puis, de l'autre main, chercha à atteindre la goupille.

Le troisième tir d'Amy lui ouvrit un trou sous l'œil.

St James
Londres
Avril 1919

Chère Amy,

J'ai demandé de tes nouvelles à Heveningham et j'ai appris ce matin que tu étais rentrée chez ton oncle et ta tante à Cambridge. J'étais heureux d'entendre que tu t'étais remise de ta fièvre et, je l'espère, des épreuves du mois dernier. Je trouve ton idée d'entreprendre un cursus d'études médicales excellente. Un esprit agile a besoin de s'occuper, surtout à la suite d'événements tragiques. Évacuer le passé ne sera jamais facile, quand de si nombreux trous ont été percés dans le tissu de l'avenir.

Si j'en crois la missive de ta mère, tu as suivi mon conseil de ne pas partager avec elle ni avec ton père l'intégralité de tes découvertes en France. Je pense qu'au vu des circonstances, cela est plus prudent. En tout cas, cela a facilité les choses vis-à-vis du ministère de la Guerre et empêché les événements de nous dépasser. Je suis maintenant en mesure de te rapporter les fruits de mon labeur en faveur d'Edward.

La mort du sergent Farrer et du lieutenant-colonel Rhodes ont fait l'objet d'une enquête conduite par la prévôté – les autorités françaises ayant convenu que l'affaire n'était pas de leur ressort. J'ai compris que des informations importantes avaient vu le jour : le capitaine Mackenzie de la 21e unité du Middlesex, dont tu avais fait je crois la connaissance en France, en a fourni une grande partie. Ces renseignements impliquent des hommes du bataillon de Rhodes – et, par extension, Rhodes lui-même – dans le meurtre illégal d'un officier et de douze autres rangs qui servaient dans le Chinese Labour Corps l'été dernier. Cela, couplé au passé militaire de Rhodes et au témoignage des médecins qui l'ont plus tard soigné durant sa convalescence en Angleterre, rendait totalement plausible que la vie d'Edward était en danger imminent quand il a été déclaré disparu par son unité.

J'ai le plaisir de t'annoncer que j'ai reçu hier l'assurance officieuse du ministère de la Guerre qu'aucune action ne serait entreprise à l'encontre du capitaine Haslam, au cas où le fait qu'il soit vivant viendrait à se savoir – officiellement, je veux dire. La seule condition à cette assurance, c'est que la mauvaise conduite du lieutenant-colonel Rhodes ne soit pas rendue publique. Après tout, cet homme n'est plus là pour se défendre, et il a récemment été enterré avec tous les honneurs au cimetière militaire de Bertrancourt. Je me permets d'ajouter que cette affaire, surtout si elle était déformée dans la presse, risquerait de provoquer un malaise, d'autant qu'elle implique des ressortissants étrangers.

Je vais bien sûr informer Edward sans délai de la position du ministère de la Guerre. J'avais espéré que lui et toi pourriez enfin reprendre votre vie commune là où vous l'aviez laissée il y a deux ans et demi. Rien n'aurait été plus bienvenu pour moi. Malheureusement, il semblerait qu'Edward ne soit pas encore prêt à retrouver sa vie d'avant en Angleterre, en supposant qu'une telle chose sera jamais possible. J'ignore s'il te l'a annoncé lui-même, mais si j'ai bien compris, il va rester à l'hôpital militaire où tu l'as trouvé, du moins pour le moment. Le travail effectué là-bas est précieux, les patients étant des vétérans gravement blessés, et il ressent le besoin de les aider du mieux qu'il peut. C'était, évidemment, avant que la décision du ministère de la Guerre soit dévoilée. Peu importe où et quand Edward finira par s'installer, j'espère que tu sauras accepter son choix avec équanimité, en sachant que tes actes lui ont redonné à la fois sa liberté et son honneur, et qu'on n'aurait rien pu te demander de plus, ni à toi ni à personne.

S'il transpire quoi que ce soit, je t'en informerai aussitôt. En attendant, je prie pour que tu puisses trouver un peu de la paix et du bonheur auxquels ta dévotion sans faille te donne droit.

Affectueusement,

Evelyn

46

Angleterre, mai 1919

« On peut dire qu'il a eu de la chance avec la météo, déclara tante Clem. C'est tout ton oncle, ça, né sous une bonne étoile. »

Assise à la fenêtre du salon à l'étage, Amy contemplait la rue en direction de Vicar's Brook. Elle s'installait là souvent ces derniers temps, complètement immobile, perdue dans ses pensées. Tante Clem et son mari ne savaient jamais s'il était préférable de la laisser en paix ou s'il valait mieux briser le silence par la conversation. C'était un silence qu'Amy avait rapporté de France.

« Oui, c'est tout lui », répéta-t-elle.

Les arbres hauts qui peuplaient les berges étaient en feuilles, les nouvelles pousses tranchaient contre le ciel. C'était la première journée douce de l'année.

Jusqu'à présent, la météo avait servi d'excuse à Amy pour rester à l'intérieur, éviter les longues balades rituelles plébiscitées par son oncle et sa tante. Observer de telles traditions ne lui semblait plus naturel désormais, elle avait l'impression de jouer un rôle, de vivre la vie d'une autre. Il s'était tout simplement passé trop de choses pour continuer comme avant. Les champs de bataille de la vallée de l'Ancre la retenaient toujours prisonnière. Elle ignorait quand ils la libèreraient.

Mais elle allait devoir sortir, maintenant, ne serait-ce que par crainte de paraître ingrate. Elle passerait à côté des endroits qu'elle avait jadis partagés avec Edward, se remémorant comment il était. Ces endroits perdraient-ils un jour leur pouvoir ? Si oui, quand ? Elle regarda ses mains. Les cicatrices sur ses doigts et ses paumes formaient maintenant des lignes blanches irrégulières, teintées ici et là de violet. Seul rappel visible du temps qu'elle avait passé sur les champs de bataille, elles seraient là pour le restant de sa vie. En comparaison, l'épingle de cravate perlée d'Edward était immaculée, comme fraîchement ouvragée.

Tante Clem souhaitait ardemment qu'Amy rebâtisse sa vie sociale le plus vite possible. Elle l'emmenait à des réceptions organisées à l'université. Elle donnait une soirée chez elle, pleine de « nouvelles personnes ». Un jeune lieutenant dans le régiment du Berkshire, récemment démobilisé, comptait parmi les invités d'un dîner. Amy faisait de son mieux pour avoir un comportement adéquat, ne serait-ce que pour sa tante, mais ce sentiment de détachement refusait de la quitter. Parfois, une conversation polie lui demandait un tel effort qu'elle se sentait au bord de l'évanouissement. Le fait que les autres invités évitaient soigneusement toute mention de son passé récent n'aidait pas. Que savaient-ils, quelles rumeurs avaient-ils déjà entendues, Amy l'ignorait (tout le monde ne savait pas encore qu'elle avait tué un homme, pensait-elle), mais cela suffisait à les rendre méfiants. Ses expériences n'étaient certainement pas celles qu'une femme était censée avoir vécues. Tante Clem avait beau se démener, il était clair qu'ils ne savaient pas quoi penser de cette Vanneck, ni quoi lui dire.

Quant à lady Constance, elle avait accueilli le retour de sa fille en Angleterre avec une manifestation de chaleur et un empressement surprenants. À la lumière des récents événements, elle avait clairement décidé de faire comme si rien de grave ne s'était passé et de continuer comme si de rien n'était. C'était l'approche la plus sûre et la moins gênante. Même la nouvelle de la survie d'Edward avait été l'occasion de se réjouir et de se féliciter. Amy se pliait de bonne grâce à ces faux-semblants. Elle avait peu vu sa mère de toute façon, juste assez pour satisfaire les apparences.

Tante Clem retapait à présent les coussins et rassemblait les journaux éparpillés. En une du *Times* était publié un reportage sur la sortie de prison de plusieurs objecteurs de conscience. Le gouvernement avait accepté de tous les libérer d'ici la fin de l'année.

« Tu penses qu'il va prendre le train pour Londres ce soir ? demanda Amy. Peut-être que quelqu'un le persuadera de rester.

– Ça m'étonnerait. Il est toujours très occupé. »

La lettre était arrivée la veille : sir Evelyn devait se rendre à Trinity et serait ravi de passer les voir, à leur convenance. Arrangement étrangement inopiné. Amy se demandait s'il pouvait réellement s'agir d'une simple visite de courtoisie.

Les derniers jours qu'elle avait passés en France formaient encore un chaos de souvenirs tranchants et fragmentaires. Entre deux poussées de fièvre s'étaient égrenés des chapelets de questions : questions posées par la *gendarmerie** française, deux policiers militaires différents, un représentant du commandant du Labour et oncle Evelyn lui-même, qui désirait un rapport complet sur sa rencontre avec feu le colonel Rhodes. À ce moment-là, Amy avait été déplacée dans un hôpital civil d'Amiens.

Certains souvenirs ne la quittaient jamais : Farrer, son odeur, son grand regard vide ; la sensation du revolver dans sa main, le poids froid, l'équilibre et la précision du mécanisme. Elle se rappelait s'en servir, souhaiter la mort de Farrer, la haine qui flambait en elle. Ces souvenirs venaient à brûle-pourpoint : quand devant la glace elle s'apprêtait à se laver, quand elle s'allongeait la nuit pour dormir, et dans ses rêves.

Et puis elle se rappelait Rhodes qui, revenu brièvement à lui-même, s'élançait vers le crime sur son cheval superbe, la mort dans les yeux. Dans ces moments-là, elle se sentait plus proche d'Edward, comme deux personnes qui se seraient retrouvées seules, ensemble, sur la même route sombre.

À Amiens, l'un des visiteurs avait été le capitaine Mackenzie. Son interrogatoire avait été le plus complet de tous, ne serait-ce que parce qu'il était la personne avec laquelle il était le plus facile de parler. Il s'excusait d'avoir échoué, comme il disait, à comprendre la véritable identité du général Westbrook – échec qui avait placé Amy en grave danger. Il avait été aveuglé par le courage et la détermination de cet homme, qualités soldatesques qu'il avait pu lui-même constater. En eût-il été autrement, il se serait peut-être demandé si Two Storm Wood avait quelque chose à voir avec Whitehall et la découverte des faits. Il aurait pu se rendre compte que le seul et unique objectif avait été Edward Haslam – sa dénonciation ou son châtiment –, et qu'Amy, à son insu, avait été recrutée dans le même but. De fait, le capitaine Mackenzie avait beaucoup réfléchi au colonel Rhodes.

« Est-ce vrai qu'il vous a sauvé la vie ? avait-il demandé.

– Oui, mais je ne peux pas lui pardonner, ni pour le massacre, ni pour le reste. »

Mackenzie avait hoché la tête.

« Bien sûr que non. Pensez-vous que c'était le pardon qu'il recherchait ?

– Peut-être pas. Peut-être savait-il qu'il était trop tard pour ça.

– Et le sergent Farrer ? Si j'ai bien compris, il vénérait le colonel Rhodes. Que s'est-il passé ? Pourquoi s'est-il retourné ainsi contre lui ? »

Les souvenirs d'Amy quant à ces derniers instants étaient parcellaires.

« Il était question d'une promesse, avait-elle répondu. Une promesse rompue. C'est tout ce que je sais. »

À présent, assise seule à la fenêtre, Amy se surprit à espérer revoir le capitaine Mackenzie, ne serait-ce que pour voir s'il avait réussi à laisser le passé derrière lui, ou si les fantômes des champs de bataille continuaient à le hanter. Évidemment, il présumait qu'Edward et elle étaient dorénavant réunis, mariés, reprenant leur vie là où elle s'était arrêtée deux ans plus tôt. Amy n'avait pas partagé ses doutes avec lui – doutes que la lettre de son oncle n'avait fait qu'accentuer.

Ses pensées furent interrompues par la vision d'un taxi qui se garait devant chez eux. Le garde-corps et les arbres lui cachaient la vue, mais il ne pouvait s'agir que d'oncle Evelyn. Un coup d'œil à l'horloge lui révéla qu'il avait près d'une heure d'avance. Elle le regarda descendre, coiffé d'un chapeau de feutre inhabituel et appuyé sur une canne.

Tante Clem devait l'avoir vu aussi. Elle dévalait l'escalier en criant à son mari de se préparer et en donnant des ordres à la bonne.

« Amy ! »

Maintenant, c'était sa nièce qu'elle hélait.

« Amy, c'est lui. Sir Evelyn a amené… Amy, viens vite ! »

Amy se leva. L'homme à la canne regarda la maison. Ce n'était pas son oncle, c'était Edward. Sir Evelyn descendit du taxi après lui et s'arrêta pour payer le chauffeur. Tante Clem ouvrit la porte à la volée. Il y eut des salutations, des excuses, sir Evelyn disant quelque chose au sujet d'un horaire de train avancé, tante Clem lui assurant qu'il n'était pas arrivé une seconde trop tôt.

Edward se tenait à l'écart, les yeux levés vers la fenêtre. Sans sa barbe, il paraissait de nouveau plus jeune, mais pas autant que le chef de chœur qu'Amy avait connu.

« Ne restez pas planté là, entrez, souffla tante Clem, comme si elle confiait un secret. Amy va être si heureuse de vous voir. *Si* heureuse. »

Edward hésitait, lourdement appuyé sur sa canne, l'air de douter de la réalité.

Amy posa les mains contre la vitre. Elle avait peur que la lumière change et de se rendre compte alors qu'elle s'était trompée, que ce n'était pas Edward, finalement. Mais la lumière ne changea pas. Le visage qui la regardait restait le sien.

Elle s'écarta de la fenêtre et descendit l'escalier quatre à quatre. En sortant du salon, elle avait jeté un dernier coup d'œil à l'épingle dans sa main, puis l'avait posée sur le manteau de la cheminée.

Calcutta
21 novembre 1897

Cher Ralph,

Ta lettre est arrivée cet après-midi. J'ai longtemps repoussé ma réponse à la question cruciale qu'elle pose, car en vérité, cher ami, je ne savais pas quoi dire. J'étais aussi d'avis, et je le suis toujours, que ces décisions devaient en définitive vous revenir, à Emily et à toi. Qu'importent mes sentiments sur ce sujet, je n'ai pas à poser mes conditions, quand c'est vous qui avez fourni un foyer à cet enfant, et moi qui l'ai abandonné.

Cela dit, je suis convaincu depuis peu que, tout bien considéré, il vaudrait mieux opérer une rupture nette comme celle que tu suggères. Même si les liens familiaux ne doivent jamais être rompus à la légère, le poids du passé est tel dans ce cas – il risque tellement d'infecter esprit et personnalité – qu'il faut en payer le prix. John, qui a assisté à ces terribles événements en Chine, commence déjà à montrer les signes troublants d'une perturbation à laquelle aucun soin ne semble en mesure de remédier. Si son état ne devait pas s'améliorer, ou, Dieu nous en garde, s'il devait empirer, il n'est pas dit que maintenir un lien ne relèverait pas davantage d'un fardeau que d'une bénédiction. John ne peut pas effacer ce qu'il a vu. Il ne peut pas chasser les images et les bruits qui ce jour-là ont été marqués au fer rouge dans son esprit. Il est peut-être trop tard pour lui, mais il n'est pas trop tard pour son frère nourrisson, lui que la Providence ou le Bon Dieu ont épargné. Il lui a été donné la chance de vivre sans être tourmenté par le crime qui a emporté ses parents, ni par les cauchemars qui doivent forcément s'ensuivre, ne lui retirons pas cette chance.

Ainsi donc, si tel est toujours votre souhait, faites qu'il soit élevé entièrement comme votre propre fils, comme Edward Haslam, et sachez que vous avez ma bénédiction et mes remerciements éternels.

Ton vieil ami et camarade,

William Rhodes

REMERCIEMENTS

Un certain nombre de personnes ont donné de leur temps pour lire et commenter ce livre à différents stades ; je ne m'en serais pas sorti sans leur générosité, leur perspicacité et leur franchise. Les voici, par ordre chronologique approximatif : le psychanalyste Christopher Zach, qui a lu le premier jet et les versions successives en me gratifiant chaque fois de suggestions précieuses ; l'auteur de romans policiers David Young, créateur de la série récompensée *Stasi Child* ; l'acteur et entrepreneur audio Martin Simms ; Claudia Geithner, Jonathan Scherer et Deborah Carey qui se sont montrés des lecteurs encourageants ; mon agente Nicola Barr, qui s'est érigée en gardienne des vaches sacrées de mon manuscrit avec un mélange irrésistible de clarté et de charme ; et enfin l'équipe éditoriale de Harvill Secker, notamment Liz Foley, qui fut la première éditrice à poser les yeux sur ce texte, et la directrice éditoriale Jade Chandler, qui a pris en charge ce roman et perfectionné les versions finales avec brio et sensibilité. J'aimerais aussi mentionner Starling Lawrence chez W W Norton & Company, qui a porté *Comme si nous étions des fantômes* aux États-Unis, et Camille Grace qui a corrigé mon français. Je les remercie tous chaleureusement.

Imprimé en France par
CPI BRODARD & TAUPIN
en juillet 2023
N° d'impression : 3052785